구렁이들의 집

최인석 소설집

창작과비평사

구렁이들의 집

초판 발행／2001년 3월 1일

지은이／최인석
펴낸이／고세현
편집／염종선 신미희
펴낸곳／(주)창작과비평사
등록／1986년 8월 5일 제10-145호
주소／서울 마포구 용강동 50-1 우편번호 121-875
전화／영업 718-0541, 0542 · 편집 718-0543, 0544
　　　 기획 703-3843 · 독자사업 716-7876, 7877
팩시밀리／영업 713-2403 · 편집 703-9806
홈페이지／www.changbi.com
전자우편／changbi@changbi.com
지로번호／3002568

ⓒ 최인석 2001
ISBN 89-364-3660-0 03810

구렁이들의 집

暴雪

눈이 내리고 하늘은 아득하다. 보이지 않는다.

온종일 갑골문을 들여다본다. 가만히 들여다보면 이야기가 들려온다. 하나의 사물이 하나의 기호로 탈바꿈하는 과정이 보인다. 사물과 기록 사이의 분열이, 그 사이에서 분열해가는 인간들, 세상이 보인다. 그러나 그 분열은 아직은 아름답다. 사물과 기호의 미분화, 사물과 기호가 서로 꼬리를 물고 서로를 삼키려 한다.

세상이 분열하고, 그 안에서 사는 인간이 분열하여 다시 세상의 분열을 심화시키고, 거기에서 사는 인간은 더욱 심각하게 분열하

고…… 내가 쓰는 말은 기호의 기호의 기호의 기호의…… 기호
의…… 기호……

　행복이란, 누군가가 말하기로는, 반항의 대가(代價)로만 존재한
다. 나는 행복하고 싶다.

　산에 가면 서양등골나물이 빽빽이 자라나고 독버섯이 빨갛고 호사
스러운 고개를 내민다.
　안녕, 새로운 세기여.

2001년 2월 慕遠齋에서
최 인 석

차례

구렁이들의 집

말더듬증에 관하여 ㄴ

구렁이들의 집
말더듬증에 관하여

1

캡틴 케네디는 담배도 피우다 말고 서둘러 까페에서 나갔다. 인조이, 덤 마더파커. 그가 마지막 남긴 말이었다. 그는 내가 말을 심하게 더듬는다는 것을 알게 된 다음부터 늘 나를 덤이라고 불렀다. 최근에야 나는 그것이 벙어리를 뜻하는 말이라는 것을 알게 되었고, 그때부터 그 녀석을 잡종, 멍그럴이라고 부르기 시작했다. 그가 덤이라고 부를 때마다 나는 약이 올랐으나, 내가 아무리 멍그럴이라고 불러도 그는 아무렇지도 않은 것 같았다. 어쩌면 그에게는 벙어리라는 말도 에미 붙어먹은 놈이라는 욕설도 함부로 내뱉고 들어도 아무렇지 않은 일상어에 불과한지도 모를 일이었다. 나는 아직 연기를 피워 올리는 그의 담배를 끄기 위해 재떨이로 손을 뻗었다가 필터에 누렇게 묻은 그의 침과 입술자국을 발견했고, 돌연 그것이 끔찍스레 더럽고 추악해 보였다. 나는 알 수 없는 적의에 사로잡혀 혼자 중얼거렸다. 상관

말아, 이 잡종 씨발놈아. 어쩌면 그가 나에게 건네준 약의 분량은 내가 그에게 건넨 돈에 비하면 터무니없이 적은 것인지도 모른다는 생각이 들었다. 약 때문에 그자에게 갖다 바친 돈이 그동안 얼마였던가를 생각하니 그의 허여멀건 낯짝을 재떨이로 후려쳐주고 싶은 충동으로 몸이 떨렸다.

까페 밀리어네어, 낮에는 커피와 맥주와 경양식을 팔고, 밤에는 거기에 여자들까지 곁들여 파는 그 지하 술집에서는 늘 맥주와 정액과 식용유 냄새와 싸구려 방향제 냄새가 떠돌았고, 그 냄새를 맡으면 나는 늘 순이를 떠올렸다. 그 방향제 냄새는 순이의 방에서도 났으니까. 순이, 아아, 나의 순이. 이제 다시는 그녀를 볼 수 없을 것이다. 그 쭈글쭈글한 얼굴을 쓰다듬어줄 수도 없을 것이다. 나의 연인과 숲으로 산책을 나가 그녀에게 더듬더듬 책을 읽어줄 수도 없을 것이다. 그것을 깨달은 순간 가슴이 예리한 칼로 깊게 저며지는 것 같은 통증으로 숨이 막혔다. 그와 더불어 한시바삐 약을 콧구멍에 쑤셔넣어야 한다는 욕망으로, 약을 흡입하자마자 몸 구석구석으로 빠르게 퍼져나가는 쾌감의 기억으로 온몸의 신경줄이 바르르 떨리는 듯했다. 나는 서둘러 연이 이모에게 삐삐를 쳐서 여관으로 오라는 말을 남기고 까페를 나섰다.

비가 쏟아지고 있었고, 거리는 벌써 여기저기 물에 잠기기 시작하고 있었다. 우산은 무용지물이었다. 바람이 빗줄기를 안고 춤을 췄다. 시커먼 흙탕물이 쥐떼처럼 도로 위를 휩쓸었고, 사람들은 발목까지 쥐떼에 맡긴 채 바짓자락을 치켜올리고 엉거주춤 걸어다녔으며, 차들은 그들에게 흙탕물을 뒤집어씌우고 뺑소니쳤다. 나는 바짓자락 같은 것도 흙탕물도 상관하지 않았다. 철벅철벅 흙탕물을 걷어차며 걸어 골목으로 접어들었다. 저만큼 금은장(金銀莊)의 간판이 짙은 화장처

럼 붉은 아크릴등을 밝히고 나를 기다리고 서 있었다. 방으로 들어서
자 나는 종업원이 가져온 맥주를 마시기 시작했다. 연이 이모가 올 때
까지는 맥주나 마시며 기다릴 생각이었다. 순이, 나의 할망구. 그 쭈
글쭈글한 가슴과 거웃이 모조리 빠져나가 몇겹의 주름으로만 남은 성
기와 흰 머리칼 몇올이 겨우 남아 무의미하게 흘러내리는 바람 빠진
풍선 같은 머리와…… 참을 수가 없었다. 약을 꺼냈다. 불을 껐다. 아
홉시 뉴스가 방영되는 텔레비전의 푸른 형광빛만으로 방안은 차가운
빛과 어둠으로 얼룩졌다. 나는 서둘러 코카인 가루를 종이 위에 가늘
게 펼쳐놓고 거기 코를 가져가 코를 훌쩍거려 모조리 빨아들였다. 형
광빛을 뿜어내는 네모난 상자 안에서는 김대통령이 얘기하고 있었다.
대결이 아니라 대화로, 갈등이 아니라 조화로, 민주주의와 경제발전
을 동시에…… 북한과의 평화적 교류를 증진시키고…… 그 연설이
들리는 동안 몸속 구석구석을 향해 방사선으로 퍼져나가는 기이한 쾌
감과 함께 나는 과거와 더 먼 과거, 현실과 더 새로운 현실, 꿈과 더
먼 꿈, 망상과 새로운 망상, 나와 또다른 나, 나와 순이, 나와 큰아비,
큰아비와 큰어미, 아비와 어미와…… 그 모든 것과 내가 한꺼번에 뒤
엉켜 아무것도 구별되지 않는 낯설지만 황홀한 세상으로, 그보다 더
먼 세상으로, 나와 세상을 구별할 수 없는 곳으로 끈적끈적한 액체처
럼 흘러 들어갔다.

2

　내가 순이를 처음 만난 것은 아비가 집을 나가고 난 뒤 어미 손에
이끌려 큰아비 집을 찾아갔을 때였다. 서울과 하남시의 경계, 논과

밭, 야산, 그리고 잊혀진 무덤들 사이로 띄엄띄엄 몇채의 집들이 들어선 마을 가운데에 큰아비 집이 있었다. 칠이 벗겨져나간 파란색 철대문을 밀고 들어선 순간 그곳은 이제까지 내가 살아온 곳과는 다른 낯선 세계였다. 그 녹슨 철대문은 새로운 세계로 들어서는 길목이었다. 붉은 벽돌로 지은 낡은 단층집, 뜰은 비좁았다. 그 비좁은 뜰에 나무들이 가득했다. 이웃집 담밑에서 높다랗게 하늘을 가린 은행나무로부터 담을 따라 향나무, 소나무, 모과나무, 개나리, 넝쿨장미, 담쟁이덩굴이 몇년 동안이나 가지치기를 하지 않아 제멋대로 자라나 함부로 뒤엉켜 있었고, 뜰에는 잡초가 있는 대로 우거져 개망초가 내 키보다 높게 웃자라 있었다. 그곳의 나무들은 집이나 사람들을 위해서 서 있는 것이 아니었다. 그 나무들이 곧 그곳의 주인이었다. 집은 그 나무들에 비하면 너무나 보잘것없고 초라했다. 나무들이 집과 사람을 압도하고 그 뜰에 가득 창궐하여 금방이라도 모든 담을 허물고, 집을 무너뜨리고, 담 바깥으로 쏟아져나갈 듯했고, 비좁은 뜰은 그 나무들의 기운으로 풍선처럼 위태롭게 팽창하고 있었다. 그 모든 나무들 가운데 가장 어마어마한 것은 등나무였다. 뜰 앞쪽 베란다 기둥을 타고 제 기운을 못 이겨 레슬링하는 두 선수의 팔다리처럼 서로 뒤엉켜가며 지붕으로 뻗어올라간 굵직한 등나무 줄기들은 그 작은 집의 모든 벽과 지붕을 뒤덮고 촘촘히 뒤엉켜 있었다. 등나무 줄기들은 괴물의 팔뚝이나 손가락 같았고, 그리하여 당장이라도 그 집을 레몬 조각처럼 쥐어짜 내던질 것처럼 보였다.

어미와 나를 맞은 것은 큰아비의 텅 빈 눈이었다. 그는 나도 어미도 보고 있지 않았다. 나와 어미 뒤편의 허공을 멀거니 쳐다보며 그는 입을 열지도 않고 치통 환자가 두부를 씹듯 우물우물 말했다. 들어와요. 그러나 어미는 들어가지 않았다. 저는 그냥 갈랍니다, 아주버님. 죄송

합니다. 안녕히 계세요. 어미는 그 말만을 남기고 돌아서서 녹슨 철대문을 밀고 나갔다. 삐익, 철대문이 밀리고 닫히는 소리가 내 귓전에 남았다. 큰아비는 어미를 붙잡지 않았다. 그는 여전히 저 그리스의 조각상들처럼 눈동자가 없는 듯 텅 빈 눈으로 나를 지그시 쳐다보다가 돌아서 집안으로 들어갔다. 그가 들어오라고 말하지 않았으나 그의 눈빛의 권고를 따라 실내로 들어서면서 나는 알 수 없는 두려움에 사로잡혔다. 거부감과 불안감이 체한 음식물처럼 뱃속에 묵지근하게 자리잡았다. 그러나 다른 한편으로는 기이한 설렘으로 온몸의 오감(五感)이 모든 더듬이를 세우고 민감하게 사방팔방을 살피고 있었다. 적어도 아비 어미의 자물통으로 감금당하지 않아도 좋은 곳이 이곳이라는 것을 나는 알고 있었다. 최초로 나는 아비 어미의 자물통 바깥에 있는 세상으로 들어서고 있었다. 어쩌면 나는 그제야 비로소 태어나고 있었다.

비좁은 거실에 책들이 가득 쌓여 있었다. 책꽂이에도 책꽂이 앞과 옆의 마룻바닥에도, 앉은뱅이 탁자 위에도, 밑에도, 그 옆에도 온갖 크기의 온갖 책들이 가득 쌓여 있거나 펼쳐진 채 놓여 있었다. 그 마루를 중심으로 한쪽에는 뜰로 통하는 베란다와 유리문이 있었고, 그 맞은편으로는 방문들, 문이 없는 벽에는 책꽂이들이 있었다. 큰아비가 거실 한쪽 끝에 있는 방문을 열고 나를 쳐다보았다. 사촌누나다. 나는 큰아비를 따라 그 방으로 들어갔다. 어두웠다. 작은 창문으로 희미하게 오후의 햇살이 스며들었다. 작은 침대 하나, 작은 소파 하나. 벽에는 작은 거울이 붙어 있었고, 그 앞에 앉은뱅이 책상이 하나 있었으며, 그 위에는 몇가지 화장품들이 늘이놓여 있었다. 한 사람이 침대에 비스듬히 기대어 누워 있었다. 노파였다. 나는 놀랐다. 누구일까. 큰아비의 어미일까. 그렇다면 나에게는 할머니였다. 그러나 나는 아비에게서도 어미에게서도 할머니가 있다는 얘기를 들어본 적이 없었다. 주름살로 쭈글쭈글한 그녀의 얼굴에 몇가닥의 흰 머리칼이 흘러내렸다. 머리칼은 거의 모조리 빠져 그녀는 대머리에 가까웠다. 얼굴만이 아니라 팔과 다리도 주름살로 뒤덮여 있었다. 비쩍 마른 얼굴에 커다란 눈, 눈가에는 거미줄처럼 사방으로 뻗어나간 가늘고 긴 주름살들. 큰아비는 소파 앞에 한동안 우두커니 서서 그 노파를 내려다보았다. 그가 앉지 않았으므로 나도 선 채로 그 노파를 내려다보았다. 노파의 눈에 희미한 웃음이 떠올랐다. 그 웃음이 너무나 천진해 보여 나는 놀랐고, 그녀가 나에게 손을 내밀었을 때에 한편으로는 징그럽고 한편으로는 부끄러워 어찌해야 할지를 알 수 없었다. 그녀가 젊은 여자에게나 어울릴 분홍빛 레이스 잠옷을 입고 있다는 것도 엉뚱해 보였다. 큰아비가 그녀에게 말했다. 네 사촌동생이다. 사촌이라니? 그 노파는 큰아비보다 더 늙어 보이는 얼굴이었다. 그녀가 말했다. 안녕? 가래 끓는 소리와 함께 갈라진 음성이 새어나왔다. 나는 대답하려 했으나…… 다시 저 내 속에 뒤엉켜 있는 여러 짐승들이 한꺼번에 대답하려 덤벼들었다. 안녕하세요? 이런 할망구가 어떻게 나한테 사촌이야? 아아…… 하다가 나는 곧 대답을 포기했다. 대답을 온전히 하지 못한 것이 미안하여 나는 작고 쭈글쭈글한 그녀의 손을 맞잡았다. 꺼칠꺼칠했으나 따뜻한 그 손에서 나비 날개가 떨리는 것 같은 미약한 힘이 건너왔다. 내 속의 한 짐승이 혐오감을 담아 불끈, 그 손을 움켜쥐었다. 아, 하고 그녀가 비명을 질렀다. 나는 얼른 그 손을 놓아주었다. 큰아비가 내 등을 밀었다. 그를 따라 방에서 나오는 내 등에 대고 그녀가 다시 말했다. 안녕. 놀러 와.

큰아비는 그 옆의 방문을 열었다. 텅 빈 방에 앉은뱅이 책상 하나, 벽에는 옷걸이에 걸린 몇벌 옷가지들. 그리고 한쪽에는 단정히 접힌 깨끗한 이부자리. 나는 그 이부자리를 본 순간 어서 그 깨끗한 이부자리에 누워 그 촉감을 즐기고 싶었고, 또한 그 이부자리에 오줌을 싸고 싶었다. 큰아비는 앉지 않았다. 그는 방 가운데에 선 채로 말했다. 저 아이는 아프다. 나이는 이제 겨우 백스물일곱살인데 저 지경이다. 나는 그런 것에는 아무 관심도 없었다. 나는 앞으로 내가 갇혀 지내게 될지도 모르는 그 방을 열심히 둘러보았다. 큰아비는 생각에 잠긴 듯 우두커니 서 있다가 사이좋게 지내라, 하고 덧붙이고는 방에서 나갔다. 잠시 후 나는 방문을 슬그머니 밀어보았다. 이제까지 내가 살던 곳에서처럼 방문이 밖에서 자물통으로 잠겨 있는 것은 아닌지 확인하기 위해서였다. 문은 잠겨 있지 않았고, 큰아비는 거실 책상 앞에 앉아 있었다. 내가 방문을 밀고 한동안 지켜보는데도 그는 멀거니 허공을 응시할 뿐, 나를 돌아보지 않았다. 나는 방문을 닫았다.

그 늙은 사촌누나, 그것이 나의 순이였다. 그녀의 병이 조로증(早老症)이라는 것을 내가 알게 된 것은 나중의 일이다. 유치증(幼稚症)이라고도 하는 병, 원인도 알 수 없고 치료도 불가능한 병. 아이가 몇 년 사이에 갑자기 늙어버리는 병, 불꽃놀이처럼 성냥처럼 스스로의 몸과 생명을 잠깐 사이에 소모시키고 마는 병.

내가 그날 무엇인가를 예감했던가? 순이가 나에게 무엇인지, 나는 또한 그녀에게 무엇이 될 것인지를 조금이나마 예감했던가? 나는 아직 어려 코흘리개에 불과했다. 그날 밤, 나는 난생 처음 보송보송한 요 위에 누워 새로 턴 솜 냄새가 향기로운 이불을 덮고 잠자리에 들었다. 깨끗한 이부자리 자체가 크나큰 즐거움이 될 수 있다는 것을 나는 처음 알았다. 잠을 사면서 나는 무엇인가가 우는 것 같은 기이한 소리를 들었다고 생각했다. 그것이 이 집이, 이 집의 거대한 나무들이 고통을 호소하는 소리라고 생각했다. 그 짐승의 고통과 울음이 안타까운 한편 유쾌했다. 내 속에 사는 어떤 짐승은 언제나 남의 고통을 구경하는 것을 즐거워했으니까. 이튿날 아침 깨어났을 때 나는 요가 축축한 것을 발견했다. 희고 깨끗한 요 위에 내가 싼 오줌이 크고 시원하게, 누런빛으로 얼룩져 있었다. 그러니까 만일 내가 그날 무엇인가를 예감했다면 그것은 내 마음이 아니라 몸의 예감이었다.

3

아비 어미는 도금공장에 다녔다. 아비가 온종일 하는 일은 쇠붙이로 만든 싸구려 시계줄, 목걸이나 팔찌 따위에 은이나 금, 또는 스테인리스를 도금하는 일이었고, 어미는 같은 공장에서 아비와 그의 동료들이 가짜 금박이나 은박을 입힌 그 물건들을 화려한 포장지로 싸는 일을 했다. 그들은 매일 꼭두새벽에 일어나 어린 나를 작은 셋방 안에 가둔 채 스테인리스로 도금한 커다란 주물(鑄物) 자물통을 방문에 채우고 출근하였다. 나는 온종일 방에 갇힌 채 혼자 놀고 혼자 울었다.

나는 갇혀 있었고, 부모는 나에게는 간수와 같았다. 그러나 나는 불평할 줄도 불편한 줄도 몰랐다. 갇혀 있는 것 외에 어떤 삶의 방식이 있는지 나는 아직 알지 못했으니까. 나는 어미의 태에 갇혀 있다가 아비 어미의 셋방에 갇히기 위하여 태어난 것과 같았다. 울긋불긋한 비닐로 만든 허름한 간이옷장, 아비가 골목에서 주워온 합판과 송판으로 얼기설기 짜맞춘 두 개의 궤짝과 밥상, 솜이 뭉쳐 자갈처럼 딱딱해진 이부자리, 아비 어미의 머릿기름으로 시커먼 때가 낀 베개 두 개, 몇장의 누더기들과 요강, 그리고 조그만 들창으로 흘러드는 빛과 그림자——그것들은 나의 감방이자 나의 세계, 또한 나의 장난감이었다. 나는 빛 가운데에 어둠이 있다는 것도 이미 그때 알았다. 단순히 빛이 없을 때는 그림자도 없으나 빛이 나타날 때면 어김없이 그림자도 생겨난다는 것을 얘기하려는 것이 아니다. 그림자 없는 빛이란 존재하지 않는다는 것을 얘기하려는 것도 아니다. 들창으로 스며든 빛이 방바닥에 떨어지면 나는 그 빛 안에 얼굴을 들이밀고 눈을 감았다. 시야가 분홍빛으로 환해지면서 잠시 후에는 온갖 색깔의 구름들이 뭉클뭉클 스쳐갔다. 이어 어둠이, 암흑이 뒤덮였다. 그 어둠은 어떠한 어둠보다도 어둡고 어떠한 빛보다도 현란하였다. 나는 빛 가운데에 가장 깊은, 동시에 가장 찬란한 어둠이 있다는 것을, 빛의 본질이 바로 저 깊은 어둠이라는 것을 깨달았다. 나에게는 빛이란 가장 깊은 내면에 저 깊은 어둠을 지닌 빛, 그 어둠 없이는 빛일 수 없는 그런 것이었다. 빛이 온갖 색깔을 지니고 있다는 것은 놀라운 일이 아니었다. 빛이 만일 밝기만 하다면, 희기만 하다면 어찌 어둡기도 하고 음산하기도 한 저 온갖 색깔들을 비쳐낼 수 있을 것인가. 빛의 얼굴은 그러니까 그 빛 가운데에 감춰져 있었다. 마치 우리들 모두의 마음이 얼굴에, 말에, 표정에 감춰져 있듯이.

모든 것이 이중적인 의미를 감추고 있다는 것을 나는 이미 그 시절 나의 감방에서 깨달았던 셈이다. 간이옷장은 옷장이기도 하지만 또한 나의 닭장이기도 했다. 나는 아비와 어미의 누더기들이, 간혹은 어미가 구석에 처박았다가 잊고 만 서답까지 감춰져 퀴퀴한 냄새를 풍기는 그 옷장 안에 오백마리의 닭을, 나비를, 코끼리를, 호랑이를, 노예를, 괴물을 가둬 키웠고, 그놈들은 날미다 나에게 오백개씩의 알이나 새끼를 낳아주었다. 옷장 안은 때로는 괴물로, 때로는 나비로 가득 찼다. 궤짝은 나의 옥좌, 나는 거기 올라앉아 한 나라를 건국하였다가 모반으로 쓰러뜨렸고, 새로운 나라를 세웠다가 반역으로 짓밟았다. 두 개의 베개는 나의 전차요 전투기였으며, 이부자리는 내가 정복할 평원이요 영토였고, 새로운 나라를 세울 기름진 토지였으며, 그 나라의 무덤이었고, 사랑하는 이들이 애틋한 삶을 영위하는 아름다운 공간이자 또한 불태워야 할 추악한 적의 거점이었다. 요강이 넘쳐나 오줌이 흘러내리면 그것은 내가 적을 섬멸하기 위하여 건너야 할 해협이, 또한 적을 방어하기 위하여 지켜야 할 해협이 되었다. 나는 창업자요 모반자였고, 아군이자 적군이었으며, 남자이자 여자였고, 이성계이자 정몽주였으며, 세조이자 단종이었다. 사냥당하는 사슴이요 그 사슴을 사냥하는 승냥이였다. 망나니요 그 망나니에게 목이 떨어진 시체였으며, 밥이요 똥이었고, 꿈이요 똥이었으며, 희망이자 좌절, 열렬한 사랑이자 차디찬 외면, 돌이킬 수 없는 헌신이자 가랑잎처럼 뒤집히는 배신이었다. 혼자 놀기 위하여, 나는 그 모든 것이었다.

말더듬이 시작된 것은 아마 그래서였을 것이다. 말더듬은 날이 갈수록 점점 악화되었다. 공장에서 돌아온 아비 어미가 아이구 내 새끼, 하며 잘 놀았느냐고, 심심했느냐고 물을 때면 여러 대답이, 잘 놀았다는 대답이, 심심했다는 대답이, 그따위 건 뭐 하러 물어보느냐는 퉁명이, 당신들 할 일이나 잘 하라는 도발이, 어리광과 욕설이, 울음과 야유와 웃음과 조롱이, 그들에 대한 사랑과 증오, 애착과 멸시가 제각기 먼저 쏟아져나오려 내 비좁은 목구멍에서 한꺼번에 소용돌이쳤고, 그 바람에 나는 아무 대답도 온전히 할 수가 없었다. 대답하려 애쓸수록 내 목구멍과 입과 혀를 통해 만들어지는 소리는 겨우 아, 으, 어, 무, 그…… 하는, 어떤 의미도 운반하지 못한 채, 분명히 어떤 의미를 이야기하고자 했으나 아무런 의미도 이야기하지 못하고 무의미와 의미 사이의 지극히 짧으면서도 간혹은 영겁(永劫)을 통해서도 빠져나올 수 없는 기나긴 동굴 같은 영역에 갇힌 채 발버둥치는 신음소리나 간투사(間投詞), 말더듬증에 불과했다.

아비 어미가 방문과 창문을 닫아건 채 한구석에 쪼그리고 마주앉아 있었다. 아비가 공장에서 훔친 싸구려 금도금 목걸이와 팔찌, 반지를 꺼내놓으면, 어미는 역시 공장에서 훔친 화려한 포장지와 포장상자로 그것을 쌌다. 내 속의 한 짐승은 말하려 했다. 나도 하나만 줘. 내 속의 다른 한 짐승은 말하려 했다. 개 같은 것들, 도둑질을 하다니. 그래서 결국 나는 아무 말도 할 수 없었다. 나아, 개애…… 내 입에서 나온 소리는 그것이 다였다. 아비 어미는 그들의 장물에 덤벼드는 나를 밀어내며 그 좁은 방에서 소리를 낮추어 얘기를 주고받았다. 장씨한테 갈 거야? 그래야지. 하지만 그 사람 너무 박하잖아. 그래도 이 사람 저 사람하고 거래하다가는…… 잘못하면 발각이 되서…… 어미는 짜증을 냈다. 누가 이 사람 저 사람하고 하래? 장씨 말고 다른 사람 정해놓고 그 사람하고만 하면 되는 거지. 아비는 짜증을 내는 어미의 좁고 더러운 이마에서 찔찔 흘러내리는 진땀을 멍하니 쳐다보며 앉아 있다가 뭐 하고 있어, 갔다올 테면 얼른 갔다올 일이지, 하고 어미가 재촉하자 주섬주섬, 검은색 비닐가방에 장물을 챙겼다. 방문을 밀고 나서는 아비의 등뒤에 대고 어미가 다시 쏘아붙였다. 오늘은 잔금 좀 꼭 받아와. 또 미루면 멱살잡이라도 하란 말이야. 병신처럼 우두커니 서 있다가 암말도 못하고 돌아오지 말고. 연탄도 떨어져가. 아비가 마루 끝에서 뒤를 돌아보았다. 그의 얼굴이, 의미와 무의미 사이의 동굴에 갇힌 나의 말들처럼 아득했다. 나는 어쩐지 그가 돌아오지 않을 것이라는 생각이 들었다. 한층 소리를 더 낮춰 어미가 말했다. 뭐 해? 어서 갔다오지 못하구. 아비가 물끄러미 나를 쳐다보고 있다가 조용히 방문을 닫았다. 나는 아빠 가지 마, 하고 말하고 싶었다. 또

한, 나는 바보 새끼, 나가 죽어버려, 하고 말하고 싶었다. 그리하여 결국 내 입에서 나온 것은 아으, 바으 하는, 말 아닌 소리뿐이었다. 두 도둑의 모의가 끝나고 한 도둑이 장물을 처분하기 위해 떠나자 남은 한 도둑은 그때까지 닫혀 있던 창문을 비로소 열고 벽에 기대어 앉더니 맥없이 등을 벽에 문지르며 주르르 흘러내려 방바닥에 몸을 뉘었다. 내가 어미에게 다가가 다리를 잡았으나 어미는 아무 반응도 나타내지 않았다. 그저 내던진 옷조각처럼 늘어져 있을 뿐이었다. 잠시 후에야 나는 어미의 눈에서 흘러내리는 눈물을 보았다. 그것은 눈물이 아니라 차라리 체액, 그저 몸속에 넘쳐나 바깥으로 밀려나오는 땀이나 소변 따위의, 아무 특별할 것 없는 물질처럼 보였다. 그렇게 소리하나 내지 않고, 얼굴 한번 찡그리지 않고 어미는 울었다. 침침한 방 안에서는 희미하게 연탄가스 냄새가 떠돌았고, 어미의 눈물에서는 도금공장의 화학약품 냄새와 더불어 김치와 멸치가 끓는 냄새가 풍겼다. 나는 어미에게 덤벼들어 목을 끌어안았다. 어미가 나를 밀어냈다. 나는 다시 어미에게 덤벼들었고, 어미는 나를 밀어냈다. 그것이 얼마나 반복되었을까. 어미는 갑자기 벌떡 일어서더니 나를 들어올려 창문 밖으로 내던졌다. 어미가 외치는 소리가 귓전을 울렸다. 죽어버려. 귀찮아! 나는 속절없이 허공을 날아 셋집 뜰 위로 내동댕이쳐졌다. 내 작은 몸뚱이는 콘크리트가 깔린 셋집 바닥에 떨어지자 한두 번 떼굴떼굴 굴러 벽에 부딪친 다음에야 멈췄다. 숨을 쉴 수가 없었다. 말도 소리도 나오지 않았다. 어디가 아픈지도 알 수 없었다. 팔이나 다리, 등이나 허리, 머리에도 아무런 통증은 없는 것 같았다. 그러나 온몸이 아프고 얼떨떨하고 정신이 없었다. 숨을 쉴 수가 없다는 것만은 강하게 의식되었다. 숨을 쉴 수 없다는 것이 얼마나 고통스러운 일인지를 나는 처음 깨달았다. 어떤 거대한 손이, 어쩌면 죽음이라는 놈이 잠시 내 목구멍을 틀어막고 있었던 것인지도 모른다. 얼마 후에야 숨구멍이 터졌고, 그와 더불어 내 목구멍에서는 커다랗게 울음소리가 터져나왔다. 어미가 뛰쳐나와 나를 끌어안았다. 어미는 윽윽 흐느끼며 뜨거운 눈물이 흐르는 얼굴로 내 뺨을 비벼댔다. 나를 창문 밖으로 내던질 때의 어미와 이제 뛰쳐나와 나를 끌어안고 눈물을 흘리는 어미가 같은 사람인지 다른 사람인지 잠시 알 수가 없었다. 나는 울어댔다. 어미에 대한 사랑과 증오, 연민과 혐오, 두려움과 충격이 뒤범벅되어 나는 한순간마다 어미를 끌어안았다가 밀어내고, 어미의 가슴을 더듬었다가 발길질하며 울고 울고 또 울었다.

그날 밤 아비는 돌아오지 않았다. 그 이튿날에도 돌아오지 않았다. 어미는 며칠 동안 혼자 공장에 출근하였다가 혼자 퇴근하였다. 포장지와 포장상자들을 훔쳐왔으나 아비 없이는, 아비가 훔쳐오는 목걸이나 팔찌, 반지 같은 것 없이 포장재만으로는 아무런 부수입도 얻을 수 없었다. 혼자서 멸치와 김치를 끓인 국물로 저녁을 먹는 둥 마는 둥, 소주잔을 기울이며, 죽어버릴까, 다 죽어버릴까, 새끼고 뭐고 다같이 죽어버릴까, 하고 중얼거리며 멀거니 나를 쳐다보는 어미의 눈에서 나는 죄의식을, 동시에 어떤 결의 같은 것을 보았다고 생각했다. 나는 어미가 나를 죽이고 자신도 죽어버릴까봐 겁이 났고, 동시에 나를 죽이고 자신도 죽어버리기를 바랐다. 아비가 돌아오기를 기다렸고, 돌아오지 않기를 바랐다.

어느날, 혼자 소주를 마시던 어미는 눈곱인지 눈물인지 모를 물기로 축축한 눈을 게슴츠레 뜨고 나를 우두커니 쳐다보고 있다가 말했다. 넌 니 애비 자식이 아니다. 넌…… 다리 밑에서 주워온 자식이다. 나는 그저 묵묵히 어미를 지켜보고 있었다. 어미가 나를 죽이고 자신도 죽어버리는 것이 아닌 다른 길을 찾아냈는지도 모른다는 생각이

들었다. 나는 그것이 한편으로는 섭섭했고 한편으로는 다행스러웠다. 어미는 소주잔을 쭉, 빨더니 김치찌개 냄비에서 마지막 남은 멸치 한 마리를 건져 입안에 넣고 얘기를 계속했다. 아니, 그게 아니라…… 넌…… 니 애비랑 결혼하여 신혼여행이라고 간 적이 없다. 결혼식장에서 나와서 그냥 집에 가기 멋쩍어서 남대문 극장에 가서 영화 하나 보고 순대 안주로 소주 좀 먹고 집으로 돌아왔지. 니 애비는 곤드레만드레 취해 내 곁에까지는 오지도 못하고 이부자리 바깥에서 고꾸라져 잠들어버리더라. 자는데…… 새벽녘에 가슴이 선뜻해서 눈을 떠보니 커다란 구렁이 한마리가…… 어마어마하게 굵은 구렁이 한마리가 내 배 위에서 슬금슬금 기어내려 오더구나. 시뻘건 혓바닥을 널름거리면서 내 눈속을 들여다보는데…… 아이구, 생각만 해도 소름끼친다. 니 애비는 여전히 요때기 바깥에 엎어져 있고. 그렇게 해서 나온 새끼가 너다. 내가 아무리 생각해봐도 모르겠다. 니가 구렁이 새낀지 사람 새낀지. 다른 애기들은 다 울면서 태어난다는데, 넌 어쨌는지 아냐? 웃으면서 태어났다. 깔깔깔. 기가 막혀라. 얼마나 놀라고 무서웠는지 아냐? 그뿐이 아니다. 임신이 됐는데, 열달이 지나, 일년이 지나, 이년이 지나도 니가 나올 생각을 안하더라. 십년 만에, 남산만한 배를 안고 다니면서도 임신중이라는 것마저 까마득하게 잊고 살았는데, 어느날 자다가 배가 아파 변소 가려고 일어나는데, 니가 혼자서 내 뱃속에서 기어나왔다. 니가 내 뱃속에서 십년을 산 놈이다. 징글징글도 하지. 그러니까 니 나이에다가 열살을 더해야 그것이 니 진짜 나이다. 소름끼치고 무서워라, 아이구. 니 애비는 나한테서 새끼 하나도 못 얻었다. 니가 십년 동안이나 내 뱃속을 차지하고 들어앉아 있었으니 어떻게 새끼인들 생겼겠냐. 불쌍한 인간. 차라리 잘된 일이겠지. 잘된 일이고말고.

얼마 뒤, 어미는 나를 큰아비 집에 맡기고 종적을 감췄다. 나의 아비와 어미, 또는 나의 저주는, 어쩌면 나의 구렁이는 그렇게 나를 떠나갔다.

4

연이 이모는 방에 들어서자마자 이 맹맹이새끼가 기다리지도 않고 섭섭하게 혼자서 시작했네, 하더니 옷을 홀렁홀렁 벗어던졌고, 그녀의 밋밋한 가슴, 허리와 엉덩이가 구별되지 않는 펑퍼짐하고 퉁퉁한 몸뚱이를 드러내놓았으며, 머리맡에서 약병을 발견하자 약을 손가락 끝에 발라 콧속으로 문질러 넣으면서 다른 한 손으로는 내 허리띠를 풀어내는 것을 시작으로 분주히 내 옷을 벗겨냈고, 이어 내 허리에 걸터앉아 그녀의 축축한 몸속으로 내 몸을 쑤셔넣었다. 온몸을 짓까불며 그녀는 염소처럼 매애매애 울부짖기 시작했고, 나는 그녀의 어깨를 움켜쥐어 끌어당기고 그녀의 어깨를 물어뜯었으며, 그러자 입안으로 땀과 때와 피 냄새가 흘러들었고, 그녀는 작은 비명소리를 지르더니, 행여나 질세라 이 맹맹이새끼, 하며 내 목을 물어뜯었다. 나는 내가 아니라 짐승이었고, 연이 이모도 그녀가 아니라 짐승이었다. 나는 내가 아닌 모든 것, 나의 아비, 나의 어미, 나의 큰아비와 큰어미였고, 연이 이모 역시 그녀가 아닌 모든 것, 나의 아비와 어미, 나의 큰아비와 큰어미, 순이, 캡틴 케네디……였다. 무엇이라도 상관없었다. 아비 어미에게 갇혔던 어린 시절의 방안에서 요강에서 오줌이 넘쳐나듯 끈적끈적한 진땀과 쾌감이 온몸으로 줄줄 넘쳐흘렀다. 요강은 그 방에만 있지 않았다. 그것은 우리 몸뚱이에도 있었다. 나의 몸뚱이는 누군가가 갇힌 방에 놓인 작은 요강에 지나지 않았다. 그 요강에서는 때로 오줌이, 똥이, 쾌감이, 고통이, 절망과 외로움과 연민과 치욕감이 넘쳐났고, 그 악취는 역겨웠으나, 악취에 그치지 않았으며, 그 악취에 취해 나는, 연이 이모는 서로의 살덩이를 탐했다.

연이 이모를 만난 것은 까페 밀리어네어에서 일할 때였다. 그녀는 그곳 주방 어미였다. 나이는 나보다 훨씬 많았다. 모두가 그녀를 연이 이모라고 불렀으나, 나를 포함하여 연이가 누구인지 아는 사람은 하나도 없었다. 그녀가 그 커다란 손으로 칼을 쥐고 그 작은 밤을 깎거나 배나 사과, 레몬이나 오렌지 따위의 과일을 깎는 것을 보면 놀라웠다. 굵은 손가락들이 과일과 안주 접시 위에서 춤을 추었고, 잠깐 뒤에는 과일들은 놀랄 만큼 예쁘고 깨끗하게 깎이고 잘려 접시 위에 가지런히 정리되어 있었다. 그녀는 내가 심한 말더듬이라는 것을 알게 된 첫날부터 나를 맹맹이새끼라고 불렀다. 이 맹맹이새끼야, 안주 나왔다. 팁 제대로 얻으려면 가위질하듯이 허리를 재깍재깍 꺾을 줄 알아야 하는 법이야, 이 맹맹이새끼야. 어느날, 장사가 끝난 새벽녘에 나는 그녀가 주방에서 시커먼 비닐봉투 안에 얼굴을 들이박고 있는 것을 보았다. 그녀는 나를 발견하자 히죽 웃으며 너도 한번 해봐 이 맹맹이새끼야, 했다. 비닐봉투 안에는 본드가 잔뜩 짜여 있었고, 나는 기꺼이 거기 얼굴을 파묻었다. 환각에 빠져들자 나의 아비와 어미와 큰아비와 큰어미, 그리고 나의 순이를 모조리 그 환각 속으로 불러들였다. 나는 처음으로 그들을 그런 식으로 만날 수 있다는 것을 알게 되었고, 그후 시간만 나면 연이 이모와 함께 본드가 잔뜩 눌려 짜인 비닐봉투 안에 코를 박고 낯선 세계로 여행을 다녔다. 나의 아비와 어미를 불러들여 말처럼 타고 놀고, 은행을 털어 부자로 만들어주었으며, 화해를 시켰다가, 마침내는 마당으로 내던져버렸다. 뱀이 되어 역시 뱀이 된 큰아비와 더불어 세상 천지를 배로 기며 헤매고 다녔고, 흙을 먹고, 지렁이를 낳고, 나비를 낳았다. 큰아비와 큰어미를 불러들여, 큰어미가 원하는 대로 얼마든지 칼로, 총으로, 독약으로, 대포로, 미사일로, 항공모함으로, 대륙간탄도탄으로, 원자탄과 수소탄으로, 세상에 존재하지도 않는, 인간이 앞으로 만들어낼 온갖 어마어마한 무기들을 동원하여 백번 천번 큰아비를 죽이고 폭격하여 큰아비 집을 수천번 박살을 내어 큰어미의 소원을 들어주었고, 순이를 불러들여 모든 병을 낫게 하고, 아름다운 처녀로 되살려내어 성대하게 혼례를 치렀으며, 그녀를 벌거벗기고 뱀이 되어 그녀의 몸 구석구석을 탐색하느라 몇날 몇밤을 보냈다.

그러나 환각에서 깨어나면 마흔네살의 나는 어김없이 발가벗기운 채 백일흔여섯살의 연이 이모의 우람한 품안에 안겨 있었다. 내가 기겁을 하여 그녀의 품에서 빠져나와 옷을 걸치면 연이 이모는 웃으며 투덜거렸다. 왜? 내가 못생겨서 그러냐, 이 순진한 새끼야? 돼지고기 누가 낮짝 보고 먹냐, 이 맹맹이새끼야?

본드에 취해 환각에 빠지면 나는 크게 더듬지 않고 말을 제법 온전히 할 수 있었다. 기이한 일이었다. 취하기만 하면 마치 굳은 혀가 풀린 듯, 내 속에서 뒤숭숭하게 뒤얽혀 살면서 아무 때나 제멋대로 고개를 들이밀어 내 혀를, 내 발길을 잡아채어 어떤 말도 온전히 할 수 없게 만들고, 어디로도 마음대로 갈 수 없게 만드는 그놈들이 힘을 잃은 듯, 아니면 저희들끼리 순서라도 정한 듯, 나는 그럭저럭 얘기를 할 수 있었다. 맹맹이 맹맹이 하지 마, 이 암퇘지야. 연이 이모는 목젖을 울리며 껄껄 웃어댔다. 환각에 취하기만 하면 연이 이모는 그저 좋기만 했다. 욕을 해도, 걷어차도, 돈을 빼앗아도 그저 웃어댔다. 나는 그녀에게 무수히 돈을 빼앗았다. 그녀의 봉급을, 그녀의 곗돈을, 그녀의 반지와 목걸이를, 심지어는 그녀의 손목시계까지 빼앗았다. 그래도 그녀는 웃기만 했다. 깨어나면 맹맹이새끼, 강도새끼, 하며 투덜대기도 하고, 화를 내기도 했지만, 취했을 때는 그녀는 내가 목을 졸라대도 캑캑거리며 웃어댈 뿐이었다. 나는 취한 채 그녀에게 무슨 얘기든 다 했다. 큰애비라는 새끼는 정신나간 놈 같아. 그 옆집에 사는 할망구는 큰어미라는데, 정말 미친년이고. 순이는…… 그년도 할망구야. 젊은 할망구, 아니 늙어터진 젊은년이라고 해야 하나? 하필이면 그런 놈의 집구석에서 살아야 하다니…… 연이 이모는 말했다. 집 나와버려. 나랑 살면 되잖아, 이 맹맹이새끼야. 내가 돼지고기 듬뿍 넣고 김치찌개도 끓여주고, 정력에 좋은 보신탕도 얼마든지 끓여줄 테니까. 그리고 밤마다 본드도 하고, 옷 같은 건 걸칠 필요도 없이 사는 거야…… 음탕스레 그녀는 내 허벅지를 주물럭거렸다.

5

큰아비는 하루종일 거의 말을 하지 않고 살았다. 꼭 필요한 말만을, 한두 마디로 줄여 뜸벅 내놓았다. 나에게도 순이에게도 마찬가지였다. 이를테면 그는 나와서 밥 먹어라, 하고 말하지 않았다. 내가 방에 있을 때면 밖에서 문을 두들기며 점심이다, 했고, 주방으로 가보면 식탁 앞에 혼자 우두커니 앉아 있거나 이미 국을 떠 입에 넣고 있었다. 그는 외출도 거의 하지 않았다. 한달에 한두 번쯤 순이의 약값을 우송하고 약을 찾기 위해, 그 시절에는 신촌에 있던 국제우체국에 가는 것이 유일한 외출이었다. 순이의 약은 미국에서 배달되었다. 큰아비는 한달에 한번 미국 워싱턴의 어떤 약국으로 약값을 우송했고, 그러면 그 약국에서 큰아비에게 수화물 증명을 보내오는 것이요, 그러면 큰아비는 수화물 증명을 들고 국제우체국으로 약을 찾으러 갔다. 그 약을 먹지 않으면 순이는 지금 당장 죽어버릴지도 모른다고 했다. 밥이 아니라 그 약이 순이를 살아갈 수 있게 했다. 그러니까 순이의 밥은 그 약이었고, 그 밥은 너무나 먼 곳에서, 낯선 사람들이 기계와 컴퓨터에 매달려 화학공식과 숫자의 조합으로 만들어내어 화물선을 통해 태평양을 건너 배달되었다.

큰아비는 느릿느릿 밥을 지을 때도, 세탁기에 빨래를 넣고, 꺼내어 뜰 한쪽에 설치된 빨랫줄에 널 때에도 늘 입을 다물고 살았다. 밤을 꼬박 새워 책을 읽거나 혼자 술을 마시면서도 입은 열지 않았다. 가끔 책을 읽다 말고, 술을 마시다 말고, 우두커니 허공을 응시하다 말고 으아, 하고 소리를 질렀다. 사람이 아니라 짐승이 울부짖는 소리 같았다. 그뿐, 자신이 그렇게 소리를 질렀다는 것도 의식하지 못하는 듯 그저 입을 다물었다.

그러나 그가 돌연 밑도끝도없이 긴 얘기를 늘어놓을 때가 있었다. 큰아비가 우체국에서 순이의 약을 찾아온 날이었다. 그는 소포를 뜯어 상자들을 꺼내고 있었고, 나는 그 옆에서 그것을 지켜보고 있었다. 그는 약병과 약상자들을 구석 장롱에 차곡차곡 쌓다 말고 약병 하나를 들어 거기 깨알 같은 크기의 영어로 기록된 사용법과 성분 따위를 들여다보기 시작했다. 그러곤 문득 입을 열었다. 나를 돌아보지도 않았고, 나에게 말을 건네는 것 같지도 않았다. 그저 혼잣말처럼 중얼거리기 시작했다. 이 약은 치료제가 아니야. 치료? 어림도 없지. 그저 환자의 병이 악화되는 속도를 지연시키는 것뿐이야. 이 약의 유일한 효용은 그러니까 죽음을 지연시키는 거야. 내일 올지도 모르는 죽음을 모레로 미루는 것, 모레 올 수도 있는 죽음을 글피로 연기하는 것,

순이의 삶이란 그런 거지. 불쌍한 것. 하지만 과연 그게 순이의 삶과 죽음만일까. 어쩌면 나의 삶 역시, 이 세상 사람들 모두의 삶 역시 결국은 그런 것 아닐까. 세상과 사람이 이처럼 타락하고 사악한데 그에 대한 아무런 대안도 없이, 멍청히 그 세상과 사람에 시달린다는 것, 그건 언젠가는 죽는다는 것, 죽음을 향해 하루하루 늙어가는 것에 지나지 않거든. 모든 삶의 종착지가 죽음일 뿐인, 그밖에는 어떠한 다른 결론도 없는, 이미 결정되어버린 길 위를 무력하게 터덜터덜 걸어가는 것. 그런데도 사람들은 죽음을 향해 삶을 유지하기 위해 악착같이 버둥거리지. 이놈의 삶이라는 게 과연 그럴 만한 가치가 있는지 알지도 못하는 채. 이놈의 세상이라는 게 과연 거기 남아 있기 위해 그렇게 악착을 떨 만한 가치가 있는지 알지도 못하는 채, 아니, 심지어는 그에 대해 의심을 품으면서도, 나아가서는 그럴 만한 가치가 없다고 확신하면서도 이놈의 세상에, 삶에 남아 있기 위해 안간힘을 쓴단 말이야. 죽음을 연기하기 위해, 누추한 연명을 위해, 이 추악한 세상에 조금이라도 더 남아 있기 위해 도둑질을 하고, 살인을 하고, 사기를 치고, 흉계를 꾸미고, 파렴치한 짓을 저지르고, 전쟁을 일으키고, 학살하고, 진실을 왜곡하고, 증오하고, 욕심을 부리고, 권력을 탐하고…… 하지만 세상 사람들의 삶과 죽음이 다 마찬가지라 해도 우리 순이가 비참하다는 건 여전해. 참혹하지. 이 세상과 사람의 모든 운명이 그 아이에게 체현되어 있는 것만 같고…… 그 아일 보고 있으면…… 내가…… 이 세상이…… 우리가 모두…… 갑자기 큰아비는 입을 다물었다. 나는 얘기가 계속되기를 기다렸다. 그러나 그는 얘기를 시작하던 것처럼 돌연 입을 다물고 묵묵히 약을 장에 정리할 뿐이었고, 그 일을 끝내자 뜰로 나갔다. 나는 그를 따라 뜰로 나갔다. 살아 있는 것처럼 그 뜰이 그를 위해 공간을 열어주는 것 같았고, 그는 그 공간 안으로 옷을 입듯이 자연스레 스며들었다. 그가 다시 얘기를 시작하기를 오래오래 기다렸으나, 그는 내가 거기 있다는 것을 아는지 모르는지 내게는 눈길 한번 주지 않고, 토막의자에 앉아 멀거니 허공을 응시한 채, 마치 뜰의 일부가 된 듯 꼼짝도 하려 하지 않았다.

순이는 심심하면 놋쇠로 만든 작은 종을 흔들었다. 한번 흔들면 큰아비를 부르는 소리였고, 여러번 흔들어대면 그것은 나를 부르는 소리였다. 그 방에 들어가면 나는 먼저 백발이 듬성듬성한 그녀의 대머리에 분홍빛의 모자를 씌워줘야 했다. 흉한 머리를 나에게 보이기 싫다는 것이었다. 처음 그녀가 나를 불러들여 숨을 몰아쉬며, 얘기, 얘기, 얘기 좀 해줘, 하고 말했을 때 나는 내가 아는 모든 이야기들을 떠올리며, 어떤 이야기를 들려줄 것인지를 궁리했다. 나는 아비 어미의 도둑질을 얘기해주고 싶었고, 그러나 그보다 내가 어미 뱃속에서 십년을 살다 나왔다는 얘기도 하고 싶었으며, 내가 사실은 구렁이의 새끼라는 것도 얘기해주고 싶었고, 이 집이 살아 움직이는 것처럼 보인다는 얘기도 하고 싶었으나…… 나는 아무 얘기도 하지 못했다. 이 얘기를 하려면 저 얘기가, 저 얘기를 하려면 이 얘기가 입을 막았다. 나는 으, 어, 그…… 따위의 바보 같은 소리만 띄엄띄엄 내뱉다가 혼자 지쳐 방에서 나와버렸다. 거실에서 큰아비가 기다리고 있었다. 나는 그에게 순이의 방에서 무엇을 했는지를 얘기해줘야 한다고 생각했다. 그러나 역시 말할 수 없었다. 내 속에 사는 한 짐승은 누나가 얘기를 해달라고 했지만 아무 얘기도 해주지 못했어요, 하고 말하려 했고, 다른 한 짐승은 개 같은 년이 아무 때나 종을 땡땡 쳐서 사람을 불러대고 지랄이야, 염병할 년, 하고 말하려 했다. 나는 아, 우, 으, 하다가 숨을 몰아쉬다가, 얼굴을 붉혔다가, 혼자 씨근거리다가…… 했을 뿐이었다. 그러나 큰아비는 아비 어미와 달랐다. 그들은 내가 얘기를 하려고 애를 쓰는 것을 보면 나보다 오히려 자기들이 더 초조해하다가, 화를 내다가, 그만 얘기 듣기를 포기하고 말았다. 큰아비는 그러지 않았다. 그는 나를 향해 얼굴을 들어올리고 아무 말 없이 조용히 기다려주었다. 아니, 그저 조용히 앉아 있을 뿐이었다. 내가 얘기를 해보려고 애를 쓰다가 포기하고 털썩 주저앉거나 돌아서서 내 방으로 들어가버려도, 화가 나서 옆에 있는 책을 집어 동댕이쳐도 그는 아무 말도 하지 않았다. 그저 묵묵할 뿐이었다. 그의 그 묵묵함이 결국 내 말문을 열었다고 해야 할 것이다. 어느날, 그의 앞에서 얘기를 하려고 안간힘을 쓰면서도 우우, 어어 따위의 무의미한, 의미와 무의미 사이의 동굴에 갇힌 소리들만을 내뱉고 있을 때에 큰아비는 저 무심한 눈길로 나를 바라보며 말했다. 한마디씩만. 놀랍게도 그 말을 듣자마자 내 입에서 한마디가 빠져나왔다. 얘기,라고. 그리고 큰아비는 알아들었다. 그는 고개를 끄덕였다. 이어 내 입에서 빠져나온 말은 이런 것이었다. 내 속의 다른 짐승의 말이었다. 하, 하, 할망구 같은 년…… 큰아비는 잠시 나를 쳐다보았다. 스스로 놀라고 당황하여 어쩔 줄을 모르는 나에 비하면 그는 오직 무심하기만 한 얼굴이었다. 그는 또 고개를 끄덕였다. 그뿐이었다.

그 뜰── 바람이 불면 집의 담에, 벽에, 지붕에 뒤덮인 담쟁이덩굴과 등나무 잎들이, 뜰을 뒤덮은 넝쿨장미와 잡초들이 살아날 듯 춤을 추었고, 그에 따라 집 전체가 당장 일어서서 움직이기 시작할 듯 꿈틀거렸다. 비가 내리면 모든 나무와 모든 이파리들이 환호하듯 손뼉을 치며 몸부림쳤고, 지렁이들은 빗줄기를 사다리 삼아 하늘을 향해 끝없이 기어올랐으며, 날이 개면 사다리를 잃은 지렁이들은 갑자기 허공에서 뚝뚝 떨어져내렸고, 그러면 개미들이 떼로 몰려나와 지렁이의 몸뚱이를 백 조각 천 조각을 내어 부지런히 땅속의 집으로 날라들였다. 새들은 둥우리를 지어 알을 낳았고, 알에서 깨어난 새끼들은 온종일 지지구지지구 지저귀며 어미새가 잡아다주는 지렁이와 나비를 꿀꺽꿀꺽 삼켰으며, 개미들은 나무 꼭대기의 둥우리에까지 기어올라 갓 깨어난 새끼들의 다리를 파먹고, 눈을 파먹고, 깃털이 채 자라나지 않은 겨드랑이를 파먹었다. 밤이면 등나무 줄기들이 부쩍부쩍 자라나 그 길고 굵은 팔다리로 집을 꽁꽁 휘감으며 힘을 과시하는 듯 꾸욱꾹, 집을 짓눌러댔고, 그때마다 집 이곳저곳에서는 정체를 알 수 없는 기이한 소리들이, 마치 관절염과 해소병과 늑막염과 폐결핵과 심장병과 치질에 한꺼번에 걸린 환자의 신음소리처럼 들려왔다. 큰아비는 밤이 깊으면 그 뜰로 나와 잡초 속에 몸을 묻고 배로 엉금엉금 기어다녔다. 그가 입을 벌리면 끝이 갈라진 붉은 혀가 늘름늘름 삐져나와 어둠속에 섬광처럼 번득거렸다. 그가 그런 꼴이 되는 것을 처음 목격했을 때에 나는 그의 옆에서 그와 나란히 기고 싶다는 생각을 했다. 그는 그처럼 유연했고 그의 기는 모습은 그처럼 시원했다. 두 다리로 걷는 것은 그에 비하면 애들 장난 같았다. 그가 잡초에서 빠져나와 꾸물꾸물 등나무 둥치를 타고 기어오르기 시작했을 때에는 나는 경탄하여 그것을 지켜보았다. 지붕 위로 기어올라간 큰아비가 입을 벌리자 혀가 불꽃처럼 밀려나왔다. 이런 거 배우면 못쓴다. 그러나 나는 벌써 그것을 배우기로 작정하고 있었다. 큰아비는 다시 뜰로 내려왔다가 담쟁이덩굴로 뒤덮인 이웃집 담을 꾸물꾸물 타넘어 사라졌다. 나는 발돋움을 해보았으나 담은 높아 이웃집은 보이지 않았다. 그 자리에 서서 큰아비를 기다렸으나 그는 돌아오지 않았고, 나는 졸음에 쫓겨 방으로 돌아오는 수밖에 없었다. 이튿날 큰아비는 여전히 꾸부정한 허리로 서서 허공을 넘겨다볼 뿐이었다. 지난밤의 일에 대해서는 한마디도 하지 않았다. 그후로도 종종 한밤중에 큰아비가 마루에서 뜰로 내려서서 돌연 팔도 다리도 없는 사람처럼 스르르 길게 몸을 엎드리는 것을 보았다. 그는 늘 이웃집의 담을 넘어 사라졌고, 밤이 깊도록 돌아오지 않았다. 나는 마루 끝에 앉아 그가 돌아오기를 기다리다가 그만 잠들어버리곤 했다.

그렇게 큰아비 집에서의 생활을 시작되었다. 큰아비의 침묵에도, 기이한 밤외출에도, 순이에게도 익숙해졌다. 차츰 순이와 어울리는 법도 터득하게 되었다. 그녀가 얘기를 해달라고 할 때면 아비 어미의 셋방에 감금당한 채 살던 시절에 내가 망나니가 되어 처형한 정몽주와 이완 장군과 사도세자와 전봉준을 더듬더듬 얘기해주었고, 간혹은 모반자나 살인자로서, 간혹은 무고한 신민(臣民)으로서 망나니에게 목이 잘린 이야기를 들려주었다. 내 속에는 여러 짐승이 살고 있었으나, 나는 그렇게 얘기를 하는 동안 차츰 그 여러 짐승들에게 말을 하는 순서를 만들어줄 수 있게 되었다. 비록 여전히 심하게 더듬기는 했으나, 한 짐승이 얘기를 시작하면 다른 짐승들은 그 얘기가 끝나기까지 기다리는 법을 조금씩은 가르칠 수 있었다. 그리하여 나는 내 속에 사는 짐승이 여럿이기는 하지만 그들은 결국 두 짐승의 변형, 그 그림자들, 그 자취들이라는 것을 깨달았다. 그 둘 모두 나를 닮았다는 것도 발견했다. 나는 그 두 짐승에게 이름을 붙여주었다. 사슴과 승냥이, 그것이 그들의 이름이었다.

6

큰아비의 이웃집에서는 이상한 노파가 한사람 살고 있었다. 나이는 삼백스무살쯤 되었을까. 밤새도록 떡을 만들어 꼭두새벽부터 시장바닥에 나가 앉아 밤늦게까지 파는 것으로 연명했다. 계절에 따라 마늘을 까서 팔기도 하고, 배추나 파 같은 것을 다듬어 팔기도 하고, 김치나 멸치볶음을 만들어 팔기도 했다. 늘 누더기를 걸치고 살았다. 목욕도 빨래도 하지 않는지 늘 퀴퀴한 냄새를 풍겼다. 모습은 그래도, 소문으로는 그 노파가 알부자라고 했다. 어마어마한 돈을 은행에 예금해뒀을 뿐 아니라, 집 구석구석에 감춰두고 있다는 것이었다. 이상한 것은 그 노파만이 아니었다. 큰아비도 이상했다. 그가 한밤중 기이한 모습이 되어 넘나들곤 하는 집이 바로 그 집이었다. 큰아비는 가끔 수박이나 참외 따위의 과일을, 삼계탕 같은 것을 나에게 들려 그 노파에게 전해주고 오라고 심부름을 보냈다. 그것은 늘 불쾌한 심부름이었다. 그 노파는 한번도 나를, 그 음식을 반기지 않았을 뿐 아니라 고맙다는 말 한마디도 하는 적이 없었다. 쭈글쭈글 주름살로 뒤덮인 얼굴에 박힌 작은 눈속에서 눈동자는 쥐눈처럼 반짝거렸다. 이가 모두 빠져 입은 주름살 한가운데 뚫린 작은 구멍 같았다. 그러나 몸은 뚱뚱했고 팔다리도 굵었으며, 목청도 컸다. 그 큰 목청으로 그녀는 나를 흘겨보며 쏘아붙였다. 뭐 하러 왔냐. 이런 더러운 건 뭐 하러 가져와, 개 같은 것들아. 뿐만 아니라 음식을 전하고 나서 몇시간이 지나면 어김없이 담 너머로 빈 음식그릇을, 씻지도 않은 채 욕설과 저주와 더불어 이쪽 뜰로 내동댕이쳤다. 에라, 누가 이 따위 거 먹는다더냐, 이 개 같은 것들아. 노파는 그릇을 일부러 깨고 짓밟고 찌그러뜨려서 이쪽 뜰로 내던지기도 했다. 그런 짓을 당하면서도 큰아비는 항의 한번 하지 않았고, 여전히 그릇을 들려 나에게 심부름을 보냈다. 가끔 큰아비가 한밤중에 그 집으로 들어가는 것을 본 적이 있는 나로서는 이해가 되지 않는 일이었다. 큰아비는 한밤중에 그 집에 들어가서 도대체 무엇을 하는 것일까. 그토록 자주 드나드는 사람에게서 그따위 욕설을 듣고 모욕을 받는 것은 어째서일까. 아니, 어쩌면 큰아비가 한밤중에 그 집에 드나드는 것은 노파가 알지 못하는 사이에 이루어지는 일일까. 큰아비는 그 노파 몰래 그 집으로 스며들어 지붕을 타고, 어쩌면 오래된 구멍이나 굴뚝을 타고 방안으로 들어가 밤이 새도록 잠든 노파를 훔쳐보기만 하다가 날이 새면 또 남몰래 빠져나오는 것일까. 아니면, 그 노파가 여기저기 감춰둔 돈을 훔쳐내는 것일까. 그것도 아니면…… 부르르, 몸이 떨렸다. 어미가 나에게 들려준 얘기가 생각났다. 새벽녘에 가슴이 선뜻해서 눈을 떠보니 커다란 구렁이 한마리가…… 어마어마하게 굵은 구렁이 한마리가 내 배 위에서 슬금슬금 기어내려 오더구나. 시뻘건 혓바닥을 널름거리면서 내 눈속을 들여다보는데…… 아이구, 생각만 해도 소름끼친다. 니 애비는 여전히 요때기 바깥에 엎어져 있고. 그렇게 해서 나온 새끼가 너다. 내가 아무리 생각해봐도 모르겠다. 니가 구렁이 새낀지 사람 새낀지. 큰아비는 그렇게 저 노파에게서 새끼를 만드는 것일까……

그날도 큰아비는 갈비를 구워 냄비에 담은 다음 이웃집을 가리켰다. 거기 갖다주고 오라는 뜻이었다. 나의 사슴은 말했다. 싫어요. 안 가요. 큰아비는 그러나 한마디뿐이었다. 어서. 이번에는 나의 승냥이가 대답했다. 가기 싫단 말이야, 이 새끼야. 이번에는 큰아비는 대꾸도 하지 않았다. 결국 나는 갈비를 가지고 그 노파의 집으로 갔다. 노파는 갈비 냄비를 받아들자 썩은 것들, 하고는 문을 닫으려다가 다시 열어 그 작은 쥐눈으로 나를 찬찬히 쳐다보았다. 들어와라. 나는 고개를 저으며 뒷걸음질했다. 그러자 노파는 돌연 비명을 지르듯 고함쳤다. 들어와, 이 썩을놈아! 그녀는 내 팔목을 움켜쥐고 집안으로 끌어당겼다. 내 속의 승냥이가 버럭 맞고함을 질렀다. 놔, 이 썩을년아! 그러나 노파는 끄떡도 않고 나를 마루로 끌고가 동댕이치듯 앉혔다.

노파는 내가 맞설 수 없을 만큼 완강했다. 노파는 사탕과 떡과 식혜를 내놓았다. 먹어, 이놈아. 나는 영문을 알 수 없었다. 물론 먹지도 않았다. 노파는 내 앞에 쪼그리고 앉아 찬찬히 나를 들여다보다가 말했다. 니가 저 영감태기 조카로구나. 그래, 니 이름이…… 택이지. 나는 기가 질렸다. 어떻게 이 미친 노파가 내 이름을 아는 것일까. 그러나 노파가 이어 한 얘기는 더욱 놀라웠다. 니 애비도 갑자기 사라지더냐. 니 애비는 뭐에 미쳐서 사라졌다냐. 니 에미가 고생이 많겠구나. 까닭 없이 눈물이 났다. 노파는 울지 마 이놈아, 하더니 더러운 옷소매로 내 얼굴을 닦아주었다. 어서 먹어, 이놈아. 나는 먹었다. 때가 꼬질꼬질 낀 껍질을 벗겨 사탕을 입에 넣고 아드득 바드득 깨물어 삼켰고, 쑥떡과 계피떡과 인절미를 꾸역꾸역 입에 쑤셔넣었으며…… 아비와 어미를 생각했다. 정말 아비는 뭔가에 미쳐서 사라진 것일까. 무엇에 미쳐서? 도둑질에? 어미는 어디로 간 것일까.

그 집에 들어가서야 나는 큰아비 집과 이 미친 노파의 집 사이의 담에 작은 샛문이 있다는 것을 알게 되었다. 나무판자로 짠 그 샛문은 사람이 허리를 굽히고 드나들어야 할 만큼 낮고 작고 좁았다. 그러나 분명히 문이었다. 다만 큰아비 집 쪽에서는 그 담이 담쟁이덩굴로 뒤덮여 보이지 않던 것뿐이었다. 미친 노파 집 쪽에서도 그 샛문은 넓적하고 두꺼운 판자로 빗장이 질려 있었다. 경첩에는 녹이 슬고 검게 삭은 판자쪽 아래 푸르게 돋아나는 것은 이끼가 분명했다. 누가 저 문으로 드나든 적이 있기는 한 것일까. 아니면 한번도 사용된 적이 없는 것일까. 쓰지도 않을 문이라면 무엇 때문에 만든 것일까. 어째서 없애지 않고 한쪽에서는 담쟁이덩굴로, 다른 한쪽에서는 판자로 막아두기만 한 것일까. 어째서 큰아비는 늘 욕을 퍼먹으면서 이 노파에게 음식을 갖다주기를 그치지 않고, 어째서 이 노파는 늘 음식을 얻어먹으면서도 냄비를 담 너머로 동댕이치며 악다구니를 퍼붓는 것일까. 이 노파는 도대체 어떻게 내 이름을, 내 아비가 사라진 것을 아는 것일까.

내가 먹기를 마치자 노파는 칼을 하나 꺼내놓았다. 너 가져라. 작은 과도였다. 칼등에는 녹이 뒤덮여 있었고, 날은 뭉툭했다. 과일은커녕 종잇장도 벨 수 없을 것 같았다. 나는 어서 그 자리에서 벗어나고 싶은 생각에 아무 소용에도 닿지 않을 그 칼을 주머니에 넣었다. 그러자 그 노파는 말했다. 그 칼로 니 큰애비를 죽여버려라. 나는 깜짝 놀라 멈춰 섰다. 믿을 수가 없었다. 무서웠다. 어쩌면 내가 정말 이 칼로 큰 아비를 죽이게 될지도 모른다는 생각이 들었고, 내가 그 칼을 큰아비의 목에 찔러넣는 광경이 선연히 눈앞에 떠올랐다. 노파는 계속해서 말했다. 그럼 내가 또 사탕이랑 떡이랑 많이 줄게. 돈도 주고. 나는 과도를 내던지고 그 집에서 뛰쳐나왔다.

나는 큰아비에게 그 얘기를 할 수 없었다. 사슴과 승냥이가 내 속에서 뒤엉켜 발버둥치고 있었다. 큰아비는 나를 잠시 쳐다보더니 묵묵히 갈비를 먹기 시작했다. 나는 먹을 수가 없었다. 이미 사탕과 떡을 잔뜩 먹은 까닭이기도 했으나, 그보다는 아직도 가슴이 두근거리고 녹슨 칼이 눈앞에 어른거렸기 때문이다. 새로운 눈물이 흘러내렸다.

그 노파는 몇시간이 지나지 않아 어김없이 냄비를 담을 통해 이 집 뜰로 동댕이쳤다. 개 같은 것들, 죽일 것들, 하고 외치는 소리가 들렸다. 그러나 나는 더이상 그런 소리에는 놀라지 않았다. 내가 놀란 것은 냄비가 뜰에 동댕이질로 떨어지는 소리가 들리고, 노파의 발악적인 욕설이 들린 순간, 내가 읽어주는 책에 귀기울이고 있던 순이가 엄마, 하고 작은 소리로 중얼거렸기 때문이었다. 엄마? 나는 충격 속에서 멍하니 순이를 내려다보았다. 엄마라니? 순이의 퀭한 눈에 눈물이 고였다. 그녀는 늙고 쉰 음성으로 간절히 다시 불렀다. 엄마, 엄마…… 그러나 그녀가 아무리 애타게 불러도 그것은 작은 속삭임에 불과했다. 바깥에 있는, 이웃집에 있는 그 노파에게는 결코 전달될 수 없는 소리, 따라서 어쩌면 나의 말더듬과 큰 차이가 없는, 무의미한 소리라 해도 무방했다.

내가 뜰로 나왔을 때 큰아비는 동댕이쳐진 찌그러진 냄비 앞에 쭈그리고 앉아 그것을 집어들 생각도 않고 멍하니 잡초를 들여다보고 있었다. 나는 말했다. 엄마래요. 나는 그렇지 않다는 말을 듣고 싶었다. 큰아비는 대꾸하지 않았다. 나는 다시 말했다. 순이가 저 미친년을 엄마래. 큰아비는 그저 냄비를 집어들고 주방으로 들어갈 뿐이었다. 앞쪽으로 굽은 그의 등과 어깨, 거기 무겁게 얹혀 있는 노파의 욕설과 악담을 나는 보았다. 그 굽은 등과 어깨가 나에게 하는 말은 너무나 분명했다. 그 미치광이 노파는 순이의 어미, 큰아비의 아내였으며 나에게는 큰어미였다.

7

그렇게 나는 큰어미를 만났다. 그날 이후 그녀는 오늘날까지도 기회만 생기면 나를 붙들고 큰아비를 죽이라고 요구하며, 때로는 삽을, 괭이를, 쥐약을 내놓았다. 삽으로 쳐죽여버려. 잘 때에 목을 졸라버려라. 그 늙은이 기운도 못 쓰고 잠깐이면 죽어 나자빠질 거다. 국에다 쥐약을 타. 쥐새끼처럼 뻗어버려야 해, 그런 늙은이는. 그녀는 나에게 술과 담배를, 심지어는 본드까지 사주며 큰아비를 죽여달라고 애원하기까지 했다. 나의 아비와 어미까지 들먹거렸다. 니 아비 어미가 저 영감태기 때문에 얼마나 고생했는 줄이나 아냐? 집안 재산을 다 거덜

내는 바람에 서방님은 학교도 제대로 못 댕기고 밥벌이하느라고 어릴 때부터 막노동판으로, 공장으로 나돌았어. 불쌍한 우리 서방님, 착한 우리 되련님. 내가 어째서 큰아비를 죽이려 하느냐고 이유를 묻자 큰어미는 화를 버럭 냈다. 그 늙은이는 내 인생을 망쳤다. 내 목을 탁 치지 않았다뿐, 실제로는 죽인 거나 마찬가지다. 그뿐인 줄 아냐? 그놈의 영감쟁이는 이 세상 수많은 사람들 목숨을 끊어놓고 인생을 망쳐놨다. 그게 다 어떤 계집년 하나한테 빠져서 벌어진 일이다. 미친놈의 영감쟁이. 저러고 숨어살면 그게 속죄하는 길이 될 거라고 생각하는 모양이지만, 천만에. 그 엄청난 죄를 어떻게 다 속죄해? 세상에는 절대로 속죄할 수 없는 죄라는 게 있는 법이다. 세상 사람이 다 용서해줘도 그 자신이 용서할 수 없는 죄가 있는 법이여. 개 같은 늙은이. 그런 늙은이를 죽이는 건 죄가 아니라 덕을 쌓는 것이다. 걱정 말아. 뒤는 내가 다 알아서 처리해줄 테니까. 넌 죽이기만 하면 되는 거다. 큰어미에게는 그러니까 나는 그녀의 군인과 같았던 것일까. 큰어미의 악착스러운 권고는 나중에는 너무나 일상적이고 당연한 일이 되었다. 나는 사람을 죽이라는 요구를 거리에 나가면 마주치는 신호등이나 도로표지판처럼 늘 마주하고 살았고, 그 사이에 그런 기이한 요구는 더이상 기이하지 않은 것이 되었다. 비나 눈 같은, 골목의 진창 같은, 다소 귀찮기는 하지만 피할 길 없는, 더불어 살아가는 것 외에는 다른 길이 없는 환경, 나의 삶의 조건이 되었다. 나는 그녀의 군인이었으나 늘 불복종하는 군인이었다.

나는 순이에게 말한 적이 있다. 니 어미가 니 아비를 죽이래. 순이는 고개를 저으며 늙은 손으로 내 손을 잡았다. 내가 계속해서 말했다. 큰아버지는 죄를 많이 지은 사람이래. 바람을 피웠대. 어떤 미친 여자하고. 순이는 눈물을 흘리며 고개를 저었다. 아버지는…… 아버지는…… 바람을 피운 게 아니야. 그러나 큰어미는 분명히 그렇게 말했다. 니가 태어나자마자 어떤 미친년한테 빠져 집을 나갔다던대. 엄마는 몰라, 하고 순이가 말했다. 아버지는 어떤 종교에 빠져서 거기집과 재산과 가족과 생명과…… 모든 걸 다 바치고, 같은 신앙을 가진 사람들과 합류하기 위해 집을 떠났어. 아버지는 새로운 세상을 만들기 위해 하나님 말씀을 전해야 한다고 생각했어. 사람이 하나님처럼 전지전능해지고, 그런 사람들이 완전무결한 세상을 만들어 살아가는 그런 세상. 이런 조로증 같은 병, 말더듬증 같은 병은 아예 없는 세상. 아버지가 전재산을 그 교단에 갖다 바치는 바람에 엄마는 돈 한푼 없이 날 데리고 온갖 험한 고생을 다 하며 겨우겨우 연명을 해나갔어. 아버지의 교단은 파탄에 이르렀어. 그 와중에 사람들이 서로 죽고 죽이는 일까지 벌어졌대. 아버지가 긴 감옥살이 끝에 집에 돌아오셨을 때에 엄마는 아버지를 끝내 받아들이지 않았어. 그 교파의 지도자가 여자였기 때문에 엄마는 아버지가 그 여자하고 연애를 한 거라고 생각하나봐. 엄마는 그 여자에게 재판을 걸어서 아버지가 갖다 바친 재산의 일부를 되찾았어. 그래서 이 집을 마련했어. 아버지는 엄마에게 같이 살자고 애원했지만 엄마는 끝내 싫다고 했어. 이제부터 당신도 혼자 살아보겠다고. 어떤 놈팽이도 만나 재미도 보겠다고.

밤이었다. 큰아비가 잡초 속으로 엉금엉금 기어들어가고 있었다. 나는 얼른 그의 옆으로 다가갔으나, 더듬더듬 얘기를 꺼낸 것은 나의 승냥이였다. 이웃집 할망구가 널 죽이래. 봐, 여기 쥐약까지 줬어. 널 죽이는 건 쥐 한마리 죽이는 것과 다를 게 없다고 했어. 큰아비는 놀라지 않았다. 움직임을 멈추고 멀거니 나를 쳐다보다가 고개를 끄덕일 뿐이었다. 싱거워진 내가 집안으로 들어가려 했을 때에 그가 입을 열었다. 저기…… 도광지야(都廣之野), 도광의 들판이라는 곳이 있다. 나는 돌아서서 큰아비를 향했으나 그는 나를 보고 있지 않았다. 우두커니 허공을 들여다보며 그는 얘기를 계속했다. 거기 건목(建木)이라는 나무가 있어. 그 나무는…… 하늘로 올라가는 계단이다. 그 나무를 계단 삼아 타고 오르면 하늘로 올라갈 수가 있어. 그 나무를 찾아 헤맸다. 순이가 태어나던 해부터 시작하여 백이십년 동안을. 도광지야는 이 세상의 중심, 이 우주의 중심이다. 그리고 그 한가운데에 그 나무가 서 있어. 수천년 전 수메르 사람 길가메시가 천지사방을 헤매다가 도달한 딜문(Dilmun)이 바로 그곳이다. 까마귀는 울지 않고, 사자는 죽이지 않고, 승냥이와 사슴이 함께 놀고, 소와 양과 표범이 함께 풀을 뜯는 곳이다. 온갖 곡식이 절로 자라고, 그러니 사시사철 가릴 것 없이 언제나 거둬들일 수 있는 곳이지. 그 도광지야 한가운데에 하늘로 올라가는 건목이 서 있는 거다. 해가 세상 꼭대기에 비칠 때는 이 건목은 그림자 한점도 떨어뜨리지 않아. 그곳이 우주의 중심이니까. 봐, 거기선 빛이 전혀 결함 없는 완벽한 빛이다. 그림자 한조각 남기지 않는 완전한 빛! 모든 것이 그렇게 완벽하다! 아아…… 큰아비는 황홀경에 빠진 사람처럼 얼굴을 붉히고 두 손을 들어올려 빛을 만지는 듯 허공을 손가락으로 쓰다듬으며, 그 손가락 사이에서 뭔가를 찾는 듯 열중하여 주시하였다. 거기 이르면 인간은 모두 하나님처럼 되고, 이 세상 전체를 천제(天帝)의 나라처럼 만들 수 있다. 그걸 찾아 헤맸는데…… 그는 털썩 주저앉았다. 그뿐이었다. 그는 입을 열지 않았다. 나의 승냥이는 미쳤군, 하고 생각했으나, 나의 사슴은 달랐다. 그는 묻고 싶어했다. 그래서요? 어떻게 됐어요? 그러나 큰아비는 내 말을 듣는 것 같지 않았다. 그는 엉뚱한 얘기를 꺼내놓았다. 이 세상에 존재하는 모든 것은, 인간을 포함하여, 만일…… 신이 있다면 그 신까지도 포함하여, 태초에 있었다는 거대한 폭발을 통하여 생겨났다. 그 폭발 때에 생긴 먼지들이 우주 공간에 산지사방으로 흩어져…… 아직도 흩어져가는 중이라고 한다. 바로 그 먼지들이 별을 이루고, 은하를 이루고, 그 먼지들이 변화하여 동물이 되기도 하고 식물이 되기도 하고, 물고기가 되는가 하면 그 물고기가 사는 물이 되기도 하고, 다이아몬드가 되는가 하면 쇳덩이가 되기도 하고, 인간이 되는가 하면 그 인간을 죽이는 질병이나 총알이 되기도 하고…… 그러니까 인간을 이루는 가장 기본적인 물질도, 저 개미를 이루는 가장 기본적인 물질도 바로 그 먼지로부터 비롯된 것이다. 본질적으로 다를 게 없어. 인간의 정신이 뭐겠냐? 어떤 물질로 이루어졌겠냐? 인간의 양심은? 꿈과 희망과 절망은? 우리가 알지 못하니까 그것이 신비스러워 보일 때도 있지만, 머지않아 과학자들은 우리의 정신 역시 결국 저 태초의 날 우주 사방으로 흩어진 먼지들의 조화에 불과하다는 것을 발견하게 될 거고, 그래서 그 정신의, 그 양심의, 꿈과 희망과 절망의 중력과 에너지를 계산해내는 날이 오게 될 거다. 인간의 태어남도 죽음도 그 먼지의 조화에 불과할 뿐. 어떤 본질적 차이가 있단 말이냐? 태어남은 죽음의 반대가 아니라 그 먼지들이 태초부터 전변(轉變)해온 일련의 과정 가운데 있는 서로 다른 부분에 대한 명칭, 하지만 적절치 못한 명칭일 뿐이다. 생명이라는 것, 산다는 것이 이처럼 무의미한 것이라면, 생명은 먼지의 집적이요 죽음 역시 먼지의 집적에 불과하니까, 그 차이란 진정 본질적으로 전무한 것이냐? 같은 먼지에 불과하니까 먼지들을 쓸어없애는 셈치고 힘있는 자가 힘없는 자를, 잘난 자가 못난 자를 먼지처럼 짓밟고 휩쓸어버려도 무방한 것이냐? 잘나고 못나고를 떠나, 누구나 다른 누구든지를 먼지처럼 취급해도 좋은 것이냐? 행복이란 무엇이냐? 불행이란 무엇이냐? 마른 먼지는 행복하고 젖은 먼지는 불행한 것이냐? 그뿐이냐? 나의 승냥이는 큰아비를 비웃고 있었으나 나의 사슴은 가슴에 서늘한 바람을 맞은 듯한 충격 속에서 바람에 떠는 나뭇잎처럼 그의 얘기 한마디 한마디에 반응하고 있었다. 큰아비는 중얼거렸다. 길은 사라지고 꿈만 남았다. 사라질 테면 꿈도 사라질 일이지. 나의 사슴은 말했다. 같이 가요. 그 길을 찾으러 가요. 사슴도 승냥이도 없는 곳으로요. 큰아비는 중얼거렸다. 먼지, 먼지가 있을 뿐이다. 나는 먼지의 자식, 너도 먼지의 자식, 나의 자식은 먼지, 너의 아비 어미도 먼지. 그렇게 유치하다, 우리는, 지금은, 여기는.

그는 얘기를 마치자 어둠속을 슬금슬금 기어 푸른 등을 번득이며 이웃집 담을 타넘었다.

8

나의 말더듬에도 불구하고 큰아비는 나이가 되자 나를 초등학교에 입학시켰다. 그러나 나는 학교에 제대로 적응할 수 없었다. 나의 사슴과 승냥이 때문이었다. 여자 선생님이 산수 문제를 풀고 있을 때면 나의 사슴은 거기 재미를 느꼈으나 승냥이는 그 선생님의 치마 속에 손을 넣으려 했다. 선생님이 미국의 수도는 어디냐고 질문을 하면 나의 사슴은 워싱턴, 순이의 생명줄 워싱턴, 하고 대답하려 했으나, 승냥이는 그놈들 수도가 하수도면 어떻고 상수도면 어떻냐고 퉁명을 부리려 했고, 그래서 나는 아무런 대답도 하지 못한 채 겨우 씨발, 하고 한마디를 내뱉는 수밖에 없었다. 그럭저럭 초등학교는 마칠 수 있었으나 중학교에 들어가서는 나의 승냥이는, 어쩌면 그 무렵부터는 나의 사슴까지 덩달아, 더욱 큰 문제들을 일으키기 시작했다. 선생님이 매질을 하려 하면 승냥이는 반항했다. 왜 때, 때리는데요? 수, 숙제 안해 오면 때리라는 법 있어요? 때, 때, 땡땡이치면 때, 때리라는 법 있나, 니기미. 말을 온전히 할 수 없을 때에도 그는 두 눈을 똑바로 부릅뜨고 선생님을 쏘아보았다. 그 바람에 그는 더욱 자주 몽둥이질을 당했다. 학교의 카운슬러는 나에게 다중인격장애자라는 새로운 별명을 붙여주었다. 만일 그것이 나의 사슴과 승냥이에 대해 한 말이라면 그것은 옳았다. 그러나 만일 정말 그가 나를 다중인격장애자라고 생각했다면 그것은 오해였다. 나는 나의 사슴과 승냥이를 한순간도 잊은 적이 없었다. 나의 사슴은 승냥이를, 나의 승냥이는 사슴을 한순간도 잊지 않았다. 어찌 잊는단 말인가. 우리는 서로에게 채워진 족쇄와 같았는데. 우리는 늘 서로에게 넌덜머리를 내며 그 족쇄를 풀어버리려 발버둥치기는 했으나, 한순간도 서로를 잊을 수는 없었다. 돌연 허벅지에서 시작되어 온몸의 균형을 무너뜨리며 쥐가 나듯 시시때때로 목을 막고 혓바닥을 휘감아 말을 방해하여 말더듬증을 초래하는 그것들을 어떻게 잊을 수 있으랴. 서로 다른 방향으로 달려나가려는 충동 때문에 늘 내 의식과 욕망을 동서로, 남북으로 분열시키는 그놈들을 어떻게 잠신들 잊는단 말인가.

그 별명 때문에 나의 승냥이는 더욱 거친 좌충우돌로 교사들에게 부딪쳐갔다. 그에게 학교란 어린시절에 아비 어미에게 당했던 감금을 거대한 규모로 확장시킨 것에 불과했다. 어른들은 그들의 편의를 위해, 아마도 큰아비가 얘기한 유치한 짓들을 마음껏 하기 위해 아이들을 학교에 가두고 어디론가 떠나갔다. 교사들은 형리(刑吏), 감금된 아이늘에게 유치한 짓들을 가르치는 것이었다. 그리하여 나의 승냥이가 어느날, 체육 선생님에게 대걸레 자루로 엉덩이를 얻어맞다가 돌연 벌떡 일어나, 사슴의 만류와 저항을 뿌리치고, 그 대걸레를 빼앗아

선생님을 거듭 몇번이나 후려쳐 이마를 깨뜨리고, 발목뼈를 부러뜨리고, 갈비뼈를 부러뜨려 병원에 실려가게 만들었을 때에 그것은 나의 사슴이 생각하기에도 언젠가는 벌어지게 되어 있던 일, 예정되었던 일처럼 여겨졌다. 큰아비는 학교에 불려와 추궁당하자 담임선생님에게 이렇게 말했다. 선생님이 아이를 때리고 있었다면서요? 아이에게 대걸레를 그렇게 쓰는 법도 있다는 걸 가르친 건 바로 선생님들인 것 같은데요. 담임선생님은 말문을 잃고 말았다. 그렇게 나는 학교에서 쫓겨났다. 학교를 그만둔 것에 대해 나의 승냥이는 아무런 자책도, 후회도 하지 않았다. 그러나 나의 사슴은 그렇지 않았다. 그는 몹시 서운하고 안타까웠다. 그는 학교를, 적어도 부분적으로는, 몹시 좋아했다. 비록 그를 소외시킬 뿐이었으나, 학교에서 만나는 무수한 친구들을 좋아했고, 노래 한마디 온전히 부르지 못하는 주제에 음악시간을 좋아했으며, 아침나절 교실 가득 흘러들어와 출렁거리는 햇빛을 좋아했고, 교실이 온통 김치와 멸치 냄새로 뒤범벅이 되어 저 어린날 감금되었던 방과 같은 냄새를 풍기는 점심시간을 좋아했으며, 책상을 한꺼번에 교실 뒤로 밀어붙여놓고 큰소리로 떠들어대는 친구들과 더불어 대걸레를 들고 교실을 이쪽저쪽으로 뛰어다니며 바닥을 쓱쓱 문질러 청소하는 시간을 좋아했다. 점심시간이나 수업이 끝난 뒤에 축구나 농구를 하며, 축구도 농구도 아니고 그저 이리 뛰고 저리 뛰며 밀치고 달리는 아이들의 고함소리로 가득 찬 운동장을 우두커니 내려다보는 것을 좋아했고, 그 아이들이 모두 집으로 돌아간 뒤에 저녁이 내릴 무렵, 퇴근하는 선생님들이 하나 둘 건너가는 텅 빈 운동장을 좋아했으며, 그 자신이 이미 어둑어둑해질 무렵 집으로 돌아가기 위해 거대한 태양을 가로지르는 외로운 배처럼 혼자서 그 텅 빈 운동장을 가로지르는 것을 좋아했다. 커다란 플라타너스 나무 밑에 주저앉아 눈을 감으면 떠오르는 아비와 어미의 모습을 좋아했다.

큰아비는 내가 학교에서 쫓겨난 것을 조용히, 어쩌면 거의 무심하게 받아들였다. 그가 학교 가기 싫으냐고 물었을 때에 나는 모르겠다고 대답했고, 큰아비는 학교를 다니건 안 다니건 결국은 혼자서 깨우치는 거다, 하고 말했다. 그뿐, 그에 대해 큰아비와 더이상 어떤 얘기를 나눈 적이 없다. 다시 온종일 집에 남게 되자 나의 사슴은 큰아비의 책을 뽑아 읽었고, 나의 승냥이는 사냥꾼처럼 밖으로 나돌았다.

그것을 뭐라 불러야 할까. 운명이었다 해야 할까. 아니면 단순히, 남들이 다 그렇게 부르듯 사랑이었다고 얘기해야 할까. 순이에게 사랑을 느끼게 된 것이 그 무렵이었다. 큰아비가 순이를 목욕시키는 광경을 우연히 훔쳐보게 되었을 때에 나는 놀라 우뚝 멈춰 섰다. 그것은 어쩌면 내가 태어난 이래 최초로 목격한 아름다움이고 조화요 고요함이고 평화였다. 무심코 방에서 나온 나는 큰아비가 우리 예쁜 순이, 시집 보내야 할 건데…… 하고 중얼거리는 소리를 들었고, 그 소리를 따라 화장실로 걸음을 옮기다가 우뚝 멈춰 섰다. 화장실이 뿌연 수증기로 가득 차 있었고, 그 수증기 속에서 큰아비가 물수건으로 순이의 몸을 닦아주고 있었다. 순이의 가느다란 몸뚱이, 쭈글쭈글한 살갗, 그 희디흰 살, 비쩍 말라 눈이 커다란 얼굴에 불쑥 튀어나온 이마, 작고 쭈글쭈글한 젖가슴, 주름살만으로 이루어진 성기, 흰 머리칼 몇올이 흘러내린 머리, 그 맑고 조용하여 슬픈, 슬픔으로 깊어진 눈, 수증기와 땀으로 흠뻑 젖어 뽀얗게 익은 얼굴…… 그것이 어째서 그처럼 아름다워 보인 것일까. 그녀는 할망구가 아니었다. 그녀는 여자, 나의 여자, 내가 처음 발견한 여자, 나의 최초의 여자였다. 그때 나는 결심했다. 나는 순이와 결혼할 것이다. 그러나 곧 깨달았다. 나는 순이와 결혼할 수 없을 것이다. 순이와 나는 사촌이니까. 그러나 나의 결심은 이미 요지부동이었다. 나는 순이와 결혼할 것이다. 그녀가 병자일 뿐만 아니라 여자라는 것을 발견한 것은 내가 처음이었다. 순이는 내 색시였다. 큰아비가 못하게 하면 나중에, 큰아비가 죽은 다음에라도 순이와 결혼할 것이다. 순이는 내 것이다.

밤이면 나는 뜰에 나와 우두커니 앉아 어둠속을 바라보는 큰아비 옆을 서성거리며 어떻게 얘기를 꺼낼까를 궁리했다. 나는 아직 장가를 들 나이가 아니었으나 순이는 이미 시집갈 나이를 지난 지 오래였다. 더구나 그녀는 하루하루 죽음을 연기하며 살아가고 있었다. 그렇다면 하루라도 빨리 결혼을 하는 것이 낫지 않은가. 아무리 궁리를 해도 소용이 없었다. 아무리 많은 얘기를 생각해봐도 내가 더듬지 않고 온전히 입 밖으로 내놓을 수 있는 얘기는 지극히 한정되어 있었으니까. 큰아비가 따뜻해진 날의 눈사람처럼 스르르 녹아내려 잡초 속으로 기어들기 시작할 때에야 나는 초조해져서 겨우 말했다. 결혼하고 싶어, 하고 나는 말하려 했다. 그러나 내 입에서 빠져나온 것은 겨, 겨…… 하는 무의미한 소리뿐이었다. 큰아비는 그러나 뭔가를 알아들은 것일까. 잠시 멈춰 있다가 다시 잡초 속으로 스르르 미끄러져 들어가며 말했다. 때가 아니다. 나는 다시 입을 열었다. 수, 수, 수, 수, 수, 수, 수, 수…… 큰아비는 기다려주었다. 나는 이번에는 가까스로 한마디를 내놓을 수 있었다. 순이하고. 이번에도 큰아비는 놀라는 것 같지는 않았다. 그는 같은 말을 반복했다. 때가 아니다. 그는 잡초 속으로 거의 사라져가고 있었다. 나의 승냥이가 말했다. 어, 어, 어, 어, 언제가 때, 때, 때, 때야, 씨발. 큰아비는 고개를 돌려 나를 바라보았다. 그의 눈이 어둠속에서 축축하고 푸르게 번들거렸다. 영원히 안 올 수도 있다. 그가 입을 열자 붉은 혀가 유난히 길게 어둠속에 포물선을 그렸다. 그런 게 사랑이다. 그 말을 남기고 그는 미끄러지듯 스르르,

꼬리를 감춰 사라져버렸다. 나는 놀라 멍하니 어둠속을 들여다보았다. 큰아비는 내가 그녀를 사랑하는 것을 이미 알고 있었던 것일까.

9

며칠이 지난 것일까. 온몸이 물속에 잠겨 있었다. 아니, 온몸이 물이었다. 물이 되어 있었다. 팔을 들자 팔이 주르르, 흘러내렸다. 머리를 들자 머리가 유리창에 부딪는 빗줄기처럼 흘러내렸다. 가까스로 고개를 들어 연이 이모 쪽을 돌아보았다. 그녀는 아직 잠에 빠져 있었고…… 전화벨이 울리고 있었다. 전화벨 소리가 아주 멀리서 들려오다가 전화가 눈에 띈 순간 갑자기 민방위훈련날의 공습경보처럼 머릿속을 쩌렁쩌렁 울려왔다. 전화를 받자 그 속에서 아주 작은 몸뚱이의 여관 종업원이 톡, 튀어나와 내 귀를 꼬집고 깨물며 물었다. 하룻밤 더 주무실 거예요? 내가 아는 얼굴이었다. 몇차례 그에게 밥심부름, 술심부름을 시킨 것도 기억났다. 음, 하고 나는 대답했다. 누군가가 안돼, 하고 중얼거리는 소리가 들렸다. 나는 안돼, 하고 여관 종업원에게 말하려 했으나, 이미 전화는 끊긴 뒤였다. 약병은 연이 이모의 머리맡에 뒹굴고 있었다. 나는 손을 뻗어 약병을 집어들었으나 그것은 텅 비어 있었다. 머리카락이 한꺼번에 곤두서는 공포감으로 나는 으으, 비명을 질렀으나, 어쩌면 그것은 내 마음뿐이었을 것이다. 이제 환각에서 깨어나야 한다는 것이 무서웠다. 내가 마주쳐야 하는 현실이 무엇인지 생각도 하기 싫었다. 두꺼운 커튼 사이로 스며드는 햇빛이 방안을 붉게 물들이고 있었다. 나는 본드라도 사와야 한다고 생각했다. 그러나 생각뿐, 몸이 말을 듣지 않았다. 몸뚱이가 제멋대로 물처럼 흘러다녔다. 어디 가? 누가 말했다. 둘러보았으나 보이는 사람은 벌거숭이 몸으로 엎어져 있는 연이 이모뿐이었다. 나는 물처럼 여전히 흘러내리기만 하는 몸을 겨우 추슬러 옷을 걸쳤다. 누가 또 물었다. 어디 가? 나는 허공을 향해 대답했다. 본드 사러 간다. 그러자 연이 이모가 몸을 일으키는데, 그 몸이 너무나 크고, 그 몸의 길이와 크기, 두께가 너무나 지루하여 나는 잠시 어이가 없었다. 안돼, 하고 그녀가 말했다. 왜? 돈, 하고 그녀가 대답했다. 지루하다, 하고 내가 말했다. 그녀가 말했다. 돈 다 떨어졌어. 니 지갑에 돈 한푼도 없어. 나는 영문을 알 수 없었다. 지갑을 찾다가 눈이 시어 눈을 감았다. 누가 말했다. 가자니까. 누구야, 하며 고개를 들었더니 연이 이모가 이미 옷을 다 입고 눈앞에 서 있었다. 어디 가? 집에. 나는 고개를 저었다. 난 안 가. 그녀가 말했다. 우리 집. 겨드랑이 사이로 뱀이 파고들었다. 으으, 놀라 내려다보니 연이 이모였다. 그녀의 팔이었다. 그 팔을 따라 일어나 여관 계단을 내려가기 시작했다. 계단 하나하나가 절벽이었다. 아슬아슬했고, 그러자 지루하지 않았다. 절벽을 내려오다가 순이를 만났다. 그녀는 병이 다 나아 젊은 여자가 되어 있었고, 얼굴에 화장이 벽돌처럼 쌓여 있었으며, 엉덩이를 다 드러낸 짧은 스커트를 입고 있었다. 그녀는 나를 알아보지 말했다. 그녀가 나를 붙잡았다. 놀고 가요, 네? 싸게 해드릴게요. 눈물이 솟았다. 나는 계단에 쓰러져 엉엉 울기 시작했다. 나는 절벽에 쏟아져내리는 폭포였다.

10

그 시절이 어쩌면 내 삶의 절정기였다고 해야 하지 않을까. 나는 늘 순이 곁에 붙어 살았다. 간혹은 나의 연인의 침대에 들어가 같이 잤다. 동상이몽의 침대, 순이에게는 나이든 사촌누나와 어린 동생으로서, 나에게는 연인으로서, 순이의 병상(病床)은 나에게는 사랑의 침대였다. 나는 그녀에게 더듬더듬 얘기를 들려주었고, 책을 읽어주었으며, 그녀가 늙고 쉰 목소리로 쌕쌕 숨을 헐떡이며 얘기해주는 큰아비와 큰어미의 길고긴 사랑과 증오에 대해서나, 그녀가 오랜 투병중에 상상으로 만들어낸 이야기들을 들었다. 그녀의 심부름을 했으며, 그녀에게 죽과 물과 과일즙, 그리고 무수히 많은 알약과 물약을 먹였고, 가끔은 그녀의 가죽처럼 쭈글쭈글하고 뻣뻣한 손등을, 저승꽃이 피어난 주름진 얼굴을 쓰다듬을 수 있었다. 그녀의 메마른 시커먼 입술에 입 맞추는 것은 감히 생각도 할 수 없는 일이었으나, 쭈글쭈글하게 늘어진 살갗주머니에 지나지 않는 그녀의 가슴에 입 맞추는 일 같은 것은 더구나 꿈도 꿀 수 없는 일이었으나, 나는 그것만으로도 충분히 행복했다. 그녀가 지쳐 잠들면 몰래 그녀의 까칠한 입술을 매만졌고, 그녀의 몸에 닿을 때마다 커다랗게 부풀어오르는 미숙한 몸뚱이로 좀더 깊은 곳으로, 그녀의 자궁 속으로, 그녀의 불치의 병 한가운데로 들어가고 싶은 욕망에 몸을 떨었다. 그저 그녀를 바라보는 것만으로도 내 마음에서는 기이한 꽃이 피어났다. 감당할 수 없을 만큼 아름다운 꽃, 나에게도 보이지 않았고 남에게도 보여줄 수 없었으나, 그 꽃은 나의 길지 않은 평생을 통하여 나에게 벌어진 모든 일 가운데 가장 아름답고 향기로운 일이었다. 밤과 낮은 무의미했다. 연인들에게는 연인들의 시간이 있는 법이었다. 그녀가 눈을 감으면 밤, 눈을 뜨면 낮이었다. 그녀가 지치면 겨울, 그녀가 기운을 차리면 봄이요 여름이었다. 잠든 그녀의 침대 옆에 얼굴만을 얹고 따라 잠들었고, 그것은 나에게는 행운의 동침이었다. 매일매일이 추억이었다. 어제, 또는 그제 이 시간에 무엇을 했는지를 정확히 기억해내기 위해 나는, 간혹은 순이와 더불어 몇시간 동안이나 골몰했으며, 그것은 그 자체가 더 바랄 것 없는 보물찾기였다. 사랑은 함정이요 덫이었다. 달콤한 함정, 슬픔이나 고통마저도 달콤하고 지루함마저 기꺼운 덫. 그 사랑으로 나는 다시 감금당했다. 기꺼운 감금, 아름다운 함정. 나는 언제까지나 거기 갇혀 있어도 좋았다. 모호하고 수상쩍고 두렵고 의심스러우며 간혹은 추잡하기도 한 현실을 초월하는, 그러나 현실 가운데 존재하는, 모든 현실이 그 안으로 빨려들고 마는 블랙홀. 하루에도 수십번씩, 어쩌면 매 순간마다 나는 그녀에게 이 사랑을 알려야 한다고 생각했고, 그렇게 하지 못하는 나 자신이 한심스러웠고, 그렇게 할 수 없는 형편이 안타까웠다. 나는 노트르담 사원의 꼽추 콰지모도요 순이는 집시 처녀 에스메랄다였다. 어찌 감히 꼽추가 처녀에게 사랑한다 말할 수 있으랴. 어찌 그녀가 그를 사랑해주기를 바랄 수 있으랴. 그녀를 지켜볼 수 있는 것만으로도, 그녀와 한 사원에 같이 머물러 있을 수 있는 것만으로도 그것은 더없는 밀월이었고, 콰지모도는 그것을 위해 목숨을 걸지 않았는가. 사랑 이외의 모든 법과 금기는 사라졌다. 나의 유일한 금기는 사랑에 관한 것이었다. 사랑을 불가능하게 하는 것, 그것만이 나의 단 하나의 금기였다. 어쩌면 그 밀월을 깨뜨릴 수 있는 짓, 그러니까 그녀에게 사랑을 고백한다거나, 그녀의 사랑을 요구하는 짓 따위 역시 금기였다.

그것은 나의 말더듬과 같았다. 나의 말들이 무의미와 의미 사이의 지극히 짧으면서도 간혹은 영겁을 통해서도 빠져나올 수 없는 기나긴 동굴 같은 영역에 갇혀 있듯 나의 사랑 역시 무의미와 의미 사이의 어쩌면 영원히 빠져나올 수 없는 동굴 같은 영역에 감금당해 있었다. 그러나 나는 차츰 그 감금당한 사랑을 통해서도 위안을 찾아낼 수 있었다. 어느 누구에게도 얘기할 수 없었으므로 그 사랑은 고스란히 내 마음속에 담겨 있었고, 그리하여 내 사랑은 날이 갈수록 농도가 더하여 꿀처럼 달콤하고 독주처럼 진해졌다. 그 독주에 취해 나는 온종일 순이 곁을 떠나지 않았다. 나의 연인을 바퀴의자에 태워 뜰의 나무와 잡초 속을 거닐었고, 걱정스레 내다보는 큰아비의 시선을 등뒤로 하고 집을 나가 그녀가 지쳐 잠들 때까지 긴 산책을 했다. 숲 가운데 그늘에 바퀴의자를 세워놓고 그녀를 위해 더듬더듬 책을 읽어주었고, 멀고먼 하늘 너머에서 날아와 잠깐 동안, 극히 짧은 시간 동안 무엇인지조차 알 수 없는 호소로 온세상을 처참한 붉은빛으로 물들이다가 이내 스러져 어둠에 묻히고 마는 저녁놀을 바라보았으며, 가위로 그녀의 얇고 가느다란 손톱을 깎아주었고, 몇오라기 남지 않는 그녀의 머리칼을 정성 들여 빗겨주었으며, 시도때도없이 뺨을 적시고 흘러내리는 그녀의 눈물을 닦아주었고, 그녀 앞에서 혼자 광대처럼 그네를 타고 시소를 타고 물구나무 서서 두 팔로 행진을 하고 앞구르기 뒤구르기를 했다. 그녀가 즐거워했던가? 상관없었다. 나는 내가 가진 최선의 것을, 모든 것을 다 주었다. 그것이 보잘것없는 것이었다면 안타깝지만 어쩔 수 없는 일이었다. 그러나 그것은 전부였다. 나는 나를 위해 아무것도 남겨두지 않았다. 만일 그녀에게 필요했다면 나는 즐겁게 속죄양이라도 되었을 것이요 목숨이라도 그녀에게 주었을 것이다. 나는 아무것도 바라지 않았다. 어떤 것도 기대하지 않았다. 그녀에게 내 사랑을 알리지도 못했으므로 무엇인가를 기대할 처지가 아니라는 것을 나는 알고 있었다.

숲에서 집으로 돌아오는 길이었다. 순이가 바퀴의자를 세웠다. 나는 걱정이 되어 앞쪽으로 가서 그녀의 얼굴을 살폈다. 그녀는 밑도끝도없이 얘기를 시작했다. 중국에 여와(女媧)라는 여신이 있대. 음력

이월이 되면 여와를 모신 사당에서 사람들이 제사를 지낸대. 잔치를 크게 벌여 온나라 안의 남자와 여자가 서로 만나 즐겁게 노는 게 제사야. 재미있는 건 그 잔치 때에는 남녀의 뜻이 서로 맞으면 어느 누구라도 별다른 의식 절차도 거치지 않고 자유롭게 결혼하여 하늘을 지붕 삼고 땅을 침대 삼아 동침할 수 있다는 거야. 여우와 남자가, 범과 잠자리가, 사슴과 승냥이가, 구렁이와 나비가 혼인을 하는 거야. 그 잔치가 계속되는 동안에는 어느 누구도 그들의 행동에 간섭하지 않아. 정말 재미있는 건 바로 이 여와가 혼인의 신이라는 거야. 나는 아직 그녀의 얘기를 다 이해할 수는 없었다. 그러나 하나만은 알 수 있었다. 그녀는 내 사랑을 알고 있었다. 나는 부끄럽고 기뻤으며 놀랍고 황홀했다. 이해받는다는 것, 감정을 주고받는다는 것이 어떤 것인지를 아마도 나는 처음 깨우치지 않았을까. 더구나 순이는 놀라 멀거니 그녀를 내려다보는 내 손을 잡아 쥐었다. 보잘것없는 미약한 힘이 그 손을 통해 건너왔다. 내 나이 마흔둘, 순이의 나이는 백서른여섯, 그러나 상관없는 일이었다. 연인에게는 그들만의 나이가 있는 법이니까. 내가 사랑으로 혼자 고통스러워한 지 얼마나 시간이 흐른 뒤의 일이었던가. 하루 만이었는지도 모른다. 백년 만이었는지도 모른다. 그러나 그것 역시 아무래도 좋았다. 연인에게는 그들만의 시간이 있는 법이니까. 나는 묵묵히 다시 바퀴의자를 밀기 시작했으나 내 마음은 매처럼 하늘을 날고 있었고, 하늘은 어둑어둑 저물어오고 있었다.

그러나 내 삶의 절정기가 끝난 것은 바로 그날이었다. 그날부터 나는 온세상이 나의 적, 내 사랑의 적이라는 것을 알게 되었다. 나는 나의 연인과 더불어 적의에 찬 이 세상의 포로였다. 아비도 어미도, 큰아비도 큰어미도, 아니, 나 자신마저, 아아, 심지어는 나의 연인 순이마저 나의 적, 내 사랑의 적이었다. 나는 내가 나 자신이라는 사실 때문에 순이에게 슬픔이 되었고, 순이는 그녀가 그녀 자신이라는 사실 때문에 나에게 고통을 주었다. 순이가 내 사촌이 아니라면, 조로증 환자가 아니라면, 그리고 내가 그녀의 사촌이 아니라면, 마음속에 매번 서로 다른 곳을 향하여 치닫는 두 마리의 짐승을 키우는 괴물이 아니라면, 아니, 내가 그녀를 사랑하지 않았다면, 그녀가 내 사랑을 받아들이지 않았다면, 나도 그녀도 서로에게 슬픔이나 고통의 원인이 될 이유도 적이 될 까닭도 없었다. 나는, 과거에 아비 어미의 가난한 방에 감금당했듯 다시 이 세상의 감옥에 감금당했다는 것을 깨달았다. 이 세상은 거대한 감방이었다. 아비 어미 역시 그들의 감방에 감금당한 채 살았다는 것을, 큰아비 큰어미 역시 감금당한 것은 마찬가지라는 것을 나는 깨달았다. 아비가 어째서 집을 떠났는지를, 어미가 어째서 나를 버렸는지를 어렴풋이 알 것 같았다. 그들 모두가 서로에게 감방의 벽이요 간수요 자물통이었다. 내가 저 아비 어미의 감방에 갇혀 살던 시절 발견한 진실, 모든 것이 이중적인 의미를 감추고 있다는 것을 나는 다시금 확인하였다. 내 사랑은 단순히 사랑에 그치지 않았다. 내 연인은 단순히 연인에 그치지 않았다. 나에게 그러하듯 나의 연인에게도 마찬가지였다.

11

까페 밀리어네어에 취직을 하고, 연이 이모를 만나고, 본드 맛에 취하고, 그리하여 연이 이모의 살집 속에 파묻혀 지내기 시작한 것은 그때부터였다. 본드의 환각 속에서 신기하게 말더듬증이 거의 사라진다는 것을 발견한 다음부터는 나는 더욱 거기 빠져들어갔다. 평소에는 결코 통과할 수 없는 길고 어둡고 험한 동굴인 듯 여겨지던 나의 목구멍을 말들이 매끈하게 통과하여 혀끝에서 아무런 마찰 없이 물방울처럼 뚝뚝 떨어지는 것에 나는 매혹당했다. 그러나 그것이 내가 약물에 빠져든 이유의 전부는 아니었다. 나는 복수를 하는 기분이었다. 나를 감금한 세상에, 거기 감금당한 나 자신에게, 나의 가장 아름답고 가장 완강한 적인 나의 사랑에게 복수하는 기분으로, 나의 사슴과 승냥이에게, 나의 분열에게 복수하는 기분으로, 동시에 그 모든 복수를 포기하는 기분으로, 나 자신의 모든 것, 세상의 모든 것을 포기하는 기분으로 나는 환각 속으로 기꺼이 몸뚱이를 던져넣었다.

캡틴 케네디를 만난 것도 그 까페에서였다. 처음에는 나는 그가 미국인인 줄 알았다. 그의 생김생김도 그랬을 뿐만 아니라 주문을 받기 위해 그가 앉은 탁자로 간 나에게 그는 영어로 말했던 것이다. 버드. 내가 그를 물끄러미 쳐다보자 그는 혀를 차며 다시 말했다. 버드와이저. 맥주를 가지고 그의 탁자로 가서 뚜껑을 따는 나에게 그가 갑자기 한국어로 너 몇살이냐, 하고 물었을 때에 내가 깜짝 놀란 것은 당연한 일이었다. 그는 히죽, 웃으며 말했다. 속았냐? 순진한 놈. 나는 멍청히 그의 푸른 눈동자와 갈색의 눈썹을 쳐다보았다. 외모로만 보자면 그는 틀림없는 미국인이었다. 나중에 알게 된 일이지만, 그는 의정부에서 일하던 양공주를 어미로 하고 그 양공주의 손님인 미군을 아비로 하여 태어난 혼혈아였다. 그 어미는 미국으로 건너가기 위해 그를 버렸고, 그는 시립고아원에서 자랐다. 입만 열면 썬너버비치, 마더퍼커, 퍼큐 따위의 영어 욕설을 지껄이는 그는 어느날, 나를 의정부의 자기 집으로 초대했다. 집이라고는 하지만 작은 월세방에 불과했다. 그 방에서 가장 인상적인 것은 여자가 벌거벗고 노골적인 자세로 누워 있는 커다란 사진, 커다란 침대, 그리고 그 침대 못지않게 커다란 체스판이었다. 저녁을 먹고, 술을 몇잔 마신 다음 그는 나에게 코카인을 내놓았다. 내가 연이 이모와 필로폰을 시작한 지 몇달 지나지 않아서였다. 인조이, 덤 마더파커. 어렵게 미군으로부터 구한 것이라고 했다. 나에게 그것을 팔아 돈 벌어볼 생각 없냐고 그는 물었다. 나는 팔겠다고 하고 받아온 코카인을 연이 이모와 더불어 다 들이마셔버렸다. 그 짓이 여러차례 반복되었다. 물론 돈을 갚을 수는 없었다. 그는 사자가 뜯어먹다 내던진 얼룩말의 뱃속처럼 시뻘건 시트를 덮은 스포츠카를 타고 나타나 마더파커, 써너버비치 따위의 욕을 퍼부으며, 주먹질을 하며 돈을 내놓으라고 재촉했다. 그러면서도 내가 부탁을 하면 그는 조금씩 코카인을 내주었다. 봉급을 받으면 받는 대로 고스란히 그에게 내주어 겨우 빚을 갚았다 싶으면 어느새 다시 빚은 오히려 불어나 있었다. 그의 셋방에서 같이 코카인에 취해 늘어져 있던 어느날 그는 말했다. 난 날 내깔기고 미국으로 가버린 어미를 찾아낼 거다. 왜? 찾으면 초청장 보내달라고 하려고. 거기 가서 뭐 하게? 그쪽 마피아하고 직접 코카인 거래하는 거지. 떼돈 벌 거다. 그거 아니면 내가 이 나이에 뭣 났다고 에미 찾냐? 뭐, 늙고 병든 양공주 할맘 떠맡을 일 있냐? 나는 어미를 찾을 수 있을까를 생각해보았다. 슬프고 못생긴 나의 어미, 뱀과 교미하여 나를 낳은 나의 어미. 나는 자유로워진 나의 혀로 말했다. 나도 혼혈이다. 캡틴 케네디는 갑자기 그 푸른 눈동자에 불을 켜더니 입에 거품을 물고 마더파커, 써너버비치를 되풀이했다. 내가 그를 놀리는 거라고 생각한 것이었다. 나는 말했다. 나는 뱀하고 사람 사이의 혼혈이다. 그는 욕을 그치고 멍청히 나를 쳐다보다가 중얼거렸다. 미친놈. 갑자기 웃음이 밀려나왔다. 내가 웃어대자 그도 따라 웃기 시작했다. 한시간쯤, 어쩌면 밤새도록 우리는 웃어댔다. 이튿날 그는 다시 나를 두들겨패며 돈 내놓으라고 재촉했다.

빚을 갚을 길이 없었기 때문에 나는 돈을 훔치기로 마음먹었다. 큰아비가 나에게 심부름을 시켰다. 워싱턴의 약품도매상에 순이 약값을 우송하라는 것이었다. 내 속의 짐승 하나는 그 돈을 훔치라고 했다. 내 속의 다른 짐승 하나는 안된다고 했다. 나의 연인은 그 약이 없으면 죽을 수도 있다는 것을 그는 알고 있었다. 나의 승냥이는 도둑질을 고집했다. 그 돈을 받아 집을 나와서 네 시간 동안 나는 거리를 헤매고 다녔다. 그동안 계속해서 내 속에서는 사슴과 승냥이가 드잡이질을 했다. 결국 나는 은행으로 가지 않았다. 캡틴 케네디에게 돈을 갖고 또 코카인을 샀다. 나의 짐승 하나는 이제 큰아비의 집으로 돌아갈 수 없게 되었고, 그러니까 나의 연인도 만날 수 없게 되었다는 것을 알고 눈물지었으나, 나의 다른 짐승 하나는 익사하기 위해 작정이라도 한 듯 오직 환각 속으로, 환각 속으로만 더욱더 깊게 자맥질해 들어갔다.

12

환각에서 깨어날 무렵 연이 이모는 다시 본드를 비닐주머니에 짜넣으며 말했다. 연이가 누군지 아냐, 이 맹맹이새끼야? 조카…… 하고 내가 더듬거렸다. 그녀의 방은 좁았다. 찬장, 옷장, 텔레비전, 그리고 아비 어미와 같이 살던 시절의 누더기처럼 더러운 이부자리뿐이었는데 그것으로 방은 발 하나 옮길 자리가 없었다. 이부자리에 본드를 뚝뚝 떨어뜨리며 그녀는 고개를 저었다. 내 딸이다, 이 맹맹이야. 그런데 왜 연이 어미가 아니라 연이 이모란 말인가? 깔깔 웃으며 그녀는 말했다. 내가 그년을 버렸으니까. 고아원에 처박았으니까. 연이 어미도 아니고 연이 이모도 아니야. 그녀는 울기 시작했다. 아무것도 아니란 말이야, 이 맹맹이새끼야. 내가 그년의 원수면 원수지 어떻게 에미겠냐, 이 맹맹이새끼야. 잘했네, 하고 내가 말했다. 연이 이모가 아직 눈물을 줄줄 흘리며 비닐주머니에 얼굴을 처박았다가 나에게 내밀었다. 내가 거기 얼굴을 처박고 잠깐이 지났을 때에 문이 열렸다. 나와라. 귀에 익은 음성이었다. 나는 고개를 들었다. 큰아비였다. 그가 문을 막고 서 있었다. 큰아비는 나를 쳐다보는 것이 아니라 나와 그 사이의 허공 어딘가를 보며 말했다. 가자. 눈치빠른 연이 이모는 그가 누구인지를 곧 알아채어 안녕하세요, 하고 인사하며 바보처럼 헤에, 웃음을 내놓았다.

연이 이모 집을 나와서 택시에 올라 환각 못지않게 복잡하고 야릇한 서울을 북서에서 남동으로 가로질러 하남에 이르기까지 큰아비는 입을 열지 않았다. 꾸중도 원망도 없었다. 나 역시 아무 말도 하지 않았다. 내 속의 짐승 하나는 부끄러운 한편 순이를 다시 만나게 된 것을 다행스럽게 여기고 있었고, 다른 짐승 하나는 벌써 순이의 약값을 다시 한번 훔칠 기회가 올지도 모른다고 생각하고 있었다. 아직 약물의 환각에서 벗어나지 못한 나는 집에 들어서자마자 내 방으로 들어가 이불을 뒤집어썼다. 며칠을 잤는지 아니면 겨우 몇시간을 잤을 뿐인지 나는 알지 못한다. 큰아비가 문을 두들기며 저녁이다, 하고 말했다. 나는 화장실에 들러 고양이세수를 하고 주방으로 들어서려다가 순이의 방문을 밀었다. 순이가 보이지 않았다. 침대는 이불도 시트도 없이 벌거숭이가 되어 쿠션이 노출되어 있었다. 순이의 분홍빛 잠옷도 바퀴의자도 없었다. 아직 희미하게 방향제 냄새가 떠돌았고…… 불길한 예감이 뒷머리를 서늘하게 눌러왔다. 나는 당황하여 돌아섰다. 큰아비는 식탁에 홀로 앉아 숟가락으로 김치찌개를 뜨고 있었다. 나는 두려웠으나 물었다. 수, 수, 순이……? 큰아비는 고개를 들어 잠깐 나를 쳐다보았다. 그가 다시 고개를 숙이며 입을 열기까지 그 사이가 영원과도 같았다. 죽었다. 으아. 나는 외쳤다. 그러나 그 소리는 목에 걸려 밖으로 빠져나오지 못했다. 나는 얼어붙었다. 언제요, 하고 물어보고 싶었으나 입이 열리지 않았다. 나는 식탁 너머에 걸린 달력을 보았다. 내가 순이의 약값을 들고 나간 것은 8월 말이었으나 거기에는 10월의 달력이 걸려 있었다. 나의 환각 속에서도 시간은 흐르고 비는 쏟아졌으며, 순이의 병은 진행되고, 낙엽은 떨어져 썩고, 그리하여 순이는 죽었다. 큰아비가 순이의 자취를 그처럼 말끔히 치워 없앴다는 것이 갑자기 너무나 원망스러워져서 눈물이 찔끔 비져나왔다. 큰아비는 여전한 얼굴로 밥숟가락을 입으로 가져가고 있었다. 나는 의자를 차고 일어서 뜰로 나왔다. 바람이 불자 담쟁이덩굴이 크고 넓적한 손을 흔들어대며 꾸물꾸물 담을 타올랐다. 눈물이 흐르기 시작했다. 걷잡을 수 없이 눈물이 쏟아졌다. 목구멍을 넘어, 내 몸의 모든 핏줄들의 길이보다 더 길고 더 구불구불하던 의미와 무의미 사이의 동굴을 거침없이 관통하여 통곡이 터져나왔다. 몸뚱이 전체가 쪼그라드는 것 같았고…… 아팠다. 내가, 다름아닌 내가 순이를 죽였다는 것을 나는 깨달았다. 나의 환각은 환각에 그치지 않았다. 나의 사랑은 사랑에 그치지 않았다. 그것은 또한 살인이었다. 나는 내가 가장 사랑하던 사람을, 어쩌면 세상에서 유일하게 나의 사랑을 이해하고 받아들여준 사람을 죽음으로 내몰았다. 나라는 자의 사랑이 무엇인지, 나라는 자가 도대체 무엇인지 두려워졌다. 내가 바라는 모든 것, 내가 좋아하는 모든 것, 미워하는 모든 것, 원망하는 모든 것의 정체가 무엇인지 알 수가 없어졌고, 두려워졌다. 세상 모든 것이 알 수가 없어졌고 두려워졌다. 나는 아무것도 알지 못한다. 알지 못하는 채 나는 무엇인가를 좋아하고 무엇인가를 미워했다. 알 수가 없는 것을 좋아하고 알 수가 없는 것을 미워했다. 좋아한 것도 미워한 것도, 현실마저도 어쩌면 환각이었다. 나의 사슴도 나의 승냥이도 다를 바 없었다. 주변의 모든 물체를 빨아들이는 블랙홀처럼 환각은 나의 모든 것을, 이 세계 전체를 빨아들였다. 거대한, 이 세계만큼 거대한 검은 구멍만이 남았다. 내가 말더듬이라는 것이 다행스러웠다. 내가 이제껏 더듬더듬 내놓은 모든 말들이 두려웠으니까. 환각 속에서 지껄인 모든 얘기들도 두려웠다. 아예 벙어리였다면 더 좋았을 것을. 나는 큰아비가 입을 다물고 사는 것을 이해할 수 있었다. 무슨 말을 한단 말인가. 이 세상에 태어나 단 하루라도 산 적이 있는 사람이라면 후회의 말 외에 다른 할 말이 무엇이란 말인가. 나는 입이 필요치 않았다. 나는 두 다리도 필요치 않았다. 여기 앉아 순이를 생각하고 후회하고 그리워하는 것 외에 다른 할 일이란 더이상 없다는 것을 나는 알고 있었다. 어느새 큰아비가 나와서 뒤에 서 있었다. 말없이 내 어깨를 짚는 그의 손이 따뜻했다. 그 손을, 그 손의 따뜻함을 이해할 수 없었고, 두려웠고, 목이 메었다. 으아, 내 목에서 터져나온 통곡이 어두워오는 뜰 속을 담쟁이덩굴처럼 뻗어나갔다. 으아, 나는 짐승처럼 울부짖었다. 큰어미의 집에서 냄비와 사발과 녹슨 칼과 쥐약덩이와 인절미와 사탕주머니와 돈뭉치가 담을 넘어와 뜰에 뚝뚝 떨어졌다. 그녀의 악에 받친 음성이 들렸다. 죽여라. 다 죽여. 다 죽여버려. 이놈의 세상 살아서 뭐 하냐. 다 죽여버려. 아이고, 이 망헌 놈의 것들아, 개 같은 것들아, 짐승들아.

큰아비가 말했다. 약이 떨어지면서 순이는 갑자기 악화되었어. 보름이 지나자…… 순이는…… 갑자기 온몸이 나비가 되어 흩어져버렸다. 내 눈앞에서. 수천마리, 수만마리 나비가 되어…… 날아가버렸어. 큰아비는 캄캄한 하늘을 막연히 가리켰다. 저기…… 나는 순이가 해준 얘기를 떠올렸다. 음력 이월이 되면 여와를 모신 사당에서 사람들이 제사를 지낸대. 잔치를 크게 벌여 온나라 안의 남자와 여자가 서로 만나 즐겁게 노는 게 제사야. 재미있는 건 그 잔치 때에는 남녀의 뜻이 서로 맞으면 어느 누구라도 별다른 의식 절차도 거치지 않고 자유롭게 결혼하여 하늘을 지붕 삼고 땅을 침대 삼아 동침할 수 있다는 거야. 여우와 남자가, 범과 잠자리가, 사슴과 승냥이가, 구렁이와 나비가 혼인을 하는 거야. 그 잔치가 계속되는 동안에는 어느 누구도 그들의 행동에 간섭하지 않아. 온몸이 부르르 떨렸다. 순이는 오직 나비가 되기 위해 이곳에 태어났던 것인지도 모른다. 그녀의 조로증은 한시바삐 나비가 되지 못해 발버둥친 안달이었는지도 모른다. 나는 무엇이 되기 위해 태어난 것일까? 나는 부르짖었다. 으아. 순이가 어디로 날아갔는지 알 것 같았다. 그녀는 그곳에서 나를 기다리고 있을 것이다. 어쩌면 내가 그녀가 돌아오기를 기다려야 하는 것인지도 모른다. 언제까지? 그것이 무슨 상관이란 말인가? 연인들의 시간은 따로 있는 법인데. 가자. 큰아비가 말했다. 그가 스르르, 땅에 엎드려 긴 혀를 빼어 올리자 어둠이 붉게 타들어갔다. 나는 그의 옆에 엎드렸다. 큰아비는 벌써 큰어미의 집 담을 타넘고 있었다. 나도 그뒤를 따랐다. 담을 기어올라 큰아비가 나를 기다리고 있는 꼭대기에 이르렀을 때에 나는 큰어미의 집 지붕에서 거대한 구렁이 한마리가 길게 엎드려 캄캄한 하늘을 향해 붉은 혀를 들어올려 불꽃놀이처럼 흔들어대는 것을 보았다.

〔현대문학 1998년 10월호〕

잉어
이야기

깃발에 관하여 ㄴ

이야
기

잉어 이야기

깃발에 관하여

1

나는 물을 먹고 살았다. 밥보다 물을 더 많이 먹었다. 밥보다 물을 더 자주 먹었다. 아침에 일어나면, 할미가 차려주는 밥을 먹는 날도 있지만, 그보다는 물이나 숭늉을 한 사발 마시고 학교에 가는 날이 많았다. 도시락 같은 것은, 간혹 싸가는 날이 없지는 않았지만, 그보다는 싸가지 않는 날이 훨씬 더 많았다. 점심시간이 되면 학급 동무들이 도시락을 꺼내놓기 전에 나는 교실을 빠져나가 수돗가로 갔고, 거기에서 수도꼭지를 입에 들이박은 다음, 힘껏, 힘껏, 손잡이를 비틀었다. 차가운 물이 갑자기 뱃속으로 쏟아져 들어오면 정신이 번쩍 나고 눈이 붕어 눈처럼 크고 팽팽해져 금세 얼굴에서 튀어나갈 것만 같았다. 배가 빵빵해지도록, 물이 식도까지 차오르도록 물을 몸속에 쏟아부었다. 나는 내 몸속에 물이 흐르는 것을 느낄 수 있었다. 내 혈관 속에서 염소와 질소와 덜 소독된 대장균이 뒤섞여 흐르며 흰피톨 붉은

피톨과 아웅다웅 싸움질을 벌이는 것을 느낄 수 있었다. 저녁이 되면 간혹 할미가 쌀과 보리쌀에 옥수수나 감자를 넣어 지은 밥을 한 사발 내놓는 적이 있고, 그저 감자나 고구마 몇알을 내놓는 적도 있었다. 나는 기꺼이 그것을 먹고는 또다시 물을 한 대접이나 퍼마셨다. 나는 불평하지 않았다. 배고프다고 보채지도 않았다. 할미는 그런 내가 대견하다고, 불쌍하다고 눈물을 흘렸다. 이제 나이 겨우 서른하나 먹은 놈이 의젓도 하구나, 우리 순길이. 그러나 나는 조금도 대견하지도 불쌍하지도 않았다. 나는 물만 먹어도 별로 배가 고프지 않았다. 물로 배가 빵빵해지면 배가 고픈 것이 아니라 거북하고 무겁고 아팠다. 그 아픔을 견뎌내고 나면 그 다음에는 습관이 되어 익숙해진 슬픔과 비슷한, 그러나 슬픔은 아닌 평화스러운 느낌이 찾아와 오래 지속되었고, 그 가운데 나는 배고픔에 대해서도 아비 어미를 향한, 할애비나 할미를 향한 미움이나 그리움에 대해서도 무심해질 수 있었다. 그래서 나는 믿었다. 나는 배고프지 않다. 나는 아비도 어미도, 할애비도 할미도 보고 싶지도 않고 밉지도 않다.

　학교에 다니는 일은 나에게는 의무가 아니었다. 가도 그만, 가지 않아도 그만이었다. 공부 역시 마찬가지였다. 교실에 앉아서도 나는 선생님 얘기에 귀기울이지 않았고 책을 들여다보지도 않았다. 선생님이 꾸중하면 나는 가방을 들고, 또는 가방도 들지 않고, 어차피 그 가방 안에는 책도 공책도 온전히 들어 있는 적이란 거의 없었으므로, 교실을 나왔다. 선생님이 붙잡아 때리면 맞았다. 선생님들은 회초리로, 손바닥이나 주먹으로, 몽둥이로, 뼈쩍 마른 내 몸뚱이 이곳저곳에서 잘도 때릴 곳을 찾아냈다. 학교 동무들도 날 가까이하려 하지 않았다. 나는 지저분하고 말이 없고 가난했으니까. 물론 가난한 아이들이 몇명 있기는 했으나 나처럼 지독히 가난한 아이는 없었다. 불행한 아이들도 몇명 있었으나 나처럼 극단적으로 불행한 아이는 없었다. 동무가 없기 때문에 나는 말이 없었고, 말이 없기 때문에 또한 동무가 없었다. 할미는 나에게 학교에 가라고 강요하기는 했으나 내가 학교에서 무엇을 하는지를 제대로 챙길 정신이란 애당초 없었다. 늘 강에 나가 다슬기라도 잡아 팔고, 남의 집 일을 하러 다녀야 했으니까. 가끔 내가 더러운 꼴로 집으로 들어서면 잡아먹기라도 할 듯 고함을 질러댈 뿐이었다. 저놈의 새끼 저 꼴이 뭐야. 좀 씻고 다니면 누가 잡아먹냐, 이놈의 새끼. 하지만 나는 할미를 무서워해본 적은 없었다. 할미는 날 때리지 않았다. 그나마 날 생각해주는 사람은, 보리밥이나마 나에게 챙겨 먹이려 애쓰는 사람은 할미뿐이었다.

사는 건 힘들고 외롭고 고통스럽고 짜증스러운 일이라는 것을, 이미 초등학교 1학년 시절부터 나는 알게 되었다. 그래서였을까. 나는 그 무렵부터 가끔 정신을 놓아버리는 습관을 들였다. 꼭 배가 고파서는 아니었다. 아비나 어미에 대한, 할애비나 할미에 대한, 선생님이나 학교 동무들에 대한 미움이나 원망 때문만도 아니었다. 그런 한두 가지 원인보다는 더이상 내가 나 자신을, 삼십 킬로그램에 불과한 나 자신의 몸뚱이를, 그 몸뚱이에 덕지덕지 매달린 굶주림이나 갈증, 미움이나 원망, 분노 따위, 구질구질한 생리적 고통이나 감정 같은 것, 그리고 선생님이나 학교 동무들의 무해한 경멸이나 무익한 동정심에 찬 눈길…… 그런 것들을 감당하기 불가능할 때, 그런 것들 모두가 조금씩 내 몸에 이물(異物)스러운 무게를 더하여 도저히 나로서는 더이상 버텨낼 수가 없을 지경에 이르면 나는 아아, 더이상은 안돼, 하는 생각과 함께, 연줄을 끊듯, 내 팽팽하게 당겨진 의식의 줄을 놓아버리는 것이다. 아무데서나, 교실이나 운동장, 집앞 고샅이나 큰길을 가리지 않고, 나는 고스란히 그 자리에 쓰러져 정신을 잃었다. 쓰러지기 직전

나는 언제나 예감할 수 있었다. 그것이 다가오고 있다. 그것이 바로 뒷덜미에 올라 앉았다. 이제 요다음 순간이다. 저 앞에 보이는 우체통까지는 걸어갈 수 있을까…… 그 다음에는 눈앞의 풍경들이 희미해지고, 그 위로 검고 흰 바둑판 무늬 같은 것이 다가오고, 그 무늬가 빠르게 좌우로, 상하로 흘러가다가 이윽고 어둠이, 상쾌하고 시원한 어둠이 몰려들고, 나는 모든 결박으로부터 풀려나 그 어둠속에 해체되는 것이다…… 깨어나면 나는 여전히 고샅 또는 가로수 그늘 밑에 쓰러져 있거나, 학교의 양호실 안락의자에 뉘어져 있었다. 양호선생님은 깨어난 나에게 말했다. 넌 빈혈이야. 피가 너무 부족해. 영양부족이야. 비타민 결핍이야. 밤이 되면 앞이 잘 안 보이지? 영양을 섭취해야 해. 혼절은 좋았으나 깨어나는 순간은 견디기 힘들었다. 때로는 양호선생님이 지켜보는 가운데, 때로는 길바닥에 쓰러진 나를 지켜보는 낯선 사람들의 호기심이나 동정심 가운데 깨어나는 순간 저 온갖 삶의 결박들이 다시 몸에 친친 감겨오기 시작하는 것이다. 그러면 나는 자리를 털고 일어나 머지않아 다시 다가오고 말 그 혼절의 순간을 향해 한 발자국 또 한 발자국, 세상을 향해 걸어 들어가는 것이다. 그러니까 그 혼절은 나에게는 거의 유일한 피난지였고, 휴식이나 잠, 쾌락과 같았다. 아니, 어쩌면 유일한 쾌락이었다 해야 할지도 모른다. 아비는, 할미는 걱정을 했으나 나는 조금도 걱정하지 않았다. 물을 마시고 나면 나는 배가 고프지 않았다. 마찬가지로 잦을 때는 한달에 한번, 그렇지 않을 때는 두달에 한번쯤, 혼절 끝에 깨어나면 나는 그럭저럭 또 한동안 산다는 성가신 노릇을 감당해낼 수 있었다.

할애비는 내가 혼절을 하는지 깨어나는지 알지 못했다. 그는 백아흔두살에 벌써 노망이 나 나를 알아보지도 못했다. 마루에 나와 해바라기라도 하고 앉아 있다가 내가 책가방을 메고 들어서면 할애비는 화들짝 놀라 벌떡 일어섰다가 땅바닥에 엎어질 듯 굽실거리며 말했다. 아이고 어르신, 큰물이 져 거둔 게 별로 없습니다요. 아이고 순사 나리, 우리는 산사람들 못 봤습니다요. 빨갱이들은 벌써 몇달 전부터 얼씬도 한 적 없습니다요. 아이고 어르신, 살려줍쇼. 잘못한 거 아무것도 없습니다요. 아이고 장군님, 우린 순사 가족 아닙니다요. 우린 순사 아니라 순사 꼬랑지 하나 못 봤습니다요. 아이고 어르신, 나리, 우린 아무것도 모릅니다요. 우리 자식놈도 며느리년도 아무것도 모릅니다요. 제발 살려만 줍쇼…… 내가 그를 무시하고 마루 끝에 가서 앉으면 할애비는 겨우 고개만을 들어 사방을 두리번거려 어르신이나 순사 나리가 사라졌다는 것을 몇번이고 확인한 다음에야 비로소 허리를 펴고는 한숨과 함께, 아직도 두려움이 가득 담긴 그 작고 번들거리는 눈으로 여전히 이쪽저쪽 살피기를 그치지 않으며 중얼거렸다. 아이고, 겨우 살았다. 씨펄놈들, 나한테 또 속았지? 큰일날 뻔했다. 그다음 할애비는 나에게 아주 중요하고 요긴한 가르침인 듯 늘 이렇게 충고했다.

"저런 놈들 와서 물어보면 너도 아무것도 못 봤다고, 아무것도 모른다고 대답해야 돼. 알았냐? 그래야 산다. 그래야 니 에미도 돌아오고 니 애비도 만날 수 있다."

나는 알고 있었다. 할애비가 두려워하는 그런 것들은 이제 존재하지 않는다는 것을. 어르신도 없고 순사나리도 없었다. 산사람이나 빨갱이 같은 것도 없었다. 그런 것들은 할애비의 치매 깊은 곳에만 존재했다. 나는 비록 어리고 공부도 제대로 못했고 동무도 없었으나, 법으로 금지된 짓을 저지르지 않는 한 경찰을 두려워할 필요도 없고, 읍장이나 군수, 대통령을 무서워할 까닭도 없으며, 그들에게 굽신거릴 필요도 없다는 것을 알고 있었다. 그들은 모두 할미나 할애비 같은 사람들이 뽑아 잠시 일을 맡긴 심부름꾼에 불과하다는 것도 알고 있었다. 그것이 내가 학교에서 배운 것이었고, 또한 그것이 사실이었다. 바로 얼마전에도 선거가 실시되어 국회의원을 뽑지 않았던가. 아비도 어미도, 할애비가 믿는 것처럼, 산사람이나 순사, 혹은 씨펄놈들에게 붙잡혀간 것은 결코 아니었다. 그러나 할애비의 집요하고 시종일관한 치매를 지켜보는 사이에 어쩌면 내가 학교에서 배운 모든 것들, 주위에서 보고 들은 모든 것들, 아비 어미에 대한 얘기들…… 그런 것들이 다 거짓이고 오직 할애비의 말만이 진실인지도 모른다는 의구심이, 두려움과 더불어 문득문득 솟구쳤다. 더구나 나는 어미를 기억도 하지 못했다. 기억하지도 못하는 어미에 대해 어떻게 할애비의 말이 엉터리라고 무작정 거부할 수 있단 말인가? 내가 어미에 대해 짐작하는 것이란 내가 지금보다 훨씬 어릴 때, 아비가 배를 타기 시작한 지 몇 년도 지나지 않아서 어미가 아무 까닭도 없이 남편도 자식도 다 버리고 달아났다는 것뿐이었다. 그것도 확실치는 않았다. 할미가 한탄 섞인 혼잣말을 고시랑거리는 것을 어쩌다 듣게 된 것뿐이었다. 그러나 어미가 집을 나갔다는 것은 사실일까? 어미는…… 혹시 죽어버린 것은 아닐까. 아니면 할애비의 순사들이 어미를 고문하여 죽여버린 것은 아닐까.

아비 역시 할애비의 확신과는 달리, 먼바다에 나가 고기를 잡았다. 그는 뭍에 올라와도 집으로 돌아오지 않고 어항(漁港)의 술집이나 여인숙에서 뒹굴거나 타지를 떠돌다가 잊을 만하면, 일년에 네댓 번쯤, 재수가 좋으면 추석이나 설날, 할미 할애비의 생신날에 맞춰 집에 돌아왔다. 아비가 일하는 곳에는 술도 밤도 없는 것인가. 아비는 집에 돌아오면 며칠이고 술만 마시고 잠만 자며 지냈고, 그러다가 불현듯 다시 집을 떠나 바다로 돌아갔다. 집을 떠날 때마다 그는 나에게 말했다. 돈 많이 벌어 오마. 그러나 아비는 한번도 그 약속을 지키지 못했다. 아비는 가끔 돌아오면 할미에게 몇푼의 돈밖에는 건네지 못했고, 나에게는 엉뚱한 선물들, 그러니까 열두색 색연필이라거나 야광 날개가 달린 운동화 따위를 사다주었을 뿐이었으며, 그런 싸구려 선물들은 곧 부러지거나 망가지거나 찢어져 못 쓰게 되고 말았다. 그러나 그런 것은 상관없었다. 아비가 돌아올 때마다 나는 할애비의 생각이 잘못이라는 것을 매번 확인할 수 있었고, 그리하여 아비가 돌아오지 않는 사이에 조금씩조금씩 전염된 할애비의 두려움을 씻어낼 수 있었다. 아비는 캄캄한 감옥에, 어르신이나 순사나리의 칼질이나 몽둥이질에 피를 흘리며 쓰러져 있는 것이 아니라, 저 강물 따위와는 비교도 되지 않을 만큼 넓고 푸른 바다 한가운데에, 커다란 배 위에서 싱싱한 물고기들을 건져내고 있는 것이다…… 그러나 그런 것으로 나의 불안감이 완전히 가시는 것은 아니었다. 어미 때문이었다. 어미는 어디 있는가? 얼굴도 알지 못하는 나의 어미는 왜 한번도 오지 않는 것일까? 나는 어른들이 종종 거짓말을 한다는 것을 알고 있었다. 아직 초등학교 1학년일 때에 할미에게 어째서 나에게는 어미가 없는지를 물어본 적이 있었다. 할미는 멀거니 나를 쳐다보다가 죽었다, 하고 말했다. 나는 정말 어미가 죽은 줄 알고 살았다. 몇년 뒤에 다시 물었을 때는 할미는 이렇게 대답했다. 아파서 병원에 있다. 그로부터 몇년 뒤에야 나는 할미의 푸념 가운데 어미가 집을 나갔다는 것을 알게 되었던 것이다. 그러나 그 역시 또하나의 거짓말은 아닐까? 할애비의 망상과 할미의 거짓말은 어느 쪽이 더 진실에 가까운 것일까?

마을 앞에는 제법 폭이 넓은 강이 있었다. 강 저편은 읍내, 강 이편은 모래밭, 콩밭과 깨밭, 고추밭, 그리고 마을이었다. 강은 시도때도 없이 안개를 피워올렸다. 강이 굽이치는 상류 쪽에서부터 뭉클뭉클 안개가 피어나기 시작하면 이내 안개는 강을 뒤덮고, 마을을 뒤덮고, 길과 집과 나무와 바위와 언덕과…… 모든 것들을 뒤덮어 그 축축하고 아득하고 혼곤한 품에 끌어안아버렸다. 안개 속에서 강은 올라가고 하늘은 내려와 하나가 되면 그 사이에 존재하는 모든 것들이 형체를 잃고 그 안개 속으로 녹아들었다. 빛도 어둠도 그 안개 속에서는 구별되지 않았다. 밤이면 안개는 잘 보이지 않았으나 안개가 끼고 있다는 것을 가장 먼저 알 수 있게 해주는 것은 멀리 다리 위의 가로등 불빛이었다. 가로등이 깜쪽같이 사라져버리는 것이다. 이어 다리 밑 마을의 전등 불빛이 사라지고, 바로 앞집 창에서 흘러나오는 불빛도 사라지고, 어느새 안개만이 자욱하게 뒤덮여 너울거렸다. 강 속에서 거대한 짐승이 나타나 순식간에 온세상 천지를 사로잡아버리는 것 같았다. 그렇게 안개가 끼면 할애비는 무작정 집을 뛰쳐나갔다.

"저거 봐라. 니 애비 온다. 저거 봐. 니 에미도 온다. 애비야 애비야 어서 오니라…… 에미야 에미야 아이고, 이게 얼마 만이냐. 어서 오니라……"

할애비는 코앞이 보이지 않는 안개 속을 성큼성큼 걸어 강으로 가는 것이다. 그렇게 걸어가다가 허방에 빠지는가 하면 전신주에 얼굴을 들이박기도 하지만, 아랑곳하지 않고 강으로 나갔다. 그때마다 할미와 나는 그를 잡기 위해 허둥지둥 쫓아다녔다. 영감 영감, 고만 가요. 고만 가란 말이요. 그 안에 뭐가 있다고 그러요. 암것도 없단 말이요. 그러나 할애비는 들은 척도 하지 않았다. 저 안에 다 있다. 뭐든지 다 있어. 가보면 안다. 어서 가자, 어서 가. 몇걸음만 떨어져도 할애비의 모습은 보이지 않았다. 다행스럽게도 그는 쉬지 않고 울먹이는 듯 고함을 질러댔고 그 소리로 할미와 나는 그가 가는 방향을 짐작할 수 있었다. 아이고 아이고, 에미야 에미야…… 애비야 애비야…… 아이고 어쩐다냐…… 어머니 어머니…… 아버지 아버지…… 지금 갑니다요, 이 못난 놈이 가요…… 할애비는 거침없이 모래밭을 넘어 강물 속으로 들어갔다. 기를 쓰고 쫓아간 할미가 그의 옷자락을 잡아 끌어내며 어서 갑시다. 집으로 돌아가요, 하고 고함을 질러도 그는 몸부림치며 물속으로 걸음을 옮겼다. 저기가 집인데 어디로 돌아간단 말이냐. 어머니 어머니, 이놈이 지금 갑니다요…… 나는 안개 속으로 할애비를 붙잡기 위해 쫓아다닐 때마다 불안감에, 혹은 불안감만은 아닌 기이한 기대로 몸을 떨었다. 정말 저 안개 속에, 저 강물 속에서 어미가 불쑥 모습을 드러낼 것만 같은, 아니, 어미만이 아니라 아비도, 그리고 새로운, 알 수 없는, 낯선 할미와 할애비가, 그 할미와 할애비의 어미와 아비, 할미와 할애비가…… 불쑥 나타나 어서 오너라 내 새끼야, 하고 덥석 할애비를 끌어안을지도 모른다는 생각이 들고, 간혹은 꼭 그렇게 될 것만 같은 예감으로 숨이 가빠오는 것이었다. 그 안개 속에서는 무슨 일이라도 벌어질 것 같았으니까.

가마니 거지가 할애비를, 어쩌면 우리 일가족 셋의 목숨을 구해준 것도 그 안개 속이었다. 할애비를 뒤쫓아 허겁지겁 물속으로 뛰어든 할미와 나는 할애비의 옷자락을 붙잡고 그를 끌어내기 위해 발버둥을 치고 있었다. 장마로 물이 불어 물살이 빨랐다. 자칫하면 할애비만이 아니라 할미와 나까지도 그 물살 속에 휩쓸릴 것만 같았다. 영감 영감, 이러다 우리 다 죽겠소. 어서 나갑시다. 할미는 고함을 지르다 못해 욕을 퍼부었다. 이놈의 영감태기, 빨리 못 나와. 어서 나와. 온식구 다 죽이자고 이러는 거야. 그러나 할애비는 에미야, 에미야, 하며 계속해서 앞으로만 걸어들어갔다. 앞은 오직 안개, 아무것도 보이지 않고 아무것도 구별되지 않는, 거대한 혼돈과도 같은 안개뿐이었다. 할애비는 그 안개 속으로 걸어들어가지 못해 안달을 하고 있었다. 할애비가 비틀, 하더니 물속으로 쓰러졌고, 그 뒤를 이어 그의 옷자락을 움켜쥐고 있던 할미가, 그리고 내가 균형을 잃고 쓰러졌다. 흙탕물이 입안으로 쏟아져들어왔다. 나는 발버둥치며 물 밖으로 고개를 내밀었고, 그때 안개 속에서 불쑥 한 남자가 나타나는 것을 보았다. 그의 눈빛, 그것은 안개 속에서 마치 빛을 발하는 듯 또렷했다. 그 눈이 똑바로 나를 쳐다보고 있었다. 나는 그 눈에 사로잡힌 듯 거기에서 눈을 옮길 수가 없었다. 그 남자는 여전히 그렇게 나를 쳐다보며 어깨를 잡아 나를 물속에서 일으켜세웠다. 그리고 그 눈은 사라졌다. 그 남자는 할미를 일으켜세우고, 다시 손을 물속으로 집어넣어 할애비의 허리를 움켜쥐더니 난짝 들어 어깨에 짊어졌다. 할미가 정신없이 고맙습니다, 고맙습니다, 하며 벌써 강변으로 걸음을 옮기기 시작한 그의 뒤를 따랐다. 강변 모래밭에 이르자 그 남자는 할애비를 내려놓았다. 할애비는 더이상 강으로 들어가려 하지는 않았다. 온몸이 흠뻑 젖은 그는 모래밭에 주저앉은 채 안개 속에 대고 에미야 에미야, 하고 부르짖을 뿐이었다. 할미는 할애비를 구해준 사람에게 고개를 숙이고 거듭 고맙다는 말을 반복하고 있었다. 그 남자는 모래밭에서 뭔가를 들어 등에 짊어졌다. 안개 속이었으므로 할미도 나도 그 남자의 얼굴을 제대로 알아볼 수는 없었다. 그러나 어느 한순간, 희끄무레한 그 남자의 모습에서 다시 그 눈이, 형광빛의 그 눈이 그 짙은 안개를 뚫고 나타나 나를 돌아보았다. 그리고 그때 나는 그 남자의 어깨 위로 비죽이 솟아오른 것이 가마니라는 것을 알아보았다. 가마니, 가마니를 짊어지고 다니는 사람…… 나는 놀라 다시 확인하려 했으나 그 남자는 이미 안개 속으로 멀어져가고 있었고, 희미한 얼룩 같은 그의 모습마저 이내 사라져버렸다. 읍내에서 늘 가마니를 짊어지고 다니면서 밥과 술을 얻어먹는 사람, 짊어지고 다니는 게 뭐냐고 사람들이 물으면 이게 내 집이오, 하고 대답하는 사람, 아무데서나 가마니를 펴고 그 안에 들어가 잠을 자는 사람, 그래서 아이들이 가마니 거지라고 부르는 사람……

차츰 안개가 걷혀가는 강변을 등지고 할애비를 업고 걸으며 할미가 물었다. 그 사람 누구드냐. 넌 얼굴 봤냐. 아이고, 이놈의 안개 때문에 도대체…… 찾아가서 고맙다는 인사라도 다시 해야 할 텐데…… 누군지를 알아야…… 그러나 나는 얘기하지 않았다. 나는 아직 내가 본 것을 믿을 수 없었고, 내가 얘기한다 해도 할미가 그것을 믿을지, 만일 믿는다 해도 여전히 고마워할지, 아니면 무서워하고 징그러워하고 나아가서는 원망할지 자신이 없었다. 나 자신 가마니 거지를 어떻게 생각해야 하는 것인지, 고마워해야 하는 것인지 징그러워해야 하는 것인지 알 수가 없었다.

2

그뒤부터 학교 가는 길에 읍내에서 가마니 거지를 마주치면 나는 기분이 이상해졌다. 그에게 말을 걸어보고 싶었다. 적어도 고맙습니다, 하고 한마디는 해야 할 것 같았다. 하지만 그 안개 속에서 나타난 사람이 정말 가마니 거지였을까. 그 눈을 보면 알 것 같았다. 가까이에서 한번 그의 눈을 보기만 하면. 안개 속에서 야광단추처럼 푸르게 빛나던 그의 눈은 내 눈속으로 신비스러운 기운을 불어넣는 것만 같았고…… 뭐라고인지 나에게 얘기를 거는 것 같았다…… 땅바닥에 가마니를 깔고 은행 건물 담벽에 비스듬히 기대어 앉아 길게 자란 손톱 속에 두껍게 때가 낀 솥뚜껑만한 손으로 담배꽁초에 불을 붙여 코로 입으로 게으르게 연기를 피워올리며 뜬 듯 감은 듯 게슴츠레한 눈으로 멀거니 허공을 쳐다보는 그를 보면 평생 그렇게 게으름이나 피우고 살 사람이지 누군가를 구하기 위해 안개 속에서 불쑥 나타나 그처럼 부드럽고 재빨리 물속에서 나를 건져올리고, 할미를 건져올리고, 할애비를 번쩍 들어 짊어지고 그 빠른 걸음으로 물 밖으로 끌어낼 수 있는 사람으로는 보이지 않았다. 버스터미널 뒤 주차장 빈터에 가마니를 깔고 앉아 소주병 하나 놓고, 라면과자 한 봉 그 옆에 놓고, 종이잔으로 혼자 소주를 따라 마시며 세상에 부러울 것 없다는 낯으로 행인들을 물끄러미 쳐다보다가, 가마니를 들쳐 그 속에 몸을 들이밀고 정말 그 가마니가 자기 집인 듯 태평스레 잠에 빠지는 사람이 정말 그 안개 속에서 갑자기 나타나 흙탕물을 들이켜는 나를 건져낸 그 사람이란 말인가.

내가 그런 광경을 눈여겨보게 된 것은 아마 그런 의문을 품고 있기 때문이었을 것이다. 학교에서 집으로 돌아오는 길, 군청 앞이었다. 앞쪽에 그가 취하여 가마니를 허리께에 늘어뜨린 채 비척비척 걸어가고 있었다. 흥얼흥얼, 그가 부르는 노랫소리가 내 귀에까지 들려왔다. 멀리 떠나간 내 색시 멀리 가버린 내 색시 꿈처럼 사라진 내 색시 돌아올 줄 모르는구나 각시 각시 내 각시 여기 있어도 내 각시 멀리 있어도 내 각시 내가 죽어도 내 각시 각시가 죽어도 내 각시…… 한참 동안이나 그 노래를 들으며 그의 뒤를 따라가다가 나는 마침내 용기를 내어 그를 앞지르며 흘끗, 오직 그의 눈을 한번 보고 싶은 생각으로, 흘끗, 그의 눈을 쳐다보았다. 종잇장처럼 구겨진 얼굴에 커다란 눈이 눈물을 흘리고 있었다. 그 눈, 분명히 그 푸른 눈이었다. 그러나 나는 고맙습니다, 하고 말할 수 없었다. 가마니 거지의 눈이 바로 그 눈이라는 것을 확인한 순간, 그와 눈이 마주치지도 않았는데, 저 물속에서 그 눈과 처음 마주쳤을 때, 그 눈이 하던 알 수 없는 얘기들이, 다시, 그 햇빛 쨍쨍한 오후의 읍내 큰길에서, 다시 들려오는 듯했고…… 그의 슬픔과 그리움과 안타까움과 사랑과…… 그런 것들이 맑은 물속 바닥까지 파고드는 햇빛처럼 내 가슴속으로 밀려 들어왔다. 나는 마구 뛰어 집으로 돌아왔다. 가슴이 뛰고 있었고…… 그러나 한편으로는 기뻤다. 실망스럽지도 무섭지도 않고, 기뻤다. 그는 틀림없이 가마니 거지였다. 각시 각시 내 각시 여기 있어도 내 각시 멀리 있어도 내 각시 내가 죽어도 내 각시 각시가 죽어도 내 각시…… 그가 흥얼거리던 노래를 나는 따라불러보았다. 민요처럼 단순하고 경쾌한 노래였다. 다시금 그의 슬픔과 사랑과 그리움과…… 그런 것들이 뭉클 가슴속에서 솟구쳤고, 아비와, 얼굴도 모르는 어미와, 한번도 만난 적이 없는 내 각시와, 이미 몇년 전에 다른 학교로 전근 간, 1학년 때의 여자 담임선생님과, 구구단을 외지 못했다는 이유로 혼자 2층 교실에 남아 있다가 문득 내려다본 텅 빈 운동장에 쏟아지던 빗줄기와, 그 빗줄기 속에서 머리칼을 흔들며 서 있던 포플러와 플라타너스와…… 그런 것들이 그리워지고, 그보다 더 먼 것들, 더 아득한 것들, 아비와 어미를 만나기 전에, 할미와 할애비를 만나기 전, 내가 세상에 태어나기도 전에, 세상에 존재하기도 전…… 참 이상하고 말도 안되는 소리지만, 그런 것들까지가 다 그리워지고…… 그 느낌은 알 수 없이 마음에 들고 편안했고 위로를 받은 것 같았다. 나도 모르는 사이에 내가 그 노래를 흥얼거리고 있다는 것을 깨닫는 일이, 그뒤부터 종종 벌어졌다.

학교에서 독립기념관에 가는 날이었다. 모처럼 책가방을 메거나 들지 않은 학교 동무들이 띄엄띄엄 안개 속으로 학교로 떠나는 것을 나는 마루 끝에 앉아 지켜보았다. 나는 갈 수 없었다. 도시락을 쌀 수 없는 것은 문제가 아니었다. 아비가 연락을 끊은 지 벌써 몇달이 되어가고 있었고, 당연히 집에는 돈이 없었으며, 그러니 학교에 갖다낼 관광버스 삯이 있을 리 없었다. 나는 슬프지 않았다. 소풍을 가본 게 나는 꼭 두 번뿐이었다. 그나마 소풍에 따라나선 것을 나는 후회했다. 학급 동무들의 울긋불긋 호사스러운 도시락과 내 도시락은 너무 달랐다. 동무들이 콜라를 사마시고, 아이스크림을 사먹고, 곤돌라를 타고, 문어발을 타고, 청룡열차를 탈 때에 나는 그것을 바라보고만 있어야 했다. 그런 게 먹고 싶은 것은 아니었다. 그런 걸 타고 싶지도 않았다. 그런 걸 사먹지 못해, 그런 걸 타지 못해 슬프지도 않았다. 나는 아무렇지도 않았다. 다만 재미가 없을 뿐이었다. 소풍이나 탐방학습에 끼지 못하는 것은 나에게는 슬픈 일이 아니라 당연한 일이었다. 독립기념관에 따라가봤자 역시 재미없을 것은 뻔했다. 나는 항아리에서 물을 떠 배를 가득 채우고 집을 빠져나오자 터덜터덜 강가로 내려갔다. 강이 머리칼을 풀어내는 듯 안개가 피어오르고 있었다. 나는 조약돌을 집어 물수제비를 뜨다가, 공깃돌을 찾아 다니다가, 길다랗게 나를 향해 다가오고 있는 등뒤의 모래밭에 남은 내 발자국을 바라보다가…… 안개가 짙어져 강도, 하늘도, 모래밭도, 마을도, 강 건너 읍내 쪽의 강둑도, 그 거리의 술집과 여관, 상점들도 보이지 않게 되었다. 아무도 아무것도 보이지 않았다. 편안했다. 나는 안개 속에 주저앉아, 의식하지 못하는 채로 노래를 부르기 시작했다. 멀리 떠나간 내 색시 멀리 가버린 내 색시 꿈처럼 사라진 내 색시 돌아올 줄 모르는구나 각시 각시 내 각시 여기 있어도 내 각시 멀리 있어도 내 각시 내가 죽어도 내 각시 각시가 죽어도 내 각시…… 다시금 저 그리움과 슬픔이…… 밀려들었다. 찔끔찔끔 눈물까지 나왔다. 아비와 어미가, 바로 지척에 있는 할미와 할애비가, 그리고 그들의 할미들, 할애비들, 또 그들의 할미와 할애비들…… 뭔지도 알지 못할 것들이…… 무작정 그리워졌고, 그 그리움 속으로 내 몸이, 이 안개 속에서처럼, 사라져 버리는 듯했으며…… 나는 그 그리움에 내 몸을 맡겼다.

안개 속에서 메아리처럼, 그 노래가 들려왔다. 가마니 거지의 음성이었다. 나는 긴장하여 메아리가 들려오는 쪽을 넘겨다보았다. 안개 저편에서 노랫소리와 함께 모래밭을 걸어오는 발자국 소리가 가까워지고…… 이윽고 그의 눈이, 저 야광 단추처럼 푸른 눈이 먼저 나타나고 이어 그가 나타나 내 옆에 털썩 주저앉았다.

"내 각시 소식 혹시 못 들었냐?"

하고 그가 물었다. 나는 무슨 얘긴지 알 수가 없었다. 그는 내 눈을 들여다보았다. 내가 어떻게 그의 각시 소식을 듣는단 말인가. 그는 내 눈을 들여다보다가 안개 너머로 시선을 옮기며 고개를 끄덕거렸다. 나는 미안했다. 그의 각시를 모른다는 것이, 그의 각시 소식을 듣지 못했다는 것이 더없이 미안했다. 나는 주저하다가 물었다.

"아저씨 각시가 어디 있는데요?"

그는 대답은 하지 않고 밑도끝도없이 이렇게 말했다. 저기, 남해 너머, 아주 먼 데, 거기 인어가 살아. 그 사람들은 물고기처럼 물속에 살면서 그 물로 끝없이 옷감을 짠다. 물보다 부드럽고 물보다 가볍고 물보다 투명한 옷감을. 그 옷감으로 옷을 지어 입으면 물고기도 사람이 되고 사람도 물고기가 돼. 지렁이가 그 옷을 입으면 나비가 되고 나비가 그 옷을 입으면 노루가 되고…… 그 사람들이 눈물을 흘리면 그 눈물이 구슬이 되어 나와. 눈물이 구슬이래, 거기선. 우리 눈물은 왜 구슬이 못 되는 걸까? 아니, 사실은 구슬인데 우리가 그걸 알지 못하는 건 아닐까? 우리 옷은 왜 사람을 물고기로, 물고기를 사람으로 만드는 것이 아니라, 남자와 여자를, 거지와 부자를 만드는 것일까. 왜 지렁이를 나비로, 나비를 노루로 만드는 것이 아니라 부자와 도둑을, 창녀와 손님을, 죄수와 경찰을 만드는 것일까. 가느다란 안개 입자들이 촘촘하게 눈앞에 흘러가는 것이 보였다. 나는 할말을 잃고 앉아 있었다. 왜 그럴까? 알 수 없었다. 내가 물었다. 아저씨 각시 사는 데가 거기예요?

"난 몰라. 넌?"

그의 어조는 너무나 진지했으나 내가 그런 것을 알 리가 없었다. 그가 부탁이 있다고 말했다. 내 각시 소식 들으면 꼭 나에게 와서 알려줘. 각시한테도 내 소식 전해주고. 내가 얼마나 기다리는지, 얼마나 후회하는지, 얼마나 미안해하는지. 아까도 그랬지만 그는 내가 그의 각시 소식을 틀림없이 이미 들었거나 앞으로 듣게 되리라는 것을 믿어 의심치 않는 어조였다. 나는 대답할 수가 없었다. 이 사람은 정말 미친 것일까. 그가 다짐을 두었다. 꼭. 부탁이다. 나는 할 수 없이 알았다고 대답했다.

"듣게 되면요."

"듣게 될 거다."

그는 띠를 풀어 가마니를 등에서 떼어내더니 가마니 안에서 김밥을 꺼내고 소주를 꺼냈다. 먹어. 나는 주저했다. 거지의 음식을 얻어먹는다는 것은 어쩐지 내키지 않았다. 그것이 창피한 짓이라는 것 때문이아니라 거지라면 세상에서 가장 가난한 사람인데, 그런 사람에게서 음식을 얻어먹는다는 것은 뻔뻔스러운 짓으로 여겨졌다. 그는 먼저 소주를 병째 한모금 들이켠 다음 김밥 한쪽을 집어 입에 쑤셔넣고 우물거리며 말했다. 괜찮아. 또 있어, 이 안에. 소풍인지 독립기념관인지 가는 애 학부형이 주더라. 우린 안개 속으로 소풍 나온 거다. 여기가 우리 독립기념관이다. 그는 나에게 왜 독립기념관에 가지 않았는지 묻지 않았다. 나는 김밥을 집어 입으로 가져갔다. 소주도 줄까? 그가 소주병을 내밀었다. 나는 고개를 저었다. 다시 한모금 소주를 들이켠 그가 얘기를 꺼내놓았다.

3

난 옷을 만드는 것을 직업으로 살았어. 패션디자이너가 뭔지 아냐? 내가 그런 거 했다. 패션쇼에 고관대작 부인네들을 초청했다. 고관대작 부인네들 가운데 꼭 한사람씩만을 골라 패션쇼에 출연시켰어. 그밖에는 고르고 골라 가장 날씬하고 가장 예쁘고 가장 어리고 가장 표현력 좋은 모델들을 내세우고. 내 발표회에 나오고 싶어 안달을 하는 패션모델들이 나하고 얼굴 한번 마주치려고 온갖 짓들을 다 했어. 내 발표회에 한번 나오면 그것이 모델로서 중요한 경력이 되었으니까. 옷이 값을 했고, 모델이 값을 했고, 고관대작 부인이 값을 했지. 고관대작 부인들도 내 옷을 샀지만 고관대작 부인이 되고 싶어하는 사람들은 내 옷을 더 많이 샀어. 내 옷 입은 부인네들 가운데 장관도 나오고 국회의원도 나왔다. 대통령 영부인까지 나왔어. 내가 옷을 만들면 고관대작 부인네들, 고관대작 부인이 되고 싶어 안달이 난 부인네들, 그런 부인네들과 친구가 되고 싶어 안달이 난 여자들, 그런 여자들 흉내라도 내고 싶어하는 사람들이 앞다퉈 몰려들어 돈을 내밀었다. 나는 같은 옷을 두벌 안 만들었다. 꼭 한벌씩만 만들었다. 한벌만 정성들여 만들어 값을 비싸게 받았다. 세상에 하나뿐인 옷, 나는 그 옷들에 이름까지 붙였다. 노루 날개, 영혼의 빛. 노루에 날개가 어디 있고 영혼에 빛이 어디 있다더냐. 누가 그런 거 본 사람 있다더냐. 없으니까 내가 만든 옷이 곧 노루 날개요 영혼의 빛이었다. 떼돈을 벌었어. 패션이라는 게 뭔지 아냐? 구별하는 거다. 차별하는 거다. 예를 들면 내 옷 못 사입는 부인네들과 내 옷 사입는 부인네들을 구별하는 것. 우월감을 심어주면 다른 쪽에선 열등감이 생기고, 열등감을 조장하면 그것이 곧 한편으로는 박탈감이 되고 다른 한편으로는 탐욕이 되고 소비욕이 되는 거다. 여자들이 돈으로 내 옷 못 사입으면 권력으로 사 입었다. 고관대작 부인네들이 뇌물로 옷을 받았다. 난 그걸 조장했다. 그렇게 돈 벌었다. 한벌에 수천만원짜리 코트, 한장에 수백만원짜리 블라우스, 한켤레에 수백만원하는 장갑, 스카프…… 새파랗고 늘씬 한 패션모델들, 한달에 하나씩 내 침대에 끌어들였다가 갈아치웠다. 그래도 여자들이 줄을 지어 늘어서서 내가 한번 처다봐주기만 해도 감지덕지라 했어. 처음에는 안 그랬지만 손님이 느니까 정성을 덜 기 울이게 되더라. 한벌 만들 시간에 두벌 만들고, 두벌 만들 시간에 열 벌 만들면서도, 오히려 그러면 그럴수록, 값은 물가에 이름값을 더하 고, 이름값에 허영을 더하여 점점 더 올렸다. 옷에다 금가루도 입혀보 고, 다이아몬드도 붙여보고. 난 그런 옷 안 입었다. 아무거나 입고 살 았다. 하지만 그것도 차별이었다. 난 예술가니까. 예술가니까 보통 사 람들하고 구별되기 위해 아무렇게나 입고 다녔다. 남들 흉내낼 수 없 게 차려입고 다녔다. 이를테면 검은 빵떡모자 일부러 찢었다 기워서 쓰고, 팔굽에 천조각 기워 입고…… 탈세도 했다. 누구나 다 하니까. 세금 제대로 내면 바보라더라.

　한 여자가 알아보더구나, 그 옷들이 엉터리라는 걸. 바쁠 때는 내가 김밥을 자주 먹었다. 우리 가게에 김밥 배달하러 드나드는 식당 여자 가 있었다. 그 식당 김밥 맛이 아주 좋았어. 작달막한 키에 얼굴은 넓 적한 밉상인데, 거기다 초등학교도 못 나와 글자도 못 읽는 여자였다.

그런데 김밥 하나는 잘 말아 그 식당 김밥이 그 여자 솜씨라고 하더구나. 늘 누더기 걸치고 다니길래 어느해 명절날 안 팔리는 재고품 옷 하나 내줬다. 팔자면 몇백만원이지만 그 옷 사입지 않을 나에겐 팔리지 않는 옷은, 걸레라면 때라도 훔치지, 걸레보다 소용이 없었다. 그 여자 하는 말이, 나 이런 옷 소용없으니까 어디 행주감이나 있으면 좀 줄래요, 하더라. 내가 온전한 정신 가진 놈이었다면 정신이 번쩍 났겠지만, 그땐 온전한 정신이 아니라 돈과 욕망에 휘둘리던 때라 화가 났어. 내쫓아버렸다. 어찌 화가 나던지 그때부터는 그 식당에다 김밥도 주문하지 않았다. 식당 주인 만나 그 여자 욕을 퍼부어댔다. 결국 그 여자는 쫓겨나고 말았어. 속으로 거 참 잘됐구나, 했지.

내 옷을 뇌물로 주고받은 고관대작 부인네들이 경찰에 구속되고, 장관들 모가지가 날아가고, 그 때문에 나라안이 시끌벅적 난리가 벌어지면서, 나는 세금 추징당하고, 손님도 다 떨어지고, 수표는 부도 나고, 가게는 문을 닫고, 옷 뇌물사건에 연루되어 구속되고, 욕심껏 사업 크게 벌이려 융자받은 돈은 이자로 변호사 비용으로 다 날아가고…… 감옥살이 끝내고 나와보니 정말 할일 없더라. 돈있고 힘있을 때 친구고 여자지, 돈 떨어지고 힘 달리니까 친구도 여자도 찾아볼 수가 없더구나. 전세방 하나 얻어놓고 다시 살아보려니 참말 기막히고 막막하더라. 감옥 나와서 몇달 동안은 맨날 술만 퍼먹고 살았다. 세상에 다시 없는 거지에 백수건달에 알코올 중독자 꼴이 돼버린 거지. 내 혼이 무너지는 소리가 들렸어. 구역질, 울화, 분노, 좌절, 원한…… 그런 것들에 빠져 허우적거렸다. 술 취하면 누가 나 같은 놈 거들떠나 보겠냐, 누가 나 같은 놈 도와주기나 하겠냐, 한탄하며 눈물 흘린 날이 하루이틀이 아니었다.

그런데 참 이상하지. 몇달 뒤부터 내가 밖에만 나갔다오면 밥상이 차려져 있고, 그 옆에 옷본이 그려져 있는데, 밥은 맛있고 옷본은 실용적이고 예쁘고 편하고 멋지더라. 외출하는 척 나가서 집 근처에 몰래 숨어 있다가 결국 누군지 알아냈다. 바로 그 여자, 옛날 내가 패션 디자이너로 이름 날릴 때 우리 가게에 김밥 배달하던 여자였어. 그때서야 그 여자가 고맙더라. 그때서야 보니 여자가 더없이 예쁘더라. 눈에 콩깍지가 씐 거지. 글 못 읽으면 어떠냐. 옷본 그렇게 예쁘게 잘 만들고 음식솜씨 좋고 사람 착한데. 재봉틀 두 대 사다놓고 같이 옷본 그리고, 옷 만들고, 만든 옷은 내가 직접 청계천에 내다팔았다. 잘 팔리더라. 돈은 별로 못 벌었지만. 옷이 싸니까 벌어봐야 겨우 입에 풀칠이나 하는 거지. 그래도 열심히 했어. 같이 재봉질하며 밤새고, 쉴 때는 이런 얘기 저런 얘기를 하는데, 이 여자가 글만 못 읽을 뿐, 세상 물정은 고루고루 다 아는 거야. 껍데기 세상물정이 아니라 진짜 세상물정. 사람 보는 눈 정확하고. 돈 계산 정확하고 사람좋고 술 잘 사는 도매상 한사람이 있었는데, 이 여자가 어느날 그 사람을 너무 믿지 말라고 충고를 하더라. 난 무슨 터무니없는 소린가 했다. 믿지 않았어. 그 도매상하고 큰 외상거래를 두어 번 했는데, 어느날 돈을 지불하지 않고 갑자기 사라져버리더라. 그 여자 말이 맞았지. 또 별 희한한 것들을 다 알아. 연(緣)을 맺을 수 없었던 연인이 있었대요. 왕이 신분이 다르다는 이유로 이들 남녀의 혼인을 허락하지 않았대요. 이들 연인은 산으로 들어가 꼭 껴안고 굶어죽었대요. 죽은 지 7년 뒤에 이들은 한사람의 몸으로 다시 태어났는데, 머리가 둘, 손발이 넷이었대요…… 밤새워 같이 일하다가 같이 쓰러져 자고 같이 제품 짊어지고 배달 다니고…… 정이 들어 결혼을 했다. 내 각시가 내놓은 결혼조건은 딱 하나였다. 한달에 한번, 일박이일, 집에 혼자만 남아 있게 해달라는 거. 날더러는 여행을 가든지 외박을 하든지 동무를 만나든지 마

음대로 하라고. 그거야 어려울 게 뭐가 있겠냐? 그러자고 했지. 매달
한번씩 난 마음놓고 여행도 다니고 고향에도 가고 술도 퍼마시고 다
녔다. 그것도 재미있더라. 그런데…… 조금씩 장사가 커지면서, 재봉
공을 두어 명 고용하기 시작하면서, 배달 트럭도 한대 사고 자가용도
마련하면서부터…… 점점 욕심이 생기고 급해져서 값비싼 옷을 만들
기 시작하는데, 이놈의 각시는 나 같은 건 아랑곳하지 않고 옆에 앉아
여전히 그 싸구려 옷들을 온갖 정성을 다 기울여 만들고 있으니 갑갑
하기도 하고 밉기도 하고…… 물론 일이 바빠지기도 했지만, 꼭 한달
에 한번 외박을 해야 한다는 게 불편해지고…… 결국엔 의심이 들더
라. 하지만 내 각시는 세상에 다시 없이 착해서 뭐든지 다 양보하면서
도, 그것만은 양보를 안하는 거야. 내 각시가 도대체 어째서 꼭 한달
에 한번은 혼자 있겠다는 것인지, 달마다 한번씩 웬 놈팽이를 불러들
이는 건 아닌지, 의심스러워지기 시작하니까 그걸 풀지 않고서는 살
수가 없더라. 어느날, 외박하기 위해 나갔다가 새벽에 몰래 집으로 돌
아왔다. 각시는 목욕을 하는지 욕실에서 물소리가 났어. 다행히 집안
에 놈팽이 같은 건 보이지 않더라. 아무튼 자정은 넘겼으니까 외박은
한 셈이라고 자위하고, 각시에게는 그렇게 변명을 하리라 마음먹고
욕실문을 벌컥 열었지. 그랬더니…… 욕조 안에 각시는 없고, 각시가
아니라…… 우렁이, 커다란 우렁이 한마리가…… 커다랗고 둥근 우
렁이 껍데기 속으로 쑥 들어가는 거야. 내가 얼마나 놀랐겠냐. 저놈의
괴물이 내 각시 잡아먹었나 싶고, 무섭기도 하고 정신없기도 하여 우
두커니 쳐다보고 서 있는데, 우렁이 껍데기 안에서 이번에는 각시가
튀어나오는 거야. 머리에 더듬이 두 개가 달린 각시가, 아니, 우렁이
가 나한테 말을 하는 거야. 나가 계세요. 그게 각시 음성이더라. 거실
에서 기다리는데 욕실문이 열리고…… 각시가 나와서 일년만 더 기

다렸으면 사람이 될 수 있었는데 결국 이렇게 되고 말았다고, 이제 떠나야 한다고…… 하더니 돈 한푼 옷 하나 가방 하나 챙기지 않고 입은 대로 고스란히 집을 나서는데, 잡아야 하나 말아야 하나, 사람이 아니라 우렁인데 잡으면 뭐 하나, 하는 생각이 들고, 이제 살 만한데 여자는 다시 못 구하랴 싶은 영악스러운 생각에다 내 일도 도와주지 않고 제 일만 하는 여자 가면 어떠냐 하는 생각도 들고 못생기고 무식한 여자 차라리 가면 잘된 거 아니냐 싶은 생각도 들고…… 그렇게 헤어졌다.

헤어진 뒤에야 알았다. 내 각시가 무엇이었는지. 얼마나 소중하고 고마웠는지. 각시와 밤새워 일하며 주고받은 얘기들이, 그 시간들이 얼마나 좋았는지, 없어진 뒤에야 알게 되더라. 내 각시는 처음부터 우렁이였다. 내가 그걸 몰랐을까? 정말? 전혀? 아니야. 알고 있었어. 완전히는 아닐지라도…… 조금은. 아니야, 완전히 알고 있었어. 그런데 모르는 척한 거다. 처음부터, 나 몰래 옷본 싸들고 우리집에 드나들며 밥상 차려놓고 사라지고 할 때부터, 결국 어느날 숨어 있다가 그 여자를 사로잡았을 때에도 알고 있었어. 알면서도…… 사랑했기 때문에 그건 아무런 문제가 되지 않았다. 하지만 사랑이 의구심이 되고 의심이 되고…… 차츰 분별이 시작되면서 내 각시가 우렁이라는 것이…… 문제가 되어버린 거야. 우렁이를 사랑했는데 내 각시가 우렁이라는 것 때문에 의심하고 미워하고 멸시하고…… 결국 저버린 거야. 내가 내 각시는 우렁이라는 것을 의식하게 되어 사랑이 사라진 게 아니라 사랑이 사라지면서 내 각시는 우렁이라는 걸 내가 의식하게 된 거야. 처음에는 우리 둘뿐이었다. 세상이 날 버려 난 혼자였으니까. 난 혼자 내 각시를 보았고 내 각시도 혼자 나를 보았어. 그때는 우리는 오직 사랑하는 수놈 암놈일 뿐이었어. 문제가 없었어. 하지만 돈을 벌고 욕심이 생기면서부터 거기 이 세상이 끼여들었다. 세상이 끼여들자, 내 각시는 모르지만, 적어도 나는 사랑에 눈먼 내 눈이 아니라 분별하고 구별하고 차별하는 이 세상의 눈으로 내 각시를 보게 되었고, 그러자 내 각시가 우렁이라는 게 보인 거다. 객관이라고? 천만에. 그런 건 없다. 내 각시는 우렁이다, 나는 우렁이 서방이다, 이건 벌써 잘못된 생각이다. 내 각시가 우렁이냐 사람이냐는 볼 필요가 없다. 저건 내 각시다, 난 내 각시 서방이다, 그게 모든 사랑을 가능하게 하는 거고, 그게 사라지면 어떤 사랑도 없는 거다. 내 각시가 사라지면서 내 세계도 사라졌다. 사랑이 없는 인식은 인식이 아니라 계산이다. 내 각시가 우렁이였던 것이 아니라 그 계산이 내 각시를 우렁이로 만들었다. 각시가 사라지면서 내 세계는 그런 계산의 세계로 전락해버렸다. 정복하고 정복당하고, 이기고 지고, 사고 팔고…… 그런 세계로. 이건 사과, 저건 꽃, 이건 돌, 저건 곤충, 이건 불, 저건 얼음, 이건 나, 저건 너, 이건 우리, 저건 남, 피(彼)와 아(我), 주관과 객관…… 이렇게 틈 하나 없이 쇠끝처럼 날카롭게 구별하고 구별당하는 세계로. 내가 구별할 때 나도 남들에게 구별당한다.

하지만 정말 그런 것인가? 그 구별이 과연 사실인가? 사과는 사과일 뿐이고 꽃은 꽃에 지나지 않는가? 곤충은 곤충에 불과하고 불은 불에 그치는 것인가? 나무가 썩으면 벌레가 생기고 그 벌레가 나비가 되고 그 나비가 죽어 거름이 되고 흙이 되고 다시 나무가 되지 않는가. 그런 걸 나중에야 알게 되다니. 내 각시와 나 사이에 끼여든 그건…… 내 것이 아니었어. 그런 건 내 세계가 아니었다. 그렇게 구별하고 구별당하면서 힘자랑하고 돈자랑하는 자들의 세계였어. 우렁이는 내 각시다. 나는 우렁이 서방이다. 그 이상의 객관도 진리도 없어. 내가 미쳤다고? 그래, 미쳤다. 내가 거지라고? 그래, 거지다. 하지만 우렁이는 내 각시고 나는 우렁이 서방이다. 내 각시는 집을 짊어지고 다녔다. 나도 이제 내 집을 짊어지고 다닌다. 이 가마니가 내 집이다. 그렇게 살란다.

그때부터 각시를 찾아나서 전국 방방곡곡을 헤매고 다녔다. 세상천지를 헤맨 지 올해로 육십칠년이다. 각시는 아직 못 찾았지만 볼 거 못 볼 거 다 보고 들었다. 사람이 죽으면 칼로 작두로 살점을 짓이기고 또 짓이겨 독수리들에게 내줘 모조리 먹여야만 비로소 장례를 잘 지냈다 하는 사람들이 있다. 집 지을 때 창문을 내는 것은 귀신을 불러들이는 짓이라고 여기는 사람들도 있다. 원숭이를 신으로 떠받드는 사람들도 있고 원숭이를 사냥하여 구워먹는 사람도 있다. 나무 위에 집을 짓는 사람이 있고 물 위에 집을 짓는 사람도 있고 땅속에 집을 짓는 사람도 있다. 하늘에 집을 짓는 사람은 없겠냐? 무엇을 옳다 하고 무엇을 그르다 하겠냐? 우리가 안다 하는 것은 무한한지 아닌지마저 아직, 또는 영원히 알지 못하는 이 우주에 거미줄 하나를 걸쳐놓고 그 거미줄을 안다 하는 것일 뿐 아니냐. 내 혼이 깊어지며 세상은 그만큼 멀어졌어. 그만큼 내 각시는 가까워졌다는 것을 느낀다. 널 만난 것도 내 각시와 가까워졌기 때문일 것이다. 나이가 백쉰살이 넘은 어른이 눈물 찔찔 짠다고 비웃지 마라. 이 그리움이, 이 슬픔이 차라리 낫다. 내 각시 쫓아내던 밤에 내 머릿속을 오가던 그 추잡한 계산속보다는. 이 슬픔이, 이 눈물이, 비록 구슬이 되지는 않는다만, 얼마나 다행인지 모른다. 봐라, 저 안개. 해가 중천에 떴는데도 흩어지지 않는구나. 내 슬픔이 안개가 되어 온세상 가득 펼쳐지는 모양이다. 이 안개 속에서 내 각시 나타나주면 얼마나 좋으랴만. 어째서 너한테 내 각시 소식을 묻는지 궁금하냐? 정말 모르겠냐? 정말 내가 얘기를 해야 알겠냐? 그럼 듣고 잊어버려라. 엉터리 같은 소리라고 생각하고 잊어

버려. 정말 엉터리 같은 소릴지도 모르니까. 너한테서는…… 내 각시
하고 비슷한 냄새가 난다. 그날 밤 안개 속에서 니 할애비와 할미와
널 구해낼 때에 니 눈 보고 깜짝 놀랐다. 니 눈, 내 각시 눈하고 너무
닮았다. 내 각시 눈을 바라보면 물소리, 바닷소리…… 들리고……
모른다고? 내 각시 소식 모른다고? 못 봤어? 그래. 잊어버려, 내 말
같은 것은. 잊어버려라. 웬 미친 놈이 술 취하여 미친 소리 떠벌린 거
라고 생각해라.

　너도 술 한잔 안할래? 그래, 한모금 해라. 멀리 떠나간 내 색시 멀
리 가버린 내 색시 꿈처럼 사라진 내 색시 돌아올 줄 모르네…… 아
이고 각시야 내 각시야…… 각시 각시 내 각시 여기 있어도 내 각시
멀리 있어도 내 각시 내가 죽어도 내 각시 각시가 죽어도 내 각
시……

4

　물론 내가 그의 우렁각시 소식을 알 리 없었다. 그러나 왠지, 그와
나란히 앉아 난생 처음 소주까지 마셔가며 그의 우렁각시 얘기를 듣
다보니, 할애비가 안개 속으로 뛰어들며 아비야, 어미야, 하고 외치는
심정을 짐작할 수 있을 것 같았다. 저 안개 너머에서 할애비가 본 것
이 무엇인지, 전혀 뚜렷하지는 않지만, 어렴풋이 짐작이 되는 것도 같
았다. 저 안개 속 어딘가에, 아비와 어미를, 할애비와 할미를, 그들의
할애비와 할미를 한꺼번에 만날 수 있는 어떤 자리가 있는 것은 아닐
까. 아니, 저 안개 속에는 모든 것이 나뉘고 구별되기 이전의 무엇인
가가 이미 자리잡고 서 있는 것은 아닐까. 할애비를 시도때도없이 안

개 속으로 불러내는 것은 바로 그것이 아닐까. 할애비의 치매는 가마니 거지, 아니, 우렁이 서방의 사랑 같은 것, 아니면 그의 각시를 찾기 위한 기나긴 여행과 같은 것은 아닐까. 그날 이후 내 마음속에는 무엇인지 알지도 못할 것들에 대한 그리움이 자라나기 시작했다. 내가 그리워한 것은 딱히 무엇이라고 말하기가 어려웠다. 어미? 물론 어미가 그리웠다. 그러나 내가 그리워한 것은 어미만은 아니었다. 어미이되 어미를 넘어서는 존재, 아비이되 아비 너머의 존재라고 할 수 있을까. 그게 뭐냐고 물으면 나는 대답할 말을 알지 못한다. 무엇인지 알지도 못하는 채로 나는 막연히 어미 이전의, 아비 이전의, 그리고 어쩌면 나 이전의 존재가 그리웠다. 그런 게 있을까. 있는지 없는지도 나는 알지 못했다. 그러나 나는 이제 적어도 이런 것은 알고 있었다. 나무가 썩어 벌레가 되고 그 벌레가 나비가 되고 그 나비가 죽으면 거름이 되고 흙이 되어 다시 나무나 풀이, 꽃이 된다는 것을. 어쩌면 나 이전의 나는 한그루의 나무, 아니면 안개 속에 목을 길게 빼고 서 있는 가로등, 아니면 먹다 먹다 제 몸뚱이까지 먹어버려 아가리만이 남은 아귀(餓鬼)였을까.

결국 나는 그 의문에 답을 얻을 수 있었다. 그 결정적 계기는 이듬해, 6학년에 올라간 지 며칠 만에 찾아왔다. 초등학교의 최고 학년이라는 기분에 아직 들떠 있을 때였다. 도덕시간이었다. 선생님은 북한이 전쟁준비를 계속하느라 북한 어린이들이 굶주리고 있다고 얘기했다. 나는 그 아이들에게 친근감을 느꼈다. 굶주림, 그것은 어쩌면 나의 유일한 동무였고, 그 동무가 또한 북한 아이들의 동무라는 것이었다. 북한 아이들을 만나면 굶주림에 대해 나는 길고긴 얘기를 할 수 있을 것이다. 아니, 어쩌면 북한 아이들이 할 얘기가 더 많을지도 모른다. 선생님은 숙제를 내주었다. 한 나라가 반으로 갈라져 있는 것은 슬픈 일이에요. 북쪽에 있는 식구들을 만나지 못한 채로 수백년을 살아오는 사람들이 무수히 많아요. 형제가 남쪽과 북쪽으로 나뉘어 서로 얼굴도 모르는 채로 자라고 늙고 죽어가는 경우도 있어요. 아버지 어머니와 헤어져 평생 동안 만나지 못한 채 살다가 죽는 사람들도 있어요. 벌써 그런 전쟁이 한번 벌어지기도 했거니와 더군다나 앞으로 또 얼굴도 모르는 형제와 부모 자식 사이에 총부리를 겨누고 전쟁이 벌어진다면, 그래서 형이 아우를 쏴죽이고, 자식이 부모를 쏴죽인다면 얼마나 슬프고 처참하고 부끄러운 일이겠어요? 그런 일이 벌어지지 않게 하려면 어떻게 해야 할까요? 아이들이 큰 소리로 대답했다. 통일이 되어야 해요! 여러분 참 잘 아는군요. 그래요. 통일이 되어야죠. 그러니까 오늘 숙제는 통일이 되었으면 얼마나 좋을까, 하는 희망을 담은 포스터를 그리는 거예요.

나는 집으로 돌아오자 이미 닳을 대로 닳고 부러져, 있는 색깔보다 없는 색깔이 더 많은 크레파스와 커다란 도화지를 꺼내놓고 포스터를 그리기 시작했다. 나는 그것이 숙제여서라기보다는 북한 아이들의 굶주림을, 그리고 나의 굶주림을 생각했고, 그래서 포스터를 그리는 일에 열중했다. 먼저 노란색 크레파스로 본을 떴다. 도화지 한복판에 커다랗게 한반도를 그려넣고, 휴전선을 표시하고, 남쪽 어린이들과 북쪽 어린이들을 비슷비슷하게 그리고, 양쪽의 어린이들이 휴전선 너머로 손을 내밀어 서로를 껴안고, 그 아이들의 머리 위로, 도화지 가득 커다란 태극기와…… 거기에서 나는 크레파스를 놓았다. 태극기와…… 무엇을 그려야 하는 것일까? 남쪽에는 태극기가 있었다. 북쪽에는 무엇이 있을까? 우리나라에는 태극기, 미국에는 성조기, 일본에는 일장기…… 그러면 북한에는 어떤 깃발이 있을까? 뭔가 분명히 있기는 있을 것 아닌가. 나는 이 교과서 저 교과서를 처음부터 끝까지

샅샅이 뒤져보았다. 첫 페이지에 '국기에 대한 맹세'라거나 '국기 그
리기' '국기 다루는 법' 같은 것을 거듭하여 게시해둔 교과서는 무수
했으나 북한의 깃발은 어디에서도 찾아볼 수 없었다. 세계지도를 꺼
내놓고 찾아봐도 북한 깃발은 나와 있지 않았다. 어디에선가 본 기억
도 나지 않았다. 그러나 포스터를 완성하기 위해서는 북한의 깃발도
그려넣어야 했다. 휴전선 너머로 서로를 껴안은 남쪽 어린이들과 북
쪽 어린이들 머리 위로 양쪽의 깃발이 하나로 묶여 평화롭게 나부껴
야 하는 것이다. 나는 어떻게 해야 북한 깃발의 생김생김을 알 수 있
을 것인지를 궁리해보았으나 방법이 생각나지 않았다. 아비가 있었으
면 아비에게 물어볼 수 있었을 것이다. 그러나 아비는 없었다. 할애비
가 치매에 걸리지 않았다면 그에게 물어보았을 것이다. 물어볼 사람
은 할미뿐이었다.

"할머니, 북한 깃발이 어떻게 생겼어요?"

내가 묻자 할미는 화들짝 놀라 반문했다. 북한 깃발? 그건 뭐 하
게? 숙제예요. 할미는 퉁명스레 말했다.

"난 몰라. 별 얄궂은 숙제도 다 있다."

나는 할 수 없이 할애비에게 물어보았다. 북한 깃발이라는 말이 나
오자마자 할애비는 납작 엎드렸다.

"난 모릅니다요, 어르신. 난 그런 거 몰라요."

결국 나는 그날 숙제를 하지 못했고, 이튿날 숙제를 해오지 않은 다
른 아이들과 나란히 서서 선생님에게 종아리를 맞았다. 학교에서 나
오는 길에는 세상과 삶의 무게를 감당하기 힘들었고, 그래서 한번 쓰
러지고 싶었다. 저 몽롱하고 아득한 혼절의 맛을 못 본 것이 벌써 한
달에 가까워오고 있었으니까. 그것은 유혹적인 쾌락, 달콤한 해방을
향한 유혹이었다. 군청 앞에서 가마니를 짊어지고 호떡을 씹으며 소

주를 마시고 있는 우렁이 서방을 만나지 않았더라면 나는 아마 거기 어디쯤에서 또 정신을 놓아버려 나를 세상에서 해방시켰을 것이다. 우렁이 서방은 자신있게 북한 깃발을 안다고 대답했다. 아니, 아는 것은 아니었다. 북한 깃발이 정확히 그려진 자료가 있는 곳으로 데려다줄 수 있다는 것이었다. 그러나 낮에는 갈 수 없다고 했다. 밤에, 은밀히 가야 한다는 것이었다. 그렇게 말하면서도 그는 별로 내키지 않는 얼굴이었다. 꼭 알아야 하는 거냐? 나는 그렇다고 대답했다. 그럼 할수 없지. 이따가 밤에 공립도서관 뒷담에서 만나. 밤에? 그는 밤에 가야 한다고 말했다. 도서관은 밤에는 문을 닫지 않는가? 그는 우리가 갈 곳은 도서관이지만 또한 도서관에서 가장 먼 곳이라고 말했다.

밤이 깊어 도서관 뒷담에서 만났을 때에 우렁이 서방은 나에게 소주를 내밀었다. 나는 고개를 저었다. 그는 먹어둬야 할걸, 하고는 소주를 벌컥벌컥 들이켰다. 나는 그의 도움을 받아 담을 타넘었다. 엉뚱하게도 그는 건물 안으로 들어가는 것이 아니라 도서관 뒤뜰 한쪽 구석의 하수도 뚜껑을 열었다. 나는 기가 막혔다. 그가 손전등을 켜들고 하수도 안을 비췄다. 거미줄, 쥐똥, 그리고 악취가 역하게 풍겨나왔다. 그러나 그는 거침없이 콘크리트 벽면에 붙은 철사다리를 타고 안으로 기어들어갔다. 따라 들어와. 나는 하수도 안으로 들어섰다. 악취는 곧 느껴지지 않았다. 코의 후각기능이 마비된 것이었다. 캄캄했다. 보이는 것이라고는 흔들리는 그의 손전등이 비추는 공간뿐이었고, 그 공간 안에는 하얗게 부식되어 부스러져 내리는 콘크리트 벽면, 이따금 콘크리트 조각 사이로 드러난 녹슨 철근뿐이었다. 어디로 가는 거예요? 내 음성이 메아리로 되돌아왔다. 조용히해. 우렁이 서방은 숨을 헐떡이며 말했다. 바닥은 뜻밖에도 축축할 뿐 시궁창은 아니었다. 그가 사방에 대고 손전등을 비췄다. 박쥐가 서너 마리 거꾸로 매달려 있는 것이 보였다. 비명이 터져나오려는 것을 나는 간신히 참았다. 우렁이 서방은 소주를 몇모금 들이켜고 또 나에게 내밀었다. 나는 이번에도 고개를 저었다. 그가 걷기 시작하자 나는 그 뒤를 따랐다. 바닥에서는 진창과 물웅덩이가 번갈아 나타났다. 후두둑, 강아지만한 쥐가 뛰어다녔다. 얼마나 걸었을까. 천미터는 걸어온 것 같은 기분이었다. 숨이 가쁘고 땀이 흘러내렸다. 아직 멀었어요? 내가 물어도 그는 대답하지 않고 바삐 걸음을 옮길 뿐이었다. 길이, 아니, 하수도가 갑자기 좁아졌다. 우렁이 서방이 가마니를 떼어내고 간신히 허리를 굽혀 엉금엉금 기어 빠져나갔다. 나 역시 진창에 무릎을 꿇고 엉금엉금 기는 수밖에 없었다. 안은 우리가 빠져나온 구멍보다는 나았으나 여전히 좁기는 마찬가지였다. 어디선가 물방울이 뚝뚝 떨어지는 소리가 들려왔다. 우렁이 서방이 벽에 기대어 앉아 숨을 몰아쉬었다.

"어디로 가는 거예요?"

"도서관 지하창고다. 하지만 잊혀진 창고지. 거기 창고가 있다는 것을 아는 사람도 이제는 없어. 그 창고와 이 하수도 사이에 비밀통로가 있어. 일본 사람들이 만든 거라지, 아마."

창고라니? 서고도 아니고 창고에 그런 자료가 있단 말인가? 그는 대답하지 않고 소주를 몇모금 마시고 또 나에게 권했다. 나는 이번에도 거절했다. 다시 기기 시작하여 또다시 천미터나 기었을 때쯤, 갑자기 눈앞을 막아서는 것이 있었다. 고개를 들어 그것을 본 순간 나는 기겁을 하여 뒷걸음질했다. 거미, 거대한 거미가 좁은 굴을 가로막고 버티고 앉아 나를 노려보았다. 그 거미 뒤에도 수많은 거미떼가 도사리고 늘어서 있었다. 거미가 굵은 앞다리로 나를 가리키며 물었다.

"그걸 꼭 봐야겠냐?"

거미가 말을 하다니. 나는 돌아나가고 싶었다. 숙제고 뭐고 다 집어

치우고 어서 빠져나가고 싶을 뿐이었다. 그러나 우렁이 서방이 나를 붙잡았다. 어서 대답해. 나는 그렇다고 대답했다.

"여긴 벌써 오래전부터 내 땅이었어. 니 손가락 하나를 주면 지나가게 해주마."

손가락이라니? 그걸 어떻게 준단 말인가? 내가 놀라 우렁이 서방을 돌아보자 거미들이 낄낄 웃어댔다. 어서 대답해. 우렁이 서방이 재촉했다. 나는 고개를 저었다. 어서 대답하라니까. 내가 머뭇거리자 우렁이 서방이 대답했다. 가져라, 이놈들아. 그 순간 거미 엉덩이에서 실이 흘러나와 내 손가락에 감겼다. 나는 기겁을 하여 발버둥쳤다. 거미줄은 기분나쁜 감촉으로 내 손가락에 감겼으나 다행히도 곧 맥없이 끊겼다. 앞을 쳐다보았더니 거미들은 벌써 어디론가 사라지고 통로가 열려 있었다. 거미들의 낄낄거리는 웃음소리만이 오랫동안 메아리로 떠돌았다. 온몸이 식은땀으로 축축했다. 더이상 앞으로 나가고 싶은 생각이 없었다. 우렁이 서방이 나에게 소주병을 내밀었다. 나는 두말 없이 받아 몇모금을 들이켰다. 얼마나 더 가야 해요? 우렁이 서방은 말없이 다시 기기 시작했고, 나는 할 수 없이 그 뒤를 따랐다. 토굴이 휘어지는 곳에서 제기랄, 하고 우렁이 서방이 투덜거리며 멈췄다. 나는 고개를 들었다가 다시 한번 비명을 내질렀다. 바퀴벌레가, 황소만이나 한 바퀴벌레 한마리가 더듬이로 우렁이 서방의 머리를 쓰다듬고 있었다. 저리 비켜, 이 자식아. 우렁이 서방이 뿌리쳤으나 바퀴벌레는 빙글빙글 웃으며 이번에는 그 더듬이를 나를 향해 뻗어왔다. 나는 얼른 뒤로 물러나며 머리를 어깨 사이로 움츠렸다.

"이걸 그렇게도 보고 싶냐?"

이놈도 말을 했다. 그러나 이번에는 나는 놀라지 않고 곧 대답했다. 그렇다, 이 바퀴벌레 새끼야. 바퀴벌레가 말했다. 여긴 백오십년 동안 내 땅이었어. 인간이라고는 코털 하나 본 적 없어. 니 발톱 하나를 주면 지나가게 해주마. 나는 할애비의 욕설을 흉내내어 대답했다. 가져가라, 이 씨펄놈아. 바퀴벌레가 그 촉수를 뻗어 내 머리를 툭툭 치며 말했다. 고맙다, 이 씨펄놈아. 우렁이 서방과 나는 또 소주를 나눠 마시고 다시 천미터쯤을 기어갔다. 적어도 나에게는 그렇게 여겨졌다. 콘크리트 벽이 나왔다. 거기 구멍이, 사람이 드나들 만한 구멍이 뚫려 있었다. 우렁이 서방을 따라 나는 그 안으로 들어섰다. 쥐, 황소만한 쥐떼가 가득 들어차 뭔가를 열심히 갉아먹고 있었다. 발 디딜 틈이 없었다. 천장에는 박쥐들이 날개를 접고 빽빽이 매달려 있었다. 저리 비켜. 우렁이 서방이 소리치며 발로 쥐들을 찼다. 쥐들이 말했다.

"안돼. 여긴 내 땅이야. 백오십년 동안 사람 하나 구경 못했어. 니 목숨을 주면 비켜주지."

우렁이 서방이 쥐 한마리를 걷어차며 말했다.

"가져가라 가져가, 이 쥐새끼들아."

쥐들이, 박쥐들도 순식간에 사라졌다. 그러자 바닥에서 책들이 나타났다. 벽에도 바닥에도 책들이 가득 쌓여 있었다. 쥐들이 갉아대던 것은 바로 그 책들이었다. 먼지가 쌓이고 쥐똥이 쌓이고 거미가 줄을 치고 습기가 끼어 제목조차 제대로 알아볼 수 없었다. 책을 집어들자 표지와 책장이 바스러져 먼지처럼 흩어졌다. 우렁이 서방은 가마니를 깔고 앉아 책들을 뒤적이기 시작했다.

"여기 어디 그 책이 있을 거다. 벌써 까마득한 옛날에 나라에서 사람들이 볼 수 없도록 여기다 금서(禁書)들을 감춰뒀거든. 그 다음엔 그런 책들이 있다는 것마저 모두 잊고 만 거야."

그는 책들 위로 걸어다니며, 땅을 파듯이 책 속을 파헤치며, 쓰레기라도 치우듯 책더미를 한쪽으로 밀어붙이며, 그 가운데에서 책을 뽑아내어 뒤적이다가 내던지고, 또 책 몇권을 집어들어 뒤적이다가 내던지기를 반복했다. 여기 있을 것 같다. 그가 찾아낸 것은 영국에서 나온 백과사전의 부록편이었다. 책장을 넘기자 세계 각국의 이름과 국기들이 나열되어 있는 것이 보였다. 아, 그 무수한 나라들과 국기들, 나는 이 세상에 그토록 많은 나라들이 존재한다는 것이 일순 믿어지지 않았다. 수백의 나라들, 수백의 국기들, 어째서 그 많은 나라들이 필요하게 된 것일까. 그 모든 나라들은 어떤 일들을 하는 것일까. 무엇을 위해 존재하는 것일까. 퇴색한 페이지 속에서도 깃발들은 선명하고 아름다웠다. 붉고 푸르고 흰 별이나 띠, 나뭇잎, 삼색기들, 붉은 원, 사자, 방패, 검, 펜…… 그러나 우렁이 서방은 페이지를 넘기며 투덜거렸다.

"이놈의 나라들, 세상에 나라들도 많기도 하지. 쓸모없는 건 아무튼 많은 법이거든. 정작 쓸모가 있는 건 별로 없고. 인간들이 만들어내는 게 대부분 쓸모없는 거지만. 아이구, 이놈의 피냄새."

그러나 내게는 피냄새 같은 것은 나지 않았다. 그 큰 백과사전의, 그처럼 빼곡하게 온갖 나라들의 이름과 국기가 나열되어 있는 페이지들을 끝도 없이 넘긴 다음에야 비로소 그가 마침내 여기 있다, 하며 한 깃발을 가리켰다. DPRK라고 씌어 있었다. 별, 내가 보기에는 그것은 붉은색의 커다란 별 하나에 불과했다. 우렁이 서방은 투덜거리고 있었다. 아무튼 전투적이고 노골적이야, 공산주의 국가들의 국기는. 노골적 상징이랄까. 노골적 상징은 더이상 상징으로서는 쓸모가 없을 텐데. 그러나 내가 보기에는 멋질 따름이었다. 게다가 태극기하고 비교하면 그리기도 훨씬 쉽고 편할 것 같았다. 태극기는, 다른 건 그만두고라도, 그 사괘의 위치나 수효, 태극의 경계를 그리기가 얼마나 까다로운가. 됐어. 우렁이 서방은 그 책을 가마니 안에 쑤셔넣고 일어섰다.

하수도에서 빠져나와 도서관 뒷담을 타넘어 밖으로 나오기까지 바퀴벌레나 거미가 나타나 발톱이나 손가락을 요구하는 일은 다행히 벌어지지 않았다. 어쩌면 이미 쥐떼에게 목숨까지 주고 난 다음이니까 더이상 빼앗을 것이란 없기 때문이었는지도 모른다. 우렁이 서방은 가마니에서 그 책을 뽑아 나에게 건네주었다. 그는 웬지 쓸쓸한 얼굴이었다. 돌아서는 나를 붙잡고 그는 간곡히 말했다. 우리 각시 만나면 꼭 내 소식 전해줘. 나는 그러겠다고 대답했다. 만나면요. 그는 말했다. 만나게 될 거야.

그리하여 이튿날 나는 학교로 가기 위해 뜨거운 물을 뱃속 가득 퍼먹고 집을 나서자 내가 그린 포스터를 손에 들고 아직 쌀쌀한 날씨의 읍내 거리를 달려갔다. 포스터를 접을 생각 같은 것은 나는 하지 않았다. 구겨지지 않도록 손가락 끝으로 조심스럽게 잡은 포스터가 바람이 불어 펄럭펄럭 나부끼자 나는 더욱 기분이 좋아졌다. 파출소 앞에 나와 있던 임순경의 눈에 먼저 띈 것이 체중 사십 킬로그램짜리의 어린 아이가 아니라 그 포스터, 그중에서도 북한 깃발이었다는 것은 어쩌면 당연한 일이었다. 임순경은 하품을 하다 말고 깜짝 놀라 입을 떡 벌린 채, 눈을 휘둥그레 뜨고 다시 한번 그것을 살펴보았다. 저것, 저것은 분명히 북한의 국기가 아닌가. 아니, 이 훤한 아침에 읍내 한복판에 북한 국기가 펄럭이다니! 이게 무슨 변고란 말인가? 그는 자신의 눈을 믿을 수 없었다. 그러나 그것은 아무리 눈을 씻고 살펴봐도 분명히 하나의 붉은 별, 북한의 깃발이었다. 그 다음에야 그는 어린 아이가 한쪽에는 커다란 태극기를, 그리고 나머지 반쪽에는 커다란 북한 국기를 그린 도화지를 휘날리며 시위라도 하듯 달려가고 있다는 것을 깨달았다. 임순경은 부리나케 나에게 달려왔다. 그는 우선 내 손에서 포스터부터 빼앗아 한 손에 왁살스레 구겨쥐고 나의 허리띠를 움켜쥐었다. 너 나하고 좀 같이 가자. 정성껏 그린 포스터를 그가 여지없이 구겨쥐는 것을 보자 나는 화가 치밀었다. 그러나 그가 내 바지춤의 허리띠를 움켜쥐자 나는 꼼짝달싹을 할 수가 없었다. 나는 영문을 알지 못하는 채로 그에게 질질 끌려 파출소로 들어갔다.

5

그렇게 하여 나는 그때까지는 얼굴도 알지 못하던 나의 어미를 처음 만났다. 나의 어미도 서울의 곰탕집 주방에서 깍두기를 담기 위해 무를 썰다가 붙들려왔던 것이다. 나의 아비도 몇달 만에 다시 만났다. 그 역시 머나먼 바닷가에서 물고기를 잡고 있다가 돌연 나타난 해안경비선에 옮겨 태워져 뭍으로 끌려 올라왔다. 할미도 장바닥에 앉아 무장아찌를 팔다가 끌려왔다. 할애비도 끌려왔다. 할애비는 물론 늘 하던 소리를, 이번에는 너무나 정확한 정황 아래 반복했다. 아이고 순사나리, 우리는 암것도 모릅니다요. 우리는 암것도 몰라요. 숙제를 내준 담임선생님도 끌려왔다. 우렁이 서방도 끌려왔다.

처음에 파출소에서 경찰서로, 마침내는 서울로 끌려가면서도 나는 무슨 오해가 있는 것이리라고 생각했다. 사실이 밝혀지면 그 즉시 경찰관들은 사과를 하고 어쩌면 경찰순찰차로 나를 학교까지, 아니면 집까지 데려다주리라고 생각했다. 그러나 그런 일은 벌어지지 않았다. 누가 시켰어? 선생이야? 아빠야? 너 엄마 만난 지 얼마나 됐어? 요새 엄마가 몰래 찾아온 적 있지? 누구한테 이 깃발을 배웠어? 책? 그 책은 어디서 났어? 북한에서 온 책을 본 적이 있구나? 누가 보여주더냐? 그 사람이 누군지 말해. 그들은 내가 잠을 자는 것을 허락하지 않았다. 며칠이 흘렀는지도 알 수 없었다. 일주일이 흐른 것도 같았고 한달이 흐른 것도 같았다. 잠이 들 만하면 심문관이 들어와 잠을 깨우고 똑같은 질문을 해댔다. 누구한테서 배웠어? 진술서를 쓰고 또 썼다. 심문관이 서랍을 열어 그 안에서 볼펜을 꺼내라고 했다. 내가 무심코 서랍 안에 손을 넣자 심문관은 번개같이 서랍을 닫았다. 나는 재빨리 손을 꺼냈으나 그만 새끼손가락 끝이 서랍에 걸렸다. 나는 아파서 비명을 질렀다. 심문관은 낄낄거리고 웃었다. 그 웃음소리가 어디선가 들은 것 같았고…… 나는 놀라 고개를 들어 그의 얼굴을 쳐다보았다. 거미, 저 도서관으로 가는 하수도에 연결된 토굴 속에서 만난 적이 있는 그 거미의 웃음소리였다. 나는 그 거미의 영역을 통과하기 위해 손가락을 하나 주겠다고 했다. 나는 금방 시뻘겋게 부어오르는 손가락보다도 그 거미가, 아니, 그 심문관이 무서웠다. 그때부터 나는 견딜 수가 없게 되면 의식의 끈을 놓아버렸다. 의자 위에서, 화장실을 오가는 복도에서 나는 젖은 빨래처럼 쓰러져 혼수의 해방감 속으로 도피했다.

심문관이 여자를 한사람 데리고 들어왔다. 너 이 여자 언제 만났어? 모르는 여자였다. 부은 듯 핏기없는 얼굴에 헝클어진 머리칼, 입술이 갈라져 피가 스며나오고 있었다. 나는 만난 적 없다고 대답했다. 거짓말 마! 심문관이 구둣발로 내 맨발을 밟았다. 엄지발가락이 금방 시뻘겋게 부어올랐다. 나는 그 자리에 고꾸라졌다. 다친 것은 난데 아이고, 하고 비명을 지른 것은 여자였다. 다친 것은 난데 그 여자의 눈에서 눈물이 흘러내렸다. 아이고, 어린애를 어떻게…… 여자가 항의하자 심문관이 가만 있어, 고함을 지르더니 다시 내 발을 짓밟았다. 나는 다시 고꾸라졌다. 아이고, 아이고…… 여자가 신음소리와 함께 울음을 터뜨렸다. 그리고 그 순간 나는 깨달았다. 어미, 나의 어미였다. 나는 유심히 그 여자를 살펴보았다. 나는 나와 아비를 버리고 떠난 어미가 어딘가에서 잘 먹고 잘 살고 있으리라 생각했다. 그러나 그렇지 않았다. 어미는 동네의 가난한 여자들보다 더 가난해 보였다. 난생 처음 어미를 만나는 건데, 하필이면 장소가 이런 곳이라니. 나는 어미에게 미안했고 화가 났다. 심문관이 추궁했다. 이 여자 누군지 알아 몰라?

"엄, 엄마?"

하고 내가 묻자 그 여자의 울음소리가 더욱 커졌다. 순길아, 순길아…… 심문관이 다시 내 발가락을 짓밟았다. 알면서 왜 모르는 척하는 거야, 이 새끼야? 응? 아아, 나는 비명을 질렀다. 그의 오해를 풀어주고 싶었으나 어떤 말을 해야 하는 것인지 알 수가 없었다. 그는 바퀴벌레였다. 나는 깨달았다. 나는 내 발톱을 그에게 주었다. 가져가라 씨펄놈아, 하고 말하지 않았던가. 그날 밤 그 통로에서 내가 준 것을 그는 지금 차지하는 중이었다. 심문관이 조용히 못해, 하고 외치며 어미의 머리칼을 훔켜쥐어 벽에 짓찧었다. 나는 더이상은 견뎌낼 수 없었다. 나는 의자에서 무너져내렸다. 혼수의 어둠이 나를 맞았다.

그렇게 나는 어미를 만나고, 아비를 만나고, 할미를 만나고, 할애비를 만났다. 할애비는 심문실로 끌려 들어오자 아이고 아이고 어르신, 하며 나에게 굽신거렸다. 우린 모릅니다요, 우린 몰라요. 암것도 모릅니다요, 나리. 산사람은 코빼기도 본 적 없습니다요. 나는 할애비가 치매에 걸린 것이 아니라 가장 정확하게 세상을, 이곳을, 깃발과 나라라는 것이 무엇인지를 통찰하고 있었다는 것을 깨달았다. 할애비는 기이한 방법으로 세상을 통찰하고 있었다. 치매, 그것이 할애비의 방식이었다. 만일 그것이 통찰이라면 치매에 걸린 것은 할애비가 아니라 그를 제외한 우리들, 할애비를 비웃은 나 자신이었다. 담임선생님을 만났다. 그는 겁에 질려 심문관이 손가락만 까딱해도 비명을 지르며 눈물을 흘렸고, 살려달라고 애걸했다. 우렁이 서방도 만났다. 벌거숭이가 되어 가마니를 짊어지지 않은 그의 모습은 낯설고 불쌍해 보였으며…… 정말 집을 잃은 우렁이 같았다. 얼굴과 눈에, 온몸에 멍이 든 그는 심문에 대답하면서도 기회만 생기면 심문관의 눈을 피해 나에게 히죽히죽 웃어 보였고, 틈만 생기면 심문관에게 내 집 좀 돌려줘요, 하고 말했다. 그가 심문관의 모아발치기에 나자빠지는 것을 보며 나는 문득 그가 쥐와 박쥐에게 약속한 것이 목숨이었다는 것을 상기했고, 다시 한번 혼수 속으로 달아나야 했다.

나는 아비와 어미와 할애비와 할미와 우렁이 서방과 담임선생님이 바퀴벌레와 거미에게 욕을 먹고 조롱당하고 얻어맞고 걷어채는 것을 보았다. 땅 위를 기는 쥐와 하늘을 나는 쥐에게 빌고 굽신거리고 비명을 지르고 공포에 질려 목숨을 구걸하는 것을 보았다. 나는 저 토굴 속에서 저들에게 내 손가락과 발톱을 약속했다. 그렇다면 나의 아비와 어미는, 할애비와 할미는 언제 어디에서 저들에게 무엇을 약속한 것일까. 우리는 다 토굴 속으로 기어들어 바퀴벌레와 거미와 쥐와 박쥐의 영역에 갇혀 살고 있는 것일까. 그곳을 지나기 위해서는 늘 무엇인가를 빼앗겨야 하는 것일까. 나는 그때까지는 깃발이라는 것이 이런 것일 수 있다는 것을 알지 못했다. 그것이 이처럼 무섭고 사납고 가혹하고 잔인한 것일 수 있다는 것을 나는 처음 깨닫고 있었다. 백과사전의 그 무수한 페이지를 가득 채우고 있던 그 무수한 깃발들, 그런 것들 하나하나가 이런 것이라니, 그 깃발들이 이 세상을 뒤덮고 있다니…… 소름이 끼쳤다. 그 깃발들 하나하나가 다 길목길목을 차지하고 앉아 그곳을 지나는 사람들에게 발톱을, 손가락을, 팔이나 다리를, 나아가서는 목숨을 요구하는 바퀴벌레와 거미와 쥐, 박쥐였다. 나는 그 무수한 깃발들이, 그 무수한 나라들이, 그리고 그것들이 뒤덮고 있는 이 세상이 무섭고…… 싫었다. 우렁이 서방이 그 토굴에서 백과사전을 뒤지다가 피냄새,라고 말한 까닭을 비로소 나는 깨달았다.

며칠이 지난 뒤였는지는 모르지만 나는 결국 풀려났다. 아비도 어미도, 할애비도 할미도, 우렁이 서방도 담임선생님도 풀려났다. 그러나 나는 알고 있었다. 풀려나다니? 어디에서 어디로? 이 세계는 거대한 토굴이었다. 이 세상 전체가 저 찬란하고 멋있는, 백과사전에 가득한 그 피비린내나는 깃발들이 차지한 토굴인데, 누가, 어떻게 풀려날 수가 있단 말인가?

6

어미는 서울로 돌아가지 않았다. 아비도 바다로 돌아가지 않았다. 망가진 몸을 조리하기 위해서이기도 했으나 그보다는 망가진 가정을, 어미가 가출함으로써 파괴되어버린 가정을 회복시킬 수 있을까, 하는 기대에서였다. 나 역시 학교로 돌아가지 않았다. 조사를 받고 나온 이후 내가 혼수에 빠져드는 일은 더욱 잦아졌고, 그때마다 혼수의 시간은 점점 더 길어졌다. 혼수에서 깨어나도 나는 거의 입을 다물고 오랜 시간 동안 잠만 잤다. 잠에서 깨어나서도 나는 입을 열지 않았다. 어미가 나를 데리고 병원에 가봤으나, 원인이나 치료법을 아는 의사는 없었다. 내가 입을 다물고 살기 시작한 지 벌써 다섯달, 그 사이 계절이 바뀌어 여름이 되었고, 장마가 시작되어 비가 쏟아졌다. 여기저기, 벌써 저지대가 물에 잠기고 축대가 무너져 사람이 다치고, 길이 끊기고 다리가 끊겨 마을이 고립되고, 수재민들이 학교로 체육관으로 피난을 떠나기 시작하고 있었다.

빗줄기가 쏟아지고 있었고, 방바닥에는 천장에서 떨어지는 빗방울을 받아내기 위해 양푼과 세숫대야가 윗목에 하나, 아랫목에 하나가 놓여 있었다. 어미는 그 사이에 나를 뉘어놓고 이제 괜찮다, 아가, 이제 아무 일 없다 아가, 하고 중얼거렸다. 어미는 끝없이 나의 머리를, 얼굴을, 몸을 쓰다듬었다. 그렇게 하여 나를 낫게 할 수 있다고 믿는 것 같았다. 그리하여 무심코 나의 머리칼과 귀와 목덜미를 쓰다듬던 어미는 내 귀 뒤에 돌기 같은 것이 비스듬히 돋아난 것을 발견했다. 처음에 어미는 내가 무슨 피부병에라도 걸린 것일까, 하는 생각에 걱정스럽게 내 머리칼을 헤치고 귀 뒤를 자세히 살펴보았다. 거기 피부가 둥근 호(弧)를 그리며 목덜미 쪽으로 일어나 있는 것을 발견하고서도 어미는 아직은 그것이 무엇인지 짐작하지 못했다. 이게 대체 뭘까. 흠칫 놀라 어미는 고개를 숙여 그것을 자세히 들여다보았다. 그리하여 마침내 그 둥글게 일어선 피부에 균일하게 빗살무늬가 나 있으며, 실핏줄이 촘촘히 이어져 있다는 것을 발견했고, 그것이 물고기들의 아가미와 흡사한 생김생김이라는 것을 깨달았다. 온몸에 소름이 돋아 부르르 떨며 어미는 나의 얼굴을 들여다보았다. 나는 근래에 늘 그렇듯이, 전혀 무표정한 낯으로 멀거니 허공을 쳐다보고 있었다. 나는 이미 갈 곳을 정해놓고 있었다. 석달 전 안개가 자욱하던 밤, 할애비가 아니라, 우렁이 서방이 강물 속으로 들어가 죽어버린 뒤에 나의 결심은 더욱 굳어졌다. 깃발이 없는 곳, 그곳을 찾아가야 했다. 아무런 깃발도, 단 하나의 깃발도 없는 곳. 정신을 놓아버린 나의 무표정한 얼굴을 볼 때마다 어미는 가슴이 미어지는 것 같았으나 어찌할 도리가 없었다. 어미는 대답을 얻을 수 없으리라는 것을 뻔히 알면서도 나에게 물어보았다. 이거 언제부터 이랬니? 어미의 음성은 떨렸다.

나는 대답하지 않았다. 옆구리를 깔고 누운 채 어미의 얼굴도 한번 똑바로 쳐다보지 않았다. 아니, 나는 그때 이미 대답할 수 없었는지도 모른다. 내 혀는 벌써 입 천장에 달라붙어버렸는지도 모른다. 어미는 떨리는 손으로 내 옷을 벗겼다. 나는 어미의 손길에 몸을 맡긴 채 저항도 하지 않았고 도와주려고도 하지 않았다. 어미는 나의 옆구리에서, 그 다음에는 다리에서 그것을 보았다. 역시 아가미와 똑같은 빗살무늬의 지느러미를. 아이고 아이고…… 어미의 입에서 마침내 참았던 통곡과 비명이 터져나왔다. 안된다, 순길아, 안돼, 순길아…… 여보, 여보…… 어미의 통곡소리를 들은 아비가 뛰쳐 들어왔다. 아비는 나의 벗은 몸에 돋아난 지느러미를 목격하기도 전에 방안에 가득한 비린내를 먼저 맡고 자지러질 듯 놀랐다. 순길아, 순길아…… 아비는 나의 몸을 뒤흔들며 말했다. 안돼. 그런 일은 이제 다시 없을 거다. 이러면 안돼, 이놈아. 나는 듣고 있지 않았다. 내 귀에는 물 흐르는 소리, 비 쏟아지는 소리뿐이었다. 윗목에 아랫목에 하나씩 놓인 양푼과 세숫대야에는 빗방울이 끊임없이 떨어져내렸고, 그 소리는 음악처럼 맑았으며 물냄새는 향기로웠다. 나는 이미 물에 잠겨 있는 것 같은 기분이었다. 방밖에서 다시금 장대비가 새로운 기세로 쏟아지는 소리가 들려왔다. 아비 어미는 서로를 마주보며 똑같은 생각을 하고 있었다. 이놈이 돌아가려는구나, 물속으로 돌아가려는 거야. 어미가 엎어져 통곡을 쏟아냈고, 아비는 나를 내려다보며 눈물을 삼켰다. 할미와 할애비가 들어왔다. 할미는 털썩 주저앉아 눈물을 훔쳤고, 할애비는 넋이 나간 듯 물끄러미 나를 내려다보았다.

아비 어미는 결혼한 지 이십년이 지나도록 아이를 얻지 못했다. 어미가 전국 방방곡곡의 영험한 부처님 코를 만지고 주물럭거리기를 수십번, 장승의 코를 깎아다가 마셔보기를 수십번이었으나 아무 소용이 없었고, 전국의 남근석(男根石)을 찾아다니며 손으로도 만져보고 입으로도 핥아보기를 마다하지 않고, 달 기운을 받아먹기 위해 보름마다 밤을 꼬박꼬박 새워가며 하염없이 달을 바라보고 빌고 빌기를 골백번이었으나 아이는 들어서지 않았다. 마지막으로 어미가 낸 생각이 부처님 전에 백일기도를 올리는 것이었다. 부부가 매일 새벽에 일어나 차고 맑은 냇물에 재계(齋戒)하고 근처 절간의 부처님 앞에 나가 치성을 올리기를 백일, 집으로 돌아온 아비 어미는 매운탕이라도 끓여먹기 위해 마을앞 강으로 낚시를 나갔다. 아비가 낚시를 드리우고 앉아 있는 동안 어미는 배추와 무를 다듬었다. 물고기는 좀처럼 잡히지 않았다. 하루 온종일을 기다렸는데도 피라미 한마리를 구경하지 못했다. 어둑어둑 하늘이 저물어올 무렵, 어미가 말했다. 이제 들어갑시다. 들어가서 김치나 내다가 저녁 먹읍시다. 우리 처지에 매운탕 없으면 어때요. 밥하고 시장기 있으면 그만이지. 아비는 빈 종다래끼를 내려다보며 한숨을 푹 내쉬고 엉덩이를 들었다. 바로 그때 낚싯대가 한아름이나 물속으로 쑥, 빨려들어갔다. 아비는 얼른 낚싯대를 움켜쥐었다. 손끝에 묵직한 기운이 느껴졌다. 아이고, 이놈 보게. 제법 크네. 아비는 오랜 시간을 들여 천천히 낚싯줄을 풀어주었다가 감아들이기를 반복하여 마침내 물고기를 끌어올렸고, 물고기가 용솟음을 치며 물 밖으로 튀어나온 순간, 어미는 깜짝 놀라 환성을 올렸다. 아비의 팔뚝만큼이나 굵은 잉어였던 것이다. 아비는 두 손으로 잉어를 붙잡아 종다래끼 안에 넣으며 말했다. 이놈 기운 좀 봐. 까딱 잘못하다가는 이놈이 날 종다래끼 안에 쳐넣겠네그려. 부부는 아이들처럼 물고기 앞에 붙어앉아 구경을 했다. 굵직하고 잘생긴 잉어였다. 금방이라도 종다래끼를 찢고 튀쳐나올 듯 몸짓이 기운찼다. 순간적으로 어미에게는 그 잉어가 갓난아기로 보였다. 깜짝 놀란 어미는 아비를 돌아보았다. 그리고 아비도 똑같은 것을 보았다는 것을 알았다. 아비 어미는 똑같은 것을 생각했다.

"놔줍시다."

아비와 어미가 동시에 말했다. 잉어는 아비 어미를 바라보며 무슨 말이라도 하는 듯 주둥이를 실룩거렸다. 어미는 잉어를 두 손으로 소중하게 안아 물에 놓아주었다. 아비가 말했다.

"열달 뒤에 다시 보자."

어미는 알 수 없이 감정이 격해져 눈물을 흘리며 떠나는 잉어를 지켜보았다. 잉어는 물 위에서 커다랗게 원을 그려 아비 어미에게 인사를 보내고 물속으로 사라졌다. 집으로 돌아온 아비 어미는 그날 밤 온사랑과 온정성을 다 기울이고 온힘을 다 쏟아 사랑과 몸을 나누었다. 그리고 열달 뒤에 어미는 나를 낳았다. 배꼽 밑에 비늘이 하나 나 있는 것을 보고 아비 어미는 흐뭇한 마음으로 서로를 돌아보았다. 비늘은 백일이 지나자 떨어져나갔고, 그로부터 서른두해가 흘렀으며, 그 사이에 아비는 집을 떠나 바다로 갔고, 어미는 가난과 공방(空房)을 견디다 못해 집을 나갔으며, 나는 처음 아비 어미를 만나던 날처럼 이제 다시 물로 돌아가려 하고 있었다. 어쩌면 물보다 부드럽고 물보다 가볍고 물보다 투명한 옷감을 짜는 곳, 그 옷감으로 옷을 지어 입으면 물고기가 사람이 되고 사람이 물고기가 되는 그런 옷감을 짜는 곳으로. 눈물을 흘리면 그것이 구슬이 되어 나오는 곳. 온세상이 크고 작은 무수한 깃발로 뒤덮여 이건 꽃, 저건 돌, 이건 불, 저건 얼음, 이건 우렁이, 이건 사람, 피(彼)와 아(我), 이것과 저것······으로 나뉘는 것이 아니라 어떠한 깃발도 펄럭이지 않아 나무가 벌레가 되고 벌레가 나비가 되고 그 나비가 다시 꽃이 되는 곳. 내가 한송이 꽃처럼 피어날 수 있고, 한마리 즐겁고 바쁘게 반짝이는 풍뎅이가 될 수도 있는 곳.

비는 끊임없이 쏟아졌고 강물은 거침없이 불어났다. 물가의 모래밭이 다 물에 잠기고, 그 위의 콩밭 고추밭도 물에 잠겼다. 잠시 비가 그칠 때면 강에서는 물이 춤이라도 추는 듯, 머리칼 풀고 하늘로 솟아오르는 듯 안개가 피어올라 마을을 뒤덮고, 강물은 안개 속에 모습을 감췄으며, 그 속에서 무슨 일이 벌어지는 듯 안개는 기이한 푸른빛으로 번쩍거렸고, 달마저 안개를 피어내 붉은 달무리가 하늘을 적셨으며, 안개가 사라지는가 싶으면 어느새 다시 비가 쏟아졌고, 그 사이에 나의 몸에서는 아가미가 자라고 지느러미가 자라고 비늘이 돋아났다. 나의 세계가 가까워지고 있었다. 지느러미들이 힘을 받아 저 혼자 꾸물거리기 시작했고, 그때마다 까마득한 옛날 내가 헤쳐나온 물길들이 생각나고, 물은 성큼성큼 나에게 다가왔다. 마을 앞길에 물이 밀려들고 마당으로 흙탕물이 쏟아져들었다. 물, 물이 넘는다…… 마을 사람들이 마당까지 들어와 고함을 질렀다. 어서 나와요. 피해야 한다니까요. 할애비가 밖에 대고 소리쳤다. 여긴 그런 사람 없어요. 우린 아무것도 몰라요. 물이 마루까지 넘실거렸다. 냉장고가, 찬장이, 책상이 물 위에 둥둥 떠다녔다. 나의 지느러미가 퍼덕이고 나의 폐 안에서는 허파꽈리가 다 사라져 그 자리에 투명하고 질긴 풍선 같은 부레가 자리잡았다. 우리도 가자. 할미가 말하며 나를 안아올렸다. 할애비가 할미를 붙잡았다. 물고기는 물로 가는 거야. 할미가 외쳤다. 이놈의 영감, 이놈의 미친 늙은이. 어미가 다시 통곡을 내놓았다. 밖에서 스피커를 통해 대피를 권고하는 방송이 흘러나왔다. 강동리 둑이 무너져 물이 들어오고 있습니다. 주민 여러분께서는 속히 대피하여 재산과 인명의 피해를 방지하시도록…… 어서 가요, 여보. 어미가 나를 안기 위해 두 팔을 벌렸다. 아비가 어미의 팔을 잡았다. 어미가 겁에 질린 얼굴로 아비를 바라보았다. 아비 입에서는 어미가 두려워하던 그 말이 나왔다.

"놔줍시다."

어미가 울부짖었다. 무슨 소리예요? 왜 놔줘요? 어디다 놔줘요? 얕은 마루와 문턱을 넘어선 물이 방안으로 꾸역꾸역 밀려들었다. 나의 지느러미가 퍼덕거렸다. 나는 이부자리를 벗어나 아직은 물이 찰랑찰랑한 방바닥으로 내려갔다. 순길아, 순길아…… 어미가 내 앞에 주저앉아 나를 들어올리지도 못하고 내 앞을 막아서지도 못한 채 어찌할바를 알지 못하고 몸부림쳤다. 할미가 그 옆에 쓰러졌다. 이놈아, 이놈아, 내 새끼야, 불쌍한 내 새끼야…… 할애비는 젖은 눈으로 물끄러미 나를 내려다보고 있었고, 아비는 어미 옆에 앉아 눈물을 쏟았다. 나는 지느러미를 퍼덕이고 온몸을 버둥거려 문턱으로 다가갔고, 곧 문턱을 넘어섰다. 아아, 물, 온세상이 물이었다. 가로수가 물에 잠겨 물풀 같았다. 아비와 어미가, 할애비와 할미가 내 뒤를 따라 문턱을 넘어 마당으로 내려섰다. 나는 비로소 물속에서 유연하게 헤엄을 칠수 있었다. 내 몸에서 투명한 옷이, 물보다 맑고 부드러운 옷이 벗겨져 나갔다. 음, 물은 훨씬 시원하고 자유스러워졌고, 나의 유영은 더욱 기운찼다. 물속은 어미의 자궁 속처럼 편안했다. 아비와 어미, 할애비와 할미가 무릎까지 물이 차오른 마당에 서서 나를 바라보고 있었다. 나는 부드럽게 유영하여 그들 주위를 천천히 한바퀴 돌았다. 어미는 숨이 넘어갈 듯 소리치며 허공을 움켜쥐며 통곡하고 있었고, 할미는 할애비 등뒤에 기대어 얼굴을 감추고 나를 보려 하지 않았다. 아비의 시커먼 얼굴이 있는 대로 구겨져 있었고 거기 눈물이 빗물과 더불어 쏟아져내렸다. 으으, 아비의 악다문 잇사이로 통곡소리가 새어나왔다. 나는 방향을 틀어 물을 향해, 강을 향해 헤엄쳐가기 시작했다. 아비가 큰 소리로 외쳤다.

"열달 뒤에…… 아가, 열달 뒤에 다시 보자, 내 아가."

그 말에 놀란 나는 몸을 틀어 아비를 돌아보았다. 할애비는 나에게 손을 흔들고 서 있었고, 할미는 두 손으로 자신의 가슴을 마구 두들겨 대고 있었다. 그 옆에서 어미가 아비의 어깨에 기댄 채 몸부림치고, 아비가 한 손은 나를 향해 흔들어대며 다른 한 손으로는 어미의 손을 꼭 잡아쥐는 것을 나는 보았다. 어쩌면 오늘밤에도 아비 어미는 서른 두해 전의 그 밤처럼 뜨겁게 온사랑과 온정성을 다 기울여 몸을 섞을지도 모른다. 나는 돌아서 다시 헤엄치기 시작했다. 세상을 등지고 물을 향하여. 그런데 어째선가. 마침내 물로 돌아가려는 지금, 내가 뭍에서 산 서른두해는 아비 어미를 처음 본 날 아비의 종다래끼 안에 머물렀던 잠깐에 불과한 것인지도 모른다는 생각이, 그리고 열달 뒤에 다시 아비 어미를 만났으면, 하는 생각이 드는 것은.

〔현대문학 1999년 10월호〕

모든 나무는 얘기를 한다

모든 나무는 얘기를 한다

1

내가 처음 만났을 때 장수호는 유능한 카피라이터였다. 내가 입사하여 인사를 하러 가서 만난 그의 몰골은 참으로 기괴했다. 머리를 감은 지 얼마나 되었는지 기름때가 낀 산발에, 기르는 것은 분명 아닌데 면도를 몇주일이나 하지 않은 건지 코밑이고 턱이고 비죽비죽 함부로 비어져나온 수염에다가, 눈에는 눈곱이 끼고 길게 자라난 손톱 밑에는 때가 끼여 있었다. 더러운 운동화를 한쪽은 신고 한쪽은 벗은 채 다리를 책상 위에 올려놓고 원고를 읽던 그는 내가 들어서자 말했다. 김중호씨 자신을 소개해봐요. 내가 무슨 학교를 다녔고, 전공이 뭐고, 취미가 뭐고…… 하고 늘어놓자 그는 구경하는 것 같은 시선으로 멀거니 나를 쳐다보고 앉아 있다가 고개를 저었다.

"그런 거말고. 광고회사에 들어왔으면 광고처럼 소개를 해야지. 20초 안에. 얼마짜리 시간인지 알아? 삼천만원짜리야."

내가 우물쭈물하는 동안 그는 손목시계를 보며 시간을 쟀고, 20초가 지나자 회전의자를 빙글 돌려 나를 외면하고 책상을 향해 돌아앉았다.

"됐어. 잘 들었어."

장수호는 그런 사람이었다. 그렇다 하여 그가 건방진 사람이라거나 남을 쉽게 무시해버리는 사람이었다는 뜻은 결코 아니다. 카피팀의 장(長)이었던 그는 오히려 나를 포함한 신입사원들에게 가장 친절한 고참이었다. 아니, 어쩌면 무심했다고 해야 할지도 모른다. 물론 그가 나에게 세심하게 일을 가르친 것은 사실이지만, 그것은 어쩌면 팀을 효율적으로 관리하기 위해서였을 뿐일 수도 있다. 업무 외의 일에 대해, 특히 사적인 일에 대해 그와 깊은 얘기를 나눠본 기억은 별로 없다. 거의 없다 해도 과언이 아니었다. 적어도 내가 그에게서 돈을 빌리기 전까지는 말이다.

언제나 텁수룩한 머리칼에 들쭉날쭉한 수염에다가 별로 깨끗해 보이지 않는 청바지에 낡은 코르덴양복 윗도리를 아무렇게나 걸치고 다니는 그는 전형적인 자유주의자, 자신감에 찬 자유주의자로 보였다. 그래서 그가 대학 다니던 시절 학생운동 과격파였으며, 그로 인해 감옥살이까지 한 적이 있을 뿐만 아니라, 위장취업을 했던 공장에서 만난 여공과 결혼하여 아직까지도 금실좋게 산다는 것을 알게 되었을 때, 나는 그것을 쉽게 믿을 수 없었다. 술을 마시는 자리에서 그에게 은근히 물어본 적이 있었다.

"한때 맑스주의자였다면서요?"

그는 간단히 대답했다.

"지금도 그래."

광고회사에서 카피팀을 이끄는 연봉 일억의 맑스주의자라, 하고 내가 혼자 그의 대답을 음미하고 있을 때 그가 덧붙였다.

"타락한."

나는 농담이라 생각하고 웃음을 터뜨렸으나, 그는 웃지 않았다. 술 잔을 비워내고 내게 내밀며 말했다. 내 카피를 잘 들여다봐. 선전선동이라구. 빨리 소비하고 많이 소비하고, 빨리 망해버리고 많이 망해버리자, 그런 내용의. 그러나 그것은 일억원의 사적 이익이 생기는 선전선동이었다. 나는 그가 농담을 하는 건지 진담을 하는 건지 알 수가 없었다. 멍한 얼굴의 나에게 그는 말했다. 웃어. 그러면 돼. 비로소 그의 입술에 미소가 언뜻 떠올랐고, 나는 다시 웃었다. 그는 웃는 나에게 역시 웃는 얼굴로 농담인지 진담인지 알 수 없는 냉정한 어조로 말했다. 맑스가 살아 있을 때 자신은 이미 맑스주의자가 아니라고 말한 적이 있다는 얘기는 들어봤을 거야. 그런 의미에서 난 맑스주의자 아닌 맑스주의자야. 타락한 맑스주의자. 맑스주의자들은 날 맑스주의자로 쳐주지 않을 거야, 아마. 그러니까 어디 가서 그런 소리 하지 마. 맑스의 마자도 모르는 놈이라고 망신이나 당할 거야.

그는 야근을 하거나 밤을 새우는 것을 주저하지 않았고, 집들이나 엠티를 갔을 때는 직원들과 술이나 도박으로 밤을 새우는 것도 마다하지 않았다. 브레인스토밍을 위하여 엠티를 갔을 때는 탁자에 마주앉아 30분간의 명상, 또는 잡념, 또는 침묵으로 회의를 시작하여, 한시간 회의에 20분 휴식이라는 원칙을 고수했다. 아무리 바쁜 상황에서도 마찬가지였다. 그것이 효율적이기 때문이라는 것이었다.

그가 가끔 연락도 없이 출근을 하지 않는데도, 회사에서는 걱정을 하지 않았다. 그런 날이면 으레 오후 늦게 그가 전화를 했다.

"여기 홍콩이다. 골머리 아파 놀러 왔다. 그렇게 알고 있어."

홍콩일 때도 있고 홋까이도오일 때도 있었다. 월출산이기도 했고 울릉도이기도 했다. 가끔 그런 곳에서 팩스로 카피가 날아들어온 적도 있었다. 회사에서는 그의 일에 별로 간섭하지 않았는데, 그것은 간섭하지 않는 것이 그를 가장 효율적으로 관리하는 길임을 알기 때문인 것 같았다.

2

엠티를 나선 길이었다. 회의를 겸한 엠티가 아니라 날밤을 새우고 일에 매달려 좋은 성과를 얻어낸 카피팀 전원에 대한 위로와 격려를 겸한 사실상의 단체 휴가여행이었다. 장수호의 말대로 많이 소비하고 많이 망해버리자는 짓인 듯, 속초에서 배터지게 회를 먹고 술을 마시고, 설악산에는 삭도(索道)를 타고 권금성까지만 올라갔다가 내려와서, 전원이 벌거숭이로 온천에 들어가 땀을 빼고 고스톱을 치며 간밤의 취기와 피로를 풀고 나와서, 다시 회와 술을 배터지게 먹고 마시고, 그 다음날은 차를 몰고 대한민국에서 가장 풍광 좋은 도로 가운데 하나라는 7번 국도를 타고 한쪽으로는 바다를, 반대쪽으로는 산을 바라보며 남쪽으로 치달려 강릉까지 내려간 다음 경포대 바닷가에서 다시 회와 술을 배터지게 먹고 마시고, 그 다음날 온종일 차를 달려 도착한 곳이 울진의 불영사 앞이었다. 술과 포식의 강행군에 지친 일행은 민박집에 숙소를 정하자마자 절에 올라가는 것도 다음날로 미루고 저녁도 뜨는 둥 마는 둥 여기저기 쓰러져 잠이 들었다.

이튿날 새벽에 나는 잠에서 깨어나 뒤척거리며 게으름을 피우다가 절에나 올라가보자, 하는 생각으로 숙소를 나섰다. 길고긴 산길을 따라 올라가다가 나는 장수호를 발견했다. 그는 도로 한쪽에 콘크리트로 만들어놓은 벤치에 앉아 고개를 꺾어 멍하니 허공을 올려다보고 있었다. 내가 인사를 하자 그는 반은 정신이 나간 사람처럼 응, 하고 대답할 뿐, 여전히 허공에 던진 시선을 옮기지 않았다. 그렇다 하여 넋을 놓고 앉아 있거나 생각에 잠겨 있는 것도 아니었다. 그의 눈은 허공에서 뭔가를 열심히 찾는 것처럼 보이기도 했고, 무슨 충격에 사로잡힌 것처럼 보이기도 했다. 올라가는 길이세요, 내려가는 길이세요? 내가 묻자 그는 여전히 허공에 던진 시선을 옮기지 않은 채 반문했다. 응, 왜? 내가 대답했다. 올라가는 길이면 같이 가자구요. 그는 내려가는 길이라고 말했고, 나는 다시 혼자서 절을 향해 발을 옮겼다.

새벽의 절간은 엷은 안개와 정적에 잠겨 신비스러웠다. 호수에 비치는 불상의 영상이 아니라 해도, 절 자체가 오래되어 잊혀진 꿈의 자취 같았다. 희미하게 기억은 나지만 그 실감은 온전히 포착되지 않는, 꿈이었는지 생시였는지조차 자신있게 말할 수 없는 그런 꿈, 또는 기억. 절 안을 혼자 느린 걸음으로 한바퀴 돌아보는 동안 나는 시원한 물속을 벌거벗은 몸으로 힘들이지 않고 헤어다니는 기분이었다. 물, 물속처럼 절은 고요했고, 가끔 풍경이 울리면 그 소리의 물결이 정말 보이는 듯했다.

절에서 내려오다가 나는 다시 장수호와 마주쳤다. 그는 아까 내가 본 바로 그 자리, 그 벤치에 앉아 있었고, 그의 시선은 여전히 맞은편 허공에 던져져 있었다. 아직 안 내려가셨어요? 뭐 하세요? 그의 얼굴이 공포에라도 질린 사람처럼 먹먹했다. 그는 나를 돌아보지도 않고 말했다.

"내려갈 수가 없어."

그의 음성이 떨렸으므로, 나는 놀라 한걸음 그를 향해 다가갔다. 무슨 일이라도 생긴 것일까? 나는 왜냐고 물었다. 그는 대답할 듯 입을 열었다가 다물었다. 그것이 몇차례나 반복되었다. 마치 갑자기 말을 잃은 사람 같은 꼴이었다. 입을 벌려 허공을 한입 베어물었다가 다물고, 다시 벌려 또 한입 허공을 베어물고. 내가 대답 듣기를 포기할 즈음에야 그의 목구멍에서 겨우 말소리가 새어나왔다.

"저놈이 나한테 말을 한다."

그는 여전히 시선을 허공에 던져놓은 채로 몸을 부르르 떨었다.

"누가요?"

"저놈이, 저 나무가."

나무가? 말을? 나는 다시 한번 놀라 그의 곁으로 다가가 그의 시선을 따라 고개를 돌렸다. 기이한 일이었다. 그가 보고 있는 나무가 어떤 나무인지 나는 한눈에 알아보았다. 키가 높다란, 소나무들 너머 서너 자 더 높은 키로 하늘을 향해 머리를 높이 세운 자작나무였다. 엷은 안개 너머에서 자작나무의 나뭇잎들이, 모든 나뭇잎들이 손짓하듯 흔들리며 희미하게 퍼져나가기 시작하는 아침햇살을 반사하고 있었다. 과연 말을 한다는 느낌이 들 법한 광경이었다.

"그런데 알아들을 수가 없어, 무슨 말인지."

그의 어조는 너무나 침통했다. 정말 그는 그 나무가 말을 하는 것이라 생각하는 것일까? 나는 할말을 잃고 그의 얼굴과 나무를 번갈아가며 쳐다보았다.

"말인데 못 알아듣다니. 내가 어떻게 된 것일까? 저놈은 지금 인간의 언어와 너무나 가까운 언어로 말하고 있는데."

그의 자책 또는 낙심은 옆에서 보기에도 안타까웠다. 그는 술이 덜 깬 것일까. 아니면…… 미쳐가는 것일까. 잠깐 내 뇌리에 스쳐간 생각이었다. 나는 얼른 그 불길한 생각을 뿌리쳤다. 그는 말하고 있었다. 저놈을 봐. 다른 놈들은 전혀 나뭇잎을 흔들어대지 않고 있어. 바람이 부는 건 아니라는 뜻이야. 저놈만이 나뭇잎을 흔들어대고 있어.
손짓하는 것처럼.

"그걸 어떻게 아세요?"

"뭘?"

"저 나무가 인간의 언어와 가까운 언어로 말한다는 걸요."

"그렇지 않다면 내가 저놈이 말을 하는 걸 어떻게 들었겠냐? 저놈
이 말을 하는 걸 어떻게 알았겠어?"

어떻게 보면 논리적인 대답이었다. 그러나 나무가 말을, 인간의 언
어와 가까운 언어를 구사하다니? 결코 그럴 수는 없는 일이었다. 나
는 판을 깨뜨리기로 마음먹었다. 장난 그만 하고 어서 내려가요. 내려
가서 해장술이나 하시든지, 식사를 하시든지…… 술을 덜 먹어서 그
런 게 들리는 모양이네요. 그는 실망한 눈으로 나를 돌아보며 물었다.
안 들리냐, 너한테는? 나는 퉁명스레 대답했다. 들리긴 뭐가 들린다
고 그래요? 참 형님도. 그는 고개를 저었다. 아냐, 그렇지 않아……

장수호는 새벽에 누군가 부르는 것 같은 소리를 듣고 잠에서 깨어
났다. 그를 부르는 사람은 없었다. 그 소리는 아마도 꿈에서 들은 것
이었을까. 아직 하늘에는 어둠이 가시지 않아 반투명의 검푸른 허공
에서 어둠과 빛이 교차하고 있었고, 새벽별이 하나둘 하품을 하며 빛
의 장막 너머로 뒷걸음질치고 있었다.

그는 숙소에서 나와 천천히 산길을 오르기 시작했다. 안개가 차츰
엷어지면서 나무들이, 길과 하늘과 산과 물이 모습을 드러냈다. 처음
부터 절에 올라갈 생각은 아니었으나, 길을 나선 김에 절까지 올라가
보기로 했다.

쉬다 갈 생각으로 콘크리트로 만든 벤치에 엉덩이를 붙였다. 담배
를 피워 물고 고개를 든 순간, 그 나무가 눈에 들어왔다. 엷은 안개 속

에, 키가 큰 선비처럼 그 나무는 단아하고 의젓했다. 그 나무가 그에게 나뭇잎을 흔들어대고 있었다. 바람은 없었다. 다른 나무는, 나뭇잎도 전혀 흔들리지 않았다. 그는 아직 그 나무가 말을 한다거나 하는 생각은 하지 않았다. 아무 생각 없이 그 나무를 바라보며 담배를 피우며 쉬다가 계속해서 산길을 올라가 절로 들어섰다.

안개는 연못에서, 대웅전의 지붕에서, 대웅전 문에서도 피어나오고 있었다. 어쩌면 그 자신의 몸에서도 피어나는 것 같은 기분이었다. 엷은 안개 속을 휘적휘적 걸어다니는 맛은 각별했다. 부처의 미소는 아무 걱정할 것 없다, 걱정하는 너도 없고, 니가 걱정하는 걱정도 없다, 하고 말하는 듯했고, 그래서 그는 나는 아무 걱정도 없습니다 하고 말하고 싶었으며, 그 다음 순간에야 정말 자신에게 아무 걱정도 없는지를 돌이켜보았고, 걱정이 없다는 것은 어쩌면 생각이 없는 것과 통하지 않을까 하는 생각이 들었고, 자칫 그런 생각 때문에 머리가 아파올 것 같았으므로 그는 부처를 흉내내어 생각도 없고 통하는 것도 없고, 없다는 것도 없다, 하고 중얼거렸다.

절에서 내려오는 길에 그는 무심코 한 나무의 둥치를 짚었고, 그 순간 그 나무의 음성을 들었다. 그는 고개를 들었다가 그 나무, 절로 올라갈 때 본 바로 그 나무가 그를 굽어보며, 나뭇잎을 흔들며 그에게 말을 건네는 것을 보고는 소스라쳐 그 자리에 얼어붙었다. 말, 말이었다. 그 나무는 말을 하고 있었고, 그는 분명히 그 말을, 적어도 그 목소리를 들었다. 다만 그것이 무슨 말인지 알아듣지 못한 것뿐이었다.

"내가 미련해져서 말이야."

그는 벤치에서 일어나 그 나무 밑으로 걸어갔다. 한참 동안이나 고개를 꺾어 나무를 올려다보던 그는 손을 들어 나무둥치를 쓰다듬으며 사람에게 하듯 이렇게 말했다.

"미안해. 못 알아듣겠어. 나중에 다시 올게."

그날 우리 일행은 근처의 성류굴과 원자력발전소를 둘러보고 무영 계곡에 들어가 또다시 술로 회로 배를 채웠다. 그러나 장수호는 숙소를 떠나지 않았다. 일정을 마치고 숙소로 돌아온 다음에야 나는 그가 말하는 나무 앞에 가서 깔개까지 하나 깔아놓고 거기 앉았다 누웠다 하며 술을 마시다 책을 읽다 낮잠을 자다 일어났다 앉았다 하며 하루 종일 시간을 보냈다는 것을 알게 되었다. 내가 물었다. 그래서, 그놈이 하는 말을 알아들었어요? 뜻밖에도 그는 빙그레 미소지으며 고개를 끄덕였다. 조금은.

3

어머니가 암으로 쓰러지자 수술비와 입원비 등 치료비를 마련할 길이 없었다. 백방으로 알아보았으나 돈을 구할 수가 없었다. 사람이란 묘한 존재다. 돈을 빌리자고 한다면 장수호에게 상의하는 것이 가장 확실한 길이라는 것을 나는 짐작하고 있었다. 그것은 가난한 자의 직감이었다. 그런 생활을 오래 해본 사람은 안다. 누구에게 돈을 쉽게 빌릴 수 있는지, 누구에게선 결코 돈을 빌릴 수 없는지를. 겉으로, 평상시에는 돈에 대해 지극히 초연한 듯 대범한 듯한 태도를 취하는 사람들이 있다. 그러나 막상 곤란한 형편이 되어 그런 사람에게 도움을 요청하면 그들에게는 언제나 거절할 수밖에 없는 이유 또한 준비되어 있고, 그 이유를 너무나 초연하게, 너무나 대범하게 늘어놓는다는 것을 알게 된다. 오히려 인색해 보이거나 앞뒤 꽉 막힌 듯 보이는 사람들, 남의 일에 무심한 듯 보이는 사람들이 뜻밖에도 까다롭지 않게 도움을 베푸는 경우가 많다. 가난한 자들은 본능적으로 누구에게 도움을 청해야 하는지를 알게 되는 것이다. 어쩌면 이 세상이 그런 감각을 훈련시킨다고 해야 할까.

또한 묘한 것은 가난한 자의 심리다. 나는 어째선지 장수호에게는 돈 빌리자는 얘기를 하고 싶지 않았다. 어쩌면 그가 나와는 너무나 거리가 먼 곳에서 생활해온 사람이라는 점 때문이었을 수도 있다. 그에게는 나의 구차스러운 꼴을 결코 보이고 싶지 않았다. 그러나 사정이 다급해지자 나는 어쩔 수 없이 그에게 말을 꺼냈다. 내가 말을 마치자마자 그는 나가자, 하고 일어섰고, 그 길로 나를 데리고 은행에 가서 천만원을 인출하여 내 손에 건네주었다. 어디에 쓸 거냐거나 언제 갚을 수 있느냐거나 따위의, 돈을 빌려주는 사람이 으레 하게 마련인 질문 같은 것은 하지 않았다. 오히려 그것이 섭섭할 지경이었고, 그 때문에 반감이 생길 정도였다. 회사에 다시 들어서면서 그가 한 말은 이자 줄 생각 말라는 것이 다였다.

그 빚을 갚는 데는 2년이 걸렸다. 그동안 그는 그 돈에 대해서는 단 한마디도 언급하지 않았고 눈치 한번 준 적이 없었다. 점심시간에 미리 은행에 들러 그의 통장에 돈을 입금시킨 후, 그에게 형수님까지 같이 모시고 저녁식사를 대접하고 싶으니 시간을 내달라고 부탁했다. 퇴근 뒤에 나는 장수호 부부와 함께 아내가 미리 예약을 해둔 음식점으로 갔다. 은행에서 받은 무통장입금증을 내밀자 그는 고맙다, 하고 말했다. 그뿐이었다.

식사를 마치기까지 그는 별로 말이 없었다. 나와 아내는 몇번 거듭하여 고맙다는 말을, 돈을 빌려준 것도 고맙고, 말 한마디 없이 2년 동안이나 기다려준 것도 고맙다는 말을 했으나, 그는 그때마다 괜찮아, 괜찮아, 했다. 그의 성격을 알기 때문에 나는 높은 이율이 아니라 은행이율을 적용해 계산한 이자를 봉투에 넣어 그에게 내밀었다. 그는 그것이 무엇인지 묻지도 않고 이러지 않기로 했지, 하고는 나에게 돌려주었다. 나는 다시 그에게 봉투를 내밀었고, 그는 다시 뿌리쳤다. 이번에는 아내가 말했다. 그러시면 저희가 너무 죄송해져요. 마침내 그가 나를 쳐다보며 투덜거리듯 말했다.

"맛있는 저녁 얻어먹는 것으로 됐어. 밥맛 술맛 다 떨어지니까 그거 어서 주머니에 넣어둬."

나는 그것이 그의 본심이라는 것을 알 수 있었다. 더이상 고집을 부릴 수 없었다. 돈을 빌리는 원인이 되었던 어머니가 돌아가셨다는 것은 그도 이미 아는 사실이었다. 그 역시 문상을 왔으니까.

그의 아내는 아름답고 쎅시하고 조용했다. 공장 노동자 출신이라는 것이 믿어지지 않을 만큼 작고 가는 몸집에 둥근 어깨, 허리는 수호의 팔뚝 굵기밖에 되지 않을 것 같았고, 손가락에 보석 하나 박히지 않은 소박한 실반지 하나가 이채로웠으며…… 얼굴과 몸 전체에서 어딘지 노곤한 피로감 같은 것이 느껴졌다. 식사가 끝나기까지 그들 부부와 우리 부부 사이에는 영화 얘기가 띄엄띄엄 오갔고, 회사 돌아가는 형편 얘기도 드문드문 오갔으며, 정치 얘기도 한두 마디 오갔던 것 같다. 그의 아내와 내 아내는 고들빼기 김치 담그는 법에 대해서도 얘기를 주고받았을 것이다. 직장 선후배 부부가 만나 저녁을 같이 먹는 자리에서 오갈 법한 대화의 선을 넘지 않는 평범한 얘기들이었다.

그래서 밥과 함께 몇잔 술을 마시고 식당에서 나와 헤어지려는데 그가 문득 내 어깨를 잡으며

"씨이발, 세상 좆같아. 그렇지?"

하고 말했을 때는 나도 내 아내도 깜짝 놀랐다. 그가 돌연 어떤 선을 뛰어넘었다는 것을 나는 짐작했다. 언뜻 눈물이 솟았으나 나는 애써

참았다. 그는 담배꽁초를 길바닥에 내던지며 투덜거렸다. 좆도 아닌 돈 몇푼이 사람을 왜 이다지 주눅들게 만드는지. 그것은 꼭 내가 해야 할 말 같았다. 이리 와, 임마. 여자들은 집으로 돌아가라고 하고 우리 끼리 술이나 더 퍼먹자. 아내가 얼른 말했다. 그러세요. 그럼 저희 먼 저 갈게요. 그의 아내도 까딱 고개를 숙였다. 그들 두 여자가 멀어져 가는 것도 돌아보지 않고 그는 내 어깨를 잡아끌었다. 씨발놈, 눈물 은. 2년 동안 니가 그 꼴이 뭐냐, 임마. 이게 뭔데 이런 거 때문에 그 동안 내내 내 눈도 똑바로 못 봐? 이리 와, 씨발놈아. 그는 허름한 소 줏집으로 나를 끌어들였다.

그날 밤 그와 나는 술에 만취하여 여관방에 들어가 잤다. 아마 나는 우리집 사는 꼴을, 너무나 가난하여 방 한칸 얻을 수 없었기 때문에 전국의 친척집에 뿔뿔이 흩어져 어린시절을 보내야 했던 우리집 형제 자매들 얘기를 포함하여 내가 그때까지 살아온 꼴을, 어머니의 죽음 에 이르기까지 눈물콧물을 섞어가며 늘어놓았던 것 같다.

그때 그는 뜬금없이 이런 얘기를 했다. 얼마전에 돌연 안기부 수사 관들이 그의 집에 들이닥쳐 온 집안을 발칵 뒤집어놓았다고 했다. 오 래지 않아 그의 집만이 아니라 아내 쪽의 친가와 외가 양쪽 집안 모 두, 그리고 그 방계 집안 모두가 같은 날 같은 시각에 같은 일을 당했 다는 것을 알게 되었다. 수사관들이 그들에게 한 질문도 똑같았다. 그 의 아내 유영선의 막내숙부가 근래에 찾아온 적이 없느냐는 것이었 다. 막내 숙부라니? 장수호는 그제서야 유영선의 집안 어른을 통하여 영선 아비의 동생 가운데 6·25동란중에 월북한 사람이 하나 있다는 것을 알게 되었다. 영선에게는 막내숙부가 되는 셈이었다. 그런데 어 디까지가 사실이고 아닌지는 알 수 없으나, 안기부 수사관들 말에 의 하면, 그 막내숙부가 북한당국으로부터 모종의 임무를 띠고 공작원으

로 남파되었다는 정보가 입수되었다는 것이다. 특히 장수호 부부가
받은 조사가 가장 가혹하고 치밀했다. 그것은 아마도 그들 부부의 전
력 탓이었으리라는 것이 수호의 추측이었다. 얘기 끝에 그는 낄낄거
리며 이렇게 덧붙였다.

"너 나한테 빌렸던 그 돈, 잘못하면 공작금으로 오인받아 조사받게
될지도 모르겠다."

술김에도 나는 모골이 송연해졌다. 아홉시 뉴스에 종종 간첩단이네
지하당이네 하는 사건들이 터져 공안검사들이 연락책이니 자금책이
니 하는 직함을 써붙인 조직표를 그려놓고 기자회견을 하는 광경이
방송되던 시절이었다. 그런 방송을 볼 때의 느낌이란 반신반의, 그리
고 두려움이었다. 세상이 온통 간첩으로 우글거리는 것은 아닌가 하
는 두려움, 그리고 어쩌다 재수 없으면 나 같은 별볼일 없는 자도 저
런 조직표에 이름이 내걸리게 될지도 모른다는 두려움이 그것이었다.
가끔 저런 사건을 만들어내어 공표하는 자들의 목적은 바로 그런 것
인지도 몰랐다.

그가 웃어대고 있었으므로, 그리고 그런 무서운 이야기를 너무나
아무렇지도 않게 하고 있었으므로 나 역시 배포가 커졌던 것일까. 나
는, 괜찮아요, 망할 놈의 세상, 하고 내뱉었다. 큰일날 뻔했군요, 선배
님. 다친 데는 없으시구요? 내가 묻자 그는 여전히 낄낄거렸다.

"다친 데는 없다, 적어도 나는. 하지만 마누라는 다쳤다. 내 자식놈
도 다치고."

그들 부부에게는 자식이 없다는 것을 나는 알고 있었다. 그는 있었
다고 말했다.

"마누라 뱃속에 있었어. 그런데…… 잃었다. 마누라는 출산능력을
상실하고."

124

돈 벌려고 안달복달하지 마라. 그가 말했다. 우리가 돈을 버는 게 아니야. 우린 공작금을 받는 거다, 이놈의 세상으로부터. 그러니까 돈 때문에 비굴해지는 놈도 추해지는 놈도 다 바보다. 그렇게 되지 않는 사람이 드물긴 하지만. 날 포함해서. 돈 때문에 난 내 자식을 잃고 마누라는 출산능력을 잃었다. 그 댓가로 난 공작금을 받고 산다. 너도 마찬가지다. 바로 이놈의 세상이 너에게 나에게 온세상 사람들에게 돈으로 공작을 하는 거다. 북한이 아니라, 간첩이 아니라, 내가 아니라, 바로 이놈의 세상. 우린 다 공작금을 받아먹고 사는 거다. 뭘 해도 공작이다. 술을 먹어도 공작, 술을 토해도 공작, 횡단보도를 건너도 공작, 잠을 자도 코를 골아도 공작, 다 공작이다. 돈을 빌려도 공작, 빌려줘도 공작. 울어도 웃어도 다 공작이다. 공작 안하려면 죽거나 미치거나 폐인이 되는 수밖에 없다. 이놈의 세상 톱니바퀴에서 벗어나야 하는데, 벗어날 수만 있다면 길이 보일지도 모르는데. 봐라, 아무리 발버둥쳐도 우린 어느새 이놈의 세상기계의 어느 부분에선가 톱니바퀴가 되어 공작을 하게 되고 말아. 맞아. 그래서 난 아이를 잃고 마누란 출산능력까지 잃은 거야. 그런데 어째서 비굴해져야 하나. 어째서 안달복달해야 해?

말이 되는 얘기 같기도 하고 터무니없는 술주정 같기도 했다. 그날, 나는 불영사에서 있었던 일에 대해서도 물어보았다. 형님, 그 나무가 뭐라고 그러던가요? 그는 무슨 나무, 하고 반문하지 않았다. 곧 알아들었다. 그뒤로 혼자서도 가고 마누라하고 같이도 가고 여러번 갔다. 그 나무가 뭐라고 하는지 알아들었어요? 내가 묻자 그는 고개를 끄덕거렸다. 조금은. 그의 어조가 자신감에 차 있는 것에 나는 놀랐다. 알아들었다구요? 뭐라고 하는데요? 그는 웃었다. 내 몸속에도 가슴속에도 머릿속에도 내 것이 아닌 것이 너무 많다고 하더라. 그걸 다 내 거라고 착각하지 말래. 너도 한번 그놈한테 가봐라. 내가 알아들었는데 너라고 해서 못 알아듣겠냐? 너한테도 뭐라고 얘기해줄지 모르지.

4

1987년 초부터 그는 거의 일을 하지 않았다. 회사로 출근하는 것이 아니라, 나이에 어울리지 않게 마스크와 치약과 빈병과 랩을 배낭에 짊어지고 거리로 나섰다. 박종철고문치사사건으로 나라 안이 들끓고 있었다. 그는 눈밑에는 치약을 바르고, 눈에는 랩을 붙이고, 코와 입은 마스크로 가리고, 대학생들과 함께 전투경찰들에게 돌멩이를 던지고 최루탄에 쫓겨다녔다. 그는 퇴근시간이 가까워져서야 회사에 나타났고, 그의 옷에서 나는 최루탄냄새 때문에 사무실 안에서는 여기저기 재채기가 터져나왔다.

전투경찰에 밀린 시위대가 명동성당으로 쫓겨들어가고, 전투경찰이 성당을 포위했을 때 그는 그곳을 떠나지 않겠다며 아예 출근도 하지 않았다. 처음에는 성당이고 뭐고 경찰을 풀어 강제해산을 시킬 듯 붉으락푸르락하던 전두환정권은 어째선지 차일피일 경찰 투입을 미루고 있었다. 나는 명동성당에 몰래 들어가 그와 함께 하룻밤을 새운 적이 있었다. 장수호만이 아니라 그의 아내 유영선까지 거기 와 있었다. 그녀는 농성하는 군중들 앞에서 팔을 휘두르면서 목에 시퍼런 핏줄을 돋우며 피를 토하듯 외쳤다. 군부독재 타도하여 민중정권 수립하자! 몇발짝 저편에 중세의 기사들처럼 진압복과 곤봉과 방패로 무장한 채 도열한 전투경찰이 빤히 보이는 곳에서, 어둠속에 언뜻언뜻 스쳐가는 손전등 불빛 속에 서서 주먹을 휘둘러 허공을 치는 그녀의 몸짓과 외침은 살이 떨릴 만큼 선동적이었다. 나는 군중들이 어둠속에서 한 목청으로 그녀의 구호를 따라 합창하는 것을 들으며, 그 가늘고 둥근 어깨와 가느다란 허리의 여자에게서 그런 외침과 몸짓이 나오는 것에 충격을 받았다. 그러나 나를 향해 다가와 고개 숙여 인사를 건네는 그녀는 또다시 어느새 지친 것 같은 나른한 여자의 모습으로 돌아가 있었다.

장수호는 격앙되어 말했다. 엎어야 돼. 이번 기회에 엎어버려야 해. 제기랄. 정권 쥔 놈들만 빼고 지금처럼 온나라 위아래가 하나의 목표로 단결했던 적은 아마 없을 거다. 농성하는 젊은이들 가운데 몇몇이 그에게 수호 형, 하고 인사를 건넸다. 아, 영선이 누나도 여기 있네! 수호와 영선은 그들 가운데 몇몇과는 발을 동동 구르며 반가워했다. 내가 그 자리를 떠나며, 내일은 출근할 거냐고 묻자, 그는 나를 위아래로 훑어보며 이 녀석이 지금, 하고 화를 냈다. 나는 그의 눈이 그처럼 뜨겁게 불타는 것을 처음 보았다.

"지금 출근이 문제냐? 계엄군이 나오면 당장이라도 시가전이 벌어질 판인데. 넌 정세파악이 그렇게 안되냐? 지금이 바로 혁명적 시기라는 거야. 정권은 지금 양보를 하는 것도 때를 기다리는 것도 아니야. 민중의 단호함과 힘에 놀라 주저하고 있고 패주하고 있는 거야. 밀어붙여야 해."

그의 판단이 옳았는지 어쨌는지는 모르지만, 결국 명동성당의 시위대는 무사히 성당에서 빠져나왔다. 그것은 내가 보기에도 그들이 거둔 작은 승리, 작지만 의미있는 승리였고, 정권의 양보가 아니라 패배로 보였다. 어쩌면 1979년과 80년에 총칼과 탱크로 무장하고 무수한 상관과 동료들을 죽이고 체포하고, 비무장 시민들을 무참하게 학살하는 것으로 권력을 만들어낸 당시의 서슬퍼렇던 군사정권의 패배가 시작된 것은 바로 그때부터였는지도 모른다.

그 무렵부터는 장수호만이 아니라 회사의 직원들도 이따금 일부러 짬을 내어 거리로 나가 시위에 참가하기 시작했다. 사람들은 스스로 자신들의 힘에 놀랐고, 그 힘이 뭔가를 해낼 수 있다는 데 격앙되었으며, 자부심을 느꼈다. 나 역시 점심시간 같은 때 틈이 나면 동료들과 함께 이곳저곳을 쏘다니며 '호헌철폐 독재타도'를 외쳤다. 나와 내 옆사람의 외침이 거대한 함성이 되는 것을 들으면 괜스레 가슴이 뿌듯했다.

마침내 서울역과 시청과 명동과 남대문과…… 서울시내가 시민들로 뒤덮였다. 상당한 수효의 회사 직원들이, 카피팀의 경우에는 거의 전원이 시위에 참가했다. 일주일쯤, 사는 것이 축제 같았다. 서울역 앞 광장에 새하얗게 뒤덮인 학생과 시민들 속에 끼여 구호를 외치고 발을 구르고 최루탄에 쫓겨다니고 돌을 던지다 회사로 돌아오는 길에 장수호는 말했다.

"씨발놈들, 계엄군은 왜 아직 안 나오는 거야? 빨리빨리 나와야 결판을 낼 텐데. 이번엔 안 밀릴걸."

나는 놀랐다. 그는 계엄령이 떨어지고, 그리하여 계엄군이 거리로 나오기를 바란다는 것인가? 그는 이번에는 80년 광주에서처럼 당하지만은 않을 것이라고, 시민군이 조직될 것이요, 바리케이드가 처음에는 하나둘에 불과하겠지만, 결국에는 그 바리케이드가 정권을 포위해버릴 것이라고 말했다. 그는 시민들이 외치는 구호가 어째서 바뀌지 않는지 이해할 수 없다고 말했다. 호헌철폐 독재타도 정도로는 안 된다는 것이었다. 호헌철폐, 독재타도, 정권인수, 이렇게 발전해야 한다는 것이었다.

결국 노태우 민정당 대표가 헌법개정과 민주적 선거를 약속하는 성명을 발표했을 때, 그것은 정권의 전면적인 패배를 인정하는 항복선언이나 다름없는 것으로 여겨졌다. 모든 사람들이 그것을 승리라 생각했다. 시위는 물거품처럼 잦아들었다. 그러나 장수호의 생각은 달랐다. 그는 이제까지는 승리였으나, 이제부터는 쓰디쓴 패배가 계속될 것이라고 말했다. 언제나 그랬다는 것이다. 동학농민전쟁 때도, 4·19시민혁명 때도 이런 어정쩡한 승리 뒤에 언제나 패배가, 승리 자체를 무의미하게 만드는 패배와 분열이 시작되었다는 것이다. 그렇다면 어떻게 해야 하는데? 그는 권력을 민중이 장악해야 한다고 했다. 민중쏘비에뜨를 구성하여 그 쏘비에뜨가 권력을 장악, 군부독재자들을 철저히 패배시키고 응징해야 한다는 것이었다. 언제나 그렇게 하지 못해서 문제였다는 것이다. 그의 주장에 따르면 계엄군이 나왔어야 하고, 계엄군과 시민들이 맞붙어 싸웠어야 하고, 계엄군을 패배시켰어야 하고, 그리하여 권력을 시위지도부가 완전히 장악하여 국회와 정부와 청와대를 접수해야만 했다는 것이다. 자신은 그렇게 되기를 기대하고 지난 겨울부터 모든 것을 다 내버리고 그토록 열심히 시위에 참여해왔다는 것이다. 술자리에서 그는 말했다. 결국 민중들은 배신당할 거야. 새로운 일도 아니지. 늘 그랬으니까.

그의 눈이 다시 그때처럼 타오른 것은 그해 여름, 전국의 노동자들이 서울까지 올라와 시위를 벌일 때였다. 그러나 이번에는 그 눈빛이 이삼일 만에, 신문과 방송 그리고 여론이 그들을 난타하는 것을 보고 사그라들었다. 딱 한번 술을 마시다 직원 누군가가 노동자들의 상경 시위가 걱정스럽다는 얘기를 했을 때, 장수호는 흥분하지도 않고 나직나직하게 이런 얘기를 했다. 난 그런 얘기 들을 때마다 이해가 잘 안돼. 도대체 너 같은 사람들이 불안하다는 게 어째선지를 모르겠어. 뭘 빼앗길까봐 불안하다는 건지 모르겠어. 자기네들이 돈이 있어, 권력이 있어? 왜 불안하지? 아무것도 없으면서 뭔가 가졌다고, 빼앗길 만한 걸 가졌다고 착각하는 거 아냐, 혹시? 민주적인 헌법이 있는데 그것이 개악될까봐 불안해? 아직은 민주적인 헌법도 없어. 그저 믿을 수 없는 자들이 한마디 내뱉은 약속이 있을 뿐이야. 이제껏 피비린내가 자욱한 독재정권 아래 살면서는 불안하지 않았어? 편안했어? 너 같은 사람들은 뭔가 착각하고 있는 게 분명해. 아무것도 없으면서 뭔가를 가졌다고, 지켜야 하는 뭔가가 자기네들에게 있다고 착각하는 거야. 아니면 자기네들이 이 체제의 상층부에 있다고 착각하거나, 혹은 상층부로 진입할 수 있는 후보자들이라고 착각하거나. 하지만 천만에. 지금 우리가 노동자들을 배신하고 있듯이 우리 역시 머지않아 배신당하고 말 거야.

수호가 없는 자리에서 직장동료들은 그가 너무 과격하다는 얘기를 주고받았다. 그런 사람이 어떻게 직장생활을 하고 있을까? 무기 들고 산으로 들어가기라도 해야 하는 거 아니야? 더구나 직업이 카피라이터라니. 너무나 유능한 카피라이터잖아. 자본가들의 유능한 쎄일즈맨 노릇을 하느라고 우릴 독려하여 허구한 날 날밤을 새우게 만들고.

대통령선거에서 김영삼과 김대중이 패배하고, 민정당의 노태우 후보가 당선되었을 때 그는 크게 실망하지도 놀라지도 않았다. 당연한 귀결이라는 것이었다. 6월 10일 거리로 뛰쳐나와 호헌철폐 독재타도를 외치는 수많은 시민들을 전투경찰을 풀어 최루탄과 곤봉으로 진압하는 한편 저희들끼리 체육관에 모여 앉아 대통령 후보자로 지명한 노태우 후보가 나중에 6·29선언이라고 명명된 대폭적인 양보를 하자 시민들이 그것을 고분고분 받아들이고 해산했을 때 이미 예정된 일이라는 것이 그의 생각이었다. 그럼 어떻게 해야 한다는 겁니까? 누군가가 묻자 장수호는 대답했다.

"엎어야지. 다시 들고 일어나 엎어야 해. 선거 다시 하는 거야."

내가 물었다. 정말 그렇게 생각하시는 겁니까, 형님은? 장수호는 그럼, 하고 말했다. 손에 똥이 묻어서 물을 얻어 씻고 나서는 고맙습니다, 인사하고 나오다가 다시 똥을 짚은 거야. 어쩌겠냐? 당연히 다시 들어가 손을 또 씻어야지.

그러나 그런 일은 벌어지지 않았다. 그렇게 시위와 정치의 계절은 지나갔다. 세상은 갑자기 너무나 조용해졌다. 직선으로 대통령을 뽑았는데, 그 사람이 바로 1980년 광주학살의 장본인 가운데 한 사람이었다는 사실에 대해, 6월항쟁을 통하여 뿌리를 도려내고자 했던 바로 그 장군들 가운데 하나였다는 사실에 대해 사람들은 누구나 허탈감에 빠졌으나, 어쩔 수 없었다. 손에 다시 달라붙은 그 똥을 씻어낼 방법은 없었다. 그저 다시 5년 동안 그 똥을 묻힌 채 살아가는 수밖에. 직장동료 가운데 한 사람의 말대로 나 역시 그토록 간절히 희구했던 민주주의라는 것이, 직접선거라는 것이 무엇인지에 대해, 그것이 기실은 얼마나 하찮은 것인지에 대해 다시 한번 생각해보았다. 어쩌면 민주주의란 우중(愚衆)의 허영을 만족시킬 수 있을 뿐, 군중을 분리하고 이간시키고 조작하고 관리할 수 있는 능력과 힘을 가진 자들에게는 이리 끼웠다 저리 맞췄다 할 수 있는 장난감에 불과한 것인지도 모른다는 생각을 뿌리칠 수 없었다. 조롱당했다는, 속았다는 생각보다 더 기분나빴던 것은 그 이상 무엇을 어떻게 해야 하는지 길이 보이지 않는다는 사실이었다.

장수호는 다시 침울하고 묵묵한 카피팀장으로 돌아갔다. 혁명은 잊혀졌다. 이제 크고 작은 상품쌤플과 책상 위에 쌓이는 카피원고들이, 시시때때로 소집되는 화급한 회의들이, 그리고 매력적이고 아름다운 거짓말을 만들어내기 위한 브레인스토밍이야말로 우리가 매일매일

맞서야 하는 바리케이드였다.

5

　장수호가 처음으로 직원들을 집으로 초대한 것은 골드카피 메달을 수상했을 때였다. 대개 사람들을 집으로 초대하는 경우 그것은 신혼 집들이라거나 이사를 했다거나 아이 돌잔치 같은 때였는데, 그들 부부에게는 아이도 없었고 이사를 한 적도 없었던 것이다.

　내가 스무평짜리 전세를, 집다운 집을 겨우 마련했을 무렵이었는데, 그는 오십평짜리 아파트에 살고 있었다. 현관문에 들어선 순간 나는 놀라 아, 하고 소리를 질렀다. 다른 직원들도 마찬가지였다. 우리들은 우뚝 멈춰선 채 눈을 커다랗게 뜨고 눈앞에 펼쳐진 정경을 한동안 넋을 잃고 바라보아야 했다. 위아래층이 트인 복층(複層) 아파트의 거실 가득 나무들이, 소나무 감나무 사과나무 단풍나무…… 들이 들어차 있었고, 마룻바닥에는 흙인지 먼지인지 알 수 없는 것들이 나뭇잎들, 더러는 떨어진 감이나 사과와 더불어 쌓여 있었다. 거실이 아니라 숲속 같았다. 커다란 화분들이 거실을 가득 메우고, 그 화분 하나하나에 아파트에서는, 아파트가 아니라 단독주택에서도 실내에서 키운다는 것은 도저히 상상도 할 수 없을 나무들이, 그러나 분명히 그 우람하고 당당한 둥치를 들이박고 높다랗게 서서 우리를 내려다보고 있었다. 사람이 아니라 바로 그 나무들이 집의 주인인 것 같았다. 나무들이 뿜어내는 향기가 집안에 가득하여 머리가 환해지는 느낌도 들었으나, 나는 잠시 혼란에 빠졌다. 이곳은 그러나, 집이 아닌가.

　나는 불영사의 말하는 나무를 떠올리고 자작나무가 있는지를 살펴보았다. 자작나무는 보이지 않았다. 그 자작나무의 말을 듣고 집을 이런 식으로 꾸민 것일까? 그렇다면 장선배는 분명히 정상이 아니었다. 장선배는 그렇다 치고, 그의 부인은 집이 이 지경이 되도록 그냥 두고만 보았을까? 수수께끼 같은 일이었다. 일행 중에 한 사람이 중얼거렸다. 이게 웬일이야. 우리가 집에 온 거야, 공원에 온 거야? 이상하게 으스스하네. 그랬다. 어딘가 으스스한 기분, 집이 아니라 특별한 공간, 썩 기분이 좋을 것 같지는 않은, 낯설어서 호기심이 나는 게 아니라 낯설어서 두렵고 피하고 싶은 기분이 드는 공간이었다.

커다란 나무들 사이로 비좁은 통로가 나 있었고, 그 통로로 우리는 걸어들어갔다. 계단을 따라 위층으로 올라간 다음에야 비로소 정상적인 실내의 정경이 나타났다. 방마다 가득 꽂히고 쌓인 책들, 그리고 그림들. 벽에 빈 공간이 보이지 않을 정도로 그림들이 빽빽이 걸려 있었다. 유명한 작가들은 아니었다. 큰 규모의 작품도 없었다. 소품들, 그중에서도 풍경화가 많았다.

나는 고교시절 그림을 그리고 싶었고, 미대에 들어가고 싶었다. 그러나 형편이 허락하지 않았다. 아버지는 시장의 청소부였고, 어머니는 동네 골목에서 좌판을 놓고 옥수수나 감자를, 김치나 멸치볶음을 팔았다. 근근이 대학을 졸업하자마자 방송국에 입사시험을 쳤으나 떨어지고, 곧 광고의 세계에 들어선 가난뱅이였다. 늘 그림에 관심을 가지고 살았으나, 전시회에 쫓아다니지는 않았다. 관심도 차츰 멀어졌다. 그러니까 내가 그림에 전문적 식견을 지녔다고 할 수는 없었으나, 적어도 내가 보기에는 과장이 없고 건전한, 균형잡힌 작품들이었다. 누군가가 여기저기 전시회를 다니다가 자신의 눈에 드는 소품들을 큰돈 들이지 않고 마련한 듯했다.

"그림 그리셨다구요?"

달동네의 골목길을 세밀하고 길다랗게 잡아넣은 그림을 보고 있는 내 곁으로 장수호의 아내가 다가왔다.

"아닙니다. 그림은 무슨……"

그녀는 계속해서 말했다.

"나는 풍경화가 좋아요. 그림 한장에 무수한 얘기들이 들어 있어요. 이 덜 탄 구공탄 좀 봐요. 구멍가게 앞에 내놓은 찐빵틀, 그 앞에 둘러선 아이들, 넘어진 세발자전거, 창문에 유리 대신 붙은 신문지와 비닐 조각, 지붕에 얹힌 기름천막 위에 올려진 돌덩이, 그 옆에 기우뚱한 텔레비전 안테나…… 꼭 옛날 우리 살던 사연이 다 들어 있는 것 같아요."

나는 그녀의 긴 얘기에 잠시 기가 질렸다. 그녀는 그 그림에서 나보다 훨씬 더 많은 것을 보아내는 듯 여겨졌던 것이다. 몇해 전 명동성당에서 봤을 때도 그랬지만, 그녀의 눈빛은 기이했다. 눈속 깊은 곳에 외로움이, 두려움이, 그리고 슬픔이 담겨 있는 것 같은, 그런 것을 극복해낼 의지 같은 것을 이미 오래전에 상실한 것 같은, 어딘가 힘이 없는 것 같은, 힘을 내기를 이제는 그만 포기해버리고 만 것 같은 그런 눈빛. 만일 내가 그녀를 그린다면 그 눈빛을 포착하고 표현하기 위해 가장 공을 들여야 할 그런 눈빛. 나는 그녀가 출산능력을 상실했다는 사실을 상기해냈고, 그녀의 숙부가 간첩으로, 어쩌면 이 순간에도 수사관들에게 쫓기며 남한 어딘가에 잠복해 있을지도 모른다는 것을, 그로 인해 늘 그녀가 불안에 시달리고 있으리라는 것을 어렵지 않게 짐작했으며…… 어쩌면 그 때문인지도 모른다, 저 눈빛은.

식구란 장수호와 그의 아내 유영선뿐, 당연히 집안은 쓸쓸했다. 그러나 쓸쓸하다고 한마디로 말하기를 주저하게 만드는 뭔가가 그 집에는 있었다. 나무들 때문이었다. 나무들, 위층의 방에 앉아서도 방문

밖으로 커다란 나무들이 내다보였다. 어디에서도 그 나무들이 고개를 들이밀고 이쪽을 넘어다보는 것 같은 기분, 이쪽 일에 참견을 하는 것 같은 기분이 들었다. 집이 참…… 독특하네요. 누군가가 말하자 저마다 한마디씩을 내놓았다. 독창적이에요. 희한해요. 나무에서 벌레 안 생겨요? 술을 마시며 헛소리를 늘어놓다가 문득 고개를 들면 나무들 너머에서 누군가가 이쪽을 넘어다보며 비웃음이라도 보내고 있을 것 같은 생각이 드는 것이었다.

그날, 밤이 깊도록 우리는 술과 포커를 즐겼다. 유영선도 같이 술을 마시고 포커를 쳤다. 장수호는 별로 말도 없이 술과 포커에 열중했으나, 유영선은 우리들의 농담에 웃기도 하고 만만찮은 기지가 엿보이는 대꾸를 내놓아 자리를 즐겁게 만들었다. 가까이서 보면 볼수록 그녀가 고등학교를 다니다 만 여공 출신이라는 것이 믿어지지 않았다. 그녀는 공장노동은커녕 아침 설거지만 끝마쳐도 그만 피로해져서 창백해진 얼굴로 눕듯이 소파에 몸을 기대어 숨을 몰아쉴 여자, 전람회에나 다니며 그림이나 사모으고 집으로 돌아오면 큰 중노동이라도 한 듯 옷도 갈아입지 못한 채 소파에 쓰러질 여자처럼 보였다. 장수호나 그녀나 아무리 뜯어봐도 맑스주의자라거나 과격한 노동운동가 출신으로도 보이지 않았다. 그저 유복하고 원만한, 나 같은 밑바닥 출신과는 거리가 먼 부르주아일 따름이었다.

그렇구나, 장수호. 나 같은 자는 오직 살아남기 위하여 세상이 살라는 그대로만 살고, 운동도 한 적 없고, 물론 감옥에도 간 적 없지만, 겨우 이 지경으로 살 수밖에 없는 것이고, 너 같은 자는 맑스주의자였다가도, 감옥을 갔다와서도, 더구나 북한에서 친척이 간첩으로 넘어오는 일이 벌어져도 이렇게 살 수가 있는 거로구나. 그날 나에게 이런 생각도 없지 않았다는 점을 얘기 안한다면 나는 거짓말을 하는 셈이

될 것이다. 그러나 나는 명동성당에서 보았던 것이다. 그녀의 목에 시퍼렇게 돋아나던 핏줄과 쨍쨍한 목청으로 사람들에게 구호를 외치며 팔을 휘두르던 그녀를……

공장에서 무슨 일을 하셨어요, 형수님? 짓궂은 녀석 하나가 물었다. 야 임마, 그런 걸 물으면 어떻게 하냐? 그렇게 제지하면서도, 또 장수호의 눈치를 보면서도 우리들은 모두 호기심을 품고 그녀의 대답을 기다렸다. 그러나 장수호의 눈치를 볼 필요는 없었다. 수호나 영선이나 지극히 태연했다. 그녀는 제일 기억에 남는 곳은 제본소예요, 하고 대답했다. 한국에서 가장 큰 제본소였어요. 여러분들 가운데 아마 제가 제본한 책 한번 읽지 않은 사람 없을 거예요. 교과서에서부터 잡지, 싸구려 책에서부터 학술서적까지 안 만들어본 게 없으니까요. 잘 모르시겠지만, 공장 안은 뿌연 종이먼지로 가득해요. 하지만 온전한 환풍기도 몇개 없이 우린 마스크 하나 쓰고 일해요. 당연히 늘 기침을 달고 다녀요. 기관지나 폐를 앓는 사람들이 많구요. 하지만 그런 것보다도 더 힘든 건 싸구려 책을 만들 때예요. 제본을 하다보면 보지 않으려고 해도 저절로 책의 내용을 알게 되는데, 그 내용이 한심할 땐, 더구나 야근에 시달리거나 피로에 지쳐 있을 때면 더욱 맥이 풀려요. 이따위 책 만드느라 고향에도 못 가보고 데이트도 못하는구나 싶어서요. 동료들 가운데는 그런 데 대한 반발로 이해할 수도 없는 책을, 좋은 책을 읽어보려고 애를 쓰는 애들도 있었구요. 거기 공헌한 사람이 바로 여기 앉아서 지금…… 뭐 하는 거예요, 왜 남의 카드를 훔쳐봐요? 그녀는 장수호의 어깨를 딱, 쳤다.

우리는 새벽녘에야 한 사람 두 사람 쓰러지기 시작하여 잠자리에 들었다. 여섯 사람의 직원이 두 개의 방에 나뉘어 쓰러져 잠들었던 것 같다. 꿈이었을까? 어쩌면 꿈이었는지도 모른다. 그러나 그 기억이 아직까지도 너무나 생생한 것을 보면 꿈이 아니었을 수도 있다. 뿌옇게 먼동이 터오는 거실, 키가 커다란 나무들이 목을 꺾어 내려다보는 가운데, 흙과 나뭇잎과 떨어진 열매들 위에 벌거벗은 유영선과 장수호가 정사에 몰두하고 있었다. 그녀의 흰 몸 위에, 둥근 어깨에, 그의 굳건한 다리와 목덜미에 하늘하늘 나뭇잎이 떨어지고, 꽃잎이 떨어지고, 사과알이 떨어지고, 솔방울이 떨어지고, 청설모가 나무둥치로 뛰어다니고, 하늘다람쥐는 이 나무 저 나무로 날아다니고, 잠자리떼들이 짝짓기를 하며 날아다니고, 개미들이 교미를 위해 떼를 지어 하늘로 날아올라 천장에 부딪고 벽에 부딪고, 꽃뱀과 흰뱀이 나무둥치를 타고 기어내리며 허공을 날아오르고 흙속으로 파고들며 기나긴 교미를 하고…… 영선의 신음소리와 수호의 외침은 북소리와 장구소리처럼 어우러져 절정을 향해 치달아올랐다.

6

1992년 여름, 그는 갑자기 서울에서 사라졌다. 그가 사표를 제출했을 때 우리들 대부분은 거의 이견 없이 그가 마침내 독립하여 회사를 만들 작정인 것으로 예상했다. 그것이 아니라면 어딘가 커다란 회사로 거대한 액수를 받고 스카우트되어 가기 위한 준비일 것이라는 의견도 나왔다. 그 무렵이 그런 일이 종종 벌어지던 시절이었다. 한두 번 몸을 팔면 수억의 상여금에 연봉이 몇배로 뛰었다. 한두 사람, 장수호가 정치 쪽에 발을 들여놓을 생각인 것 같다는 추측도 나왔다. 장군들의 독재가 청산되면서 과거에 변혁운동을 하던 사람들이 이곳저곳에서 국회의원으로, 구청장이나 시장으로 몸을 바꾸던 시절이었다.

그 어느 쪽도 아니라는 것이 시간이 흐르면서 저절로 밝혀졌다. 그는 다만 감쪽같이 사라져버렸을 뿐이었다. 어디에서도, 광고업계에서도 정치판에서도 그를 볼 수가 없었다. 어느 쪽을 통해봐도 연락이 되지 않았다. 그의 행방을 아는 사람이 없었다. 그의 집에 전화를 해보았으나, 없는 국번이라는 안내원의 음성이 반복될 뿐이었다. 그의 집으로 찾아가본 다음에야 나는 그 아파트가 처분된 것이 이미 오래 전임을 알게 되었다. 그렇다면 그들 부부는 이렇게 돌연 사라져버리기로 작정을 하고 있었던 것일까. 그 나무들은 어떻게 했을까? 다 신고 떠났을까? 혹시…… 신상에 무슨 일이 벌어진 것은 아닐까? 영선의 숙부는 간첩이요, 수호는 비록 타락했다고는 해도 맑스주의자였다는 것을 나는 상기했다. 어디, 지상에 겨우 서넛밖에 남지 않은 사회주의 나라로 이민이라도 떠난 것일까? 아아, 월북이라도 한 것은 아닐까……

그가 사라진 것에 대해 한동안 광고업계에서는 온갖 소문들이 떠돌았다. 장수호가 결국 여공 출신 아내와 살지 못하고 이혼을 한 다음 폐인이 되었다는 얘기가 떠도는가 하면, 주식에 투자했다가 집이고 뭐고 다 날렸다는 얘기, 여기저기 빚까지 얻어 주식투자에 들이밀었는데 그 빚을 갚지 않기 위해 재산을 빼돌리고 해외로 도피할 계획이라는 소문도 잠시 나돌았다. 그러나 그뿐, 차츰 그는 잊혀졌다. 몇달이 지나지 않아 사람들은 그를 더이상 기억해내지 않았다.

그가 회사를 떠난 뒤에 카피팀은 현저히 활력을 잃었다. 나는 두 차례의 스카우트를 통하여 한 광고전문회사의 카피팀장이 되었고, 오래지 않아 장수호와 마찬가지로 여행이 취미가 되었다. 머릿속에 뜨거운 여름날의 말라버린 냇물바닥처럼 자갈만이 가득하여 아무리 광고 문안을 짜내려 해도 아무런 생각도 나지 않고 뜨겁게 달구어진 자갈

들이 맞부딪는 소리 같은 것만이 가득 차오면 나는 무작정 차를 몰고 서울을 떠나 아무데로나 달려갔다. 때로는 내변산의 깊은 골짜기에서, 때로는 한적한 어촌에서, 관광지와는 인연이 먼 작고 한적한 절간에서 며칠 동안을 아무 생각도 않고, 술을 마시다 잠을 자다 깨어나 배가 고프면 먹고 다시 졸리면 자고 심심하면 그저 마을이나 거리를 오락가락 서성거리다가…… 하는 식으로 며칠을 지내다가 보면 머릿속에서 자갈 부딪는 소리가 잦아들었고, 그러면 부상으로부터 회복되어 전출을 신청했으나 거절당하고 다시 전선으로 투입되는 전투병의 심정으로 마음속에서 억지로 투지를 불러일으키려 애쓰며 서울로 돌아왔다.

그 사이 아이가 둘이 생겼고, 이십평짜리 전셋집에서 사십오평짜리 아파트로 집을 옮길 수 있었으며, 생활비를 걱정하면서 봉급이 눈곱만큼 오를 때마다 하늘만큼 기뻐하던 아내는 자기 차의 차종을 잘못 선택한 것을 후회하며 2년마다 차를 바꿀 궁리를 하면서 내가 일에만 매달린다고 불평을 했고…… 나는 이혼을 했다.

가정법원에서 나오는 길로 나는 택시를 잡아탔다. 차창 밖으로 아내가, 아니 나의 아내였던 여자가 걸어가는 것이 보였고, 그 순간 나는 지금 내린 결정이 무엇을 뜻하는지를 다시 한번 뼈아프게 실감해야 했다. 남들과는 달랐다. 이제 다시 나는 혼자라는 것을, 어쩌면 영원히 혼자이리라는 것을 뜻했다…… 다시는 결혼이라는 그 지옥의 울타리로 돌아가고 싶지 않았으나…… 나에게는 집이, 가정이 필요했다. 내가 이놈의 세상에서 바라는 것이란 오직 하나, 번듯한 가정, 나를 남편이라 부르는 아내가 있고 나를 아빠라 부르는 아이들이 있는 가정, 흩어지지 않고 언제나 저녁이면 모여 앉아 같이 밥을 먹고 같이 잠드는 가정이었다.

텅 빈 집이 나를 맞았다. 아내의 짐은 이미 사라진 지 오래였다. 아내가 집을 떠난 이튿날, 나는 아이들을 광주의 형님댁으로 보냈다. 아내와 아이들이 떠난 빈집은…… 폐허와 같았다. 옷을 갈아입기 위해 안방문을 열었다가 나는 거기, 열린 채 옷가지들이 함부로 흩어지고 뒤엉킨 옷장을 발견했다. 이미 아침에 나갈 때 그 꼴이었다는 것을 뻔히 알면서도 그 광경을 본 순간 울화가 치밀었고, 나는 아아악, 고함을 지르며 문짝을 주먹으로 후려쳤다. 내 고함소리가 텅 빈 방안에 메아리가 되어 내 귓전을 울렸고, 무릎이 휘청 꺾였다. 나는 침대를 향해 돌아섰으나, 침대가 사라진 자리에는 색이 달라진 장판지, 먼지, 내가 며칠 전 벗어던진 양말, 구겨진 신문지, 받침이 깨어진 화분이 놓여 있었고, 물컵이 뒹굴고 있었다. 나는 문턱에 털썩 주저앉았다.

집, 그것은 더이상 내가 꿈꾸던 집이 아니었다. 하나의 집을 마련하는 것, 그것이 젊은 시절 이래 나의 소망이었다. 그러나 그 소망은 이제 깨졌다. 내 집은 파괴되었다. 나는 그 집을 복구할 수 없을 것이다. 나는 실패했다. 아비와 이유는 다르지만, 나는 내가 그리던 가정을 이루는 일에 실패했다. 아이들, 아이들을 어쩔 것인가? 나는 찬장을 열어 술병과 잔을 찾아내고, 냉장고에서 물병을 꺼냈다. 아침에 우유 한잔을 마셨을 뿐, 그뒤로는 자동판매기에서 흘러나온 커피라는 이름의 달고 쓴 정체불명의 액체를 몇잔 마신 것이 전부였으나, 시장기도 느껴지지 않았다. 식탁이 놓여 있던 자리도 휑뎅그렁하게 비어 있었다. 나는 아무데나 벽을 등지고 쪼그리고 앉아 잔에 위스키와 물을 따라 번갈아가며 마시기 시작했다.

어째서 아내는 낡은 침대와 식탁을 그토록 악착스레 가져가려 했을까? 이해할 수 없는 일은 하나둘이 아니었지만, 침대와 식탁에 대한 아내의 집착은 징그러울 정도였다. 집 꼴이 망가지는 것이 싫어서 돈을 따로 줄 테니 새 침대와 식탁을 마련하라고 권해보았으나, 그녀는 화가 났을 때는 가져가서 불태워버리겠다거나 깨뜨려버리겠다고 했다가 화가 가라앉으면 침대와 식탁을 여기 두고 가서는 밥을 먹을 때마다 잠자리에 들 때마다 속이 불편하여 밥도 못 먹고 잠도 못 잘 것 같다고 호소했다. 짜증을 냈다가 애걸을 했다가 다시 화를 내기를 반복하면서도 그녀는 결코 양보하려 하지 않았고, 나는 이번에도 아내의 고집을 꺾을 수 없었다. 아내는 나에게 이런 빈자리를 보여주기 위해 일부러 고집을 부렸던 것은 아닐까.

아이들은 어찌할 것인가? 나는 급히 위스키를 삼켰다. 아내는 아이들을 맡을 생각을 하지 않았다. 하기야 그녀는 아이를 맡을 수가 없는 형편이었다. 그녀는 돈을 벌어야 했다. 오억, 그것이 삼년 사이에 그녀가 진 부채였다. 나의 전재산을 다 털어넣어도 오히려 부족했다. 단순히 빚 때문이었다면 다른 방법을 모색해볼 수도 있었을 것이다. 그러나 그녀는 돈을 벌어야 한다고 생각했다. 이번 고비만 넘기면 떼돈을 벌 수 있다고 확신했다. 오억 같은 것은 새발의 피로 여겨질 큰돈을 곧 만질 수 있으리라고, 그녀는 확신해 마지않았다. 늘 그 확신이 문제였다. 그녀가 그런 확신을 지니고 살던 삼년 동안 생긴 것이 바로 오억의 부채였다. 그런데도 그녀의 그 확신은 흔들리지 않았다. 그녀가 떼돈을 버는 방법이라고 철석같이 믿고 있는 것은 다름아닌 다단계판매, 돌침대와 고급 소파와 가구와 보석 따위를 파는 일이었다. 어쩔 수가 없었다. 그녀가 그 생각을 버리지 않는 한 내가 회사에서 받는 봉급은 부채의 이자로도 부족했다. 나는 그녀에게 다단계판매를 그만두라고 요구했다. 그녀는 거부했다. 그외의 길은 이혼뿐이었고, 그녀가 선택한 것은 이혼이었다.

무엇 때문에 이런 일이 벌어진 것인가? 무엇이 쥐꼬리만한 봉급으로 두부를 사 지지고, 콩나물을 사 국을 끓여 깍두기와 함께 작은 소반에 내놓으면서도 흐뭇해하던 나의 아내를 이렇게 기괴스럽게 뒤바꾸어놓은 것인가? 나는 아직도 아내의 그런 급격한 변화를 이해할 수 없었다. 집은 깨어지고 아이는 온전히 나에게 남았다. 나는 아이들을 사랑하지만 혼자서 길러낼 자신은 없었다.

전화벨이 울렸다. 형이었다. 그는 큰아이를 바꿔주었고, 아이는 나에게 물었다.

"엄마는? 엄마는 어딨어?"

다섯살이었다. 그러나 집안에 무슨 일인가가 벌어졌다는 것만은 민감하게 알아채고 있었다. 아내는 이미 나에게는 남이었다. 그러나 나의 아이에게는 엄마였다. 도저히 적응할 수 없는 모순이었다. 그리고 그 모순 가운데에서 나는, 나의 아이들은 평생을 살아야 할 것이다…… 나는 아이에게 거짓말을 했다. 엄마는 미국에 갔어. 여러 밤 자야 오실 거다. 아이는 으으으, 울음을 내놓았다. 사내녀석이 울면 안돼. 누이동생이 울어도 니가 달래야 할 텐데 울긴. 아이는 울음을 그치려 안간힘을 다했다. 우린 언제 서울로 돌아가? 아이의 음성 뒤쪽으로 여기 설렁탕 둘이요, 하는 소리가 들려왔다. 소주 하나 추가, 하는 소리가 이어졌다. 형은 아이를 데리고 가게에 나와 있는 것이 분명했다. 나는 벽시계를 보았다. 여덟시 반이었다. 아아, 아이를 어서 데려와야 했다. 그러나…… 어떻게 보살필 것인가? 야근을 밥 먹듯 해야 하는 직장이 아닌가.

아이가 울기 시작하자 나 역시 울음을 삼켜야 했다. 전화를 끊은 나는 다시 술을 한잔 마시고 오래도록 차디찬 물을 마셨다. 뺨으로 눈물이 흘러내려 목줄기를 적셨다. 이번에는 휴대전화의 벨이 울렸다. 회사의 서주희였다. 나는 그녀에게 미리 써서 책상서랍에 넣어둔 휴가

원을 내일 아침에 출근하는 대로 회사에 제출해줄 것을 부탁했다. 알았어요, 팀장님. 괜찮으세요? 제가 친구해드려요? 어디세요? 제가 갈까요? 제가 술 한잔 사드릴게요. 나는 잠시 망설였다. 그녀는 지금의 내 처지를 놓고 엉뚱한 생각을 할지도 모른다. 나는 그녀와 몇차례 여관에 출입한 적이 있었다. 그러나 가정을 깰 생각은, 나도 그녀도 해본 적이 없었다. 적어도 내가 알기로는 그랬다. 어디예요? 그녀가 다시 물었고, 나는 머뭇거리다가 집이라고 대답했다.

주희는 한시간이 채 지나지 않아 도착했다. 그녀가 아파트 현관에 들어선 순간 나는 그녀를 불러들인 것을 후회했다. 어쩌면 주희는 내일 이곳에서 출근하게 될 것이다. 그녀는 현관에서 나의 목을 껴안고 등을 다독다독 두드려주었다. 괜찮아요, 아무렇지도 않아요, 우리 악돌이. 악돌이, 나의 별명이었다. 악착스럽다는 뜻이었다. 악착스럽게 집을 세우고 지키려 했으나 그 악착은 어쩌면 집을 깨뜨리는 짓을 거든 노릇에 불과했던 것은 아닐까. 돈을 벌려는 아내의 악착스러움이 결국 부채만을 늘려갔듯이. 나는 술잔을 들고 있어 그녀를 마주안을 수가 없었다. 그러나 술잔 탓만이 아니었다. 나의 어쭙잖은 자의식이 그녀를 안는 것을 방해했다. 이혼을 한 당일 아니냐, 조금 전에 아이와 통화를 하며 눈물을 흘리지 않았느냐, 하고 그 자의식은 말하고 있었다.

그녀의 팔에서 풀려나오자 나는 같은 자리로 돌아가 앉아서 계속 술을 마셨다. 주희는 나에게 저녁을 먹었는지 물었고, 나는 먹지 않았으나 생각 없다고 대답했다. 그녀는 옷을 갈아입고, 세수를 하고, 라면을 끓이고, 햄과 치즈를 잘라 소반에 가져다 놓은 다음, 빈 잔을 찾아들고 내 앞에 돌아와 앉았다. 나는 그 잔에 술을 채워주었다. 주희는 잔을 내밀며

"악돌이의 자유를 위하여."

하고 말했고, 나는 잔을 내밀며

"깨어진 나의 집에게."

하고 말했다. 부딪친 우리 두 사람의 잔이 서로 다른 소리를 냈다. 자유라. 이것을 그렇게 말할 수도 있다는 것이 놀라웠다. 자유, 그러나 이것은 자유와는 거리가 멀었다. 주희는 말했다. 집, 멀쩡한데요. 물론 농담이었다. 그러나 그것으로 나는 그녀와 내가 서 있는 곳이 너무나 멀다는 것을 다시 한번 확인했다. 그녀도 같은 것을 의식한 것일까. 그녀가 손을 내밀어 나의 뺨을 쓰다듬었을 때 그것은 어색한 변명처럼 여겨졌다. 나는 혹시라도 그녀가 엉뚱한 생각을 품는 일은 없도록 못을 박아두어야 한다고 생각했고, 어떻게 하면 그녀의 기분을 다치지 않고 그런 의사를 전달할 수 있을 것인지 궁리하기 시작했다. 싸움을 할 작정이 아니라면 단도직입적으로 난 재혼할 생각 없어, 하고 말할 수는 없는 일이었다. 싸움, 특히 여자와의 싸움은 이제 넌덜머리가 났다.

한밤, 요의(尿意) 때문에 잠에서 깨어났을 때에야 나는 깨달았다. 나는 안방, 침대가 놓여 있던 자리에 편 이부자리에 주희와 더불어 벌거숭이 몸으로 누워 있었다. 악착스레 침대를, 그리고 식탁을 가져가겠다고 고집을 부린 아내의 생각이 무엇이었는지를 나는 비로소 이해할 수 있을 것 같았다. 만일 침대와 식탁이 있었다면 나는 그 침대에서 주희와 동침을 하고, 그 식탁에서 그녀와 밥을 먹고 술을 마셨을 것이다. 아내는 나 자신보다 나를 더 잘 알고 있었던 것일까.

이튿날, 나는 서울을 떠났다.

144

7

목적지는 따로 없었다. 광주로 내려가볼까 하는 생각도 있었으나, 나는 강원도 쪽으로 길을 잡았다. 길을 좀 돌기도 했지만, 정선에 이르자 간밤 늦게까지 마신 술 때문에 더이상 운전을 계속할 수가 없었다. 어딘들 무슨 상관이랴. 나는 민박집이 눈에 띄자 차를 세웠다. 거기 주저앉아 자고 먹고 마시고 또 자고 먹고 마시며 며칠을 보냈다. 그러나 이번에는 쉽게 머리가 조용해지지 않았다. 아이들의 전화를 받을 때마다, 형에게 전화를 할 때마다, 그리고 주희와 통화를 할 때마다 머릿속은 더욱 시끄러워졌다. 아이들을 데리고 이민이나 가버릴까. 호주나 뉴질랜드로. 그런 나라는 탁아소나 유치원이 믿을 만하다니까. 주희와의 관계는 사실 청산된 것이나 다름없었다. 그런데…… 다시 이 지경이 되고 말았다. 이혼 때문이었다. 그날 술을 마시기 전에 그녀의 전화를 받았더라면 그 지경이 되지는 않았을 것이다. 술이 판단력에 혼란을 가져왔던 것이다. 내가 아내에게 무엇을 잘못한 것일까? 아내는 무엇 때문에 나를 혐오한 것일까? 살아남기 위해 발버둥치는 꼴이 혐오스러웠을까? 내 직업이 혐오스러웠을까? 너무나 가정적이었으므로 나를 혐오한 것일까? 가난에서 벗어난 지 겨우 서너 해였다. 아내는 돈이 아니라 비만을 걱정하기 시작했고, 테니스를 다니다가 에어로빅을 다니다가 신문사의 교양강좌에 다니다가…… 남아나는 돈을 소비하기에 바빴다. 걱정도 불안도 더이상 없는 것 같았다. 그런데 돌연 그녀는 나에게 알리지도 않은 채 다단계판매에 뛰어들었고, 이 지경에까지 떨어진 것이다……

장날이었다. 나는 민박집에서 한낮까지 뒹굴다가 어슬렁어슬렁 읍내로 걸어나와 장터를 기웃거리고 다녔다. 가을이 깊어 겨울 문턱이라는 실감이 났다. 산촌의 계절은 빨라 얼굴에 와닿는 공기가 제법 쌀쌀하고 상쾌했다. 끈질긴 질병처럼 지긋지긋하던 여름이 물러난 것이 바로 엊그제 같은데 벌써 장터에는 김장용 배추와 무가 산더미처럼 쌓여 있었다. 도토리묵과 산나물을 파는 아낙, 더덕을 까는 노파, 아직도 찾는 사람이 있는지 검정 고무신 흰 고무신이 수레 가득 쌓여 있는데도 벌써 떨이를 외치는 목청 좋은 장사치…… 나무궤짝에 송이버섯이 한움큼 올려져 있는 것이 보였다. 근처에 다가가자 벌써 짙은 송이냄새가 코를 찔렀다. 나무궤짝 너머에 우두커니 앉아 있는 사내는 텁수룩한 머리칼에 얼굴을 뒤덮은 구레나룻과 수염까지 온 얼굴이 털투성이였고, 두터운 입술에는 담배가 타들어가고 있었으며, 곧고 긴 콧날이 불그레한 것이 벌써 술이라도 한잔 걸친 것처럼 보였다.

서울로 돌아가는 길에 송이나 좀 사다 회사사람들에게 나눠줄까 하는 생각으로 나는 그에게 다가가 값이 얼마나 하는지를 물었다. 그가 고개를 들어 나를 바라보았다. 그 사람과 눈이 마주친 순간 나는 깜짝 놀라 어, 하고 소리를 질렀다. 그 얼굴, 그 표정. 내가 그것을 잊을 리 없었다. 장수호, 대원광고기획 카피팀장이었다. 장선배! 내 목에서 비명처럼 새된 소리가 밀려나왔다. 나를 쳐다보는 그의 시선은 조금도 흔들리지 않았다. 웬일이냐, 이 산골 구석에? 그는 어제 만난 사람을 대하듯 범연하게 물었다. 목소리도 높이지 않았다. 난 여기…… 여행중에…… 내가 말을 잇지 못하자 그는 빙긋 웃었다. 우물쭈물하는 버릇은 여전하구나. 그는 나를 바라보던 시선을 거둬들이더니 궤짝 위에 놓여 있던 송이를 한꺼번에 신문지에 둘둘 말아 쌌다.

"가져가라. 너한테 돈 받겠냐?"

그는 나에게 그것을 내밀었다. 나는 얼결에 그것을 받아들었다. 그는 장사에 이골이 난 장꾼처럼 중얼거리며 일어섰다.

"니 덕분에 속시원히 떨이를 했구나."

그는 엉덩이와 바짓자락을 툭툭 털고 나서 궤짝 안을 뒤적거려 국방색 천조각을 꺼낸 다음 그것으로 능란하게 멜빵을 만들어 나무궤짝에 걸었다. 나는 그것이 무엇을 뜻하는 행위인지 알지 못한 채 그를 지켜보고 있었다. 그가 여기 장터에서 송이를 팔고 있다는 것이 믿어지지 않았다. 그와는 전혀 어울리지 않는 모습이었다. 그 사이에 그는 나무궤짝을 등에 짊어지더니 뒤도 돌아보지 않고 휘적휘적, 시장 안쪽을 향해 걸음을 옮겨놓기 시작했다. 나는 황급히 그 뒤를 따랐다. 내 눈에는 그가 도망을 가려는 것처럼 보였던 것이다. 나는 터무니없이 큰 목청으로 말했다. 장선배님, 이게 어떻게 된 일이에요? 그는 나에게는 시선 한번 주지 않고 서둘지 않는 걸음으로, 그러나 따라올 테면 오고 말 테면 말라는 식의 무심한 걸음으로 사람들이 붐비는 장터 안으로 걸어들어갔다. 우리 어디 가서 술이라도 한잔 해요. 이게 몇년 만입니까, 장선배님? 이렇게 헤어질 순 없잖아요. 나는 그의 팔을 붙들고 늘어졌다. 헤어지긴. 술도 좋고 밥도 좋다만, 우선 마누라 얼굴이나 보고 나서. 그는 여전히 발을 재게 놀리며 말했고, 나는 허둥지둥 그의 뒤를 따랐다.

난전이었다. 그릇전 옆에 잡화전이, 그 옆에 건어물전, 깨와 조와 찹쌀 따위를 파는 작은 잡곡전이, 그리고 또 바로 그 옆에는 채소전, 그 옆에는 차 옆구리에 천막을 치고 양복과 원피스 따위를 파는 사람…… 닭을 서너 마리 묶어놓고 앉아 있는 노파에, 반찬 몇가지를 늘어놓고 쪼그리고 앉아 있는 아낙, 망치와 펜치, 드라이버 따위의 연모들을 수레에 실어놓고 손님을 기다리는 젊은이…… 장수호가 걸음을 멈췄다. 난전 한가운데였다. 그가 큰 소리로 말했다. 난 떨이했어. 벌써요? 대꾸하며 일어서는 여자가 있었다. 사과궤짝 위에 더덕을 쌓아놓고, 과도로 더덕껍질을 벗겨가며 손님을 기다리던 여자였다.

"손님이 왔어. 누군지 알지, 당신도?"

수호가 말하자 그 여자는 머리에 둘렀던 노란 수건을 벗으며 나에게 고개를 숙였다. 검게 그은 얼굴, 아무렇게나 흘러내린 머리칼, 더덕을 까느라 젖은 손은 투박했다. 운동복바지에 푸른 스웨터를 걸친 그 여자가 바로 장수호의 아내 유영선이라는 것을 나는 어렵지 않게 알아보았다. 나는 얼른 허리를 굽혔다. 그녀는 환히 웃으며 물었다. 이렇게도 만나게 되네요. 그간 별고 없으셨어요? 나는 할말을 잃었다. 그녀 역시 너무도 아무렇지도 않은 얼굴, 평범한 이웃을 며칠 만에 다시 만나는 것 같은 심상한 얼굴이었다. 수호는 그녀에게 국밥집에 가 있을 테니까 이따가 와, 하고 말하고 다시 걷기 시작했다. 나는 유영선에게 뭐라 온전한 인사말도 건네지 못한 채 그 뒤를 따랐다.

장수호를 따라 들어선 집은 시골장터 부근에 흔한 국밥집이었다. 막걸리 좀 주쇼. 그가 외치자 방문이 열리고 한참 동안이나 부스럭거리는 소리가 난 다음에야 하품을 베어물며 덩치가 산만큼이나 되는 아낙 하나가 나타났다.

"장씨는 벌써 떨이했어?"

수호는 거침없이 대꾸했다.

"아따 장날인데 이 집구석은 어째 이리 한가해?"

"색시는 어떻게 하고 혼자 왔어? 아니, 손님이 오셨는가?"

아낙이 나를 빤히 쳐다보았다.

"마누라 아직 떨이가 멀었거든. 어서 막걸리나 좀 내와. 선짓국 좀 내오고."

"선짓국은 시간이 좀 걸리는데…… 장국밥부터 먼저 하지 그래, 장씨?"

"그러든지."

장꾼과 국밥집 주인의 수작은 한참 동안이나 이어졌고, 그런 그를 지켜보면서도 나는 여전히 충격을 가시지 못하고 있었다. 그가 바로 저 자신만만하던 카피팀장 장수호라는 것이, 서른댓의 약관에 골드카피를 수상한 사람이라는 것이 믿어지지 않았다.

장국밥을 뜨며 막걸리를 몇잔 주고받는 동안 나는 서울 소식을 이것저것 전했다. 누구는 아이를 낳고, 누구는 교통사고를 당하고, 누구는 결혼을 하고, 누구는 이혼을 하고, 누구는 독립하여 광고회사를 차렸고, 누구는 승진하여 팀장이 되고, 누구는 스카우트 몇번에 연봉이 얼마로 오르고, 누구는 쫓겨나고…… 내가 이혼을 했다는 얘기는 하지 않았다. 그는 건성건성 얘기를 들을 뿐, 별 말이 없었다. 술이 적당히 오르자 나는 마침내 묻고 싶었던 질문을 던졌다.

"서울을 어째서 그렇게 갑자기 떠난 겁니까?"

그의 대답은 너무나 간단했다. 그냥. 나는 다시 물었다. 그런데 어째서 지금 여기서 이 지경이 되어 송이를 팔고 더덕을 팔며 살고 있는 것인가? 이번에도 그의 대답은 간단했다. 먹고는 살아야 하니까. 재미도 있어. 송이 캐는 일이나 더덕 캐는 일이나.

"이런 일이나 하려고 서울을 떠났단 말이에요?"

내가 힐문하자 그는 대답했다.

"응. 좋아. 이렇게 사는 게."

나는 말문을 잃었다. 무슨 사연이 있는데 그가 감추는 것이 분명했다.

"장선배, 내가 아무리 힘없는 봉급쟁이라고는 해도 장선배 한사람 자리는 당장이라도 만들 수 있습니다. 서울로 돌아갑시다."

"난 거기 돌아갈 생각 없어."

'거기'라고 그는 말했다. 아무런 관심도 인연도 없는 것에 대해 말하듯. 나는 유영선이 저렇게 사는 게 속이 편한지 물었다. 그는 고개를 끄덕였다. 나도 편해. 마누라도 편하고. 건강해졌어, 옛날보다. 유영선이 몸이 약했던가? 그녀가 몸이 가냘팠다는 것은 사실이었으나, 몸이 약하다는 얘기를 들은 기억은 나지 않았다. 그렇다면 무슨 몹쓸 병에라도 걸린 것일까? 그것이 서울을 떠난 이유였을까?

"왜요? 왜 이렇게 사시는데요?"

"그냥 이게 좋다니까."

그는 웃었다. 아무렇지도 않은, 감출 것도 드러낼 것도 없는 자약한 웃음이었다. 나는 그를 이해할 수가 없었고, 답답했다. 무엇을 피하여 이런 곳에서 숨어사는 것일까?

"댁은 어디예요?"

"멀어. 산골짜기야."

"나도 거기 한번 가봅시다. 얼마나 좋은 덴지."

나는 그가 고개를 저으리라고 생각했다. 무엇인가로부터 도망하여 숨어사는 처지니까 어쩌면 그것은 당연한 일이었다. 그러나 뜻밖에도 그는 고개를 끄덕였다. 좋아. 마누라 장사 끝나면 같이 가지, 뭐. 그때까지 우린 술이나 마시며 기다리고.

긴장감, 그의 어조에서 긴장감이 사라져 있다는 것을 나는 느꼈다. 그는 더이상 5초, 3초, 1초, 10분의 1초, 20분의 1초…… 따위와 싸울 필요가 없을 것이다. 그런 그를 멀거니 쳐다보다가, 나는 처음으로 그가 지금도 여전히 자신있고 당당하게 살아가는지도 모른다는 생각이 들었다. 그는 지금 만족하고 있는 것 같았다. 저 광고회사의 카피팀장이었을 때와 다름없이. 그러나 어떻게 이런 생활에 만족할 수 있는 것일까? 나는 그의 이상한 아파트와 거실을 가득 메우고 있던 거대한 나무들을 떠올렸고, 그날 새벽 그들 부부의 뜨거운 정사를 떠올렸다. 그렇다. 그는 서울 한복판의 아파트에서도 그렇게 괴상하게 살 수 있었던 사람이다. 그러니까 지금도 깊은 산골짜기에서 그렇게 괴상하게 살고 있을지 모른다.

그러나 어째서? 송이장사라니! 더덕장사라니!

8

유영선은 오래지 않아 국밥집에 들어섰다. 남은 더덕을 어떤 음식점에 한꺼번에 갖다주고 왔다고 했다. 그녀는 국밥집 주인 아낙과 형님 동생 하며 인사를 주고받으며 주방으로 들어가 세수를 하고 수건으로 얼굴의 물기를 닦으며 우리 앞에 마주앉았다. 그녀는 나와 장수호가 주는 대로 막걸리를 받아 마시며, 음 맛있다를 연발했다. 비록 볕에 그은 얼굴에 손은 투박하고 거칠었으나, 그녀의 얼굴은 밝고 쾌활했으며, 그녀의 웃음은 아름답고 싱싱했다. 무엇이 고등학교도 졸업하지 못한 영선을, 지금은 장바닥에 나와앉아 더덕이나 까고 살면서도 이렇게 맑고 아름답게 만든 것일까? 나를 떠날 무렵의 아내의 얼굴이 생각났다. 탐욕과 욕구불만과 적의와 불안감과 초조와 자의식으로 갈가리 찢긴 어둡고 앙칼진 얼굴, 무엇이 내 아내를 그렇게 만든 것일까? 하기야 나 역시 그녀가 보기에는 마찬가지였을 것이다. 나는 장꾼이 된 그들 부부가 아니라 여전히 서울에서 잘 먹고 잘사는 그들 부부와, 여전히 가진 것 없고 아는 것 없는 가난뱅이 신입사원으로서 마주앉아 있는 것 같은 기분이 들었다. 당당한 장꾼 부부 앞에서 나는 옛날과 마찬가지로 주눅이 들었다. 아이는 몇이나 낳았어요? 영선이 물었을 때 나는 대답했다.

"나 이혼했어요."

잠시 수호와 영선 부부가 나를 빤히 쳐다보다가 농담이라고 생각한 듯 웃었다. 나는 다시 말했다. 정말이에요. 이혼했다니까요. 가정법원에서 나온 이튿날 서울을 떠나온 겁니다. 차마 가정법원에서 나온 바로 그날, 아내와 아이들이 떠난 빈 아파트에 정부(情婦)를 불러들여 술을 마시고 질펀하게 정사를 벌였다는 얘기까지 털어놓을 수는 없었다. 왜 이혼을 했느냐구요? 왜냐하면…… 글쎄, 우리는 왜 이혼을 했을까? 나는 심리적으로 자꾸만 수호 부부에게 의지하려는 자신을 발견했다. 이해할 수 없는 일이었다. 이들은 이미 내가 의지할 수 있는 그런 존재가 아니었다. 나는 그런 자신을 자제하기 위해 거듭 술잔을 비웠다.

술은 짙고 달았고, 산촌의 밤은 가차없이 깊어갔다. 형님, 그때 생각나요? 우리 부부랑 형님 부부랑 음식점에서 나와 택시를 잡으러 길로 나가다 말고 갑자기 형님이 나한테 뭐라고 했는지 알아요? 씨이발 좆같다, 그랬어요. 씨이발, 좆같다. 세월이 그렇게 흘렀는데 여전히 마찬가지네요. 씨이발, 좆같아요. 이십평짜리 전셋집에서 사십오평짜리 고층아파트로 집을 옮겼는데도 여전히 씨이발 좆같아요. 말이 좋아 스카우트지 몸값 받고 팔려다니기 두 번에 연봉이 일억 오천이 됐는데도 여전히 씨이발 좆이에요. 수호가 말했다. 너 공작금 많이 받아먹고 사는구나. 수호 부부가 웃어댔고, 나도 덩달아 따라 웃었다. 형님, 그 나무들은 다 어떻게 됐습니까? 형님댁 거실의 화분, 그 나무들. 그걸 가지고 다니겠냐? 아파트 뜰에다 옮겨 심고 왔지.

수호가 나에게 송이를 내놓으라고 말했다. 내가 송이를 내주자 그는 국밥집 아낙과 흥정을 하여 그 송이로 술값을 지불했다. 내가 술값을 내겠다고 나섰으나, 그는 그 특유의 힘이 실린 눈빛으로 나를 막았고, 나는 신입사원처럼 물러났다. 그런 눈빛으로 나 같은 사람 정도는 막을 수 있을지 모른다. 그러나 이 세상을 막아낼 수도 있을까?

내가 국밥집에서 나왔을 때 수호는 소달구지 옆에 서 있었다. 요즘도 이런 물건이 다닌다는 것이 신기했다.

"우리집에 갈 생각이면 거기 올라타라."

나는 이게 형님 자가용입니까, 하고 큰소리로 웃어댔다. 싸늘한 산촌의 밤공기 속에서 내 웃음소리가 공허하게 메아리쳤다. 나는 감자자루와 쌀자루 옆에 누웠다. 별들이 쏟아져내릴 듯 가득한 하늘이 눈에 들어왔다. 뭔가가 그리워야 하는데, 하는 생각이 들었다. 그러나 아무것도 그립지 않았다. 아내가 원망스럽고 아이들이 걱정스러울 뿐이었다. 내 가슴을 뚫고 산골의 바람이 횅, 지나갔다. 나는 부르르 몸서리를 치며 시선을 하늘에서 거둬들이고 몸을 잔뜩 웅크렸다. 이미 취할 대로 취한 형편이었는데도 내 몸은 다시 술을 요구하고 있었다.

영선이 옆에 올라와 앉았다. 수호는 고삐를 잡고 달구지 앞쪽에 자리를 잡았다. 이려, 이려. 가자, 견우 이놈아. 그는 능란하게 소를 몰았다. 삐걱이는 소리와 함께 달구지가 움직이기 시작했다. 길 모퉁이에 아직 문을 열어놓은 편의점이 있었다. 잠깐만요. 나는 달구지에서 뛰어내려 캄캄한 거리를 달려갔다. 취기다, 이것은. 나는 눈물을 훔치며 중얼거렸다. 여섯 개 포장의 깡통맥주를 둘 사 들고 나는 달구지로 돌아왔다. 수호에게 깡통맥주를 건네며 나는 음주운전 좀 해보쇼, 하고 소리치고 또다시 큰소리로 웃어댔다. 취기로 가득한 머릿속이 우렁우렁 울렸다. 나는 차디찬 맥주를 그 머릿속에 들이부었다.

깜빡 졸았던가. 귓전에 여전히 달구지 삐걱거리는 소리가 들리고, 이려! 소 모는 소리가 들리고, 소가 똥이라도 싼 것일까, 소똥냄새가 언뜻 코를 스치고, 내 몸이 아무렇게나 흔들리는 것이 느껴지고……
나는 눈을 떴다. 여기는 어디일까. 나는 어디쯤 가고 있는 것일까. 나
는 정신을 차려 사방을 둘러보았다. 어둠, 사방이 깊은 어둠속에 잠겨
있었다. 완벽한 어둠, 빛이라고는 바늘끝만큼도 보이지 않았다. 어둠,
도시에서는 결코 한순간도 볼 수 없는 완벽한 어둠이 부피를 지닌 물
체처럼 온 천지를 빽빽하게 채우고 있었고, 소는 물론이요 소를 몰고
있을 수호도, 바로 코앞에 쪼그리고 앉아 있을 영선도 기척뿐, 모습은
보이지 않았다. 구름이 낀 것일까. 하늘 가득 빛나던 별도 어느새 어
둠속으로 숨어 보이지 않았다. 어둠, 천지에 가득 어둠의 물결이 넘실
거렸고, 달구지는 그 어둠속으로 끄떡끄떡 걸어들어가고 있었고, 다
리를 건너는 것일까, 물소리가 서늘하게 귓전을 적셨다. 물속의 자갈
들이 훤히 보이는 듯, 물고기가 튀어오르는 것이 보이는 듯 물소리는
맑고 찼다.

"형님, 길이 보입니까?"

내가 묻자 수호의 대답이 어둠속에서 넘어왔다.

"눈감고도 간다. 걱정 말고 잠이나 더 자라."

나는 다시 그에게 물었다.

"형님, 이제 말씀 좀 해보세요. 어떻게 된 겁니까?"

"어떻게 된 거 아무것도 없다."

나는 문득 그들의 서울 집을 상기했다. 집안에 아이는 없고…… 나
무들만이 가득했다. 나무들, 소나무, 사과나무, 감나무, 단풍나
무…… 청설모가 뛰어다니고 뱀이 교미를 하고…… 그들은 이제 산
속에서 그처럼 거침없이 소리 지르고 외치며 짐승처럼 교미를 할 것
이다. 어떻게 된 건 이미 그때부터였는지도 모른다. 나는 달구지의 흔
들림에 몸을 맡기고 멍하니 어둠을 넘겨다보았다. 어둠은 기이하게

머릿속을 비워갔다. 이혼도 아이들 걱정도…… 그 어둠 저편으로 멀어져간 듯했다. 천지가 어둠에 덮여 있는데도 멀리 산의 능선은 조각도로 오려놓은 듯 선명했다. 어딘가에서 빛이 스며들어오고 있다는 것을 뜻했다. 이 어둠속으로, 어딘가 보이지 않는 곳에서, 광원(光源)은 보이지 않고 그것이 내는 빛만이 흘러나오는 것이다.

"괜시리 서울을 떠나 이렇게 사시는 건 아닐 거 아닙니까. 무슨 동기나 계기가 없다면 이럴 리가 있어요?"

나는 그의 대답을 기다리다가 다시 달구지 바닥에 몸을 웅크리고 누워 눈을 감았다. 눈을 뜨나 감으나 한가지였다. 어둠, 어둠속으로 나는 끝없이 흘러들어가고 있었고, 달구지는 삐걱거렸고, 물소리는 끊겼다 이어지고, 그랬다가는 어느새 멀리 어둠 너머로 사라져버렸고, 나는 수호의 대답을 들어야 한다고 생각하면서도, 일순 그가 과연 소를 몰고 있기나 한 것인지 의심스러워졌고, 소가 가는 대로, 어둠이 이끄는 대로 끝도 없이, 밤이 새도록 가고 가는 것은 아닐까, 막연히 두려운 한편 알 수 없는 자포적(自暴的) 기대로 설레기도 했으며…… 나는 잠과 취기 속으로 혼곤히 빠져들어갔다.

눈을 떴을 때 나는 무수한 별들이 반짝이며 하늘을 흘러가는 것을 보았다. 별들은 어둠의 바닷속을 떠도는 물고기떼처럼 서서히 유영하며, 어둠에 길게 빛의 꼬리를 남기며 하늘을 가로질렀다. 나는 말을 잊은 채 숨을 죽이고 그것을 지켜보다가 그것이 사라진 다음에야 비로소 겨우 입을 열었다. 선배님, 그거 봤어요? 형수님, 보셨어요? 그거, 별들, 지금 하늘에…… 영선은 잠이 든 것일까, 대답이 없었다. 수호도 대답하지 않았다. 나는 아직도 가슴이 두근거리고 그 아름다운 광경이 눈앞에 선한데, 수호는 엉뚱하게 맥주나 하나 달라고 말했다. 그가 맥주를 들이켜는 소리가 들렸다.

"끝내 얘기 안하실 겁니까?"

그는 중얼거렸다. 글쎄…… 할 얘기가 없는데 무슨 얘기를 하나…… 나는 일어나 앉아 맥주깡통을 땄다.

"산속에 들어와 게릴라를 양성하는 것도 아니고, 뭐 하는 거냐구요."

그의 음성이 넘어온 것은 내가 천천히 맥주깡통을 다 비웠을 무렵이었다.

"버리기로 한 것뿐이야."

버리다니? 뭘 버린다는 것인가?

"세상을."

세상을 버린다…… 그럴 수도 있는 것일까. 세상을 도대체 어떻게 버려요? 이건 도피에 지나지 않아요. 도피도 세상을 살아가는 한가지 방식에 불과해요. 어차피 형님은 송이를 따고 더덕을 캐서 팔아야 먹고살 수가 있잖아요. 내가 추궁했으나 그는 대답하지 않았다. 삐걱삐걱, 달구지가 흔들렸다.

젠장, 세상을 버려야 할 사람이 있다면 그것은 바로 나였다. 그가 무엇이 아쉬워 세상을 버린단 말인가. 아름다운 아내에 좋은 직장에…… 새삼스럽게 갈증이 치밀었고…… 아이들 얼굴이 눈앞에 떠올랐다. 지금쯤 잠이 들었을까. 가게 구석방에서 담요조각이나 덮고 누워 자다가, 아직까지 나처럼 술을 퍼마시는 술꾼들의 주정이나 싸움박질에 잠이 깨어 칭얼거리는 것은 아닐까. 좋은 직장이 아니었다. 날밤을 새우는 것이 예사였고, 식구들과 오붓한 시간을 보낸다는 것은 불가능했다. 아내의 불만 혹은 탐욕은 어쩌면 그것으로부터 비롯된 것인지도 모른다. 이 좋은 세상을 왜 버립니까? '좋은 차 좋은 세상', 그거 선배님이 만든 카피 아닙니까. '좋은 차 좋은 세상'은 그의

156

명성을 높인 작품 가운데 하나였다. 그는 길게 한숨을 내쉬더니 같은 말을 반복했다. 버리기로 했어. 세상 가는 꼴이 마음에 안 들어 거기 매달려 살지 않기로 했어.

"세상이 주는 공작금 받기 싫다, 이겁니까?"

수호는 작은 소리로 웃을 뿐이었다.

"선배님은 여전히 맑스주의잔가요?"

그렇게 물은 다음 나는 덧붙였다.

"타락한?"

그가 또 덧붙였다.

"괴상한."

"불영사 앞에 그 자작나무가 선배님한테 들려준 얘기가 그런 거였습니까?"

"그 나무는 하나도 특별할 것 없었어. 모든 나무들이 얘기를 하니까."

모든 나무들이 얘기를 한다? 그는 그럼, 하고 단언했다.

"그 얘기를 다 알아들어요, 선배님은?"

"넌 내 얘기 다 알아듣냐? 나무들하고도 마찬가지야. 알아듣기도 하고 못 알아듣기도 하고."

그때 어둠속에서 영선의 음성이 들려왔다. 그녀는 마치 깊고 오랜 정사라도 치르는 듯 축축한 음성이었다.

"아, 젖이 너무 많이 나와요."

젖이라니? 장수호가 말했다.

"참, 우리 애기 생겼다. 아들놈은 벌써 다섯살이다. 하나는 아직 젖먹이고. 이려, 어서 가자, 견우야. 새끼가 우릴 기다린다."

9

다 왔다. 그가 달구지를 세웠다. 주인이 돌아오는 기미를 알아챈 것
일까. 개가 먼저 뛰쳐나와 짖어댔다. 영선이 먼저 달구지에서 내려 젖
가슴을 부여안고 허겁지겁 안으로 달려들어갔다. 어린 사내아이 하나
가 손전등을 쥐고 숨을 몰아쉬며 달려나왔다. 수호가 말했다. 준아,
인사드려라. 아빠 친구다. 아이는 고개를 숙여 인사했다. 안녕하세요.
산골에서만 자라 수줍은 것인지 아이는 얼른 아비의 뒤로 숨어 이쪽
을 넘겨다보았다. 수호는 감자자루는 짊어지고 쌀자루는 손에 들고
비탈길을 느릿느릿 걸어올랐고, 그 뒤를 아이가 따르고, 내가 따랐다.
　영선이 아기에게 젖을 물린 채 마루 끝에 서 있는 것이 보였다. 옛
날에 고향마을에서 흔히 볼 수 있던 농가, 흔히 볼 수 있던 광경이었
다. 처마끝에 알전구가 매달려 어둠을 밝혔고, 개는 이리 뛰고 저리
뛰며 마당을 헤집고 다녔으며, 아이는 어느새 그 개를 쫓고 있었다.
영선이 젖을 물리고 있었으므로 나는 가까이 다가가 갓난아기를 볼
수가 없었다. 나에게는 젖을 물린 여자의 모습이 낯설었다. 옛날과는
달리 요즘은 거의 볼 수 없는 광경이었으니까.
　사방에 나무들이 빽빽이 들어차 있었다. 나무들, 나뭇잎들 냄새가
대기중에 가득했다. 어디선가 물이 흐르는 소리가 들렸다. 저 물 참
맑다. 저 물 먹고 산다. 겨울이면 따스하고 여름이면 시원하고. 수호
가 산골사람처럼 물자랑을 했다. 저 산꼭대기 부근에 샘이 있는데, 거
긴 고라니랑 야생 염소가 왔다갔다해.
　"고라니랑 염소가요, 마당에까지 와서 나랑 놀아요. 염소 똥이 콩
하고 똑같이 생겼는데요, 우리 강아지가 그 똥을 콩인 줄 알고 막 먹

으려고 해요."

준이가 수줍어하면서도 자랑했다. 수호와 영선이 웃어댔다. 어서 들어가세요. 영선이 방문을 밀었다. 수호가 물었다. 술 더 할래? 더덕 술 있다.

허리를 굽히고 들어가야 하는 낮은 방문을 들어서자 방구석 한쪽 귀퉁이에 엉뚱하게 토마스 모어와 끄로뽀뜨낀과 쌀바도르 아옌데의 사진이 사진틀도 없이 나란히 붙어 있었다. 그것은 기묘한 조합이었다. 방에는 가구라고는 앉은뱅이책상 하나와 반닫이 하나뿐이었다. 접힌 이부자리와 베개가 반닫이 위에 올려져 있었다. 컴퓨터는 물론 텔레비전도 없었다. 거기 붙은 벽시계를 보고 나는 놀랐다. 한밤중인 줄만 알았는데, 겨우 열한시 반이었다. 버리고 나니까 좋습니까? 내가 물었다. 네, 하고 대답한 것은 영선이었다. 나는 설명을 기다렸으나 그녀는 젖을 빠는 아기에게 열중하고 있었다.

잠시 후 그녀가 내온 술상에는 감자와 버섯, 더덕, 그리고 산나물들이 놓여 있었다. 준이가 술상 앞으로 다가와 감자를 집어 입으로 가져갔다. 나는 아이의 손을 보고 소스라쳤다. 가슴이 덜컥 내려앉았다. 아이의 손, 그것은 손이 아니라 단풍잎, 초록색의 단풍잎이었다. 아이는 그 손으로 아무렇지도 않게 에미의 옷자락에 매달리고 아기의 뺨을 간질이고 젓가락질을 했다. 나는 수호와 영선을 번갈아 쳐다보았으나, 그들은 원래 아이들의 손이란 그런 것이라는 듯 너무나 태연했다. 나는 내 눈이 잘못된 것은 아닌지 몇번이나 확인했으나, 아이의 손은 양쪽 손 모두 틀림없는 단풍잎이었다. 나는 이번에는 영선이 안고 있는 아기를 돌아보았고, 다시 한번 충격을 받았다. 아기의 손가락은 덩굴, 나팔꽃 같은 식물의 연록색 덩굴손이었다. 아이의 손목에서 스프링같이 돌돌 말린 덩굴손이 하나, 둘, 셋, 넷, 다섯 가닥 뻗어나와 에미 손가락에 매달리고 제 눈을 비벼댔다. 나는 수호에게 말했다. 아이들 손이…… 수호도 영선도 말없이 웃을 뿐이었다.

이상한 일이었다. 그 아이들을, 그 손을 본 순간 나는 나의 아이들이 생각났고, 당장 보고 싶어 안달이 났다. 당장 아이들을 내 곁에 데려다줘야 한다는 생각으로 마음 편히 앉아 있을 수가 없을 지경이었다. 밤새도록 술을 마셨으나, 내 생각은 내내 아이들에게, 나의 아이들에게 가 있었다.

날이 밝자마자 나는 길을 나섰다. 수호가 데려다주겠다고 했으나, 나는 굳이 뿌리치고 그의 집을 나섰다. 당장 정선읍내로 내려가서 차를 몰고 광주로 갈 생각이었다. 매일 아침 아이들을 놀이방에 맡기고 출근을 해야 한다 할지라도, 애 보아주는 사람을 따로 고용하는 한이 있더라도 아이들을 내 곁에 둬야 한다는 생각이 나를 압박했다. 알 수 없이 초조해져서 나는 진땀까지 흘리며 분주히 걸음을 재촉했다.

중턱쯤 내려왔을 때 나는 자전거를 타고 산길을 올라오는 경찰관을 한사람 만났다. 나는 그에게 이 길이 산을 내려가는 길이 맞는지 확인했다. 그 경찰은 맞다고 대답하고 나서 잠시 뭔가를 망설이는 듯 나를 쳐다보았다. 내가 걸음을 옮기기 시작하자 그는 돌연 눈에 날을 세우고 뚜벅, 물었다.

"어디에 왔다 가는 길이십니까?"

그의 모자에 붙은 모든 금속장식들이 햇빛을 받아 번쩍거렸다. 나는 선배네 집에 왔다 가는 길이라고 대답했다. 그는

"장수호 유영선이네 집?"

하고 물으며 나를 위아래로 훑어보았다. 나는 그렇다고 대답했다.

"무슨 일로?"

그는 반말이었다. 나는 도전적으로 대답했다.

160

"놀러요."

"무슨 선밴데?"

굳이 대답할 필요가 없다고 생각하면서도, 대답을 거부할 수도 있다는 것을 알면서도 나는 그의 질문마다 꼬박꼬박 대답하고 있었다. 나는 그런 나 자신이 못마땅했으나 그의 질문이 나오면 나의 의지와는 거의 상관없이 내 입이 열리고 대답이 나왔다. 내 입은 내 것이 아니라 그의 입인 것 같았다.

"직장 선배요."

"무슨 직장?"

왜일까? 무엇이 내 속에서 저절로 대답을 만들어내고 대답하게 하는 것일까? 이 산길에서 우연히 마주친 낯선 사람이 이런 식으로 질문을 한다면 내가 이처럼 고분고분 대답을 하고 있을 리 없었다.

"대원기획이오."

그는 모자를 벗어 이마의 땀을 닦고 다시 썼다.

"뭐 하는 회산데?"

나는 기계 같았다. 그가 단추를 조작하면 나는 작동했다.

"광고회사요."

"신분증 좀 내놔보쇼."

그가 손을 내밀었다. 나는 운전면허증을 꺼내 주었다. 그는 푸른색 제복 주머니에서 수첩을 꺼내 꼼꼼하게 내 주민등록번호와 주소와 이름을 적어넣었다.

"여긴 언제 왔어요?"

나는 어젯밤에 왔다고 대답했다.

"몇시에?"

나는 수호의 방에 걸려 있던 벽시계를 떠올리며 정확한 시각을 또 대답했다. 그는 내 대답 하나하나를 수첩에 써넣고 나서 나를 곁눈질로 쳐다보며 혼잣말하듯 중얼거렸다.

"무슨 일로 갑자기 여기까지 선배를 보러 왔을까? 무슨 큰일이라도 있었나?"

나는 이건 정확히 질문은 아니니까 대답하지 않아도 무방하다고 생각했다. 내가 대답하지 않자 그는 다시 물었다.

"무슨 일로 여기까지 왔어?"

나는 오랜만에 어제 정선장터에서 우연히 만났다고 대답했다. 그는 믿지 않는 기색이 역연했다. 그런 기색을 감추려고도 하지 않았다.

"그것 참 굉장한 우연이네. 그건 뭐요?"

그가 고갯짓으로 내가 손에 들고 있는 비닐주머니를 가리켰다. 영선이 싸준 송이와 더덕, 간밤에 마시다 남은 더덕술이었다.

"봅시다, 좀."

그는 비닐주머니를 열어 안의 물건들을 확인했고, 나는 그것을 지켜보았다. 그는 무례했고 나는 무력했다. 제복, 내가 거역하지 못하는 것은 그의 제복이라는 것을 나는 깨달았다. 그는 수첩을 주머니에 넣으며 말했다. 기분 나빠하지 마쇼. 댁은 선배 잘못 둔 탓이라도 있다지만, 나야 이거 무슨 죄요? 그런 사람들이 하필이면 이런 데로 들어오는 바람에 허구한 날 여기까지 오르락내리락…… 젠장. 다른 데로 이사 좀 가라고 권해보쇼. 조금만 더 내려가면 콘크리트 포장길이 나올 거요. 그는 자전거를 끌고 산길을 올라가기 시작했다.

터덜터덜 산길을 내려가다 말고 나는 그늘에 주저앉았다. 슬픔, 원인을 알 수 없는 슬픔으로 눈앞이 뿌옇게 흐려졌다. 나 자신에 대한 혐오감으로 내 몸이 징그러웠다. 공기의 밀도가 갑자기 수십배 수백배가 높아져 몸이 짓눌리는 것만 같았다. 공기 속에 쇳조각들이 가득 들어차 순간마다 몸 이곳저곳을 베고 들어오는 것 같았다. 나는 장수호가 이 깊은 산골까지 들어온 까닭을 막연하게나마 처음으로 이해할 수 있을 것 같았다. 도피냐 아니냐 따위는 더이상 아무 상관이 없었다. 그가 더 깊이 더 멀리 들어갈 수 없다는 것이 안타깝고, 그는 세상을 버리고자 하지만 세상은 끝내 그를 놓아주지 않는다는 것이 안타까웠다.

〔창작과비평 2000년 겨울호〕

포
로
와
꽃
게

ㄴ

포로와 꽃게

1. 대통령의 임신

대통령이, 그의 젊은 아내가 아니라 대통령 자신이 임신을 했다는 소문이 떠돌기 시작한 것이 그 무렵이었다. 일간신문의 만평마다 배가 불룩한 대통령이 등장했고, 텔레비전의 뉴스 시간에는 어떻게든 대통령의 모습을, 특히 배를 부각시켜, 한번이라도 더 잡기 위해 안간힘을 다한 카메라 기자의 노력이 돋보이는 화면이 시청률 경쟁의 가장 중요한 요건이 되었으며, 국회에서는 야당이 대통령의 성(性)이 바뀌었다면 과연 그가 대통령선거 당시 국민이 선출한 사람과 동일인인지 아닌지를 법적으로, 의학적으로, 또는 성적(性的)으로 추궁해야 한다고 주장했고, 사람들은 전철에서, 직장에서, 술집에서, 집에서 대통령이 과연 아들을 낳을 것인지 딸을 낳을 것인지를 놓고 흥미진진한 추측과 농담과, 더러는 염증이나 걱정을 주고받았다.

2. 좌파

하루종일 비가 쏟아졌다. 까페 샤먼의 홀 안에는 습기가 가득했고, 중앙에 놓인 그랜드피아노의 현에는 아무도 모르는 사이에 녹이 슬어 갔으며, 연주된 적이 거의 없는 그 피아노가 머금은 육중한 침묵에도 녹이 슬어갔다. 홀 안은 거의 텅 비어 있었다. 차를 마시는 두 사람의 젊은 남녀. 창가에 앉아 얘기도 나누지 않은 채로 하염없이 비가 쏟아지는 거리를 내다보고 있는 한쌍의, 나이가 어울리지 않은 늙은 여자와 젊은 남자. 맥주병을 하나 앞에 놓고서도 맥주를 마시는 것이 아니라 독서삼매에 빠진 중년의 남자 한사람. 저녁 여섯시에 낮당번 경석을 퇴근시키고 내가 교대한 이래 드나든 손님은 다섯. 맥주 여섯 병, 마른안주 하나. 그리고 커피와 오렌지주스 한잔씩. 커다란 통창 너머 거리에서는 온갖 술집들의 조명과 광고간판들이 발악하듯 자극적으로 울긋불긋 번쩍거리고 있었고, 성장(盛裝)한 여자들이, 술꾼들이, 그들 사이로 곡예처럼 아슬아슬하게 빠져나가는 커다란 차들이 뒤엉켜 소용돌이치고 있었다. 네모난 콘크리트 건물들, 네모난 간판들, 조각난 거리, 조각난 하늘, 빗줄기는 직각으로 떨어지고, 나뭇잎들은 흙색으로 젖어들었다. 늙은 여자와 젊은 남자가 다가와 커피값을 지불하고 나갔다. 출입문이 여닫히는 잠깐 사이, 거리의 소용돌이가 휩쓸려 들어오다가 잘려 나갔다. 다시 정적이 홀 안에 가득 출렁거렸다. 작게, 요요마의 첼로가 깔리고 있었으나, 긴 휴지(休止), 나직한 한숨, 정적은 오히려 더 깊고 축축해졌다.

"야."

그 정적을 깨뜨린 것은 거칠고 탁한 외침이었다. 상스럽고 오만한 어조, 독서삼매에 빠져 있던 중년의 남자였다. 내가 고개를 들자 그는 내 얼굴은 쳐다보지도 않은 채 손짓을 했다. 나는 그에게 다가갔다. 그가 책에서 눈을 떼지 않은 채 말했다. 맥주 하나 더. 나는 그가 읽는 책을 흘끗 넘겨다보았다. 조잡한 장정, 제목은 '인생에서 최고를 얻는 법'. 그의 독서삼매는, 그의 어조와 마찬가지로, 내가 추측했던 것과는 달랐다. 고급 양복에 흰 와이셔츠, 붉은 넥타이의 옷차림 속에 감춰진 그의 몸뚱이 역시 나의 짐작과는 다를 것이다. 어쩌면 그 멋진 양복 속에 감춰져 있는 것은 시궁쥐처럼 오동통하지만 그럴수록 혐오스럽고 징그러운 몸뚱이인지도 모른다.

까페 샤먼, 경양식과 차와 주스 따위 음료수와 술을 파는 곳이다. 나는 저녁 여섯시부터 새벽 두시까지 밤당번, 아침 열한시부터 여섯시까지는 낮당번 경석이 일한다. 까페의 주인 김명순은 아마도 삼십대 후반, 어쩌면 사십대인지도 모른다. 하지만 굉장히 예쁘다. 거리에서 마주치는 거의 모든 사람들이, 남녀를 막론하고, 다시 한번 돌아볼 만큼. 체구는 작고 호리호리하지만, 가슴과 엉덩이는 크고 탄탄하다. 가끔 색동저고리를 입고 출근하는데, 그런 때면 그녀는 갓스물난 새색시 같아 보인다. 마음씨도 착하다. 나는 그녀에게 가불을 청하여 한번도 거절당해본 적이 없다. 사실 나는 벌써 다섯달치 봉급을 가불받아 써버렸다. 그런데도 그녀는 봉급날이면 나에게 봉급액의 팔십 퍼센트를 내준다. 그런 식으로 제해나간다면 내가 가불한 돈을 모두 갚는 데에는 2년 이상이 걸릴 것이요, 그때까지 내가 여기 붙어 있으리라는 보장이 없다는 것을 그녀 자신 잘 알면서도, 그녀는 재촉도 하지 않고 야박한 소리도 하지 않는다.

그녀의 가게 출입은 불규칙하고 자유롭다. 그녀가 없을 때는 낮에는 낮당번이, 밤에는 내가 금전등록기를 지킨다. 그녀는 전적으로 경석과 나를 믿는 것이 분명하다. 만일 내가 금전등록기에서 돈을 훔쳐내도 그녀는 전혀 의심하지 않을 것이다. 하기야 그 금전등록기에 탐이 날 정도의 목돈이 쌓이는 일이란 거의 없기도 하지만. 몇푼 되지 않는 돈을 훔쳐내기 위해 언제든 가불을 청하기만 하면 돈을 얻을 수 있는 믿음직한 직장을 떠난다는 것은 어리석은 짓이다. 실상 그녀는 나에게 금전등록기만이 아니라 가게를 통째로 맡긴 것과 다름없다. 나는 가게 열쇠뿐만 아니라 술창고 열쇠까지 가지고 있다. 하지만 가끔 술을 두어 병 가져다 마시는 것 이상의 절도행위는 하지 않는다. 내 봉급은 이런 일자리치고는 괜찮은 편이다. 혼자 살아가는 데에는 크게 불편하지 않다. 나는 적어도 지금은 더이상 바라는 것이 없다.

까페 샤먼은 계속해서 손해를 보는 중이다. 장사가 되지 않는다. 거리에는 물론이요, 근처의 다른 술집들, 룸살롱이라거나 단란주점이라거나 나이트클럽, 락까페 같은 곳에는 늘 사람들이 들끓으며 흥청거리지만, 이곳은 거의 항상 탁자 두엇에 손님이 띄엄띄엄 앉아 있다가 차나 음료수, 기껏해야 맥주 몇병을 마시고 떠날 뿐이다. 나 역시 이곳에 일자리를 얻기 전, 그러니까 아직 대학에 다닐 때에, 자주는 아니지만 몇번, 친구들과 어울려 이 동네로 술을 마시러 온 적이 있었는데, 그때는 이런 까페가 존재한다는 것도 알지 못했다. 늘 락까페나 나이트클럽, 아니면 생맥주집 같은 곳을 드나들었을 뿐이다. 그러나 김명순은 벌써 십년 가까이 이 자리를 지키고 있다고 한다.

내 주거지는 까페 주방 뒤쪽의 골방이다. 비좁지만 그곳은 소중한 나의 영토, 나의 나라다. 앉은뱅이 책상 위에 놓인 노트북 컴퓨터, 그것은, 비록 복제된 세계이기는 하지만, 내가 이 골방을 벗어나 거대한, 무한에 가까운 세계로 출입하는 통로다. 새벽 두시에 가게 문을 닫고 골방으로 들어가면 나는 컴퓨터를 켜고 저 복제된 세계에 접속

한다. 낯선 여자와 대통령의 임신에 관하여 터무니없는 헛소리를 주고받고, 몹시도 진지한 자들과 미군철수와 한미행정협정의 개정 문제를 놓고 토론을 벌이고, 보스턴의 고등학생에게 여자친구의 임신에 대한 카운슬링을 해주고, 가끔은 스타크래프트나 타이베리언선 따위의 전자오락을 하다가, 이내 포르노 싸이트로 들어가 여자들의 벌거벗은 살덩이 속을 헤매고 다니며, 휴학한 대학의 홈페이지에 들어가 친구들의 성적을 훔쳐보기도 하고, 병무청의 홈페이지에 침입하여 근엄한 대통령 사진 옆에는 누드 사진을, 엄숙한 병무청장의 사진 옆에는 흰둥이와 검둥이가 그짓을 벌이는 사진을 남겨두고, 해커들의 뉴스그룹에 접속하여 해킹 프로그램이나 해킹 교과서를 내려받는다. 날이 훤히 밝아온 다음에야 나는 접속을 끊고 잠자리에 든다.

할일이 없었으므로, 나는 골방에 들어가 교대하기 직전까지 붙들고 있던 노트북 컴퓨터를 들고 나왔다. '어바우브 앤 비욘드'라는 일정관리 소프트웨어가 있다. 쉐어웨어로 배포되는 그 소프트웨어는 처음 한달 동안은 아무런 제한도 없이 작동하다가, 돈을 지불하고 그 소프트웨어를 구입하여 이름과 등록번호를 기록해넣지 않는 한, 한달이 지나면 가차없이 작동을 중단한다. 소프트웨어 장사치들이 흔히 쓰는 수법이다. 나는 이틀 전부터 그 한달이라는 시한을 무력화하기 위한 패치를 만드는 중이었다. 물론 해커들의 홈페이지를 찾아가면 패치 프로그램이 틀림없이 있을 테지만 이번에는 내가 직접 좀더 완벽한 패치를 만들어보고 싶었다. 앞으로 두어 시간이면 작업을 끝낼 수 있을 것 같았다. 나는 컴퓨터를 카운터 밑의 탁자에 올려놓고 작업에 매달렸다.

김명순이 까페에 들어서자 나는 앉은 채로 고개를 꾸벅 숙였다. 이제 오세요, 누나? 그녀는 컴퓨터 화면을 들여다보더니 내 어깨를 다

독이며 물었다. 이번엔 뭘 깨는 거야, 좌파? 그녀는 가끔 나를 좌파라고 부른다. 내가 좌익이라는 뜻은 아니다. 카피레프트, 우리말로 하자면 저작권 좌파 정도의 뜻이라고나 해야 할까. 저작권 좌파란 기껏해야 소프트웨어 한두 개 만든 주제에 떼돈을 번 것만으로 감지덕지하는 것이 아니라 감히 세계를 지배하려는 야심까지 품기를 주저하지 않는 빌 게이츠 같은 장사꾼들에 반발하여 모든 소프트웨어의 소스를 무료로 공개하고, 누구나 자유롭게 사용하고, 능력만 있으면 그 기능을 개선하고 배포할 수 있도록 해야 한다고 주장하는 사람들, 그러니까 소프트웨어 저작권의 배타적인 사적(私的) 소유제도를 폐지해야 한다고 주장하는 사람들이다. 해커와 카피레프트가 어디까지 같고 어디부터 다른지 잘 알지는 못하지만, 나는 생산수단에 대한 사적 소유의 폐지를 지지하는 것과 마찬가지로 소프트웨어 저작권에 대한 사적 소유의 폐지를 지지한다. 왜냐하면 나는 생산수단의 소유자도 아니요 소프트웨어 장사꾼도 아니니까. 나는 어느 경우에도 단순한 노동자, 일개 소비자에 지나지 않으니까 그런 것을 사적으로 소유하는 제도를 폐지한다 하여 손해볼 일이란 없을 것이다. 나야말로 잃을 것은 족쇄뿐이요, 얻을 것은 무수한 무산계급이니까.

하지만, 명순의 생각과는 달리, 사실 나는 결코 해커도 아니요 저작권 좌파도 아니다. 나는 바이러스를 만들어 유포하지도 않고, 미국 국방성이나 한국 국정원, 또는 무슨 기업체의 컴퓨터 같은 데에 침입하여 그들의 자료를 훔치거나 못쓰게 만들지도 않는다. 가끔 인간에게 무익한 자들의 컴퓨터에 들어가 장난을 조금 하고, 필요한 소프트웨어가 있으면 돈도 절약할 겸 재미삼아 크랙이나 패치를 만들 뿐이다. 내가 만든 패치를 통신망에 올려 유포하지도 않는다. 아는 사람이 원하는 경우에 복사해줄 뿐이다. 내가 만든 패치나 크랙이 통신망에 두어 종 올라 전세계를 떠돌고 있다는 것은 알지만, 그 역시 내가 올린 것은 아니다. 나에게 그걸 얻어간 녀석들이 한 짓이다. 크랙이나 패치를 완성했을 때에 내가 사용하는 서명은 POW, 그것은 인터넷 공간에서 비공개로 활동해야 할 때 쓰는 나의 이름이다. 나는 실상 2년 전부터 이 땅의 시민이 아니라, 이 땅의 국민이 아니라 포로니까.

전화벨이 울리자 명순이 전화를 받았다. 네, 아, 선생님, 하는 그녀의 어조를 통해서 나는 전화를 한 사람이 누구인지를 곧 알았고, 다시 노트북 컴퓨터로 시선을 떨어뜨렸다. 명순의 연인이었다.

나는 알고 있었다. 그들은 또 다툴 것이다. 그는 명순에게 또 약속할 것이다. 오늘은 꼭 들르겠다고. 그러면 명순은 전화를 끊자마자 아침 이슬을 맞은 나팔꽃처럼 생생해진 얼굴로 부리나케 시장으로 달려나가 저녁식사와 좋은 안주와 고급 포도주를 준비할 것이요, 돌아와서는 화장을 다시 할 것이요, 애타게, 약속시간이 지나도, 자정이 오기까지 그를 기다릴 것이다. 그러나 그는 결국 오늘도 들르지 않을 것이다. 약속을 지킬 수 없다는 사실을 알리는 전화도 하지 않을 것이다. 그러면 명순은 그를 위해 준비한 술을 혼자 마시기 시작하여, 지루해지면 나를 불러 같이 마시자고 청할 것이다.

명순은 무선전화기를 들고 일어나 나의 방으로 이어지는 통로로 빠져나갔다. 그녀는 종종 내 골방으로 들어와 전화를 받았고, 그러면 나는 자리를 피해 맥주상자와 식물이 말라죽은 화분과 찢어진 구두 같은 것들이 함부로 쌓인 통로를 서성거리거나 홀까지 나와서 통화가 끝나기를 기다려야 했다. 때로 그녀의 애타는 음성이 들려왔다. 그리하여 나는 그들이 이미 몇달 전에 헤어졌다는 것, 그런데 그가 명순에게 뭔가를 요구한다는 것, 명순으로서는 들어줄 수 없는 요구라는 것, 그녀가 아무리 애걸을 하고 호소해도 그는 결코 요구를 철회하려 하지 않는다는 것을 알게 되었다.

명순은 늘 그를 선생님이라고 불렀다. 선생님, 전 아무 미련도 없어요. 정말이에요. 그동안 저에게 해주신 것만으로도 전 너무 고맙고 행복해요. 선생님께 다신 연락도 하지 않을 거고 도움도 청하지 않을 거예요. 아무것도 기대하지 않아요. 하지만 이번만은 제 뜻을 굽힐 수 없어요. 아니에요, 그렇지 않아요. 그러지 마세요. 전 돈 필요 없어요. 절 비참하게 만들지 마세요. 그런 게 아니라구요. 하지만…… 그것만은 안돼요. 제발, 제발 부탁이에요, 선생님. 쥐도 새도 모르게 살 거예요……

내가 그의 전화를 받아 명순에게 바꿔준 적도 있었다. 그는 늘 김명순선생 계십니까, 하고 물었다. 나직하고 중후한 음성, 넉넉한 배움과 풍부한 교양, 위엄으로 무장한 남자의 당당하고 자신에 찬, 정중하면서도 거만한 어조였다.

명순이 나왔다. 그녀의 고양된 얼굴을 통하여 나는 그가 밤 몇시쯤엔가 오겠다고 약속했다는 것을 짐작할 수 있었다. 그녀가 화장을 시작하는 것을 보고 나는 다시 '어바우브 앤 비욘드'의 저작권을 해체하기 위하여 컴퓨터를 향해 고개를 떨어뜨렸다.

"야."

나는 고개를 들었다. 다시 그 중년의 남자, 인생에서 최고를 얻기를 갈망하는 남자가 카운터 앞에 서 있었다. 내가 일어서기도 전에 명순이 어느새 일어나 그 앞으로 다가섰다. 네, 손님. 그 남자는 지폐를 한 장 떨어뜨리고 대꾸도 없이 돌아섰다. 명순은 금전등록기를 열고 거스름돈을 꺼냈으나, 그 남자는 이미 까페에서 나가버린 뒤였다. 그녀가 나에게 거스름돈을 내밀며 말했다. 어서 쫓아가. 나는 자리를 박차고 일어나 까페에서 뛰쳐나갔다. 얼굴을 빗줄기가 후려쳤다. 그 남자가 커다란 검은 박쥐우산을 받쳐들고 모퉁이를 돌아 골목으로 들어서는 것이 보였다. 나는 그 뒤를 쫓았다. 모퉁이를 막 돌아선 순간, 검정색 그랜저의 뒷좌석으로 그 남자가 빨려들어갔고, 그랜저는 소리도 없이 미끄러져가기 시작했다. 나는 멈춰서서 멀어져가는 그 차를 한동안 지켜보았다. 그랜저는 그 비좁은 골목길을, 보행자들에는 아랑곳하지 않고, 빗물 웅덩이를 지날 때마다 사방으로 흙탕물을 튀기며 빠른 속도로 치달려가고 있었다.

3. 바리데기와 돌배나무

포로가 된 이래 나는 밤 깊은 시각에 술로 떡이 되어 집에 돌아가서도 통신에 들어가 바둑을 두었다. 멀리 떨어진, 누구인지 알지도 못하는 사람과. 바둑이 시작되면 쌍방은 으레 한두 마디 인사를 주고받았다. 안녕하세요. 한수 배우겠습니다. 반갑습니다. 한수 가르쳐주십시오. 흰 화면 위에 잠깐 나타났다가 사라져버리는, 표정도 몸짓도 정서도 담기지 않은, 먼지보다 가볍고 건조한 언어들.

그날은 그렇지 않았다. 인사말을 주고받고 바둑이 시작되어 한참 진행되기까지, 상대방은 끝없이 얘기를 나누려 했다. 바둑보다 대화를 더 즐기는 것 아닌가, 여겨질 정도였다. 그래서 상대방의 통신 호칭을 살펴보았다. 바리데기였다. 여자가 아닌가, 하는 생각이 들어 나는 물어보았다. 공개해도 좋을 때에 내가 쓰는 통신 호칭은 돌배나무였다.

돌배나무 여자분이십니까?

174

바리데기 왜 그렇게 생각하세요?

돌배나무 바리데기가 여자 아닙니까?

바리데기 무당이죠.

바리데기가 무당굿 사설에 나오는 인물이라는 것은 알았으나 무당이라고도 할 수 있는 존재라는 것을 나는 그때 처음 알았다.

돌배나무 무당이십니까?

바둑판 밑의 작은 대화창에는 전혀 망설임없이 그녀가 찍어넣은 대답이 떠올랐다.

바리데기 네.

나는 놀랐다. 그녀는 자신이 무당이라는 것을 전혀 주저하지 않고 인정하고 있었다.

돌배나무 언제부터요?

바리데기 태어났을 때부터요.

그 무렵에 이미 떠돌던, 대통령이 임신을 했다는 소문이 생각나서 나는 호기심 반 농담 반으로 물어보았다.

돌배나무 그럼 대통령 뱃속의 태아가 아들인지 딸인지도 아시겠군요.

바리데기 아들도 딸도 아니에요.

그녀의 대답은 거침이 없었다. 사기꾼, 아니면 농담을 할 줄 모르는 사람인 것 같았다. 나는 그녀의 나이가 궁금했다.

돌배나무 언제부터 무당을 하셨습니까?
바리데기 이백팔십칠년 전부터……

그렇다면 그녀의 나이는 이백여든일곱……? 나는 잠시 할말을 잃었다. 모니터에 나의 커서가 사라질 듯 떠오를 듯 깜박거렸다. 다시 그녀의 얘기가 떠올랐다.

바리데기 귀공은 언제부터 남자였어요?

그것은 낯선 질문이었다. 언제부터, 귀공은, 남자였느냐? 그것은 단순히 나이를 묻는 질문이 아니었다. 나는 언제부터 남자였을까? 내가 태어난 날부터? 정말 그때부터 나는 남자였을까? 사실 나는 내가 태어난 정확한 날짜를 알지 못한다. 나이도 이름도 정확히는 모른다. 그녀는 정말 이백여든일곱살이란 말인가? 이건 농담일까? 나는 바둑돌을 한 수 올려놓았다. 그녀의 대마(大馬)에 갓머리를 씌운 셈이었다. 그녀가 바둑돌을 놓아 내 포위망에서 슬며시 벗어났다.

돌배나무 나는 이제 겨우…… 군대 갈 나입니다.

나는 그녀가 나의 나이를 묻는 것이라 생각했고, 그래서 그렇게 대답했다. 군대에 가기 위해 휴학을 했으나, 그러나 나는 군대에 가지

176

않았다. 스스로 휴학을 하고, 스스로 군대에 가지 않았으면서도, 나는 그 무렵 박탈당한 기분에 사로잡혀 있었다. 주류보급소에서 막노동 같은 일에 시달리면서도 매일 술에 만취하여 자취방에 돌아와 쓰러져 잠들었다. 깨어나기만 하면 인터넷에 매달려 세계 각국의 포르노 싸이트를, 에이즈와 핵무기와 동성애와 근친애와 살인, 악마숭배와 무정부주의…… 심지어는 스웨덴을 근거지로 하는, 쥐를 토템으로 하는 새로운 신앙집단의 싸이트나 뉴스그룹을 찾아다녔다. 하품을 하며, 허리가 배배 꼬일 정도로 피곤하고 잠이 오는데도 잠을 자지 않고 밤을 꼬박 새워, 좁아터진 자취방의 낡은 책상 앞에 쪼그리고 앉아 컴퓨터 속에만 존재하는 세계 곳곳을 헤매고 다니다가 이튿날 출근도 하지 못하고 취기와 졸음 때문에 온종일 끙끙 앓으며 잠만 잔 날이 하루이틀이 아니었다.

주류보급소에는 공짜술이 흔했다. 마음만 먹으면 얼마든지 공짜술을 가져와 집에 쌓아둘 수도 있었다. 가끔은 일당 대신 주류상품권이 나올 때도 있었다. 주류보급소에서 일하는 자는 마땅히 밥이 아니라 술을 양식으로 하여 살아갈 수도 있어야 한다는 듯.

그녀가 엉뚱한 질문을 했다.

바리데기 우리가 지금 있는 곳이 어디인가요?
돌배나무 무슨 말씀이신지?
바리데기 우리가 지금, 이야기하는 이곳, 바둑 두는 이곳, 어딘가요?

그것은 황당하기도 하고, 자못 철학적이기도 한 질문이었다. 과연 그녀는 무당인 모양이었다. 나는 그런 질문에는 그럭저럭 구색을 갖춰 대답할 수 있었다.

돌배나무 나는 이곳의 주민이 아니라서 잘 모르겠습니다.

바리데기 주민이 아니라면 난민?

나는 잠깐 그녀가 정말 무당인지도 모른다고 생각했다.

돌배나무 난민이자 포로,라고나 할까요?

바리데기 그럼 북한?

돌배나무 출생은 아마 남한일 겁니다.

바리데기 그럼 어디 주민이신데요?

돌배나무 혹시 아시는지요. 아직 존재하지 않는 나라,라고.

뜻밖에도 그녀는 곧 대답했다.

바리데기 알아요. 그 나라는 어떻게 가요? 나도 가보고 싶은데.

돌배나무 존재하지 않는 나라니까 내가 존재하지 않게 되면 갈
수 있을지 모르죠.

잠시 대화창에는 아무 문장도 떠오르지 않았다.

바리데기 그러니까 귀공은 지금은 어딘가 존재하는 거군요. 지금
계시는 곳, 지금 우리가 바둑 두는 곳, 어디죠?

그것은 기계로 만들어진 세계였다. 기계와 함께 존재하고 기계와
함께 사라질 세계. 이미 만들어졌으므로, 그리하여 존재하게 되었으

므로, 이미 인간이 그것 없이는 살 수 없는 자체의 존재 영역을 확보하였으므로 머지않아 인간의 통제에서 벗어나게 될 세계. 인간이 만든 거의 모든 것들이 그러하듯이.

돌배나무 여기에는 '우리'라는 것이 존재하지 않습니다.
바리데기 그럼, 귀공과 나는?
돌배나무 그런 것도 존재하지 않습니다, 적어도 여기에는.
바리데기 그럼, 지금 바둑 두고 얘기하는 귀공과 나는?
돌배나무 귀공과 나의 그림자, 귀공과 나의 욕망의 뒷문, 아니, 샛문, 아니면 덧문을 통하여 귀공과 내가 기꺼이 떠나보낸 귀공과 나의 1그램짜리 복제품.
바리데기 그 1그램짜리 복제품이 존재하는 곳은?
돌배나무 아니, 0.1그램.

한참동안 대화창에는 그녀의 대꾸가 떠오르지 않았다. 바둑은 이미 중단된 것과 다름없었다. 어쩌면 대화도 곧 중단될지 모른다고 생각하고 있을 때에 나로서는 이미 대답을 했다고 생각한 질문을 그녀가 다시 던졌다.

바리데기 언제부터 남자였나요, 포로 아저씨?

나는 잠시 당혹스러웠으나, 이렇게 대꾸했다.

돌배나무 만나보면 알게 될 겁니다, 무당 아가씨.

그렇게 대답한 다음 나는 곧 후회했다. 나의 무례한 대답에 그녀가 대화도 바둑도 중단해버리고 그녀의 커서와 더불어 사라져버릴지도 모른다고 생각하며 나는 아슬아슬한 심정으로 대화창을 지켜보았다. 익명의 존재로서 익명의 존재들을 무수히 무시하고 모욕하며, 익명의 존재들에게 무수히 무시당하고 모욕당하면서도 돌연 어처구니없이 꾀까다로워지기도 하는 것이 통신하는 사람들이 찾는 예의였다. 그녀의 대답은 거침없이 떠올랐다.

바리데기 오세요.

그렇게 하여 새벽 두시, 나는 방을 박차고 텅 빈 거리로 뛰쳐나가, 무가(巫歌) 속의 바리데기와는 전혀 어울릴 것 같지 않은 서초동 유흥가 한복판, 그 시각까지 아직 환락과 소모의 현란한 불빛으로 번득이는 거리 한복판에 자리잡은 까페 샤먼으로, 이백여든살이 넘은 무당을 만나기 위해 들어섰다.

4. 귀신들

바깥 간판에는 불이 켜져 있었으나, 문을 밀고 들어서자 안은 캄캄했다. 카운터 위 천장에 작은 실내등이 하나 켜져 투명한 천처럼 희미한 빛을 흩뿌리고 있을 뿐이었다. 나는 놀라 주춤 물러섰다. 그 희미한 불빛 너머 가득 출렁거리는 어둠속에 정말 바리데기가, 죽었다 되살아난 그녀의 부모들이, 그녀가 미륵불에게서 얻은 수많은 자식들이 숨어 있다가 모습을 드러내기라도 할 것 같은 한기가, 낯설고 이상한 기운이, 인기척이지만 평범하지 않은 인기척이 느껴졌다. 불빛 안으로 한 여자가 들어섰다. 그녀는 말없이 나를 바라보았다. 나는 머뭇머뭇 말했다. 난 돌배나무…… 바둑 두다가…… 바리데기 아니신가요? 그녀는 내 말을 듣지도 않는 것 같았다. 그저 나를 바라볼 뿐이었다. 기분이 섬뜩해졌다. 안 계시면 그럼…… 내가 뒷걸음질을 시작했을 때에 그녀가 뭐라고인지 말을 했다. 무슨 말인지는 알아들을 수 없었으나, 나는 돌아섰다. 그녀가 화난 눈빛으로 나를 쏘아보고 있었다. 소름이 끼쳤다. 미안합니다. 나는 얼른 다시 돌아서서 현관문을 잡았다. 재수 더럽군, 하고 나는 속으로 투덜거렸다. 그때, 여자가 부르짖었다. 아으! 기이한 음성, 여자의 음성이 아닌, 탁한 남자의 음성이었다. 나는 놀라 그녀를 돌아보았다. 그녀는 여전히 나를 쏘아보고 있었고, 아으, 아으, 짐승처럼 부르짖으며 제 가슴을 쥐어뜯었다. 그렇다. 사람의 음성이라기보다는 덫에 치여 고통스럽게 죽어가는 짐승의 울부짖음 같았다. 제기랄. 나는 나가지도 못하고 안으로 들어서지도 못한 채 그 자리에 멈춰서서 멀거니 그녀를 지켜보았다. 왠지 나갈 수가 없었다. 무섭기도 했으나 꼭 그 때문만은 아니었다. 무엇인가가 나를 붙잡았다. 미친 여자일까. 나이가 이백여든살이니 무당이니 할 때부터 짐작했어야 하는데. 이곳까지 온 것이 후회스러웠다. 아으, 여자는 다시 제 가슴을 쥐어뜯으며 부르짖었다. 이, 이, 이놈아! 남자의 음성, 싸구려 담배와 술로 찌든 굵고 탁한 목청이었다. 다시금 등줄기로 소름이 훑어내렸다. 이, 이, 이놈아아! 외치는 사람은 분명히 그녀였는데, 남자의 음성이 터져나오고 있었다. 이놈아, 이 정신 넋 빠진 놈아! 뭐 헌다고 이러고 자빠졌냐. 술창고에 막일꾼이라니, 이놈아. 나는 다시금 깜짝 놀라 멀거니 그녀를 쳐다보았다. 몸이 부들부들 떨려오기 시작하고 턱이 흔들려 위아래 이가 맞부딪쳤다. 그녀는 나를 쏘아보며, 손가락질하며 부르짖었다. 내가 죽어 널짝도 없이 땅에 묻힌 지가 십여년인디, 니 꼴 더이상 볼 수가 없어 나왔다, 이놈아. 니가 살어서 귀신이 될라고 그러냐, 애비 따라 감옥이나 들락거림서 살라고 그러냐. 니가 사는 꼴이 그것이 뭣이냐. 나는 좁아터진 땅덩이에 우라질 놈의 나라가 쓸데없이 한꺼번에 두 개나 생기는 바람에 전쟁판에 끌려나가 이쪽저쪽 오가다가 매도 맞고 감옥도 가고 총에도 맞아 죽을 고비도 넘기고, 종내는 다리 병신이 되어 비럭질허고 댕기다가 고꾸라졌다만 너는 어째서 니 손으로 니 다리를 부러뜨리고, 니 손으로 니 눈깔을 후벼파냐, 이 못난 놈아?

아비라니? 믿어야 하는 것일까? 이 여자의 몸에 아비의 귀신이 실린 것일까? 아이고, 이놈아아! 그녀는 갑자기 내 어깨를 붙들어 격렬히 끌어안았다. 억센 힘이었다. 그 바람에 나도 그녀도 바닥에 쓰러졌다. 그녀에게서 독한 술냄새가 맡아졌다. 나는 그 술냄새가 아비의 귀신에게서 나는 것인지, 아니면 이 여자에게서 나는 것인지 갈피를 잡을 수 없었다. 어쩌끄나, 어쩌끄나, 이놈아. 그녀는 내 눈속을 빤히 들여다보며 통곡하기 시작했다. 그녀의 눈에서 굵은 눈물이 철철 흘러내렸다. 뭉클, 내 속에서도 설움이 복받쳐 올랐으나, 나는 이를 악물고 눈물을 참았다.

창밖으로 두 남녀가 차 안으로 휩쓸려 들어가 서로를 부둥켜안고 몸부림치는 것이 보였고, 여전히 휘황한 광고 간판들이 번쩍이는 것이 보였으며, 삐끼들이 손님을 끌기 위해 행인을 가로막는 것이 보였다. 이 거리의 일상이 거기 펼쳐지고 있었다. 그런데 여기, 유리창 한 장을 사이에 두고 내가 지금 목격하는 것은 무엇일까?

그녀는 두 손을 뻗어 내 손을 움켜쥐었다. 이놈아, 주택아, 이놈아…… 주택이라니? 더는 참을 수가 없었다. 눈물이 쏟아지기 시작했다. 주택이, 그것은 옛날 나의 이름, 나마저 잊고 있던 이름이었다. 아무도 알지 못하는, 고아원에서 잠깐 동안 불리던 이름, 그러나 초등학교에 입학하면서 나는 어째선지 상준으로 이름이 바뀌었고, 이후 그 이름으로 살아왔다. 아비라니? 나에게는 아비에 대한 아무런 기억도 없었다. 귓전에 희미하게, 늙은 남자의 음성이 남아 있을 뿐이었다. 그가 아비인지 아니면 다른 누구인지도 알지 못한다. 그는 노래를 부르는데, 그것이 무슨 노래인지도 나는 모른다. 돌배나무 가지에 걸린 짚신짝…… 하는 노랫말만이 기억에 남아 있을 뿐이었다. 나의 통신호칭 돌배나무에는 그런 어두운 기억이 감춰져 있었다. 여자는 눈물이 쏟아지는 내 얼굴을 쓰다듬으며 계속해서 부르짖었다. 내가 널 성남 모란장바닥에 던져놓고 떠날 적에, 이놈아, 며칠을 굶었을 땐지 아냐? 나는 기억이 나지 않았다. 내가 다리를 절룩이며 비럭질을 댕기다가…… 어찌해볼 도리가 없었다, 이놈아. 이 애비가 속이 편했는지 아냐, 이놈아. 너랑 헤어진 지 이태 만에 나는 땅속에 누웠어. 미안허다, 이놈아, 미안혀. 내가 굶어 죽드라도 널 끼고 댕기다가 같이 죽는 것이 나을 뻔혔는가부다, 이놈아…… 나는 울먹이며 아비의 두 손을, 아니, 바리데기의 두 손을 움켜쥐었다. 그녀의 손은 뜨겁고 축축했다. 내가 물었다. 아버지, 어머니는요?

아비는, 아니, 바리데기는 갑자기 내 손을 뿌리치고 일어섰다. 나는 주저앉은 채 그녀를 지켜보고 있었다. 그녀는 돌아서서 눈물을 닦고 코를 풀었다.

"어서 와요, 돌배나무."

그녀가 말했다. 굵고 탁한 아비의 음성은 씻은 듯 사라졌다. 여자의 음성, 이백여든살 먹은 노파가 아니라 아직 윤기가 가시지 않은, 눈물이 묻어나기는 하지만 맑고 싱싱한 음성이었다. 그녀는 카운터로 가서 술병을 따 잔에 따랐다. 아직 나는 무엇을 본 것인지, 그것을 믿을 것인지 말 것인지, 알 수가 없었다. 한잔 해요, 돌배나무. 그녀는 잔에 술을 채워 나에게 내밀었다. 나는 일어나서 그녀에게 다가가며 유심히 그녀의 얼굴을 살펴보았다. 그녀가 말했다. 운 건 주택씨 아버지지 내가 아니에요. 나는 비로소 그녀를 자세히 살펴볼 수 있었다. 푸른 원피스, 짧게 자른 머리칼, 흰 이마는 넓고 단정했으며, 얼굴의 선은 굵고 선명했다. 큼직한 눈과 코와 입, 팔다리는 길고 가늘었다. 어서 여기 와 앉아요. 창밖에서 두 사람의 남자, 두 사람의 여자, 그리고 고용된 운전기사가 한대의 차에 오르고 있었다. 한 여자는 엉덩이를 다 드러낸 미니스커트에 잠옷 같은 코트를, 다른 한 여자는 역시 미니스커트에 스웨터를 걸친 차림이었다. 차에 오르기도 전에 한 남자는 벌써 여자의 엉덩이로 손을 가져갔고, 여자는 가볍게 그것을 뿌리치고 얼른 차에 올랐다. 그것은 거대한 통창 너머 펼쳐진 영화 같았다. 바리데기가 말했다.

"옆집 아가씨들이 몸 팔러 나가는군요."

나는 술잔을 잡아 꿀꺽, 단숨에 삼켰다. 그녀가 물었다.

"왜 군대에 가지 않았어요?"

나는 다시 한번 깜짝 놀라 그녀의 푸른 이마를 바라보았다. 술을 한 모금 더 마신 뒤에야 나는 겨우 대꾸할 말을 찾아냈다.

"내가 군대에 가지 않은 걸 아신다면 그 이유도 아실 것 같은데요."

그녀는 모든 걸 아는 건 아니라고 말했다.

"모든 걸 알 수만 있다면 얼마나 좋겠어요. 그럴 수만 있다면 난 무당이 아니라 가장 평범하고 가장 보잘것없는, 가장 단순한 미물이 될 거예요. 세상에, 세상의 운명에 개입하려는 생각 같은 건 하지도 않을 거예요. 할 필요도 없게 될 거예요. 난 지쳤나봐요. 이 일에. 사는 일에.”

그녀는 오래전부터 알고 지낸 사람에게 이야기하듯 거리낌없고 친근한 어조로 말했다. 나는 이곳에 지금 들어선 것이 아니라 오래전부터 여기 앉아서 그녀의 이런 얘기를 듣고 있었던 것 같은 착각에 빠졌다. 아비는, 어디로 가버린 것일까? 그녀에게서는 이미 아비의 자취는 찾아볼 수 없었다.

“세상의 운명에 개입할 수가 있는 겁니까?”

“사실은 누구나 하죠. 개미 한마리도, 바람 한줄기도. 결국 그 하나하나…… 그것들이 세상을 이루고 세상의 운명을 만드니까요. 하지만, 우리 같은 자들의 개입은 그와는 조금, 아주 조금 달라요. 훨씬…… 고통스럽고…… 의식적이죠. 처음부터 그랬어요. 나는 태어난 날 아비 어미에게서 버림받았어요. 당신과 다를 바 없나요?”

술냄새는 그녀에게서 났다. 누가 마신 술냄새인가? 나의 아비인가, 그녀인가? 그녀는 나를 기다리며 아비를 불러내어 대작이라도 하고 있었던 것일까? 그녀의 어조에 취기가 엷게 깔려 있었다. 나이가 얼마쯤이나 되었을까, 이 여자는? 삼십대 후반? 아니면 사십대 초반? 아니면…… 오십대? 이백여든? 나는 난생 처음 보는 여자 앞에서 땅바닥에 주저앉아 눈물을 흘렸다는 것이 믿어지지 않았다. 창피했다.

“난 무당이니 귀신이니, 그런 거 믿어본 적이 없습니다. 지금도 그런 걸 믿을 생각은 없어요.”

그녀는 고개를 끄덕이며 말했다. 믿지 말라고, 괜찮다고. 나는 집에 가야 한다고 생각했다. 여기 더 앉아 있다가는 무슨 짓을 당하게 될지 모른다. 그렇게 생각하면서도 나는 그녀가 권하는 대로 술잔을 받아 목구멍에 털어넘겼다.

여기는 귀신이 너무 많아요. 그녀의 어조는 침울했다. 제기랄, 나는 그런 얘기는 정말 듣기 싫었다. 들어서자마자 목격한, 아비의 귀신인지 뭔지 알 수 없는 그것만으로 충분했다. 그러나 그녀는 계속해서 말하고 있었다. 내가 살아 있는 것들을 너무 많이 죽여서, 그 귀신들이 모두 내 주위를 떠도는 모양이에요.

그녀는 나이 열일곱 무렵부터 개를 잡았다. 아비를 살리기 위해서였다. 어느날 돌연 그녀를 찾아온 아비와 어미는 폐인이었다. 폐암에 걸린 아비를 위해 그녀는 매일 개를 잡아 탕을 끓였다. 개를 두들겨패서, 불에 그슬려, 칼로 난자하여, 탕을 끓이면서 그녀는 산 것과 죽은 것 사이에 무엇이 있는지를 생각했다. 아비의 목숨과 이 개의 목숨이 어떻게 다르고 또 어떻게 같은지를 생각했다. 무엇이 살기 위해 무엇이 죽는지, 무엇을 살리기 위해 무엇을 죽이는지를 생각해보았다. 그녀의 모든 노력에도 불구하고, 아비는 불행히도, 또는 다행히도, 사오년을 더 연명하다 죽었다. 그 다음에는 어미 차례였다. 어미는 간암에 알코올 중독에 간질을 겸했다. 어미를 위해 그녀는 같은 짓을 계속해야 했다. 개와 닭과 염소와 뱀과 붕어를, 죽이고 또 죽이고, 끓이고 또 끓였다. 어미도 몇년을 더 연명하다 죽었다.

"내가 죽인 그 무수한 생명들, 어떻게 되었을까요? 난 살리기 위해 죽인 걸까요, 죽이기 위해 살린 걸까요? 산 것들은 죽으면 모두 귀신이 돼요. 우린 귀신이 되기 위해 태어나요. 귀신이 되면 비로소 알게 돼요. 우리라는 건 사람만을 뜻하지 않아요. 생명을 가진 모든 것들, 개도 염소도 나비도 꽃도 풀 한포기도 마찬가지예요. 다…… 귀신이 되는 거예요."

꽃의 귀신이라, 그런 것은 어떤 모습일까. 새의 귀신, 나무의 귀신은? 사람일 때는 사람으로 살고, 귀신이 되면 귀신으로 살 뿐이다, 하고 나는 생각했다.

186

"사람을 죽여본 적은 없죠?"

내가 물었다. 그녀는 고개를 저었다.

"사람을 죽이는 연습을 해본 적은 있습니까?"

그녀는 없다고 말했다.

"하지만 세상에 수많은 사람들이 그런 연습을 한다는 걸 압니까? 그런 연습을 하지 않겠다고 거부하면 범법자가 되고 감옥에 가야 한다는 걸 압니까?"

어둠은 동굴처럼 내 말을 메아리로 되돌려보내 나는 내 말을 되풀이하는 과거의 나와 얘기를 주고받는 기분이었다. 홀 안의 캄캄한 구석자리 어딘가에 한시간 전의 내가, 이틀 전의 내가, 한달 전의, 일년 전의 내가 어깨를 나란히하고 앉아 나를 주목하고 내 얘기를 들으며 서로 수군거리는 것 같았다. 갑자기 더이상 얘기를 하기가 싫어졌다. 나는 어쩌면 이미 이년 전의 내가, 선경의 표현을 빌리자면, 그런 파괴적이고 자포적(自暴的)인 결정을 내릴 때의 내가 아니었다.

"그런 게 싫어서 군대를 안 갔어요. 기피자가 되어…… 숨어 다니는 중입니다."

지난 2년 동안 나는 온갖 허드렛일을 하며 먹고살았다. 고용원의 인적 관리를 그다지 철저히 하지 않는 일자리를 구해야 했으니까. 주유소, 연쇄점, 음식점…… 언제나 임시직의 불완전 고용상태였으나, 먹고살 수는 있었다. 그것만으로도 족했다. 그렇다 하더라도 나는 세상의 피와 탐욕의 만찬에, 그 피라미드의 밑바닥에 한 자리를 차지하여 목숨을 유지해나가는 셈이었다. 세상이 바뀌지 않는 한 나는 세상의 운명을 공유해야 하는 것이니까. 나는 그것이 불편했다.

"그렇게 당신은 세상의 운명에 개입했군요."

"개입인지 해킹인지 모르죠. 바이러스인지도 모르고."

과연 내가 선택한 길이 이 세계의 바깥으로 뻗어 있는가? 날이 갈수록 확신은 희미해졌다. 사람을 죽이는 연습을 하지 않는다 해도 나는 사람을 죽이는 연습을 하는 세계에 기대 살고 있었고, 이 세계가 흘리는 피로 연명하고 있다는 것을 부정할 수 없었다. 절연하지 않는 한 이 세계 바깥으로 나갈 수는 없었고, 절연이란 불가능했다. 어쩌면 유일한 길은 죽음뿐이었다. 죽어, 이 세계에서 사라지는 것. 그러나 그것 역시 살인, 나 자신에 대한 살인이었다. 살인을 하느냐 않느냐의 차이는 세계 속으로 들어가는 방법이 적극적이냐 소극적이냐 하는 차이에 지나지 않는 것 같았다. 세계 속에 내린 뿌리를 자르자 의구심이 뿌리를 내리기 시작했다. 인간은 세계의 모든 생명을 파괴하고 그 자리를 점령해 들어가고 있었으나, 과연 인간은 자신이 파괴하는 그 생명들보다 우월한 존재인가? 다윈은 말했다. 죽이는 종이 죽는 종보다 우월하다. 그녀가 수수께끼처럼 말했다. 태음(太陰) 속에는 괴물이 존재하게 마련이래요. 인간이야말로 이 세계의 가장 거대한 태음이에요. 당신 속에는 어떤 괴물이 있나요? 내가 말했다. 한번 알아맞춰 보시죠.

"당신 속에는 이 나라가 아니라 다른 나라에 사는 괴물이, 이 세상이 아니라 다른 세상에 사는 괴물이 있어요."

나는 다시 한번 깜짝 놀라 멀거니 그녀를 쳐다보았다. 그것은 내가 최종적으로 입대를 거부하기로 마음먹은 날에 쓴 일기의 한 구절과 너무나 비슷했다. 그런 얘기를 더이상 하기 싫었으므로 나는 우스갯소리 하듯 물었다. 대통령이 임신을 했다는데, 도대체 그게 어떻게 된 일입니까? 남자가 임신을 한다는 건 이상한 일이잖아요? 정말 임신이 맞습니까? 그녀는 대답하지 않았다.

"귀신들이 가득해요. 안 보여요? 누가 당신 얘기를 듣고 있는지 모르겠어요?"

나는 주위를 둘러보았다. 저 어둠속에, 탁자마다 소파마다 귀신들이 줄줄이 앉아 있는 것일까. 적어도 내 눈에는 귀신들은 보이지 않았다. 내가 물었다. 당신은 어떻게 이 세상의 운명에 개입하고 있습니까? 그녀는 술잔을 만지작거리다가 밑도끝도없이 얘기를 꺼내놓았다. 옛날에 여축(女丑)이라는 무당이 있었어요. 그 여자는 괴물을 부릴 줄 알았어요. 뿔이 달린 거대한 용을 타고 구만리 장천을 날아다니고 등의 길이가 천리나 되는 게를 타고 바닷속을 휘몰아 다녔어요. 모르는 일이 없고 못 하는 일이 없는 굉장한 무당이었어요. 어느날, 해가 열 개나 하늘에 나타났어요. 열 개의 태양은 질 줄을 몰랐어요. 온세상이 새까맣게 타들어가고 사람과 동물과 식물이 모두 타죽어갔어요. 세상 곳곳에 한발이 들고, 산불 들불로 불바다가 되고, 전염병이 창궐하고, 그 와중에 도둑떼까지 들고 일어나 세상의 마지막이 온 것 같았어요. 온세상의 왕들이 여축을 찾아와 하나의 태양만이 떠오르도록 해달라고, 비가 내리게 해달라고 애걸했어요. 여축은 산꼭대기로 올라가 기도를 올리기 시작했어요. 하지만 해는 단 하나도 사라지지 않았고 비도 내리지 않았어요. 오히려 그 열 개의 태양은 여축의 몸을 바작바작 태워들어갔어요. 여축은 산에서 내려오지 않았어요. 하루가 지나고 이틀이 지나고 사흘이 지나고…… 여축은 그래도 산에서 내려오지 않았어요. 소식이 없는 여축을 찾기 위해 사람들이 산에 올라가보았더니…… 여축은 그 자리에서 새까맣게 타죽어 있었어요. 하늘과 바다에서는 주인 잃은 용과 게가 슬프게 울부짖는 소리가 들리고……

나는 얘기가 더 계속되기를 기대했으나 그녀는 입을 다물었다. 무슨 뜻인지 이해가 가지 않았다. 그것이 내 질문에 대한 대답이란 말인가? 그녀는 더이상 설명할 생각이 없는 것이 분명했다. 희뿌옇게 밝아오는 바깥 거리를 내다보며 그녀는 갑자기 피곤에 지친 어조로 말했다. 여기엔 귀신만이 아니라 사람도 필요해요. 야간당번이. 여기도 종업원의 인적 관리를 철저히 하지는 않는 곳이에요.

며칠 뒤에 나는 그 까페로 직장을 옮겼다. 밤에는 컴퓨터에 매달려 존재하지 않는, 그러나 존재하는 세계보다 훨씬 접근하기 쉬운 복제된 세계 속으로, 입대영장이 없는 세계 속으로, 컴퓨터의 전원을 끊는 순간 깜쪽같이 사라져버리는 세계 속으로 들어가 해커들을 만나 얘기를 나누거나, 게임을 하거나, 소프트웨어의 사적 소유를 훼방하는 작업을 하다가 저녁이 되면 까페로 나와, 오지 않는 손님들을 기다리며 어슬렁거렸다. 이런 말이 있을 수 있다면, 그림자처럼, 나는 살아가고 있었다. 확신은 멀리 사라지고 의구심은 수염처럼 자라나지만, 이제 그에 대처하는 방법을 찾지 못한 채 나는 세상의 변두리에서 희미해지는 것을, 더욱 희미해지는 것을 단 하나의 미덕으로 생각하며, 점점 더 희미해져가고 있었으며, 그렇게 희미해진다는 것이 오직 다행스러울 뿐이었다.

두달 뒤에 나는 바리데기의 권고로 자취방을 나와 까페 샤먼의 뒷방으로 거처를 옮겼다.

5. 고아들—3년 전

0월 0일

나는 내가 어떻게 태어났는지 알지 못한다. 고아니까. 아비가 누군지 어미가 누군지도 알지 못한다. 그것을 행이라 할지 불행이라 할지는 아직은, 그리고 아마도 영원히 알 수 없는 일일지도 모른다. 어떤

190

잡놈 잡년 사이에 태어났을 수도 있고, 어떤 아름답고 슬픈 사랑의 결실로 태어났을 수도 있으니까. 그러나 그 차이가 그다지 큰 것일까. 잡놈 잡년이라 하여 아름답고 슬픈 사랑을 하지 못하라는 법 없고, 아름답고 슬픈 사랑을 했다 하여 그들이 잡놈 잡년이 아니라는 보장도 없다. 아름답고 슬픈 사람들이 아름답고 슬픈 사랑을 한다는 것은 어쩌면 너무나 당연하여 별로 재미가 없을지 모르겠다. 잡놈과 잡년이 아름답고 슬픈 사랑을 했다면 그쪽이 신기하여 더욱 재미있을 것 같다. 재미 있건 없건 그것이 나에게 무슨 큰 상관이 있으랴만.

분명하고 뚜렷한 아비 어미 사이에서 태어났다 할지라도 사람은 자신이 태어난 정황을 알 수도 없고, 기억할 수도 없다. 그 점에 있어서는 고아냐 아니냐의 차이는 전무하다. 다만 분명한 아비 어미 사이에서 태어난 사람은 부모에게서 이런저런 얘기를 전해들을 수 있을 것이요, 그렇게 하여 고아로서는 지닐 수 없는 몇가지 정보를 얻을 수는 있을 것이다. '하얀 송아지가 마루 위로 뛰어오르는 태몽을 꾸고 널 가졌단다'라거나, '온세상이 눈으로 빼곡히 뒤덮인 날 네가 태어났어. 내 평생 그렇게 엄청난 눈이 쏟아진 건 그때가 처음이자 마지막이었어' 하는 따위의. 그러나 그것은 어디까지나 자신의 체험과 기억이 아니라 부모의 얘기일 뿐이다. 누가 알랴, 그 부모가 다리 밑에서 주워온 아이를 기르며 그런 이야기를 꾸며낸 것인지, 남의 아이를 훔쳐다 기른 것인지, 여자가 다른 남자와 관계하여 아이를 낳은 채로 남편에게도 아이에게도 끝내 그런 사실을 감추고 살아가고 있는 것인지, 아니면 남자가 여자를, 또는 여자가 남자를, 혹은 남녀 모두 서로를 지긋지긋하게 혐오하는데 아이가 들어서는 바람에 할 수 없이 그럭저럭 참고 살아가는 것인지. 세상에 거짓말이 존재한다는 것은, 무지한 존재라는 인간의 조건 자체가 거짓말을 하게 만들 뿐만 아니라 인간이 얼마나 거짓말에 능한 존재인지는 모르는 사람이 없을 것이다.

인간이 자신의 출발점에 대해 무지하다는 것, 더불어 자신의 종말에 대해서도 알 수 없다는 것은, 인류가 자신들의 시원에 대해서도 그 마지막에 대해서도 알지 못한다는 사실과 더불어, 단순한 우연이 아니라 의미심장한, 돌이킬 수 없는 인간의 조건이자 운명이다. 길고긴 길이 있다. 그 길의 거의 전부를 꼼꼼히 측량하고 지도로 만들고 거기에 길가의 나무 한그루, 풀 한포기, 바위 하나까지 다 기록했다 할지라도, 그 길의 처음을, 그 길의 끝을 알지 못한다면, 그 길의 처음이 어디에서 비롯되었는지, 그 길의 끝에 무엇이 있는지를 알지 못한다면, 어디에서 어디로 가는 길인지를 알지 못한다면 그것은 본질적으로 그 길에 대한 무지와 얼마나 다를까. 이 길이 무슨 길이오, 하고 묻는 사람에게 이 길가에는 삼만구백스무 개의 전신주와 이십오만이천사백열두 그루의 소나무를 비롯하여 사백스물일곱 종의 나무, 민들레를 포함하여 백마흔두 종의 꽃이 있으며, 팔색조와 청둥오리를 비롯하여 이백예순일곱 종의 새들이 살고…… 하는 식으로 대답한다 하여, 그 길에 대한 더없이 치밀하고 더없이 학구적인 오천권짜리 백과사전을 만들어 제출한다 하여 그 대답이 될 수 있을 리도 없고, 그 길에 대한 무지가 가려질 리도 없다.

인간 한사람 한사람이 모두 그와 같다. 하루하루 기억을 축적해가고, 세상을 배워가지만 그것은 그 무지의 한계 내에서의 일이다. 난생처음 마주친 생선을, 머리와 꼬리는 잘려나가고 가운데토막만 뎅그러니 남은 생선을 들여다보고 있는 꼴이다.

집단으로서의 인간 역시 그점에서는 전혀 다를 바 없다. 인류는 자신의 시작을 알지 못한다. 그 종말도 알지 못한다. 길고긴, 어쩌면 끝이 있을 것도 같고 없을 것도 같은 길의 가운데토막 조금을 알 뿐이다. 인간이 아무리 진보와 발전을, 문명과 이성을 떠들어봐야 결국은 그 한계 내에서의 일이다.

처음도 끝도 알지 못하는 생선 가운데토막 같은 존재라는 사실에 대하여 인간은 까마득한 과거로부터 무거운 자의식과 두려움을 느꼈던 것이 분명하다. 오죽했으면 나는 처음이자 끝이요, 알파요 오메가니라, 하고 주장하는 신을 상상해내고, 그 신이 이 세상을 만들어냈으며, 그 신이 또한 이 세상을 끝장낼 것이라는 이야기를 만들어냄으로써 처음과 끝에 대한 무지와 공포를 해결하려는 생각까지 했겠는가.

따라서, 나는 내가 고아라는 것을 별로 슬퍼하지 않는다. 본질적으로 모든 인간이, 인류 모두가 고아요, 나의 무지는 나만의 무지가 아니라 인류의 무지요 운명이기도 하니까.

누군가 그런 생각이 너무 종교적이라고 반박한다면, 갑갑하긴 하지만, 무지가 인간의 운명이라는 점을 감안하여, 한번만, 꼭 한번만 더, 나는 종교에 대해서는 잘 알지 못하지만, 이와 같은 인간의 운명은 이미 종교 이전에 존재했다는 사실을, 더불어 종교는 자연 가운데 일부가 아니라 인공지물(人工之物)이라는 사실을 환기시키는 것으로 그 무지한 반박에 대한 답변을 대신하겠다.

6. 포로

나는 고아원에서 고등학교까지 다녔다. 과외공부는커녕 온전한 참고서도 없이, 나는 밤을 꼬박꼬박 새워가며 대학입시를 준비했다. 너무나 힘이 들어 집어치우고 싶은 생각이 든 적이 한두 번이 아니었다. 그때마다 나는 내 자식들은 고아가 되어서는 안된다고 생각하며 이를 악물고 참아냈다. 나는 이 세상에 뿌리를 내려야 한다. 이 세상의 부끄러울 것 없는 당당한 구성원이 되어야 한다. 그러기 위해서는 대학에 들어가야 했다. 적어도 그 시절의 나는 그렇게 생각했다. 중학교 시절에는 학급 친구에게서 그가 다 본 낡은 참고서 몇권을 얻기 위해 일년 내내 그의 종이 되어 살았다. 철없는 아이 시절이어서 그 친구는 물을 떠와라, 구두를 닦아라, 가방을 들어라, 운동화를 빨아와라, 온갖 심부름을 시켰으나 나는 복종했다. 오직 이 세상의 부끄러울 것 없는 구성원이 되기 위해서. 총무가 여자아이 하나에게 성적(性的)인 장난을 친 것이 문제가 되어 고아원의 모든 아이들이 항의하기 위해 단식에 들어갔을 때에도 나는 단식에 참가하지 않았다. 원장이 나에게 품은 듯 보이는 호의를 잃지 않기 위해서, 그래야 혹시 대학 등록금이라도 빌릴 수 있지 않을까, 생각해서였다.

대학에 입학하여 일년이 지나는 사이에 차츰 세상의 생김생김이 눈에 들어오기 시작했다. 세상이라는 것이, 세상을 움직이는 것이 크게 대수로울 것이 없다는 것을 알게 되었다. 돈, 그것이 다였다. 인간도 정치도 권력도 문화도…… 목표로 하는 것은 돈이었다. 돈 이상의 정의, 돈 이상의 힘, 그것을 뛰어넘는 이상(理想), 그것을 초월하는 권력은 없었다. 다행이었다. 크게 어려울 것 없는 승부였다. 나는 세상에는 뭔가 그보다 훨씬 더 의미심장한 것, 중대한 것이 있으리라 생각했으나, 그것은 나의 오산이었던 것이다. 세상은, 너무 심하다 싶을 만큼 단순했다.

여자친구도 생겼다. 고아라는 자의식으로 주눅이 들어 있던 나에게 선경은 너무나 맑고 밝고 깨끗했다. 그녀가 영화를 보러 가자고 했을 때에 나에게는 셋방의 월세를 낼 돈 외에는 전철 승차권과 동전 몇개뿐이었다. 그러나 나는 기꺼이 그녀와 더불어 극장에 갔고 저녁을 먹었고 술을 마셨다. 밤 깊은 시각 그녀와 헤어져 집으로 돌아가면서 나는 방값은 날렸으나 무엇인가 중요한 것을 얻었다고 생각했다. 그것이 무엇인지 알지 못하는 채 그녀를 세 번 만나는 사이에 나는 파산하였다. 나는 더이상 그녀를 만나서는 안된다는 결론을 내렸다. 내 손에는 희미하게, 기억에는 강렬하게, 그녀의 향기가, 그리고 충일감이, 갈증과 더불어 남았다. 차비도 없이, 콧구멍만한 셋방에서 밥과 김치만으로 끼니를 근근히 해결하며 보냈다. 며칠이 지나자 선경이 집으로 전화를 했다. 나는 아프다고 말했고, 그녀는 오겠다고 말했으며, 나는 오지 말라고 말했다. 그러나 그녀가 찾아왔다. 겨울이었고, 나는 비좁은 뜰, 얼어붙은 수도간에서 양말과 속옷을 빨고 있었다. 사당동 달동네의 더럽고 비좁은 뜰, 나를 바라보고 있는 선경의 모습은 눈이 부셨고, 비누거품과 땟국물이 가득한 대야 속에 손을 넣고 앉아 있는 나 자신은 커다란 쓰레기뭉치처럼 느껴졌다. 빨래하니? 내가 해줄게. 그녀는 팔을 걷어붙이고 앉아 빨래를 시작했다. 내가 말렸으나 막무가내였다. 그녀는 물이 차다거나 손이 시리다는 말 한마디 하지 않았다. 차가운 물 속의 빨래를 주물럭거리는 그녀를 바라보는 사이 왠지 눈시울이 뜨거워졌고……

더러운 이부자리와 앉은뱅이 책상과 벽에 주렁주렁 걸린 누추한 옷가지들과 담뱃불에 구멍이 나 시커먼 솜이 들여다보이는 방석과 벽지 대신 덕지덕지 붙은 신문지와 뜯겨나간 장판지 사이로 콘크리트 바닥이 드러난 방바닥과…… 그 가운데 들어앉아 나는 내가 고아라는 것을, 고아원에서 자랐다는 것을, 아비가 고급 공무원이요 어미가 라디오 방송국의 프로듀서인 그녀와는 결코 어울리지 않는 자라는 것을 얘기하고, 그녀와 세 번 만나는 사이에 파산했다는 것을 얘기했으며…… 눈물을 흘렸다. 그녀는 고만, 고만 해, 하며 다가와 내 머리를 가슴에 끌어안고 눈물을 닦아주었다.

나는 그것으로 선경과는 끝이 난 것이라고 생각했다. 그러나 그녀의 생각은 달랐다. 그녀는 여전히 나를 찾아왔다. 도서관에서, 북한산에서, 남산에서, 전철 2호선을 타고 서울을 일주하면서, 저녁은 라면이나 호프 한두 잔으로 때우면서 우리는 계속해서 만났다.

영장이 나왔을 때에 나는 오히려 한숨을 돌릴 수 있게 된 것이 다행스러웠다. 학교를 다니며 다음 학기의 등록금을 번다는 것은 만만치 않은 일이었으니까. 나는 당연히 입대를 할 작정이었고, 선경은 기회만 생기면 내가 제대할 때까지 기다리겠다고 거듭 약속했다. 나는 그 말을 믿지 않았고, 또한 믿었다. 그녀는 나에게 확신을 심어주기 위해 애썼다. 우린 헤어지지 않아. 난 널 믿어. 넌 정직하고 순수하고 또, 이게 가장 중요한 건데, 고집스러워. 마음만 먹으면 뭐든 해낼 거야. 그게 얼마나 쎅시한 건지 넌 모르지?

그런 날이 있는 법이다. 아침에 눈을 뜨자마자 입안이 박하향처럼 강렬한 예감의 맛으로 가득한 날이. 3월 중순, 입대를 24일 앞둔 날이었다. 눈을 뜨자마자 나는 가슴의 심한 고동(鼓動)을 느꼈다. 무슨 일인가가, 결정적인, 압도적인 무엇인가가 나에게 다가와 있다는 느낌, 나는 그 느낌이 무엇인지를 알고 있었다. 초등학교 시절, 고아원 뜰에서 왕초 행세를 하는 중학생과 주먹다짐을 벌인 적이 있었다. 치고박고 엎치락뒤치락하던 어느 순간, 나는 고개를 들었고, 눈앞에 하나의 커다란 돌멩이가 다가와 있는 것을 보았다. 왕초가 돌멩이를 집어든 것이었다. 나는 꼼짝도 할 수 없었다. 피할 수도 없었다. 아니, 그런 생각마저 들지 않았다. 나는 멍하니 그 돌멩이만을 바라보았다. 왕초가 잠시 망설인 것일까, 아니면 그가 돌멩이로 내 머리를 가격하기까지 정말 그토록 오랜 사이가 필요했던 것일까? 적어도 나에게는 참으로

긴 사이였다. 내가 그 돌멩이를 발견한 순간부터 그 돌멩이가 내 얼굴을 내리치기까지의 그 사이, 나는 입안 가득 박하향을 느꼈고, 이게 무슨 맛일까, 하고 생각했으며, 저런 걸로 맞으면 죽지 않을까, 생각했고…… 아프다기보다 둔한 충격과 함께 쓰러져 정신을 잃었다.

오후가 되기까지 아무 일도 벌어지지 않았다. 예감은 차츰 희미해졌다. 저녁에 나는 문상을 하러 갔다. 평소대로라면 논현동으로 한 고등학생에게 수학을 가르치러 가야 했으나, 그 집이 상을 당하는 바람에 과외가 아니라 문상을 해야 했다. 집안 가득 문상객들이 들끓었고, 넓은 뜰에는 화환들이 차곡차곡 쌓아도 넘쳐날 지경이었다. 방마다 차일마다 술판과 노름판이 벌어져 있었다. 나는 내가 가르치는 학생의 모친이 안내하는 대로 한 방으로 들어가 저녁을 먹었다. 바로 옆자리에 나이 지긋한 남자들이 둘러앉아 술을 마시고 있었다. 나는 그들의 얘기에 특별히 귀를 기울이지는 않았다. 혼자서 소주 몇잔을 반주로 곁들여 육개장을 먹었을 뿐이다. 신장군이 역전의 용사여, 하는 소리가 들려왔다. 이 집 남자가 장성 출신이라는 얘기를 들은 기억이 났다. 육이오에도 참전했지, 베트남에도 갔다왔지. 베트남에선 실제로 전투를 한 건 아니잖아? 무슨 소리? 야전군 사령관이었다니까. 나와 같이 근무했어. 훈장도 많이 받았지. 나도 그렇지만, 베트콩들 많이 죽였어. 콩들만이 아니라…… 민간인들도 많이 죽였지. 그놈의 게 누가 전투원이고 누가 민간인인지 구별할 수가 없는 전쟁이었으니까. 애매하다 싶으면 즉결처형이었어. 전쟁터에서는 사람 시체가 꼭…… 잡아놓은 개새끼보다 못한 꼴이라니까. 미라이촌 학살사건이 시끄러웠지만, 그런 일이 사실은 비일비재했는데, 뭐. 전쟁이라는 게 다 그런 거지. 육이오 땐 안 그랬나, 어디?

나는 곧 상갓집을 빠져나왔다. 문상객들이 꾸역꾸역 밀려 올라오고 있는 주택가의 골목길을 걸어 내려가다가, 문득 옆자리 남자들의 대화를 떠올렸고, 나는 돌연 입대라는 것이 무엇을 뜻하는 것인지를 최초로 깨닫고…… 충격 때문에 온몸에 두드러기처럼 솟아오르는 소름으로 몸을 떨었다. 세계가, 내 머리 뒤꼭지를 중심으로, 커다랗게 기울어지며 회전하는 것이 느껴지는 듯했다. 군대에 들어간다는 것은 사람을 죽이는 연습을 하겠다는 것을, 명령만 내리면 사람을 죽이겠다는 것을 공개적으로 약속하고 선언하는 것이었다. 나는 이제껏 그런 생각은 해본 적도 없이, 오직 입대영장이 나왔다는 이유로 그저 군대에 들어가려 하고 있었다. 나는 입대한다는 것이 단순한 문제가 아니라 내 전존재를, 나의 목숨을 걸고, 남들의 목숨까지를 걸고 내려야 하는 결단이라는 사실을 발견했다.

군대를 갈 것인가? 사람을 죽이는 연습을 할 것인가? 사람을 죽일 것인가? 나는 1980년 봄 광주사변에 투입된 전투병들을 생각해보았다. 그들은 명령을 받았다. 그리하여 독재자의 하수인이 되어 민주주의를 요구하는 비무장 시민들에게 총격을 가하여 학살했다. 내가 그들의 처지라면 과연 어떠했을까? 독재자의 명령을 거부할 수 있었을까? 명령을 거부할 수도 있다는 생각이나마 떠올랐을까? 시민들을 학살한 전투병들도 군에 입대할 때에는 자신이 그런 짓을 저지르게 되리라고는 생각도 못했을 것이요, 그러나 명령이 떨어지자, 세상에 목숨 걸고 할 일이란 오직 그것뿐이라는 듯 수천리를 달려와 무고한 시민들을 상대로 총칼을 휘둘러 잔인한 전투를, 아니 학살행각을 벌였다…… 나는 그들 전투병들과 다를 바 없었다. 입대영장이 나오면 군대에 가고, 전투명령이 떨어지면 전투를 벌이고, 살인지시가 내려오면 살인을 하고…… 나라는 존재는 어디에 있는가? 압도적 권위와 위신을 지닌 국가와 법률, 윤리와 습관과 역사와 문화, 그것들의 발치

로 사라져버렸다······

그로부터 며칠 동안 나는 그 문제만을 골똘히 생각했다. 입대날짜가 코앞에 닥쳐와 있었기 때문에 생각을 미뤄둘 수가 없었다.

어떤 전쟁이건 그 본질은 광주학살과 같았다. 살인이건 학살이건 그것은 문제가 되지 않았다. 전범재판이니 뭐니 하는 것은 승리한 자들의 권리행사, 문화적 치장에 불과했다. 가까이는 코소보 전쟁과 크로아티아 전쟁, 체첸 전쟁, 미국과 이란, 이라크 사이의 전쟁, 미국이 남미 여러 나라에서 벌인 더럽고 치사한 전쟁, 베트남전쟁, 육이오전쟁과 제2차 세계대전과······ 임진왜란과 십자군전쟁과······ 어쩌면 나아가서는 미국 마피아들의 뒷골목 전쟁······ 그 모든 것이 똑같이 더럽고 야비하고 참혹했다. 터무니없는 이유로 사람들을 전쟁터로 내몰아 사람들을 죽이게 하고, 또 스스로 죽어가게 만들 뿐이다. 나라를, 종교를, 정의를, 민주주의를, 이념을 수호한다거나 세운다거나 해방한다는 따위의 모든 명분은 허구, 문화적 췌언이요 미사여구일 따름이었다. 만일 세상에 정의나 종교, 민주주의나 이념이 존재한다 해도 전쟁터에 존재하지는 않으리라는 것은 명백했다. 나라가 무엇인가? 나라는 과연 그것을 지키기 위해 다른 모든 나라의 주민들을 잠재적인 적으로 치부하여 집단적 살인을 계획하고 실행해도 무방할 만큼 절대적이고 확실한 가치를 지닌 것인가? 이미 수천년 전에 플라톤은 모든 국가는 악이다, 하고 선언한 적이 있었다. 만일 그 말이 참이라면 악을 위하여 살인을 저지른다는 것은 참으로 어리석은 짓이었다. 아니, 참으로 잘 어울리는 짓이라 해야 할까?

나는 사람을 죽이겠다는 생각도, 그런 연습을 하려는 생각도 해본 적이 없었다. 그러면서도 입대를 너무나 당연한 일로 생각했다. 대부분의 사람들이 마찬가지였다. 그것은 속아넘어가는 것과 다르지 않았다. 광기, 정신분열과 같았다. 너무나 뻔한 사실인데도 그것을 보지 못하게 하는 장치들이 작동하고 있었고, 그래서 그것은 보이지 않게 되거나 다른 것으로 변형되었다. 애국이나 명예 따위, 동어반복과 같은 무의미한 것들로. 그런 것이 문화의 역할 가운데 하나였다.

그렇다 하여 입대를 거부하면 어떻게 되는 것일까? 오랫동안을 피해 다녀야 할 것이다. 체포되면 구속되고, 국법을 어긴 죄로 처벌을 받고 재판을 받고 감옥에 가야 하겠지. 병역기피자라는, 전과자라는 꼬리표가 평생을 따라다닐 것이다. 이 세상의 일부가 아니라 국외자, 세상 밖으로 추방된 존재로서 살아야 할 것이다. 그렇게 살 수 있을까? 그렇게 살아야 하는 것일까? 내가 악착같이 대학에 입학한 것은 세상에 굳건히 뿌리를 내리고, 아이를 낳고, 부모가 되어, 고아가 아니라, 이 세상의 엄연하고 당당한 일원으로서 살아가고 싶기 때문이었다. 그러나 그 모든 것을 버려야 하는 것이다…… 부모가 나를 버림으로써 내가 고아가 되었다면, 만일 내가 병역의 의무라 불리는 것을 거부한다면, 이제 나는 스스로 다시 한번 더 철저한 고아가 되어야 했다. 그래야 하는 것일까? 남들 다 군대 가고 사람 죽이는 연습도 다 하지만, 정말 사람을 죽이는 사람은 극소수에 불과하다. 병역의 의무를 거부하는 길뿐일까? 만일 입대를 거부하면 선경은 나를 버릴 것이다……

입대를 일주일쯤 앞두고 나는 자취방을 영등포로 옮기고 여행을 떠났다. 가난한 어촌의 골방에 누워 나는 평생 처음 게으름을 피우며, 바다 소리에 졸다 깨고, 술을 마시다 잠들고, 다시 깨어나면 게으름을 피우며 입대를 할 것인지 말 것인지, 그것만을 생각했다. 나는 이 세상에 남고 싶었다. 이 세상에 뿌리를 내리고 싶었다. 그러자면 이 세상이 요구하는 바를 따라야 했다. 그런데 이 세상이 나에게 요구하는 바는 가혹했다. 사람을 죽이는 연습을 할 것을 약속하라. 지시를 받으면 사람을 죽이겠다고 약속하라. 그것이 지금 세상이 나에게 요구하는 것이었다. 고통스러웠으나 나는 최초로 내가 나의 운명을 내 손아귀에 장악하고 있다는 것을 느꼈다. 실패를, 전락을 결단하는 순간에야 운명은 비로소 내 손아귀에 사로잡혔다.

아아, 나는 진정 이 세상의 요구에 따르고 싶었다. 나라가 그런 명령을 내리면 진정 아무런 의구심을 느낄 필요도 없이, 목이 터져라 군가를 불러젖히며 전쟁터로 나가서 기꺼이 적들을 죽여 없애버릴 수 있는, 그런 나라가 있었으면 얼마나 좋을까. 그러나 그런 생각이 들면 들수록 적어도 지금 내가 살고 있는 이 나라나 세상은 결코 그런 나라도 세상도 아니라는 것이 더욱 분명해질 뿐이었다.

입대를 하루 앞둔 날까지 나는 어촌 마을을 떠나지 않았다. 밤을 꼬박 밝히며 소주병을 끼고 우두커니 앉아 있다가 나는 먼동이 트기 시작하는 바다를 내다보며 선경에게 편지를 썼다. 아니, 어쩌면 그 편지는 실상은 나에게, 세상속에 남고 싶어 발버둥치는 나 자신에게 보내는 편지였다.

너에게 상의 한마디 없이 결정을 내렸다. 미안하다. 그러나 옳은 결정이었다고 생각한다. 나는 입대를 거부하기로 결심했다. 기피가 아니라 거부다. 사람을 죽이는 연습을 해야 하는 이유를, 원치 않는데도 명령에 따라 사람을 죽여야 하는 이유를 나는 어디에서도 발견할 수 없었다. 사람을 죽이는 연습을 시작하는 순간, 나는 온갖 악덕과 부패와 모순으로 뒤범벅인 이 세계를 받아들이겠다고 선언하는 것과 다름 없다. 그것은 새로운 성인식, 원시적이고 야만적인 성인식이다. 나는 그 성인식을 거부한다. 이 세상에서 성인이 되기를 거절한다.

너도 알다시피, 나는 고아다. 그래서 세상에 당당히 뿌리내리고 싶다는 욕구는 남달랐다. 그러기 위해서는 병역의 의무를 거부해서는 안된다는 것도 잘 안다. 그러나 내가 뿌리내리고 싶어했던 이 세상의 생김생김을 알게 되면서 차츰 의구심이 깊어졌다. 더구나 살인을 연습하고 약속하면서까지 거기 뿌리내려야 할 만큼 이 세상이 대단한 곳이라고 생각되지 않았다. 만일 나의 이런 생각에도 불구하고, 세상의 억압이 두려워 입대를 한다면 나는 더이상 나 자신을 존중할 수 없을 것이다. 나 자신이 존중하지 않는 나를 사랑하는 너 역시 존중할 수 없을 것이다.

나는 시민들이 아니라 노예들을 전투병으로 썼던 고대의 나라들을 비로소 이해할 수 있게 되었다. 노예가 아니라면 누가 남이 죽여라, 명령한다 하여 죽일 것인가? 누가 죽여라, 명령한다 하여 죽인다면 그가 노예가 아니면 무엇일 수 있겠는가?

성인식을 거부함으로써, 나는 이번에는 의식적으로, 실존적으로, 고아가 되겠다고, 고아로서, 노예이기보다는 고아로서 살아가겠다고 선언한다. 나는 모든 젊은이들에게 살인을 요구하는 이 세상이 싫고, 그것이 당연시되는 이 세상의 질서도 싫다. 그것은 질서가 아니라 야만의, 음모의, 광기의, 맹목의 다른 이름이다. 내가 뿌리내리기 위해 안간힘을 다한 세상이 다름아닌 야만과 맹목으로 뒤덮인 세계였다니……

나는 벼랑 위에 서 있다. 한쪽은 평지, 그러나 노예들의 평지요, 반대쪽은 절벽, 그러나 자아의 절벽이다. 나는 그 절벽으로 몸을 던진다. 이제까지 이 야만의 세계에 내가 내리려 애썼던 모든 뿌리를 스스로 절단하고, 다시 뿌리뽑힌 고아의 길을 선택한다. 새로운 고아로서 적응할 수 있게 되면, 그것이 가능할지는 알 수 없지만, 연락하마.

부디 나를 용서하기를.

안녕, 안녕히, 내 사랑.

한적한 시골 도로변의 작은 우체국, 개나리와 철쭉이 가득 피어난 화단 앞에 선 붉은 우체통 속에 몇방울 눈물과 함께 편지를 넣으며 나는 다른 나라를, 다른 세계를 꿈꾸었다. 아무도 살인을 연습하거나 강요할 필요가 없는 나라를. 하물며 살인연습 때문에 사랑하는 사람과 결별해야 하는 일이 벌어지지 않는 나라를.

그날부터 나는 이 세계의 주민이 아니었다. 아직 존재하지 않는 나라의 주민이 되었다.

7. 존재하지 않는 나라

'어바우브 앤 비욘드'의 패치 작업은 성공적이었다. 그 소프트웨어를 열고 닫을 때마다 '앞으로 xx일 남았습니다. 그 시한을 넘겨 사용하려면 프로그램을 구입하셔야 합니다' 하는 대화창은 영영 사라졌다. 한달이라는 시한도 무력해졌다. 나는 그 소프트웨어를 구입한 사람과 다름없이 원하는 대로 얼마든지 사용할 수 있게 되었다. 나는 그 소프트웨어에 오늘의 약속부터 기입해 넣었다. '12:00 서울호프, 선경'. 자명종 기능이 있었으므로, 나는 약속 한시간 전에 울리도록 자명종을 설정했다. 몇달 전 녹음하여 소리 파일로 저장해둔 선경의 음성을 자명종 소리로 선택했다. 시간이 되자 기계 속에서 선경은, 또는 기계는 말했다. 상준아 상준아 상준아 일어나 어서 일어나 어서 일어나…… 나는 선경 또는 기계에게 복종하여 얼른 점퍼를 걸치고 골방에서 빠져나왔다.

뜻밖에도 가게에는 명순이 벌써 나와 앉아 있었다. 경석은 나를 보자 고개를 설레설레 저으며 투덜거렸다. 야야, 또 그 새끼랑 전화로 한바탕 했다. 경석이 말하는 그 새끼란 명순의 애인이었다. 그녀는 홀구석의 탁자에 혼자 멍하니 앉아 있었다. 오늘은 약속을 하지 않은 것일까. 아니면 그녀 역시 더이상 속지 않기로 한 것일까. 사랑이란 덫이었다. 나에게도, 얼굴도 본 적 없는 그에게도, 선경에게도, 명순에게도. 바리데기도 사랑의 덫에 치이면 어쩔 수 없는 것이다. 나는 경석에게 밤당번까지 근무를 계속해달라고 부탁하고 까페를 빠져나왔다.

내가 기계에게 돈을 내밀자 기계가 전철표를 내주었고, 내가 기계에게 표를 내밀자 기계가 개찰을 해주었다. 전철시간표에 따르면 다음 전철이 오려면 10분이 남아 있었으므로, 나는 기계에게 돈을 내고 커피를 사마시며 기다리다가, 요란한 굉음과 함께 기계가 플랫홈으로 들어서자 기계의 뱃속으로 들어섰다.

언젠가 저 모든 기계들은 고장이 나고 녹슬고 버려질 것이다. 일부는 재생이 되겠지. 사람이 그것을 통해 이익을 얻을 수 있는 경우에만. 이익이 되지 않는다면 아무리 거대한 기곗덩이라 해도 버려질 것이다. 이익이 되지 않는다면, 더 큰 이익을 얻는 데 장애가 된다면 지곳덩이라 해도 가차없이 버려지고 말 것이다. 솔개는 이익을 위해서가 아니라 살기 위해 들쥐를 사냥한다. 인간은 이익을 위해 사냥한다. 이익을 위해 전쟁을 하고 살인을 한다. 이익을 위해서는 눈앞에서 수많은 사람들이 굶어죽어가도 그들에게 식량을 나눠줄 수 없다. 팔 수 있을 뿐이다, 이익을 위해서는. 세상 자체라도 판매하거나 파괴할 것이다, 이익을 위해서는. 까마득한 과거로부터 오늘날까지 변하지 않은 인간의 탐욕의 본질이 그러하니까. 그리고 인간을 추동하는 것은 언제나 바로 그 파괴적 탐욕이니까. 국가나 민족, 문화나 윤리 따위도 사실은 그 탐욕을 조정하거나 위장하기 위한 장치들에 불과하니까. 나에게 살인을 강요하는 것들의 이면에 바로 그 탐욕이 감춰져 있었다.

선경은 오지 않았다. 서울호프는 거의 텅 비어 있었다. 아직 낮이었다. 낮부터 술 마시는 자들은 십중팔구 나 같은 포로들이었다. 나는 우선 오백씨씨를 청하여 천천히 마시기 시작했다. 눈치볼 필요 없이 아무 때나 마시고 아무 때나 잠드는 것은 나 같은 난민들의 특권이었다.

입대를 거부한 뒤 처음 선경에게 연락을 한 것은 세차장에서 일할 때, 그러니까 여섯달쯤 뒤였다. 선경은 자지러질 듯 놀라 어디야, 어디야, 하고 물었다. 열시 무렵, 나는 그녀의 집 근처 까페로 갔다. 그녀는 내 우려와는 달리, 화를 내지도 않았고 원망하지도 않았다. 그녀는 애걸했다. 자수해, 상준아. 응? 자수하면 지금 입대할 수 있고, 그러면 아무 일 없을 거야. 무엇을 근거로 그런 말을 하는 것인지 나는 알 수 없었다. 내가 거부하자 그녀는 눈물을 흘렸다. 니 고집은 널 파괴하고 있어. 나까지 파괴하고 있단 말야. 다들 너보다 못나서 군대 가는 줄 아니? 너보다 생각이 부족해서 군대 가는 줄 알아? 화를 내다가 눈물을 흘리다가 애걸하다가…… 결국 그녀는 까페에서 빠져나오는 어두운 지하계단에서 나를 껴안았다. 오랜만에 나는 그녀의 입술을 맛보았다. 그녀를 안고 있다는 것이 나는 몸이 저릿저릿하도록 기뻤고…… 아팠다. 희망은 없다. 우리가 나눌 수 있는 것은 절망뿐이었다.

우리는 자주 만나지 않으려고 애썼다. 나는 그녀에게 전화하지 않으려고 노력했다. 그녀 역시 마찬가지라는 것을 나는 알고 있었다. 그리하여 그녀와 나는 한달에 한두 번쯤 띄엄띄엄 만났고, 만나면 아무일 없는 사람들처럼 영화도 보고 술도 마시고 소풍도 다녔다. 헤어질 때면 우리는 늘 벽을 마주한 기분이었다. 내일은 없다, 우리에게는. 벽뿐이다. 그러나 그 벽으로 인해 우리가 만나는 한순간 한순간은 강렬한 빛으로 충만했고, 그 강렬한 순간들이 누적될수록 우리는 점점 더 헤어지기가 힘들었다. 그녀는 말했다. 너는 호동, 나는 낙랑. 하지만 난 찢을 북이 없어. 넌 나에게 북을 찢을 것을 바라지도 않아. 그러나 사실은 나는 바라고 있었다. 그녀가 북을 찢어주기를. 그리하여 스스로, 나처럼 포로가, 난민이 되는 길을 선택해주기를. 동시에 나는 알고 있었다. 그녀는 결코 북을 찢지 않을 것이다. 나는 그녀에게 아무것도 요구할 수 없었고, 그녀는 아무것도 요구하지 않는 내가 갑갑했고 안타까웠다.

삼십분이 지나고 한시간이 지났다. 그녀는 오지 않았다. 나는 기다렸다. 마침내 오늘인가. 그녀는 이 술집의 전화번호를 알고 있었다. 마음만 먹으면 전화는 언제든지 할 수 있을 것이다. 그녀가 오지도 않고 전화도 하지 않는다면 그녀의 의사는 분명했다. 절망이 그녀를 삼킨 것이다. 그녀는 한쪽을 선택했고, 그렇다는 사실을 나에게 알렸다. 그러나 나는 일어서지 않았다. 그녀에게 전화를 하지도 않았다. 그것 역시 그녀에게는 나의 선택으로 여겨지리라는 것을 나는 알고 있었다. 그러면서도 나는 떠나지 않았다. 떠날 수 없었다. 나는 한잔 또 한잔 맥주잔을 비워냈다.

저녁 무렵이 되자 술손님들이 하나둘 늘어나기 시작하여 홀 안이 사람과 웃음과 얘깃소리로 붐비다가 차츰 자리가 비기 시작하더니 자정이 가까워졌다. 그 사이 나는 화장실에 드나들며 꾸준히 술을 마셨다. 시간은 놀랍게 빨리 흘렀다. 땀에 젖은 선경의 손바닥, 내 손 안에서 꼬무락거리던 손가락, 분홍빛의 긴 손톱, 콧날, 손가락으로 누르기만 해도 그녀가 몸서리를 치던, 솜털이 보송보송한 둥근 귓바퀴, 돌연 뺨으로 주르르 흘러내리던 눈물…… 끌어안고 입술을 탐하고 가슴을 만지고 할 때 얼굴 가득 퍼져나가던 홍조, 하지만 내가 옷 속으로 손을 넣어 가슴이라도 만지려 하면 갑자기 정색을 하고 나를 쳐다보며 어허, 이놈 보게, 하던 그녀의 얼굴. 그 하나하나를 나는 세밀화를 그리듯 꼼꼼히, 지금 만져보듯 생생히 떠올렸고, 그때마다 쾌감과 함께 거대한 고통과 슬픔의 손이 몸속을 휘저었으나…… 시간은 잘도 흘렀고, 나는 버티고 앉아 술을 마셨다. 술은 취하지 않았다.

윤상준씨 계세요? 종업원이 소리쳤다. 내가 고개를 들자 그가 말했다. 전화 받으세요. 여기로 전화를 해서 나를 찾을 사람은 하나뿐이었다. 나는 살얼음이라도 타고 강을 건너듯 조심스럽게 걸어가 전화를 받았다. 바보같이, 아직도 거기 있어? 선경이 울먹이며 물었다. 그저 술 마시고 있는 거야. 너 기다리는 거 아니야. 그녀가 말했다. 나와. 나 이 앞에 와 있어. 술집 계단 밑에 그녀가 서 있었다. 나는 그녀를 왈칵 껴안고 싶었으나 참았다. 그녀가 팔에 매달리며 내 바지 주머니에 손을 넣어 내 손을 찾았다. 젖은 눈으로 그녀는 내게 말했다. 나 오늘 집에 안 들어갈 거야. 나는 말했다. 난 집에 들어갈 건데.

그녀는 우뚝 멈춰서더니 내 주머니에서 손을 뽑았다. 그녀의 뺨에 눈물이 주르르 흘러내렸다. 그 눈물을 막기 위해서라면 나는 무슨 짓이라도 하고 싶었다. 그러나 내가 할 수 있는 일이란 없었다. 오늘로 마지막이야. 내일 나와 같이 가서 넌 자수하는 거야. 니가 감옥살이하는 동안 내가 어떻게 될지는…… 나도 몰라. 하지만 그렇게 해야 해. 그래야…… 하루라도 빨리 니가 그놈의 포로생활인지 난민생활인지를 청산해야만 우리가 헤어지지 않을 수 있을지도 몰라, 이 바보야. 하지만 난 아무것도 약속할 수 없어. 난 벌써 졸업반이야. 취직하면 되겠지만…… 취직이 얼마나 힘든지는 너도 알지? 난 벌써 흔들리고

있어. 날 잡아줘, 상준아. 난 무서워. 너랑 헤어지게 될까봐 무섭고 너
랑 헤어질 수 없게 될까봐 무서워. 나한테 아무것도 기대하지 말고 날
잡아줘. 날 데리고 가줘. 나는 그녀의 눈을 똑바로 들여다보며 말했
다. 어허, 이놈 보게.

내가 지닌 이 세계와 연결된 유일한 고리는 선경이었다. 이제 그 고
리마저 떨어져나가고 있었다. 오래전부터 각오하고 있던 일이었다.
나는 당당해야 한다고 생각했다. 포로는 비굴해지면 안된다. 천해지
면 안된다. 비굴해지면 그 순간부터 그는 더이상 포로도 난민도 아니
라 폐인이요 낙오자일 따름이다.

나는 술을 사들고 그녀와 함께 여관으로 들어갔다. 그녀는 소주잔
을 들고 그것을 통하여 나를 쳐다보며 말했다. 사라졌다가 왜 다시 나
타났니, 너? 아예 나타나질 말지. 나는 미안하다고 말했다. 하지만 보
고 싶어서 어쩔 수가 없었어. 그녀는 추궁했다. 왜 꼭 군대엘 가지 말
아야 하는 거니? 사회주의 혁명도 있고, 무정부주의 운동도 있고, 종
교운동도 있고…… 세상을 바꾸려는 사람들은 얼마든지 있잖아. 그
럴 생각은 않고 넌 어째서 지지리궁상으로 혼자서, 뭐라고? 포로? 이
바보야…… 나는 알고 있었다. 그들 역시 전쟁을, 사람을 죽이는 것
을 마다하지 않았고, 사람을 죽이기 위해 사람을 동원하고 있었으며,
적이 누구인지 알지 못하는 채 사람을 죽이는 연습을 하고 있었다. 니
편지, 니 편지에…… 그녀는 울먹이기 시작했다. 벼랑과 평지, 노예
의 평지, 자아의 절벽…… 그럼 난 노예니? 나도 절벽으로 뛰어내릴
까? 넌 그걸 바라니? 나는 대답하지 않았다. 그녀가 뛰어내리지 않으
리라는 것을 나는 알고 있었다. 그녀에게는 동기도 계기도 없었다. 어
쩌면 적어도 아직은. 그녀에게는 아직 입대영장이 나온 적이 없으니
까. 그러나 언젠가는 그녀의 입대영장이 나올 것이다. 언젠가는. 이

세상은 시시각각 사람들에게 무엇인가를 강요하니까. 자유,라고 얘기하며 아무것도 강요하지 않는 척하며 기실은 모든 것을 강요하니까.

그녀는 훌쩍이다 잠들었다. 나는 잠든 그녀 옆에 쪼그리고 앉아 술을 마셨다. 나는 자수하지 않는다. 나는, 언제가 될지는 모르지만, 체포되어 끌려갈 것이다. 죄를 지은 자만이 자수할 수 있다. 나는 죄를 지은 적이 없다. 사람을 죽이지 않기로, 그런 연습은 하지 않기로 작정한 것뿐이다. 그러니까 그들은 전쟁포로처럼 나를 사로잡아야 할 것이다. 진정 나는 전쟁포로였다. 이곳은 틀림없는 살벌하고 잔인한 전쟁터였으니까.

새벽에 그녀는 잠에서 깨어났다. 그녀는 부끄러워했다. 술기운이 사라지면서 그녀의 용기, 혹은 허세도 꺾였다. 말없이 우리는 여관에서 빠져나와 택시에 올랐다. 무료했으므로, 나는 그녀에게 물었다. 대통령 뱃속에 아들이 들어 있을까, 딸이 들어 있을까? 그녀가 말했다. 우리 내기하자. 나는 딸. 나는 말했다. 나는 아들. 그녀가 말했다. 이긴 사람이 하자는 건 뭐든지 다 들어주기. 공허한 소리였다. 그뿐, 우리는 더이상 그런 공허한 소리마저 주고받을 수가 없었다.

그녀의 집앞 골목에서 그녀는 택시를 내렸고, 나는 될 수 있는 한 명랑하게 말했다. 잘 가. 그녀는 골목으로 들어가지 않고 여전히 이쪽을 향해 서 있었으나, 택시는 당연히 가차없이 나의 절벽을 향해 출발했다. 더이상 나는 명랑하지 않았다. 그녀가 요구하는데도, 나 역시 그것을 간절히 원했는데도, 같이 밤을 보낸 지금 그녀와 나 사이에 아무 일도 벌어지지 않았다는 것이 한편으로는 안타깝고 다른 한편으로는 다행스러웠다. 나는 입안엣소리로 노래를 불렀다. 돌배나무 가지에 걸린 짚신짝…… 돌배나무 가지에 걸린 짚신짝…… 나는 그 부분만을 부르고 또 불렀다.

8. 창녀

까페의 출입문을 열쇠로 열고 들어설 때에도 나는 여전히 그 노래를 흥얼거리고 있었다. 골방으로 통하는 주방으로 들어가려다가 나는 인기척을 느끼고 고개를 돌렸고, 거기 어둠컴컴한 실내 구석진 탁자에 명순이 혼자 앉아 술을 마시고 있는 것을 보았다. 그녀의 얼굴이 창백하게 질린 것에 나는 놀랐다. 새벽빛보다 더 흰 얼굴이었다. 블라우스 앞섶이 풀려 브래지어가 드러나고 스커트는 엉덩이까지 치켜올라간 모습에 퀭한 눈으로 그녀는 등받이에 머리를 기대고 나를 쳐다보고 있었고, 탁자 위에는 거의 바닥을 드러낸 양주 한병이 놓여 있었다.

"미아리 텍사스, 오팔팔, 영등포, 용주골, 완월동, 자갈마당, 흑산도, 연평도…… 이런 데가 어딘지 알아?"

밑도끝도없이 그녀가 허공에 던지듯 물었다. 나는 대답하지 않았다.

"난 창녀였어. 열다섯살 때부터."

창녀와 도망자, 좋은 술친구였다. 나는 그녀 앞으로 걸어갔다. 갈증이 났고 술이 깨는 것이 두려웠다. 나는 그녀 맞은편의 소파에 앉아 술을 따라 입안에 쏟아넣었다. 그녀는 눈을 감은 채 중얼거리듯 얘기하고 있었다. 곳곳의 여관과 호텔과 안마시술소와…… 모든 것이 가차없이 매매되는 이놈의 데에서. 창녀 노릇하여 번 돈으로 개를 사서 죽이고 또 죽이고, 배를 가르고 또 가르고…… 그렇게 아버지 병구완을 했어. 내가 개만 죽인 줄 알아? 애기를 넷을 죽였어. 내 애기를. 태어나기도 전에. 내 손에 이…… 이…… 피냄새…… 저…… 귀신들. 그녀는 어둠속 허공을 멀거니 쳐다보았다. 창밖에서는 이미 일찍 출근하는 사람들이 신문을 끼고 가방을 들고 걸어찰 듯 힘차고 바쁘게 걸어가고 있었다. 아마도 뭔가를 사고팔기 위하여. 바리데기는 계속해서 중얼거리고 있었다. 내 애기를 죽이면서 아버지 어머니의 목숨을 연장시킨 셈이지. 늙은 영감한테 후처로 시집을 가서 그 집 아이들 다 키워준 뒤에, 영감이 죽어버리자 쫓겨나기도 했어.

그녀는 그 사람들을 미워하지 않는다고 말했다. 그녀를 버렸다가, 죽을병이 들어서야 다시 찾아온 아비 어미도, 지폐 몇장으로, 동전 몇 푼으로 그녀를 사서 화장실처럼 쓰고 떠난 사람들도. 그 사람들의 그 분노와 절망, 욕망과 욕정, 증오와 슬픔…… 그 너머에 있는 것을 보았기 때문이다. 그 너머에는 거대한, 그들 자신의 욕망보다 더 크고 그들 자신의 증오보다 더 차가운 불안이 도사리고 있다는 것을 그녀는 안다. 이미 어릴 때부터 그런 것들이 보였으니까. 보지 않으려 해도 보였다. 보통 사람은 겨우 한순간만을 볼 수 있지만, 그녀에게는 한순간만이 아니라 그 앞과 뒤가, 한꺼번에 보이는 것이다. 예를 들면, 니 가슴에 심장보다 더 뜨겁게 뛰는 절망과 갈망이 보여. 나는 취기로 쓰러지지 않기 위해, 그리고 눈물을 흘리지 않기 위해 안간힘을 다해가며 버티고 있었다.

보여요? 그게 사실이라면 지금 누나 눈에는 내가 아니라 한 사람의 여자, 내 여자, 선경이가 보일 겁니다. 지금 나의 몸속에는, 내 마음속에도 온통 선경이뿐이니까요. 내가 웅얼거렸다. 그래. 보여. 선경이도, 세상과 너 자신에 대한 갈망과 절망도. 네 슬픔과 두려움과…… 다 보여. 눈물이 흘러내리기 시작했다. 나는 닦을 기운도 없었다. 그러나 술잔을 들 기운은 있었다.

명순은 담담한 어조였다가 갑자기 들뜬 어조가 되었다. 그뒤엔 뭘 했는지 알아? 술집엘 나갔어. 그러다가 그일 만났지. 큰 사람이었어.

모든 게 큰 사람. 생각도 일도 가정도 사랑도…… 큰 사람. 못 만나게 되면 텔레비전이나 신문에서 그분을 볼 수 있었어. 기자회견을 하고 정책을 제시하고 대통령이나 기업가들과 악수를 하고…… 그분은 불안을 모르는 사람 같았어. 언제나 자신감에 차 있고 당당하고 분명하고 매사에 능란했어.

나는 그녀의 애인이 그런 사람이었다는 것은 알지 못했다. 그녀의 입술에 흐뭇한 미소가 떠올랐다. 하지만 내 품에 안기면 그분은 아기와 같았어. 그 아기가 좋아하는 게 뭔지 알아? 내 젖가슴, 하며 그녀는 자신의 가슴을 쓸어내렸고, 내 다리, 하며 자신의 다리를 매만졌으며, 이걸 좋아했어, 하며 자신의 다리 사이를 움켜쥐었다. 젖먹는 아기처럼 나에게 매달렸어. 처음이었어. 남자에게 내 몸을 주는 일이 얼마나 기껍고 즐겁고 흐뭇한 일인지를 알게 된 건. 바둑도 컴퓨터도 그분이 가르쳐줬어. 만날 수 없을 땐 컴퓨터를 통해 바둑을 두고 얘기를 나눴어. 아내도 자식도 있는 분이었지만 난 상관하지 않았어. 난 그분을 영영 차지할 생각 같은 건 한 적도 없어. 그저 같이 있는 동안, 그 동안으로 족했어. 그래서 그분이 헤어져야 한다고 했을 때도 항의 한 번 하지 않았어. 그런데…… 아아, 놀라운 일이야. 십년 만에 아이가 생겼어. 그녀는 자신의 배를 위아래로 천천히 쓰다듬어내렸다. 여기, 아기가 있어. 건강한 아들이래.

그녀가 얘기를 하는 동안 나는 계속해서 술을 따라 마셨다. 머릿속에 술이 가득찬 것 같았고, 그녀의 얼굴이 둘로 셋으로 겹쳐 보였다. 나는 알지 못하는 사이에 큰 소리로 말했다. 이번엔 죽이지 말아요. 낳아요. 터무니없이 큰, 흥분한 나의 목소리가 내 머릿속에서 메아리쳤다. 그녀는 나를 희망에 찬 눈으로 바라보았다. 그래, 너도 그래야 한다고 생각하지? 나도 그래. 그런데 그분은…… 내가 아무것도 원치 않는다고, 이 아이 때문에 당신이 욕볼 일은 결코 없을 거라고, 미리 서약서나 각서 같은 것을 쓰라고 하면 얼마든지 쓰겠다고 하는데도…… 안된대. 낳지 말래. 없애야 한대.

나는 말해주고 싶었다. 당연한 일입니다. 그에게는 당신은 한마리 창녀에 불과하니까요. 저들에게 나라는 자가 한마리 징병기피자, 낙오자에 불과하듯이 말이에요. 그러나 나는 참았다. 대신 내가 한 말은 이런 것이었다. 도망이라도 가서 낳아요. 도망가라구요. 그녀는 고개를 저었다. 도망? 그분에게서는 도망갈 수가 없어. 내가 이 땅에 사는 한은. 다른 나라로 간다 해도 찾아낼 수 있을 거야. 내가 그일 사랑하는데…… 어떻게 도망이 가능하겠어? 그런 새끼들 말 듣지 말아요, 하고 나는 외쳤다. 그녀가 서글픈 눈으로 나를 쳐다보았다. 그렇게 얘기하지 마. 그 사람이 누군지 알지도 못하면서. 나는 고집을 부렸다. 누구라 해도 마찬가지예요. 그런 놈들은…… 더럽고 야비하고 잔인하고 비굴하고 탐욕스럽고…… 명순은 웃었다. 사람은 누구나 다 그래. 너도 나도. 다.

그 말을 듣자 갑자기 울음이 터져나왔다. 사람은 누구나 다 더럽고 야비하고 잔인하고 비굴하고 탐욕스럽다. 나도 마찬가지다. 그런데 나는 어째서 스스로 포로의 절벽으로 뛰어내린 것인가? 명순이 옆으로 와 앉았다. 그녀는 내 머리를 무릎에 올려놓고 내 머리칼과 얼굴을 끝도없이 쓸어주었다. 우리 주택이 선경이하고 헤어졌구나. 그녀가 내 옆에 몸을 뉘었다. 내 목구멍에서 윽윽, 울음소리가 터져나왔다. 그녀의 입술이 내 얼굴의 눈물을 핥았다. 그녀의 벗은 가슴이 내 얼굴로 다가왔다. 나는 그 젖을 입에 물고 남은 젖을 주물럭거렸다. 그녀가 내 등을 쓸며 노래를 부르기 시작했다. 돌배나무 가지에 걸린 짚신짝 돌배꼭지 익어서 떨어져도요 대롱대롱 혼자서 춤을 춘대요……

그녀가 어떻게 그 노래를 다 아는 것일까. 아비가 와서 가르쳐주고 간 것일까? 돌배꼭지 익어서 떨어져도요 대롱대롱 혼자서 춤을 춘대요…… 그렇다. 까마득한 기억의 저편에서, 아비가 탁한 음성으로 찢어진 검정고무신을 신은, 나무토막처럼 여윈 발로 탁탁 박자를 맞춰가며 노래하고 있었다.

아비여 나의 아비여, 저주받아, 저주받은 자식을 낳은 나의 아비여. 그렇지 않아, 주택아. 명순이 말했다. 이건 복이란다. 이 고통이 복이야. 고통을 모르는 것이 저주야. 불을 만지면서 고통을 느끼지 못한다면 그게 복이겠어? 고통스러워할 줄 알고 슬퍼할 줄 알고 절망할 줄 알고 무서워할 줄 알고…… 그게 복이야. 그걸 모르는 게 저주야.

9. 피

자정이 가까운 시각이었다. 손님은 셋. 대화도 별로 없이 뭔가를 기다리는 듯 묵묵히 맥주잔을 기울이는 사파리 차림의 남자 하나와 양복 차림의 남자 하나. 한시간쯤 전에 혼자 들어와 5분쯤마다 손목시계를 들여다보며 커피를 홀짝거리는 여자 손님 하나. 명순은 깨알같은 한문으로 가득 채워진 주역을 읽고 있었고, 나는 노트북 컴퓨터를 꺼내놓고 새로운 소프트웨어의 시한 보호장치를 제거하는 일에 몰두하고 있었다. '매직 폴더'라는, 암호를 이용하여 분명히 존재하는 컴퓨터의 폴더를 감쪽같이 감춰버리는 보안 프로그램이었다. 이번에는 나는 직접 패치를 만들기 위해 공을 들이지 않기로 했다. 해커들의 홈페이지에 그 프로그램에 대한 패치가 무수히 올라 있기 때문이었다. 소프트웨어 장사꾼은 보호장치를 만들고, 해커는 그 보호장치를 무력화하는 패치를 만들고, 그러면 장사꾼은 다시 그 패치를 무력화하는 기능개선판을 만들고, 그러면 또 다시 해커는 그 기능개선판의 보호 장치를 무력화하는 패치를 만들고…… 그것이 끝없이 반복되었다. 해커들은 '매직 폴더'사(社)가 기능개선판을 만들어 배포할 때마다 신속히 패치를 만들어 공개했다. 그것은 프로그램의 저작권을 사유하려는 측과 사유를 불가능하게 하려는 측 사이의 치열한 전쟁과도 같았다. 저작권 우파가 사적 이익을 지키기 위해 필사적이라면 해커들은 나 같은 자를 포함한 불특정 다수의 이익을 지키기 위해 거의 헌신적이라 할 수 있을 정도로 열심이었다.

전화벨이 울렸다. 휴대전화 벨소리였다. 사파리를 입은 남자가 전화를 꺼내 받았다. 네. 네. 아닙니다. 그럼요. 그가 전화를 접어 주머니에 넣고 양복을 입은 남자를 바라보며 고개를 끄덕거렸다. 그와 함께 두 남자가 자리에서 일어났다. 나는 그들이 이쪽으로 다가와 계산을 하고 떠나려는 줄만 알았다. 그러나 그것이 아니었다. 그들은 혼자 앉아 있던 여자에게 다가갔다. 사파리를 입은 남자가 갑자기 그 여자의 양쪽 어깨를 움켜쥐어 일으켜세웠다. 여자가 비명을 질렀다. 남자는 씨발년이 설레발은, 하고 내뱉더니 여자를 바닥에 동댕이쳤다. 여자가 놀라 엉덩이를 끌며 뒷걸음질하자 양복 입은 남자가 그녀를 내려다보며 나직하게 위협했다. 어서 꺼져, 이 상년아. 여자는 벌떡 일어나 허겁지겁 밖으로 뛰쳐나갔다. 나는 너무 놀라 돈을 받아야 한다는 것도 잊은 채 멍청히 그들을 쳐다보고 앉아 있는 나 자신을 그제서야 의식했다. 명순 역시 마찬가지였다. 나는 의자에서 일어나 소리쳤다. 왜들 이러시는 겁니까? 그들은 나 같은 건 거들떠보지도 않고 출입문으로 다가가더니 문을 열었다. 계산을 하고 나가셔야죠. 내가 소리치며 그들에게 다가가려 하자 명순이 내 손을 붙잡아 앉혔다. 앉아 있어, 좌파. 그녀의 음성이 맷돌이라도 매단 듯 무거웠다. 얼굴이 흙빛이었다.

그들은 나가지 않았다. 문을 열고 서 있었다. 바깥의 소음이 까페 안으로 휩쓸려 들어왔다. 그 소음과 함께 한 남자가 들어섰다. 나는 그를 알아보고 다시 한번 놀랐다. 그는 얼마전 거스름돈도 받지 않은 채 사라진 남자, 인생에서 최고를 얻기를 갈망하는 바로 그 남자였다. 그를 발견한 순간, 나는 깨달았다. 뭔가 아주 치밀하게 계획된 음모가 진행중이라는 것을. 그는 출입문 바로 옆의 탁자로 다가가서 그 위에 걸터앉았다. 그들은 하나같이 무표정했다. 나나 명순이 눈에 보이지도 않는 것처럼 행동했다. 그 뒤를 이어 머리칼이 하얗게 센 육십대의 남자가 한사람, 스물댓살쯤으로 보이는 여자가 한사람 들어섰다. 그 두 남녀는 사내들과는 다른 종류의 사람처럼 보였다. 그들 자신 어딘가 불안감에 사로잡힌 사람들 같았다. 그들은 홀 안을 훑어보기도 하고 통창 너머로 바깥을 내다보기도 했다. 나와 눈이 마주치자 여자는 얼른 고개를 숙여 외면했다.

그들 모두 뭔가를 기다리고 있었다. 인생에서 최고를 얻기를 갈망하는 남자가 소리쳤다. 야, 여긴 손님이 와도 주문도 안 받냐? 손님이라고? 나는 명순을 돌아보았다. 명순이 고개를 끄덕였다. 나는 그에게 다가갔다. 그가 말했다. 맥주나 한 상자 내봐. 과일하고 마른안주도. 내가 돌아서는 순간 그는 꼬리표를 달듯 덧붙였다. 거스름돈도. 그 말끝에 그는 낄낄, 묘한 웃음을 내놓았고, 여전히 낄낄거리며 큰소리로 말했다. 안박사님도 좀 앉으시죠. 머리가 센 남자와 젊은 여자가 구석 탁자에 가서 앉았다. 인생에서 최고를 얻기를 갈망하는 남자가 다시 말했다.

"야, 다들 엉덩이 좀 붙여. 국회에서 좀 늦으시는 모양이다."

그때 출입문이 열리고 새로운 남자가 들어섰다. 그를 발견하자 그들 모든 남녀가 벌떡 일어서서 그 앞으로 달려가 늘어섰다. 명순은 그 남자를 보자 아, 하고 짧게 비명을 질렀다. 감색 콤비, 흰 와이셔츠, 감색 넥타이, 한올도 흩어지지 않게 단정히 빗어올린, 희끗희끗한 반백의 머리칼, 새하얀 얼굴에 그보다 더 희게 빛나는 자신감, 단아한 얼굴. 그가 명순의 남자였다. 명순은 그를 주시하고 있었고, 이런 당혹스러운 정황에서도 그를 바라보는 그녀의 얼굴에는 홍조가, 미소와 더불어 떠올랐다. 그 미소를 보자 이것은 무슨 엉뚱한 장난 같은 것일까, 하는 희망적인 생각이 들었다. 그는 명순에게 다가가 나직하게 몇마디 얘기를 했다. 명순이 짤막하게 저항하는 소리가 들렸으나, 그는 개의치 않고 할말을 계속했다. 안돼요. 안돼요! 명순이 부르짖었다. 그 남자는 명순을 등지고 돌아서자 누구에게랄 것도 없이 짧게 말했다.

"시작해."

두 사람의 남자가 명순의 양쪽 팔을 붙들었다. 안돼요! 명순이 외쳤다. 그들은 명순을 끌고 방으로, 내 방으로 들어갔다. 그만둬요! 내가 막아서려 했으나, 인생의 최고를 원하는 남자가 내 팔을 붙잡았다. 넌 내 거스름돈이나 내놔. 그는 힘도 쓰지 않는 것 같은데 나는 팔목이 으스러지는 것처럼 아팠다. 안박사라 불린 남자와 여자가 그들 뒤를 따라 방으로 들어갔다. 명순의 비명은 곧 잠잠해졌다.

명순의 남자는 소파에 앉아 나를, 사람이 아니라 무슨 책인 듯 한동안 물끄러미 들여다보고 있다가 앉혀, 하고 말했다. 인생에서 최고를 갈망하는 남자가 나를 붙잡아 그의 앞 소파에 앉혔다. 명순의 남자는 술 한병 가져와, 하고 말했고, 인생에서 최고를 갈망하는 남자는 곧 능란한 술집 종업원처럼 양주와 술잔과 얼음과 치즈를 가져와 정중히 탁자 위에 늘어놓았다. 나는 그가 갈망하는 인생에서 최고라는 것이 무엇인지 어렴풋이 짐작할 것 같았다. 아마도 명순의 남자처럼 이렇게 명령을 내릴 수 있는 사람이 되는 것이리라. 명순의 남자는 잔에 술을 따라 혼자 마시기 시작했다. 그의 움직임은 손놀림 하나까지도 음악처럼 유연하고 침착했다. 인생에서 최고를 갈망하는 남자가 내 컴퓨터를 들고와 명순의 남자 앞에 놓았다. 아직도 컴퓨터 화면 위에는 '매직 폴더' 파일과 해커들에게서 다운받은 파일이 떠 있었다. 명순의 남자는 톡톡, 몇개의 단추를 눌렀다.

"성함이 윤상준씨죠?"

하고 그가 물었을 때에 나는 그 중후하고 자신만만한 음성의 나이 지긋한 사람이 나에게 존대말을 하고 있다는 것을 믿을 수 없었다. 나는 대답하지 않았으나 그에게는 처음부터 내 대답이 필요치 않았다. 그는 남의 말을 듣는 것이 아니라 자신이 하고 싶은 말을 늘어놓고 싶은 생각뿐이었고, 또 그런 일에 습관이 되어 있었다. 그가 긴 얘기를 하는 동안 세상 최고를 갈망하는 남자는 내 옆에 꼿꼿이 서 있었다.

"매일 인터넷을 하시고, 인터넷에서는 포르노 싸이트를 주로 방문하시고, 해킹도 가끔 하시고, 외국의 해커들과 접촉하여 해적판 소프트웨어를 내려받아 사용하시고, 간혹은 직접 패치를 만들어 사용하시기도 하고…… 그게 저작권법 위반이라는 걸 모르십니까? 그런 거야 보기에 따라서는 하찮은 장난으로 치부될 수도 있다고 하지만…… 입대날짜가 지난 지 2년 1개월이 지났는데, 아직도 입대를 하지 않은 채 도피중이시죠?"

그는 나를 빤히 쳐다보다가 치즈를 집어 입안에 넣었다. 그 치즈를 오래오래 씹어 삼켜 입안을 비운 다음에야 그는 다시 입을 열었다.

"그건 중대한 국법 위반입니다. 국가는 국민을 보호할 의무를 지지만, 국법을 위반한 범법자를 체포하여 처벌하는 것 또한 국가의 의뭅니다. 물론 범법자라 하더라도 재판을 통하여 유죄를 선고받고 형이 확정되기까지는 무죄로 추정하라는 것이 현재의 국법 규정이지만, 실상은 국법을 위반하는 순간 범법자는 그 공민권이 내적으로는 제약되고 외적으로는 박탈되는 것과 같습니다. 지금 윤상준씨는 기소중지 상태의 피의잡니다. 국가는 국민에 대해서는 그들을 보호하기 위해 윤상준씨와 같은 범법자를 격리시킬 의무를 지니고, 범법자에 대해서는 그들을 선량한 대다수 국민으로부터 격리시킬 권한을 지닙니다."

그는 나에게 술을 권하지 않았다. 나는 그를 빤히 쳐다보며 소파에서 일어났다. 최고를 갈망하는 남자가 내 어깨를 눌렀다. 나는 다시 엉덩이를 소파에 붙인 채 명순의 남자에게 물었다. 맥주 한병 가져와도 되겠습니까? 명순의 남자는 고개를 끄덕였다. 나는 주방으로 가서 맥주를 가지고 소파로 돌아왔다. 내 방 쪽에서는 여전히 아무 소리도 들려오지 않았다. 병째로 나는 맥주를 마시기 시작했다.

"의무와 권한, 그것이 지금 이곳에서 무엇을 뜻하는지 아십니까? 모든 것이 그러하듯이, 그 역시 곧 재화(財貨)를 뜻합니다. 윤상준씨는 저작권법을 위반함으로써 타인의 권한에 부당히 개입하여 타인의 이익에 손실을 초래했습니다. 또한, 국가가 범법자를 체포하건 체포하지 못하건, 수사하건 수사하지 않건, 그 범법 사실을 법적으로 처리하는 데에는 비용이 들게 마련이오, 국가가 소비하는 모든 비용은 국민의 세금으로부터 나오는 것이니까, 범법자는 비생산적인 방식으로 국민과 국가의 재화를 소모하는 것이오, 그 재화가 다른 생산적인 부문에, 도로를 닦는다거나 다리를 놓는다거나 전투기를 구입다거나 학교를 짓는다거나, 하는 따위의 훨씬 생산적인 부문에 투자될 수 있는 기회를 손상시키는 겁니다."

그는 자신의 두뇌의 낡아빠진 창고에 쑤셔넣어둔 쪽지를 꺼내 낭독

하고 있었다. 먼지 덮인 약간의 지식 혹은 편견, 거기에 약간의 초보적 응용. 나는 묻고 싶었다. 무엇을 근거로 그런 것이 생산적인 투자라 단언하는가? 이를테면, 전투기를 구입하는 일 같은 것이 과연 생산적 투자인가? 그러나 나는 묻지 않았다.

"그런 일은 역겨울 뿐입니다. 대통령 뱃속에 아들이 있는지 딸이 있는지 그런 거라면 조금 호기심을 느낍니다. 혹시 아십니까?"

그가 잠시 당황하여 나를 쳐다보았다. 그 눈에 다음 순간, 증오가 차오르는 것을 보고 나는 놀랐다. 그러나 그는 곧 그 증오심을 자제하고 말했다.

"오늘날의 세계에서 국가라는 게 무엇인지 아십니까? 세포막입니다. 세포막이 사라지면 세포가 붕괴하듯 국가가 부정되면 세계는 붕괴합니다. 그렇게 되면……"

"내가 원하는 게 그겁니다."

하고 나는 말했다. 그가 멀거니 나를 쳐다보았다. 나는 그 기회를 놓치지 않고 다시 물었다.

"맥주 하나 더 가져와도 되겠습니까?"

그가 고개를 끄덕였다. 나는 주방으로 가는 척하다가 재빨리, 있는 힘을 다하여 내 방을 향하여 치달았다. 인생의 최고를 갈망하는 남자가 내 뒤를 쫓았으나, 나는 내 방문을 힘껏 걷어찰 수 있었다.

방문이 열어젖혀진 순간 나는 얼어붙었다. 한순간에 나는 다 보았다. 피냄새, 피비린내가 자욱했다. 방안 전체가 시뻘건 핏물 웅덩이 속에 잠겨 있는 것 같았다. 명순은 정신을 잃은 채 방 한가운데에 배가 갈라져 두 다리를 쩍 벌리고 누워 있었다. 초록색 가운을 입고 마스크를 착용한 안박사라는 사람은 외과수술용 칼을 쥐고 명순의 두 다리 사이에 앉아 있었고, 그 옆에는 역시 초록색 가운과 마스크 차림의 여자가 금속 쟁반을 들고 앉아 있었으며, 그 옆에는 피가 묻은 솜 뭉치와 거즈뭉치들이 높다랗게 쌓여 있었고, 사파리를 입은 남자와 양복을 입은 남자는 구석에 쪼그리고 앉아 양주잔을 기울이다가 고개 를 꺾어 나를 쳐다보았는데, 그들의 술상 위에는 시뻘건 살덩이가 놓 여 있었다.

뒤에서 세상의 최고를 갈망하는 남자가 내 뒷덜미를 움켜쥐어 콘크 리트 바닥에 쓰러뜨렸다. 이 겁쟁이 탈영병 새끼. 그가 외치는 소리가 들렸다. 나는 탈영병이 아니라 기피잔데, 하고 생각하며 의식을 잃었 다.

10. 꽃게

뱀, 대통령이 낳은 것이 뱀이라는 소문이 떠돌기 시작한 것은 내가 아직 구치소에 있을 때였다. 나는 처음 통신으로 바리데기를 만나던 날 그녀가 한 얘기를 떠올렸다. 대통령의 뱃속에 들어 있는 것은 아들 도 딸도 아니라고 그녀는 말했던 것이다. 그녀는 과연 무당이었다.

대통령이 몇마리의 뱀을 낳았을까, 그 뱀을 어떻게 했을까, 하는 것 이 사람들의 새로운 관심사가 되었다. 구치소에서도 교도소에서도 마 찬가지였다. 천마리,라고 단언하는 사람이 있는가 하면 한마리라고 주장하는 사람도 있고, 스물네마리의 뱀을 낳아 뱀탕을 끓여 장관들 과 함께, 진지하게 국사(國事)를 논의하며, 회식을 했다는 소문도 있 었다. 나는 그것이 사실이라면 명순의 배를 가르고 나를 이곳에 처넣 은 중후한 음성의 사내도 틀림없이 그 자리에 참석했을 것이라고 생 각했다.

바리데기를 만난 것은 재판이 끝난 직후였다. 징역 3년, 그것이 판사가 포로에게 내린 선고였다. 나는 항소하지 않기로 마음먹었다. 선고가 정당하다고 생각해서가 아니라, 항소를 한다면 곧 내가 그들의 법제도를, 나아가서는 이들의 제도 전반을, 이들의 국가와 그들의 정당성을 받아들이는 것으로 오인될 수 있다는 것이 싫기 때문이었다.

깡통차를 타고 구치소로 돌아오다가 나는 철망으로 가려진 창 너머를 무심코 내다보았는데, 그 하늘을 가득 뒤덮고, 엄청나게 크고 잘생긴 꽃게 한마리가 수많은 다리들을 버둥거리며 날고 있었고, 그 등짝에 바리데기가 색동저고리를 입고 서서 나를 향해 손을 흔들고 있었다.

〔세계의 문학 2000년 여름호〕

봉천동, 그 찬란하던 날

봉천동, 그 찬란하던 날

1. 칼1

더이상 망설일 여지도 이유도 없었다. 죽이는 것, 주선의 표현을 빌리자면, 처형하는 것이다. 두 연놈을 모두. 그것이 희생이건 속죄양이건 상관없었다. 상구의 마음속에 마지막까지 남아 있던 영주에 대한 한 조각 연민마저 사라졌다. 바야흐로 심판의 날이었다. 그는 죄인을 가혹하게 심판할 것이다. 그를 피고인으로 세웠던 법정이 그렇게 했듯이. 심판이란 어째서 가혹해야 하는지를 그는 처음으로 깨달은 것 같았다. 온몸의 피가 싸늘하게 식어드는 느낌이었다.

그는 가방 밑바닥에 감춰두었던 세 자루의 칼을 꺼냈다. 검은색 목제(木製) 손잡이에 날의 길이가 이십오 센티미터에 이르는 칼은 가볍기는 했으나 칼집이 달려 있지 않았다. 뿐만 아니라 너무 길어 거의 검에 가까웠다. 은색의 금속 손잡이가 칼집을 겸한 칼은 날은 십오 센티미터에 지나지 않았고 묵직했다. 전체 길이도 이십 센티미터가 채

224

되지 않았다. 무겁기는 하지만 안주머니에 넣고 다닐 수도 있었다. 그러나 칼날을 빼기 위해서는 두 손을 다 써야 하는 수동식이었다. 마지막으로 단추를 누르면 칼날이 뽑혀나오는 것은 칼날이 십 센티미터, 가볍기는 했으나 너무 작았다.

그는 세 개의 칼을 놓고 망설였다. 마음 같아서는 검은색 목제 손잡이가 달린 칼을 휘두르고 싶었다. 영주네 집은 좁았고, 그들 부부가 잠들어 있을 방안은 더 좁았다. 그런 공간에서 휘두르기에는 그 칼은 너무 길었다. 칼날을 수동식으로 빼내야 하는 칼이 가장 적당할 것 같았으나 그것은 또 너무 무거웠다. 자동장치가 달린 칼은 너무 작아 단번에 두 연놈의 목숨을 빼앗을 수는 없을 것이다. 몇번이나 칼질을 반복해야 비로소 그들의 숨을 끊을 수 있을 것이다.

그는 세 개의 칼을 신문지에 싸서 작은 배낭에 넣었다. 모두 짊어지고 가면 그만이었다. 은밀히 영주의 집안으로 숨어든 다음 마루에서 배낭을 내려놓고 적당한 칼을 고르면 될 것이다.

그는 손목시계를 보았다. 정오를 향해 초침이 부지런히 움직여가고 있었다. 방안은 고요했고 그 자신의 마음 역시 고요했다. 초침 소리가 드럼 소리처럼 크게 들렸다. 그의 심장이 뛰는 소리마저 요란스럽게 느껴졌다. 그는 여관방 안을 둘러보았다. 이곳도 오늘로 끝이었다. 그는 지갑을 꺼내 돈을 헤아렸다. 아직 제법 많은 돈이 남아 있었다. 그에게는 불필요할 정도로 많은 돈이었다. 어쩌면 도망을 해야 할지도 모른다. 굳이 체포되지 않기 위해, 숨어 다니기 위해 애를 쓸 생각은 없었으나, 그렇다 하여 내키지 않는 순간에 붙잡히고 싶은 생각도 없었다. 이번에는 그 자신의 발로 당당히 경찰서의 문을 밀고 들어가 내가 범인이오, 하고 말하고 싶었다.

그는 아이의 사진을 꺼냈다. 사진 속에서 아이는 여전히 찡그린 얼굴로 이쪽을 넘겨다보고 있었다. 준아, 미안하다. 너는 이제 정말 고아가 될 것이다. 몇시간 뒤에 네 아비는 네 어미를 죽일 테니까. 용서해다오, 아이야.

2. 행복한 법안

상구가 교도소에서 출감한 것은 한달 전 날씨가 쌀쌀해지며 거리의 은행잎들이 노랗게 물들기 시작하던 때, 그러니까 국회에서 '과잉행복 행위 등 처벌에 관한 법률'이라는 법안을 놓고 여당과 야당 국회의원들이 연일 싸움박질에 몰두하던 무렵이었다. 여당 국회의원 김대승 외 일흔두명 의원들의 동의로 국회에 제출된 그 법안은 처음부터 여러가지 문제점을 안고 있었으나, 뜻밖에 날이 갈수록 국민들 사이에서 고개를 끄덕이는 사람이 많아져 거기에 고무된 여당은 법안을 회기 내에 통과시키기 위해 비상수단이라도 동원하겠노라고 공언하고 있었다.

그 법안의 내용은, 이 나라의 국회의원이나 법률가들이 좋아하는 번문(煩文)을 제외하고 보면, 지극히 간단히 요약될 수 있었다. 즉, 해마다 한번씩 나라에서 가장 행복한 사람을 하나 골라 그해 연말에 처형한다는 것이었다. 나라 안의 모든 사람들이 행복하다면 모르지만, 그렇지 못한 것이 불 보듯 뻔한데 가장 행복하다는 것은 즉 불행한 사람들 몫의 행복을, 어떤 수단을 썼건간에, 가장 많이, 가장 악랄하게, 가장 철저하게, 가장 탐욕스럽게 빼앗거나 훔친 것이 틀림없으니까 처형하는 게 마땅하다는 것이었다. 기자들은 그 법안을 둘러싼 여야 의원들 사이의 말다툼을 '행복한 법안 논쟁'이라고 불렀다.

그의 출감을 마중하는 사람은 없었다. 그는 출감하자마자 술집도 음식점도 찾지 않고 곧 집으로, 아니, 그의 집이 있던 곳으로 출발했다. 서울의 북쪽, 경기도 지축리였다. 오년 전 형사에게 체포되던 무렵까지 그는 그곳에서 작은 방 한칸을 세내어 아내와 아이와 함께 살고 있었다. 그곳에는 물론 이제는 그의 아내 영주도 아이도 없었다. 그러나 영주를 찾아내기 위해서는 우선 그곳에서 출발해야 했다. 버스가 지축리에 가까워지는 동안 그는 복수심으로 몸속 깊은 곳이, 아마도 염통과 뇌로 연결된 신경줄이 지진계처럼 파동하는 것을 느꼈고, 그것을 자제시키기 위해 노력했다.

지축리에서 그는 집주인을 만나고, 세탁소 주인을 만나고, 구멍가게 여자를 만났다. 그리하여 그가 찾아낸 단서는 영주에 대한 것이 아니라 그녀의 친구인 미용사 수희에 대한 것이었다. 집주인 여자는 말했다.

"그 여자 봉천동에 있는 무슨 미장원에서 일한다고 하던데. 하지만 그게 벌써 언제야. 사오년은 지났을걸."

이튿날부터 그는 봉천동을 골목골목 구석구석 뒤지고 다니기 시작했다. 돈은 걱정할 필요가 없었다. 서울시내에는 목욕탕이 얼마든지 있었고, 그는 목욕탕털이 전문가였다.

3. 쓰레기에 관한 법률

상구는 나흘 동안 봉천동 바닥을 샅샅이 뒤지고 쏘다닌 끝에 수희가 다니는 미장원을 찾아냈다. 그러나 그는 무작정 미장원으로 쳐들어가지는 않았다. 만일 수희가 영주의 행방을 안다 하더라도, 호락호

락 상구에게 알려줄 리가 없었다. 궁리를 거듭해보았으나 좋은 방법
은 떠오르지 않았다. 미장원에서 난동을 부리기는 쉬웠다. 그러나 그
것은 최악의 방법이었다. 영주를 찾아내기까지, 그리하여 그녀의 배
에 심판의 칼을 꽂아주기까지 그는 가능한 한 조용히, 얌전히 살아야
했다. 경찰에 붙들리는 일이 벌어졌다가는 심판 자체가 불가능해지고
말 테니까. 가능한 한 말을 아끼는 것, 침묵으로 주변의 모든 사람들
을 위협하는 것, 그것이 그가 생각해낸 최선의 방법이었다.

그는 불문곡직 미장원으로 들어가자 미장원 한가운데 버텨서서 수
희를 쏘아보았다. 수희는 그를 알아보지 못하고 어서 오세요, 하고 말
했으나, 그는 아무 말도 하지 않고 그저 그녀를 쏘아보고만 있었다.
그의 시선을 의식한 수희가 손질하던 손님의 머리로부터 고개를 돌려
그를 다시 쳐다보았다. 두 사람의 시선이 마주쳤다. 그녀는 처음에는
저 사람 왜 저래, 하는 의아스러운 눈빛이었으나 곧 그를 알아보았고,
다음 순간 그녀의 얼굴은 새파랗게 질렸다. 으으아아, 그녀의 입술에
서 비명이 터져나왔다. 준이 아빠! 여, 여기, 여긴 웬일이에요? 상구
는 대꾸하지 않았다. 당장 그 자리에서 달아나고 싶은 표정으로 돌변
한 수희의 얼굴을 그저 지켜보고만 있었다. 그 얼굴을 통하여 그는 수
희가 영주의 행방을 알고 있으리라는 것을 짐작할 수 있었다. 그쯤에
서 그는 한마디 툭 내뱉었다.

"영주 이년 어딨습니까?"

그는 냉정해지려, 침착해지려 애썼으나 사실은 지쳐 있었고, 속에
서는 울화가 가마솥에서 끓는 기름처럼 지글거리고 있었다. 이놈의
마누라, 찾아내기만 하면 그 자리에서 멱을 따 죽여버린다. 이렇게 그
의 얼굴에 씌어 있었다. 수희는 난 몰라요, 하고 말했다. 그는 대꾸하
지 않았다. 꼼짝도 하지 않았다. 미장원 가운데 버티고 선 채 수희를

쏘아보고만 있었다. 미장원 손님들이, 그리고 미용사들이, 여주인이 불안한 눈길로 그를 쳐다보았다. 그는 움직이지 않았다. 수희가 다시 말했다. 몰라요, 정말. 그는 대꾸하지 않았다. 움직이지도 않았다. 더 이상은 묻지도 않았다. 침묵 속에서 그는 허공에 메아리치는 소리를 들었다. 그가 던진 한마디 말이 아직 미장원 안에 떠돌고 있었다. 영주 이년 어딨습니까. 주인 여자가 수희에게 뭐라고인지 속삭이고 자리를 비키자 수희는 그에게 말했다. 요 앞에 있는 편의점에 가서 기다리세요.

편의점이라. 그게 뭘 말하는 것일까. 상구는 미장원에서 나오자 골목을 걸어 내려가던 아낙에게 물었다. 요 앞에 편의점이 어딥니까? 아낙은 골목 아래쪽의 한 가게를 가리켰다. 삼면의 벽이 투명한 유리로 된, 소형 슈퍼마켓 같은 곳이었다. 가게 앞에 탁자와 걸상을 몇 내놓아 학생으로 보이는 어린 여자아이 둘이 그곳에서 컵라면을 먹고 있었다. 상구는 안에서 맥주를 사들고 나와 그 탁자 가운데 하나를 차지하고 앉았다. 편의점, 이런 것은 그가 감옥에 들어가기 전에는 없었다. 혹시 있었는지도 모르지만 이런 골목에까지 파고들 정도로 많지는 않았다.

핏자 상자를 실은 오토바이가 위태로울 만큼 가까이 그가 앉은 의자 곁을 스쳐 치달려갔다. 그는 멀거니 오토바이 꽁무니를 바라보았다. 메마른 바람이 골목 끝에서 불어왔다. 놀이터가 있었으나 거기에서 노는 아이들은 보이지 않았다. 망가져 기둥에 비끄러매인 그네, 페인트가 벗겨진 시소, 철판으로 만들어 세운 미끄럼틀에는 녹이 슬어가고 있었고, 놀이터의 담 밑에는 쓰레기가 쌓여 있었다. 골목 저편에는 구멍가게. 이미 문을 닫아건 세탁소. 비디오대여점 유리창에는 '24시간 영업중'이라고 씌어 있었고, 행상이 남겨둔 빈 수레가 서 있었으며, 전신주 밑에는 쓰레기가 넘쳐나는 쓰레기봉투들이 바람에 날려 찢기는 소리를 냈다. 그 봉투에 봉천구청,이라고 인쇄된 것이 무슨 뜻인지를 그는 알 수 없었다. 감옥에서 나온 지 닷새였다. 언제부터 저런 봉투에 구청의 이름이 새겨지게 된 것일까. 봉투마다 구청의 이름이, 시청의 이름이 새겨지고, 그런 봉투를 다른 지역으로 가지고 나가면 그것 역시 불법행위가 되어 구속되고 재판을 받고 감옥살이를 해야 하는 것일까. 그는 자신도 모르는 사이에 이를 악물었다. 구청이니 시청이니 하는 것들은 곧 법을, 그리고 경찰을 의미했고, 그런 것들을 목격하면 그는 본능적으로 두려움과 적개심에 사로잡혔다. 개새끼들, 저런 하잘것없는 물건에까지 법의 도장을 눌러대다니. 법은 그가 철든 이래 늘 그를 추적하고 그에게 딴지를 걸고 그의 목을 졸라 세상으로부터 밀어냈다. 결국에는 감옥으로.

검은 비닐주머니 하나가 허공으로 날아오를 듯 꿈틀거리다가 땅바닥을 구르기 시작했다. 거기에는 구청의 이름은 인쇄되어 있지 않은 것 같았다. 그는 물끄러미 그것을 쳐다보며 생각했다. 저건 불법 비닐주머니일까. 세상은 자칫, 저지르게 되어 있는 불법행위로 가득했다.

시간이 흘렀고, 편의점 안의 불빛이 어두워진 골목 바깥까지 흘러나왔다. 훤히 밝혀진 편의점은 밝고 깨끗했다. 그것은 마치 투명한 유리로 포장된 커다란 선물상자 같았다. 망할 년. 그는 입안엣소리로 욕설을 내뱉었다. 그는 목욕탕을 털어 먹고살았다. 중택을 포함한 그의 동료들은 돈이 생기면 생기는 대로 써버렸다. 가족이 있는 녀석이건 없는 녀석이건 마찬가지였다. 상구는 그럴 수 없었다. 돈이 생기면 고스란히 아내에게 보냈다. 친구들은 그가 독종이라고 혀를 내둘렀다. 그러나 어쩔 수 없었다. 이놈의 세상을, 도둑으로건 날건달로건, 온전히 살아내기 위해서는 눈곱만한 집이라도 한칸 장만해야 한다는 것이 그의 생각이었다. 방 한칸, 부엌 한칸짜리라 해도 무방했다. 전세금을 올려라, 월세를 올려라, 방을 빼라, 하는 소리를 그는 어릴 때부터 무수히 듣고 살았다. 아비 어미는 시골에서 살다가 서울로 이사를 온 이래 이불보따리와 부엌살림을 지게에 짊어지고 수레에 싣고 더 싼 방을 얻기 위해 낯선 동네로 또 낯선 동네로 헤매고 다녀야 했고, 이사를 다닐 때마다 그들의 생활은 반은 무너지거나 망가졌다. 이사 때문에 아비와 어미는 멀쩡히 다니던 직장에서 떨려나 실직을 하거나 일터를 옮겨야 하는 일이 벌어지기도 했다. 그래서는 돈을 벌어봐야 아무것도 할 수 없었다. 그저 방에, 이사에, 길바닥에 뿌리고 다니거나, 결국에는 집주인의 아가리에 털어넣는 것뿐이었다.

사년, 꼬박 사년 동안 목욕탕을 털어 생긴 돈은 모두 합하면 육천만원 가까웠다. 그러나 그가 구속되어 재판을 받고 감옥에 들어가 있는 동안 아내는 사라졌다. 아직 재판이 진행중일 때에 면회장의 철창 너머 나타난 영주에게 그는 말했다. 다른 생각 말고 집이나 하나 사. 방 한칸짜리라도 상관없어. 서울 벗어나서라도 좋아. 움막이라도 괜찮아. 우선 집부터 사. 영주는 큰 깨달음이라도 얻은 듯 고개를 끄덕이며 떠나갔으나, 그후 다시는 나타나지 않았다. 그것으로 끝이었다. 이듬해에 그에게는 가정법원의 이혼통지서가 배달되었다. 영주에게서는 편지 한장이 없었다. 그는 당혹감과 배신감, 분노와 울화로 가슴이 터져나갈 듯했다. 그 며칠 사이에 잇몸이 다 헐어 이가 들떴다. 한가지 결심을 한 다음에야 비로소 그의 울화는 조금씩 가라앉았다. 출감하면 그날로 이년을 찾아내어 죽여버리리라. 얼마 뒤에는 어미가 면회를 왔다. 어미는 그의 눈치를 보며 더듬더듬 영주가 사라졌다고 말하고 결국은 눈물을 쏟아냈다.

수희는 여덟시가 지나서야 나타났고, 상구는 취할 대로 취한 뒤였다. 그녀는 여전히 겁에 질린 낯이었다. 그는 묵묵히 수희를 넘겨다보기만 했다. 아직 그에게는 침묵 외에 수희의 입을 여는 다른 방법이 없었다. 결국 수희 스스로 입을 열었다.

"영주란 년은 미친년이에요. 찾지 말아요. 일본에 가서 돈 벌겠다고 벼렀어요. 제깟년이 일본에 가서 뭘 하겠어요? 뻔하죠. 잘해봐야 술집에나 나가겠죠. 내가 준이 아빠 거기 들어가 있는 동안 미용기술이라도 배우라고 그렇게 권했는데, 영주란 년 들은 체도 않더라구요."

그는 치미는 울화를 삭이기 위해 안간힘을 다했다. 편의점 바깥의, 컵라면 용기와 뜯긴 포장지, 병뚜껑과 빈 우유포장 따위가 가득 들어찬 커다란 종이상자를 물끄러미 쳐다보며 그는 애써 무표정한 얼굴로 수희의 얘기를 들었다. 아내라고는 하지만, 영주는 오다가다 만나 같이 산 여자였다. 그녀는 해장국집에서 주방일을 하고 있었고, 그는 거기 자주 드나들었다. 그녀가 임신을 하는 바람에 동거를 시작했고, 아이가 태어나자 혼인신고를 한 것뿐이었다. 상구는 이렇게 사는 수밖에 없다고 마음먹었으나, 영주는 그렇지 않았던 모양이었다. 오다가다 만났으니 아무 때나 헤어지면 그뿐이라고 생각한 것일까.

수희는 서둘러 떠나갔다. 그녀를 붙들어둘 명분이 그에게는 없었다. 일본이라니. 상구는 계속해서 맥주를 가져다 마시며 생각을 거듭했다. 일본? 영주가 일본에? 술집이라니? 그건 도무지 앞뒤가 맞지 않는 터무니없는 소리였다. 어쩌면 그것은 그로부터 영주를 보호하기 위한 수희의 거짓말일 수도 있었다. 그러나 정말일지도 모른다. 영주가 그렇게 사라져버린 뒤에 상구는 그녀에 대해 아무것도 자신할 수 없게 되고 말았다.

편의점 안으로 고등학생쯤으로 보이는 다섯명의 소년들이 뛰어들어갔다. 한 녀석은 머리를 노란색으로 물들였고, 다른 한 녀석은 귀를 뚫어 거기 굵직한 은색 반지 같은 것을 끼워넣은 꼴이었다. 사람이 두엇쯤은 들어가고도 남을 만큼 폭이 넓은 바짓자락은 바닥을 쓸고 다녔다. 상구는 물끄러미 그들을 지켜보았다. 그들은 컵라면 뚜껑을 뜯어 뜨거운 물을 붓고 잠시 잡담을 하며 기다리다가 곧 뚜껑을 뜯어내고 라면을 먹기 시작했다. 상구는 이런 곳에서 컵라면을 그런 식으로 먹을 수도 있다는 것을 처음 알았다. 컵라면이라도 먹어볼까. 그러나 그에게는 그것이 어색한 짓으로 여겨졌다. 어쩌면 불법행위인지도 모른다. 구청의 이름이 찍힌 비닐주머니가 무엇인지도 그는 아직 알지 못하는 것이다. 어쩌면 학생은 이런 곳에서 저렇게 먹어도 좋을지 모르지만 상구 같은 자가 그런 짓을 하면 수상하게 보일지도 모른다.

빈 속에 술을 퍼부어댄 것이 벌써 일곱 병이었다. 그러나 그다지 취하지 않았다. 생각에 잠겼다가 정신을 차릴 때마다 자신도 모르는 사이에 그는 이를 악물고 있었다. 턱이 아파올 지경이었다. 이 죽일년을 어디 가서 찾아야 할까. 문득 그를 처음 발견하자 공포에 질리던 수희의 얼굴이 생각났고, 미친년이에요, 하고 말하던 그녀의 눈빛이 생각났다. 그의 눈치를 보는 것 같았다. 단순히 그에 대한 두려움만이 아닌, 뭔가를 감추기 위해 그의 눈치를 살피는 눈빛. 그렇다. 그는 터질 듯 바삐 뛰기 시작하는 심장을 진정시키려 노력하며 빈 맥주병을 들어 쓰레기가 담긴 커다란 종이상자를 겨냥했다. 자칫 겨냥이 잘못 되었다가는 튕겨나가 편의점 유리창을 깨뜨리거나 길바닥에 떨어져 깨져 나갈지도 모른다. 사람들이 놀라 그를 돌아볼 것이다. 그런 짓 자체가, 영업방해나 도로교통법 위반, 그러니까 불법행위인지도 모른다. 세상에는 별별 법이 다 많으니까. 과잉행복이니 뭐니 하는 법까지 생긴다고 하지 않는가. 사람들이 무서워서 경찰에 신고를 할지도 모른다. 그는 전과자니까 경찰은 의심의 눈으로 그를 볼 것이요, 경찰서에 끌려가 조사를 받거나, 어쩌면 구류형을 살게 될지도 모른다. 심지어 형사들은 유서깊은 전통에 따라 골치아픈 미제(未濟) 사건 따위의 엉뚱한 혐의를 그에게 뒤집어씌우려 할지도 모른다. 그러나 그는 겨냥을 중단하지 않았다.

수희는 그가 편의점을 향해 미장원을 나서자마자 곧 영주에게 전화를 한 것은 아닐까. 니 남편 나타났어. 조심해. 꼭꼭 숨어 있어야 해, 이년아. 영주와 수희는 상구에게 어떤 말을 해야 할지 상의했을 것이다. 일본에 갔다고 해, 일본에. 상구가 그들 모자를 찾는 일을 하루빨리 포기하도록 그들 둘이 궁리 끝에 만들어낸 거짓말일지 모른다. 영주와 수희는 오래전부터 서로 돈을 빌려주기도 하고 빌려 쓰기도 하는 사이였다. 같이 영화도 보러 다니고 시장도 다녔다. 수희는 뻔질나게 그의 집에 드나들며 영주와 밥도 같이 먹고 술도 같이 마셨으며, 가끔은 상구까지 셋이 어울려 영화를 보고 술을 마시러 다닌 적도 있었다. 그의 집에서 자고 가기도 했다. 그렇다. 이미 그때부터 수희가 종종 영주에게 미용기술을 익히라고 권하던 것이 기억났다.

그는 빈 맥주병으로 오랜 시간 공을 들여 쓰레기통을 겨냥했다. 편의점 안에서 컵라면을 먹던 해괴한 꼴의 소년들이, 그리고 편의점의 금전등록기 앞에 서 있던 여직원 역시 긴장하여, 다소는 겁에 질린 얼굴로 그를 주시하고 있다는 것을 그는 알지 못했다. 마침내 빈 맥주병이 그의 손을 떠났다. 맥주병은 정확히 쓰레기통의 쓰레기들 위에 사뿐히 떨어졌다. 튀어나가지도 않았고 떨어지지도 않았으며 상자 밖으로 병뚜껑 하나 튀지 않았다. 편의점 안의 소년들이 그를 쳐다보며 박수를 쳤다. 그는 놀라 소년들을 바라보았다. 소년들은 라면을 우물우물 씹으면서도 그에게 웃음을 보내며 박수를 쳐댔다.

그는 벌떡 일어섰다. 그렇다. 수희는 거짓말을 했다. 그녀는 영주의 행방을 아는 것이 분명하다. 객지생활, 떠돌이생활, 감옥살이 이십 년, 눈칫밥으로 잔뼈가 굵은 상구였다.

4. 칼2

사흘째 비가 쏟아지고 있었다. 우산으로 얼굴을 가린 여자가 까페 입구의 계단으로 들어섰다. 우산에서도 쥐색 레인코트 자락에서도 빗 방울이 뚝뚝 떨어졌다. 여자는 계단을 몇걸음 올라간 다음에야 우산 을 접었다. 여자의 발걸음도, 뒤를 돌아보는 눈길도 쫓기는 사람처럼 불안정하게 흔들렸다. 여자는 좁은 계단을 올라가 까페의 출입문을 밀고 들어섰다. 구석 자리에 앉아 있던 수희가 손을 번쩍 쳐들었다. 여자는 느릿느릿 그녀에게 다가가면서도 까페 안을 이리저리 둘러보 았다. 행여나 아는 사람이라도 만날까 두려워하는 것 같았다. 수희는 즐기는 듯 그런 영주를 지켜보았다. 영주가 마침내 그녀 앞에 앉았다. 수희가 물었다.

"왜? 니 남편이라도 쫓아왔을까봐서?"

영주는 대꾸하지 않았다. 수희가 곧 덧붙였다.

"아니, 전남편인가?"

영주는 우산을 꼼꼼히 접어 아직 물이 뚝뚝 떨어지는데도 단추까지 채워 어몄다. 또 온 적은 없어? 그녀가 묻자 수희는 고개를 저었다. 그 사람 꼴이 어땠어? 수희는 갑자기 깔깔 웃어댔다. 꼴이 전과자 꼴 이지, 뭐. 질 나쁜 스피커를 통해 흘러나오는 소음 같은 힙합 음악은 지글거리며 축축한 카펫에 엉겨붙었고, 드문드문 전등이 꺼진 까페의 먼지와 때로 얼룩진 유리창을 통하여 스며드는 비 내리는 초저녁 도심지의 침침한 햇빛은 오물 같았다. 하나도 빼지 말고 다 얘기해 줘. 영주가 말했다. 수희는 전화로 벌써 다 말했잖아, 하고는 맥주잔을 들어 입으로 가져갔다. 너도 맥주 한잔 할래? 영주는 잠시 망설이다가 고개를 끄덕이고 다시 물었다. 니 말을 믿는 것 같든? 수희는 대답은 않고 종업원도 보이지 않는 허공에 대고 여기 맥주 둘 더, 하고 소리쳤다.

"내가 얼마나 놀랐는지 아니? 누가 날 찾는다고 해서 돌아봤더니 바로 니 남편이야. 아니 전남편. 눈알이 시뻘건 게 당장이라도 주머니에서 칼을 꺼내 몇사람 목이라도 딸 것처럼 험상궂은 얼굴인 거야. 심장이 벌컥거리기 시작하는데…… 니 남편이 버럭 고함을 지르는 거야. 이 개년 어디 있어?"

영주는 작은 소리로 미친놈, 하고 중얼거리고 큰 소리로 쏘아붙였다.

"남편이라고 하지 마, 이 미친년아. 그놈은 내 남편 아니야. 원수야."

수희는 이미 전화에 대고 다 한 얘기를 계속해서 숨이 가쁘게 떠들어댔다.

"놀라서 말이 안 나오는 거야. 그 사람은 어디 있냐구, 하면서 고함을 지르고…… 미용기계를 당장 내던질 것처럼 들었다 놨다 하질 않나…… 손님들은 무서워서 어쩔 줄 모르고 비명을 지르는 사람에 뛰쳐나가버리는 사람에, 주인마담은 눈치 주지…… 니 남편은, 아니, 상구씨는 가게 유리창이랑 거울에다가 몇번이나 발길질을 하고 주먹을 휘두르며 씩씩거리고…… 말도 마. 무섭기도 하고 화가 나기도 하고 마담언니한테 미안하기도 하고…… 손님들이 모처럼 미장원에 가득 찼는데, 니 남편은 그 한가운데 떡 버티고 서서…… 할 수 없이 편의점에 가서 기다리라고 했어."

수희는 영주의 표정을 할끔할끔 훔쳐보며 얘기를 계속했다. 그 사람이 나가고 나서도 손님들이 밀려서 나갈 수가 없었어. 그런데, 주인 마담이 혹시 그 사람이 또 나타날까봐 무서웠는지 나보고 어서 나가보라고 하더라구. 정말 발이 안 떨어지는 걸 할 수 없이 편의점으로 갔지, 뭐. 우리 가게 앞에 편의점 하나 있잖아. 그 사람은 벌써 술이 꼭대기까지 취해 있는 거야. 영주가 중얼거렸다. 그랬겠지, 미친놈. 수희는 계속해서 말했다. 미장원에서 나올 때까지는 너 어디 있는지 모른다고 무작정 잡아뗄 생각이었거든. 그런데 그 꼴 보니까 갑자기 우선 니가 없다고, 서울에 없다고 말해야겠다는 생각이 퍼뜩 들었어. 그래서 너 일본 갔다고 말해버렸어. 돈 벌러 일본 갔다고.

종업원이 맥주 두 병을 더 날라왔다. 외국산 맥주, 작지만 값은 비싼. 영주는 결코 그런 맥주는 마시지 않았다. 종업원이 병뚜껑을 따려하자 영주는 그것을 막았다. 다른 걸로 갖다줘요. 큰 걸로, 국산으로. 종업원이 국산 맥주를 갖다놓고 돌아간 뒤 영주는 다시 물었다. 그밖에, 다른 말은 않든, 그 인간이? 수희는 잠시 생각해보았으나 상구가 한 말은 더이상 생각나는 것이 없었다. 더이상 늘어놓을 거짓말도 생각나지 않았다. 영주는 초조한 낯으로 잘 생각해보라고 몇번이나 채근했다. 수희가 물었다. 왜? 무슨 말을 했을 거라고 생각하는데?

영주는 맥주를 벌컥벌컥 들이켜고 한숨처럼 내뱉었다. 그 인간, 나쁜 인간. 수희는 조심스럽게 물어보았다. 너 준이는 가끔 들여다보니? 영주는 대답하지 않았다. 너도 참 독한 년이다. 수희가 말하자 영주는 눈을 흘겼다. 속 모르는 소리 마라, 이년아. 들여다보면 뭐 하니? 데려올 수가 없는 걸. 속만 뒤집히는 걸. 눈에서 눈물이 반짝 빛

났으나 그녀는 눈물을 흘리지는 않았다. 그 아인 나 같은 년하고 사는 것보다 거기에서 사는 게 훨씬 나아. 지 애비하고 사는 것보다도 그게 낫고. 그 악착스러운 인간이 혹시 고아원마다 다 뒤지고 다니는 건 아닌지 모르겠다. 소름끼친다, 그 인간. 영주는 몸이 부르르 떨렸다. 그가 칼을 목에 들이밀고 고함을 질러대던 꼴이 생각났다. 벗으라면 벗어! 죽여버리기 전에! 그 예리한 칼날이 목줄기를 스칠 때마다 그녀는 몸서리를 쳤다. 상구는 눈이 시뻘겋게 충혈되어 사람 같지 않았다. 짐승이었다. 아니, 짐승도 그럴 리 없다. 적어도 그 순간 그는 사람이 아니라 세상에 가장 사악한 어떤 것, 그녀가 상상해본 적도 없는 어떤 사악함의 극단이었다. 사소한 말다툼 끝에 발광한 듯 화를 내고 칼을 뽑아드는 그가 영주는 온전한 사람으로 보이지 않았다. 그후 상구가 조금 음성을 높이기만 하면 그 짐승이 생각났고 무서웠다. 시간이 오래 지난 뒤에도 그의 눈빛이 날카로워진다 싶으면 그녀는 두려움으로 벌써 몸이 자지러들었다. 달아나야 한다는 생각을 한 것은 이미 그때부터였다.

수희가 돈봉투를 꺼내 영주에게 내밀었다. 이번 달 이자야. 영주는 봉투를 받아 손아귀에 움켜쥐며 말했다. 힘들면 미뤄도 돼. 수희는 웃었다. 미뤄봤자 결국엔 내가 갚아야 하는 건데, 뭐. 영주는 봉투를 손가방에 밀어넣고 딸깍, 단추를 잠갔다. 혹시 이게 니 행복을 빼앗는 짓은 아니겠지? 두 여자는 잠시 서로 다른 눈빛으로 상대를 쳐다보다가 동시에 웃음을 터뜨렸다. 수희가 장난처럼 말했다. 그런지도 모르지. 두 여자는 다시 웃었다. 그러나 이번에는 웃음 끝에 어색함이 남았다. 공개처형 방식을 택할 예정이라더라. 수희는 반색을 했다. 어머어머, 난 꼭 구경갈 거야. 두 여자는 어색함을 지우기 위해 빠르고 명랑하게 얘기를 주고받았다. 그런 놈들이 어떤 놈들인지 가서 봐줄 거야. 공개처형을 어디서 한대? 세종로 네거리에서 한대? 아니면 올림픽공원에서? 우리 같이 가자. 도시락 싸 가지고. 다시 웃음. 올림픽공원은 입장료 받는 데 아냐? 그렇게 되면 공개가 아니잖아. 어머, 그렇게 되는 건가? 텔레비전 중계도 할까? 틀림없이 할걸. 그럼 짜장면이나 시켜 먹으며 집에서 보는 게 더 편할까? 영주는 명랑한 기세를 몰아 큰 소리로 외쳤다. 여기 맥주 둘 더. 오늘 우리 술 좀 마시자. 우리 집 그 인간 출장갔어. 울산이래. 자동차 외판원이 무슨 출장이 그리 잦은 건지 모르겠다. 수희는 차디찬 맥주잔을 얼굴에 문지르며 한숨과 함께 중얼거렸다. 그녀의 얼굴에 짙은 그늘이 드리워졌다. 외판원이라도 좋고 출장이 잦아도 좋으니까 나도 남자 하나 있었으면 좋겠다. 나이 서른다섯에 아직까지…… 남자가 원수다, 하고 영주가 못박았다. 원수라서 넌 그 나이에 벌써 결혼을 두번씩이나…… 하고 맞받으려다가 수희는 곧 실수를 했다는 것을 깨달았다. 미안, 미안. 나도 모르게 말이 헛나갔어. 영주는 그녀를 빤히 쳐다보았다. 너도 도둑놈 남편 하나 얻고 싶니? 말만 해. 내가 그 미친놈 친구 하나 소개시켜 줘? 내가 길바닥에서 준이 애비 같은 놈을 하루에도 수도 없이 본다. 눈만 보면 알아, 그런 인간들은. 니가 소원이라면 하나 주워다 줄 수도 있어. 수희는 영주의 잔에 맥주를 따랐다. 우리 싸우지 말고 술이나 먹자. 두 여자는 술잔을 부딪쳤다.

5. 칼3

상구는 검정 우산을 받쳐들고 공중전화 부스 옆에 바짝 붙어 서 있었다. 수희의 뒤를 은밀히 쫓아다닌 지 벌써 닷새째였다. 그녀가 미장원에서 나오는 것을 목격한 그는 멀찍이 떨어져 뒤를 밟았고, 그녀는 신림역 네거리의 까페 '로미오'로 들어갔으며, 그후 상구는 길 건너편 관측하기 좋은 공중전화 부스에 자리잡고 서서 까페의 출입구만을 노려보고 있었다.

막막한 심정으로 그는 빗줄기가 흩어지는 허공을 올려다보았다. 언제까지 수희의 뒤를 밟는 것으로 하루하루를 보내야 하는 것일까. 그는 이제 수희의 일상을 꿰뚫고 있었다. 지난 닷새 사이에 그렇게 되었다. 그녀는 튀김을 안주로 소주를 마시는 것을 좋아한다. 비디오를 보는 것이 취미다. 동네 비디오가게에는 그녀가 더이상 볼 영화가 없을 정도다. 그녀는 출시되는 거의 모든 비디오를 본다. 특별히 좋아하는 영화가 정해져 있는 것도 아니다. 무작정 나오는 대로 다 빌려다 본다. 간혹은 하룻밤에 두개 세개씩 빌려다본다. 심심해서다. 혼자 보내야 하는 시간이 많아서다.

수희가 퇴근하자마자 집으로 돌아간 것은 어저께가 처음이었다. 그녀의 집은 사당동, 전철역 뒤쪽 골목의 셋집이었다. 그녀는 집앞 골목에서 비디오 테이프를 빌리고 소주를 사고 튀김을 샀다. 그저께는 미장원에서 일곱시에 퇴근하여 동료 미용사 한사람과 함께 시장에 들어가 튀김을 안주로 소주를 한병 마셨다. 전철을 타고 사당동에서 내린 그녀는 집으로 가는 것이 아니라 근처 쇼핑몰 꼭대기에 자리잡은 심야극장으로 들어갔다. 혼자서, 그 늦은 밤에. 망설이던 상구도 할 수 없이 극장으로 들어섰다. 캄캄한 극장 안에서 그녀가 앉은 자리를 찾아낼 일이 막막했으나, 다행히 극장 안에는 관객이 별로 없었고, 그래서 어렵지 않게 그녀를 찾아낼 수 있었다. 문제는 그 다음이었다. 관객이 별로 없었으므로 그녀가 그를 알아볼 가능성이 높았다. 그는 맨 뒷자리에 앉아 저만큼 떨어진 가운뎃줄에 앉은 수희의 뒤꼭지만을 주시했다. 그녀의 고개가 까딱하기만 해도 그는 자는 척 고개를 가슴에 묻었다. 그러나 머지않아 그는 그렇게 조심할 필요가 없다는 것을 알게 되었다. 수희는 곧 졸기 시작했던 것이다. 이 한밤중에 술에 취한 채로 극장에 와서 겨우 하는 짓이 조는 거라니. 그는 혼자 혀를 찼다. 어지간히 할일 없는 계집이로군. 영화가 끝나자 수희는 천천히 극장에서 빠져나가 골목으로 들어섰고, 편의점에서 소주를 한병 사들고 집으로 들어갔다. 튀김은 살 수 없었다. 이미 가게가 문을 닫은 뒤였으니까.

공중전화 부스 옆에서 기다린 지 이십여분, 상구는 분홍색 우산을 들고 다가오는 여자를 발견했다. 낯이 익었다. 영주였다. 그러나 저 여자가? 그 여자는 그들 계급의 여자가 아닌 것 같았다. 그들과는 다른 계급의 여자처럼 보였다. 그러나 분명했다. 영주였다. 그는 얼른 우산으로 상체를 가렸다. 숨이 가쁘고 다리가 후들후들 떨렸다. 그는 우산을 조금씩 내려 고개만 빼고 다시 그쪽을 넘겨다보았다. 회색 레인코트, 굽이 높은 구두, 단정히 커트한 머리, 너무 달라진 모습이었다. 그의 아내라는 것이 믿어지지 않을 만큼 깔끔하고 단정하고 예뻤다. 저렇게 예뻤던가, 영주가. 식당에서 더러운 앞치마를 걸치고 김치 깍두기를 나르고 된장찌개 뚝배기를 나르던 여자가 바로 저 여자란 말인가.

다음 순간 그의 이마는 원심(怨心)으로 싸늘히 식어들었다. 그렇다. 그가 가져다준 돈, 그 돈이 부엌데기 영주를 저런 멋쟁이로 만들었을 것이다. 그는 이를 악물었다. 다리는 더이상 떨리지 않았다. 뱃속이 부르르 떨려왔다. 그가 감방에서 차디찬 보리밥을 짠지조각과 함께 씹어넘기는 동안 영주는 그의 피눈물나는 돈으로 호의호식, 얼굴이나 가꾸며 살았을 테지. 그는 당장 길을 건너가 영주의 목덜미를 틀어쥐어 빗물웅덩이에 쑤셔박고 싶은 충동에 사로잡혔다. 불끈불끈 손아귀에 힘이 들어갔다. 그러나 안된다. 그는 그녀를 몇차례 두들겨 패고 화해하거나 데리고 살려는 것이 아니었다. 그녀를 처형해야 하는 것이다. 그녀가 저지른 배신행위와 범죄에 대해 그 책임을 물어야 하는 것이다. 우선 그녀의 집을 알아내야 했다. 아이와 함께 사는 건지 아닌지, 아니라면 아이는 어떻게 한 것인지, 어떤 놈팽이와 붙어 사는지 혼자 사는지를 알아내야 했다. 그는 금방이라도 핏물이 뚝뚝 흘러내릴 듯 충혈된 눈으로 까페의 계단으로 사라져가는 그녀를 주시했다.

아이는 지금쯤 여덟살이 되었을 것이다. 초등학교 2학년…… 아니면 1학년일까. 그는 아이의 학년조차 알지 못했다. 하기야 당장 아이와 마주친다 해도 그는 아이를 알아보지 못할 것이다. 그는 한때 무력한 아비를 혐오하고 경멸했으나, 지금 그는 그때의 아비보다 더 무력하고 한심한 아비가 되어 있었다. 그는 자식이 지금 어디에서 누구와 어떻게 살고 있는지조차 알지 못한다…… 그런 생각을 할수록 원심과 분노는 더욱 깊어졌다. 그는 안주머니에 손을 넣어 거기 감춰진 칼을 쓰다듬었다. 칼은 그가 상실한 모든 것들의 분신 같았다. 그에게 지금 가장 소중한 것이 바로 그 칼이었다. 그것이 그의 모든 문제를 해결해줄 것이다. 그의 생애까지도 해결해줄 것이다. 더이상 아이를 걱정하지 않아도 될 것이다. 더이상 목욕탕을 털지 않아도 될 것이다. 더이상 끼니를 걱정하지 않아도 될 것이다. 감옥에서 만난 사형수 한 주선이 성경을 인용하여 말했듯이, 더이상 무엇을 먹을까 무엇을 입을까 걱정하지 않아도 좋을 것이다.

그의 아름다운 죄인은 까페로 들어간 지 세시간을 꼬박 넘긴 뒤에야 수희와 함께 나왔다. 그는 얼른 우산으로 상체를 가렸다. 영주와 수희는 횡단보도 앞에서 헤어졌다. 더이상 수희의 뒤를 밟을 필요는 없었다. 그녀는 여전히 저 외롭고 절망적인 일상을 두시간짜리 비디오 테이프의 환영(幻影)으로 지우며 살아갈 것이다. 그녀가 특별히 애처로울 것은 없다. 세상에 그런 사람은 얼마든지 있다. 그보다 훨씬 더 고통스럽게 사는 사람들이 얼마든지 있다. 상구 자신이 그렇지 않은가. 그렇게 생각하면서도 그는 멀어져가는 수희의 갈색 코트를 다시 한번 돌아보지 않을 수 없었다. 저 여자는 또 소주와 튀김을 사고 비디오 테이프를 빌려 방구석에 처박힐 것이다.

그는 멀찌감치 거리를 두고 영주를 따랐다. 그녀는 술을 마신 것이 분명했다. 한두 번 발걸음이 헛놓이는 것이 보였으나, 그녀는 곧 균형을 되찾아 애써 꼿꼿이 몸을 세우고 빗줄기 속을 자신있는 걸음걸이로 헤쳐갔다. 그것은 부엌데기의 걸음걸이가 아니었다. 세상살이에 자신감을 지닌 낯선 여자의 걸음걸이였고, 그 여자의 뒤를 밟으며 상구는 욕정을, 출옥한 이후 처음 생생한 욕정을 느꼈으며, 그 여자에 대해 욕정을 품는 자신이 한심스러웠다. 상구는 안주머니의 칼날을 쓰다듬었다. 예리한 칼날이 손끝에 스칠 때마다 그는 피냄새를, 뜨거운 피냄새를 맡았고, 그때마다 그의 복수심은 취할 듯 고양되었으며, 기이하게도 그럴수록 그의 욕정은 더욱 뜨거워졌다.

영주가 큰길을 버리고 골목으로 들어섰을 때에 상구는 잠시 당황했다. 그곳은 수희가 다니는 미장원으로 통하는 골목과 불과 몇십미터를 사이에 둔 골목이었다. 그렇다면 영주는 집으로 가는 것이 아니라 수희네 미장원에 들르려는 것일까. 어째서? 수희는 이미 집으로 돌아가지 않았는가. 그러나 영주는 미장원 방향과는 다른 샛길로 접어들었다. 그녀가 슈퍼마켓에 들어갔다. 상구는 멀찍이 거리를 두고 모퉁이 너머에 몸을 감추고 기다렸다. 그녀가 비닐주머니를 주렁주렁 늘어뜨리고 가게에서 나왔다. 비닐주머니 위로 비어져나온 물건들을 상구는 알아볼 수 있었다. 파, 콩나물, 그리고 투명한 비닐포장지 안에 담긴 것은 상추와 돼지고기였다. 나머지는 알 수 없었다. 그렇다면 그녀에게는 남자가 있는 것일까? 혼자 먹을 저녁으로는 찬거리가 너무 풍요했다. 초조할 것 없었다. 머지않아 그녀가 사는 꼴을 훤히 볼 수 있게 될 것이다.

골목에는 사람이 드물었다. 자칫 그녀가 우연히 고개를 돌렸다가 그를 발견하게 될 수도 있었다. 거리를 충분히 두어야 했다. 그러나 너무 떼어놓았다가는 그녀를 놓칠 우려가 있었다. 골목 양쪽으로 다세대주택과 셋집들이 즐비했고, 대문과 쪽문이, 사람 하나가 간신히 드나들 정도로 비좁은 골목이 셀 수 없이 많았다. 그녀가 미행을 눈치채지 못했다 할지라도 그 무수한 문이나 골목으로 사라지는 것은 순간이면 충분할 것이다.

집은 샀을까. 집도 사지 않고 그 돈을 다 낭비한 것은 아닐까. 영주는 낭비하는 여자는 아니었다. 오히려 지나치다 싶을 만큼 인색했다. 만일 집을 산 것이 아니라면 그 돈을 다 쓰지는 못했을 것이다. 어쩌면 그 돈을 되찾을 수 있을지도 모른다. 만일 그렇게 되면, 그래도 그녀를 죽여야 하는 것일까? 만일 그녀가 준이를 데리고 단둘이 살고 있다면, 그래도 그녀를 죽여야 하는 것일까? 그는 흔들리는 마음을 다잡았다. 죽여야 한다. 이것은 처벌, 처형이다. 몇년 전 감옥에서 그가 이혼통지서를 받은 그날, 선고는 이미 내려졌다. 그 선고를 돌이킬 수 있는 것은 없다.

그러나…… 사람은 변하는 법이었다. 부엌데기 영주의 저 놀라운 변신을 상구가 상상이나 한 적이 있는가? 징역살이 이년 만에 가정법원에서 날아든 이혼통지서는? 그녀는 변했다. 그는 어떤가? 변했는가? 어떻게? 그의 몸은 원한과 분노로 차갑게 식었다가 뜨겁게 달아오르기를 반복했다. 완만한 비탈길을 꾸준히 걸어 올라가는 그녀의 뒷모습을 바라보며 그는 되뇌었다. 죽인다. 죽여야 한다. 처벌은 그것뿐이다. 놈팽이가 있다면 놈팽이까지 죽여 없앨 것이다. 그는 다시 안주머니에 손을 넣어 칼날을 쓰다듬었다. 칼날의 예리함이 새삼 그의 팔을 통해 머리 뒤꼭지까지 전류처럼 타올랐다.

빗물이 개울을 이루어 골목길 한쪽 귀퉁이로 쏟아졌다. 그 비좁은 골목길까지 크고작은 차들이 빼곡이 들어차 있었다. 상구는 간간이 차 뒤로 몸을 숨기며 끈질기게 그녀의 뒤를 밟았다. 마침내 그녀가 삼층짜리 다세대주택의 현관으로 들어섰다. 그는 거리를 두고 서서 그 건물의 불꺼진 창문을 지켜보았다. 일층의 세 가구에는 모두 전등이 들어와 있었다. 이층에 두 가구, 삼층에는 한 가구에 전등이 켜져 있었다. 그는 전신주 밑에 서서 기다렸다. 오랜 시간이 흐른 것 같았다. 그녀가 어디 뒷문이나 지름길로 사라져버린 것은 아닐까, 하는 불안감으로 차츰 진땀이 흐르기 시작할 무렵, 깜빡 한 창문의 전등이 켜졌다. 삼층, 가운뎃집. 그러나 다시 한번 확인해야 했다. 그는 그 건물 현관으로 들어갔다. 우체통을 통해 그는 그 건물에 아홉 가구가 산다는 것을 알아냈다. 그 아홉 가구 가운데 삼층, 아마도 가운뎃집이리라. 몇호인지 알아내는 것은 어려운 일이 아니었다. 우체통 밑에 폐지 수집 상자가 놓여 있었고, 거기 광고전단이나 신문지와 함께 봉투째 버려진 우편물들이 가득 담겨 있었다. 그는 그 우편물들을 뒤적였다. 학습지 회사, 이동통신 회사, 부동산 거래사에서 보낸 광고지와 홍보지들…… 화장품 회사의 홍보지가 하나 나왔다. 거기, 심영주의 이름이 분명히 인쇄되어 있었다. 동산빌라 302호. 그는 그 홍보지를 봉투째 품안에 쑤셔넣었다.

6. 집 1

상구는 만능열쇠를 이용하여 어렵지 않게 영주네 집 현관문을 열 수 있었다. 영주네 집이, 뿐만 아니라 삼층 전체가 비어 있다는 것을 알고 있었기 때문에 그는 별로 두려워할 필요가 없었다. 문을 밀고 들어서자 비좁은 현관이었다. 신발장, 우산, 두 켤레의 구두, 구둣주걱, 거울. 그는 잠시 마루를, 열린 방문 틈으로 방안을 살펴보았다. 그가 영주와 살던 셋방과는 비교할 수 없을 만큼 규모있는 집, 집다운 집이었다. 피눈물나는 내 돈으로 이런 집을 마련했단 말이군. 그는 속으로 영주에게 욕설을 퍼부었다. 그러나 지금은 그런 일을 생각할 틈이 없었다. 그보다 먼저 해야 할 일이 있었다. 그가 이 집에 들어와보기로 마음먹은 것은 무엇인가를 훔치거나 누군가를 해치기 위해서가 아니었다. 오직 아이가 이곳에 사는지 아닌지를, 어쩌면 이미 뻔한 사실을 확인하기 위해서였다.

현관에 어린이용 신발은 없었다. 그는 신발장을 열었다. 남자 구두가 가득했다. 어린이의 신발은 보이지 않았다. 어찌된 노릇인가? 그는 잠시 현관에 우두커니 서 있었다. 마루는 좁았다. 그 좁은 마루에 소파와 탁자, 텔레비전과 오디오가 놓여 있었다. 그러나 아이의 물건은, 장난감이나 옷가지 하나도 눈에 띄지 않았다. 준이는 어디 있단 말인가? 이 집에 살지 않는다면 어디에 사는 것일까? 방은 두 칸이었다. 한 칸은 크고 한 칸은 작았다. 장롱과 문갑, 옷장과 찬장, 그는 그 모든 것들을 열어 살펴보았다. 옷장에는 무수한 양복들, 넥타이들이 그득그득 걸리고 쌓여 있었다. 여자 옷도 몇벌 걸려 있었다. 그러나 아이의 옷은 어디에도 보이지 않았다. 이 집에는 아이가 살지 않는 것이 분명했다.

그는 마루의 소파에 주저앉았다. 아이가 없다. 이 집에 준이는 살지 않는다. 그가 열흘 가까이 이 집을 관찰하는 동안 품었던 우려가 사실로 확인되었다. 아비 어미 말대로 영주는 아이를 고아원에라도 갖다 줘버린 것일까. 아아, 그럴 리는 없다. 만에 하나 그것이 사실이라면. 이마가 차디차게 식어들었다. 칼을 들이대면 영주의 얼굴이 어떤 꼴이 될 것인지를 그는 상상했다. 살려달라고 애걸을 할까? 미안하다고 통곡을 할까? 악에 받쳐 고함을 질러댈까? 실상 아이를 고아로 만들 수는 없지 않은가, 하는 생각은 그의 오랜 결심을 행동으로 옮기는 데에 큰 장애물이었다. 그 장애물이 이제 사라진 셈이었다. 또한 그녀를 죽여야 하는 이유가 하나 더 늘어난 셈이었다. 그러나 죽이기 전에 준이의 행방을 알아내야 할 것이다. 어쩌면 아비 어미에게라도 준이를 부탁해야 할지 모른다. 아니면…… 그 자신의 손으로 아이를 고아원에 맡겨야 할지도 모른다.

지난 열흘 사이에 상구는 몇가지 중대한 사실을 알아냈다. 영주에게는 남자가 있었다. 결혼을 했는지 하지 않았는지는, 적어도 상구에게는 중요치 않았다. 영주에게 남자가 있다는 것, 그것이 중요했다. 그러니까 그는 한 사람이 아니라 두 사람을 죽여야 할지도 모른다. 그 두 연놈이 그의 돈을 가로챈 것이 분명하니까. 남자의 이름을 그는 전화요금 영수증을 통해 확인했다. 권세윤. 직업은 현대자동차 강동지점 외판원. 상구는 그가 출근하는 것도, 회사에서 일하는 것도 지켜보았다. 나이는 아마 서른예닐곱쯤 된 것 같았다. 상구보다 훨씬 좋은 조건인 셈이었다. 전과자와 자동차 외판원 사이에는 비교가 불가능할 정도의 사회적 경제적 격차가 존재하는 것이 사실이니까. 상구는 영주가 그와 살 때보다는 훨씬 더 안정적인 생활을 하고 있으리라고 생각했다. 그러나 그렇지 않았다. 영주와 세윤은 거의 매일 다퉜다. 그들이 고함을 지르며 싸우는 소리가 골목에 숨어 있는 상구에게까지 들려온 일이 여러번이었다. 무언가가 깨져나가는 소리와 영주의 비명소리, 울음소리가 터져나왔다. 상구는 그 소리를 들으며 한편으로는 속이 시원했고 한편으로는 기가 막혔다. 겨우 그 지경으로 살기 위해 나를 떠났단 말이냐.

또 하나, 영주가 미장원에 다닌다는 것도 상구는 알아냈다. 그 미장원의 위치까지 확인했다. 아침 일찍 세윤이 출근을 했고, 이어 아홉시무렵이면 영주가 반포에 있는 미장원으로 떠났다. 그때부터 밤 일고여덟시까지, 간혹은 자정이 가깝도록 집은 시커멓게 비어 있었다.

도무지 알 길이 없었다. 아이는 어찌된 것인가? 그는 당연히 영주가 준이를 데리고 살고 있으리라 생각했다. 그러나 아이는 한번도 눈에 띄지 않았다. 영주가 아이를 탁아소나 유아원에 맡기는 것도 본 적이 없었다. 아이 보기가 오는 것도 목격한 적이 없었다. 하루 이틀, 영주의 집을 지켜보는 동안 그는 차츰 영주가 아이를 데리고 있지 않은 것인지도 모른다는 두려운 사실을 받아들여야 했다. 어쩌면 다행인지도 모른다, 그의 아이가 여기 살지 않는다는 것은. 만일 아이가 함께 산다면 거기 침입하여 두 연놈을 죽여 없애는 것은 심리적으로 불가능했을 것이다.

그는 문갑과 장롱과 찬장을 조심스럽게, 나중에 영주나 세윤의 눈에 드러나지 않도록 뒤져보았다. 혹시나 준이의 행방을 찾아낼 단서라도 나올지 모른다는 기대 때문이었다. 그러나 그런 것은 나오지 않았다. 무수한 은행카드 영수증, 전화요금과 전기요금과 은행카드 대금에 대한 독촉장, 연체고지서 같은 것들이 나왔다. 전세계약서가 나왔다. 그 집은 이들의 소유가 아니었던 것이다. 주민등록등본도 나왔다. 그것으로 그는 심영주와 권세윤이 부부라는 것을, 그들이 결혼을 한 날짜는 그가 교도소에서 이혼통지서를 받은 날로부터 두달 뒤라는 것도 알게 되었다. 권세윤의 예금통장도 나왔다. 잔고는 이십여만원. 통장은 몇개라도 만들 수 있는 법이었다. 그것만으로 이들의 살림형편이 어렵다고 단정지을 수는 없었다. 그러나 전화요금이나 전기요금에 대한 독촉장과 연체고지서는 무엇을 뜻하는 것일까? 둘이서 맞벌이를 하면서, 자식도 기르지 않는데, 무엇 때문에 이 지경으로 사는 것일까?

준이의 사진을, 그는 장롱 깊은 곳에 감춰진 영주의 낡은 손가방 안에서 찾아냈다. 이 동네인 것 같지는 않았다. 그는 사진을 얼굴에 바짝 가져가 눈에 넣을 듯 들여다보았다. 몇살쯤이었을까, 골목 한쪽에서 눈을 찌푸린 준이가 낡은 세발자전거의 손잡이를 움켜쥐고 있었고, 자전거에 올라앉은 또 한 아이는 울음을 터뜨리고 있었다. 아마도 자전거를 서로 타겠다고 다투고 있는 것 같았다. 이 녀석, 준이야. 그가 사준 적이 없는 자전거였다. 그가 준 돈이었으면 세발자전거를 수천대 사고도 남았을 것이다. 이런 집, 그때쯤이면 얼마든지 살 수 있었을 것이다. 작은 가게터라도 마련할 수 있었을 것이다. 시장 귀퉁이에서 난전이라도 펼 수 있었을 것이다. 영주는 그 어떤 것도 하지 않았다. 그녀는 아이를 버리고 나를 버리고…… 권세윤과 배가 맞아 내 돈을 훔쳐 달아났다. 그리고 지금은 그 놈팽이에게 싸우며 얻어맞으며 산다.

문득 떠오른 한가지 생각으로 그는 머리가 꿰뚫리는 것 같은 충격에 사로잡혔다. 머리에 쥐가 나는 것 같았다. 아이가 혹시 죽은 것은 아닐까. 아아, 그렇지는 않을 것이다. 그는 아이의 사진을 주머니에 쑤셔넣었다. 아이가 죽었다면? 교통사고나 아니면 병이나…… 그는 이를 악다물었다. 그것은 죽인 것이나 다름없다. 심장이 쿵쾅거려 그는 거듭 심호흡을 했다. 목이 탔다. 그는 냉장고로 가서 물병을 꺼내 병째로 벌컥벌컥 들이켰다. 냉장고 안에는 흰 우유와 노란 오렌지 주스와 붉고 푸른 김치와 깍두기와 호빵과…… 그는 냉동실의 문도 열어보았다. 생선, 만두, 붉은 고깃덩이…… 아이가 죽었다면? 그는 주민등록등본을 다시 한번 살펴보았다. 준이에 관한 기록은 어디에서도 찾아볼 수 없었다. 마음 같아서는 집안의 모든 물건들을 박살내버리고 싶었다. 집에 불을 지르고 싶었다. 그러나…… 아니었다. 그를 배신한 것은, 그의 돈을 훔친 것은 이 집이 아니라, 이 모든 물건들이 아니라 바로 여자, 심영주라는 여자였다.

그는 냉장고의 문을 닫았다. 냉장고 문에 신문 조각이 붙어 있었다. '여당, 행복한 법안 표결처리 결의'라는 표제 아래 사진에는 세상에서 가장 불행해 보이는 한 남자가 국회 단상에 올라서 있었다.

7. 감옥

상구가 여관을 나선 시간은 정오 무렵이었다. 그는 전철을 타고 수원으로 갔다. 지하도를 통하여 역앞 광장을 건너 상점가를 지나자 주택가였다. 그는 인적이 드문 골목을 걸어 올라가다가 아무런 특색이 없는 구형 회색 쏘나타를 발견하자 근처를 오락가락하며 잠시 동정을 살폈다. 인적이 끊긴 틈을 타서 차 옆으로 다가간 그는 어렵지 않게 차의 문을 열었다. 차의 열쇠가 있을 리 없었다. 그는 이번에도 만능열쇠를 이용하여 시동을 걸어 차를 몰고 골목을 빠져나왔고, 그로부터 잠시 후에는 서울로 통하는 산업도로를 달리고 있었다.

훔친 차를 오래 지니고 다닐 필요는 없었다. 하루이틀만 쓰고 버릴 생각이었다. 현대자동차의 강동지점 근처 주차장에 차를 세우고 나온 그는 자동차 전시장으로 들어갔다. 푸른 양복 차림의 젊은 직원이 어서 오십시오, 하고 그를 맞았다. 그는 권세윤씨가 있냐고 물었다. 저기 있습니다. 권세윤씨, 손님 오셨습니다. 권세윤이 책상에서 일어났다. 안녕하세요, 사장님. 상구는 이미 그를 알고 있었다. 집에 드나드는 그를 골목에서 며칠 동안이나 숨어 지켜본 적이 있으니까. 상구는 그에게 거의 친밀감을 느낄 지경이었다. 젊은 나이에 대머리가 벗겨지기 시작한 것을 제외하면 그는 나무랄 데 없이 잘생긴 남자였다. 갈색 양복에 흰 와이셔츠, 진홍 넥타이로 멋을 부린 세윤은 미소지으며 의자를 권했다. 상구는 헛소리를 했다. 나 기억 안 나요? 세윤은 이마 못지않게 매끈매끈한 입술에 매끈매끈한 미소를 지으며, 역시 헛소리를 했다. 기억하고말고요, 사장님. 지난 달에…… 그러니까…… 제가 사무실로 찾아뵈었죠. 상구는 그저 웃고 말았다. 사장이라…… 세윤은 여러 차종과 가격을 열심히 설명했고, 상구는 두가지 차를 골라 견적서를 내달라고 말했다.

"잘해드리겠습니다. 이건 주문이 밀려 한달을 기다려야 하지만 제가 사장님께는 특별히 일주일 안에 뽑아드리겠습니다. 중고차가 있으시면 그것까지 제가 처리해드릴 수 있습니다. 믿고 맡기십시오. 틀림없으니까요."

"마누라와 상의해보고 다시 오겠습니다. 마누라가 쓸 차니까 마누라하고 같이 와보든지 해야겠는걸."

세윤은 직각으로 허리를 굽혀 인사를 했다.

"사모님하고 꼭 나오십시오. 제가 잘해드리겠습니다."

상구는 주차장에서 차를 빼어 자동차 전시장을 관측하기 편한 맞은

편 골목 어귀에 차를 세우고 기다렸다. 그는 끈질기게 기다렸다. 기다리는 것 외에는 아무것도 하지 않았다. 차 안에 오디오가 있었고, 음악 테이프도 잔뜩 들어 있었으나 그는 음악을 듣지도 않았고, 신문이나 잡지를 뒤적이지도 않았다. 그는 오직 자동차 전시장의 출입문만을 지켜보며, 그를 죽여야 할지도 모른다는 사실을 가끔 상기하며, 그 두 남녀를 한꺼번에 제압하기 위해서는 계획을 잘 세워야 하리라는 것도 생각하며…… 기다렸다.

마침내 세윤이 안에서 나와 전시장 앞에 주차되어 있던 자신의 차에 올랐다. 상구가 수원까지 가서 차를 훔친 것은 오직 이 때문이었다. 그를 하루이틀쯤 따라다녀봐야 한다는 생각이 들었다. 영주가 도대체 어떤 녀석과 살기 위해 그를, 자식까지 버린 것인지 알고 싶었다. 어째서 그들 부부가 늘 다투는 것인지도 알고 싶었다.

세윤의 흰색 쏘나타는 남부순환도로로 접어들어 잠시 후 베니건스라는 간판이 붙은, 상구로서는 음식점인지 술집인지 알 수 없는 곳에 이르렀다. 세윤이 베니건스 안으로 들어가자 상구는 이번에도 근처에 차를 세우고 기다렸다. 배가 고팠으나 그는 식욕을 느낄 수 없었다. 세윤이 누구를 만나 무엇을 하는 것인지 궁금했으나 그는 안으로 들어가 살펴보거나 밖에서 훔쳐보는 짓 따위는 하지 않았다. 다만 그가 만나는 사람이 여자이리라는 것만은 짐작할 수 있었다. 남자들끼리는 이런 곳에서 만나지 않는 법이었다. 적어도 그가 생각하기에는 그랬다. 건물의 외양만으로 미루어봐도 이런 곳은 남자가 여자를 데리고 드나드는 곳, 서로를 그럴싸하게 포장하기 위해 출입하는 곳임이 분명해 보였다. 그의 범죄세계 동료들, 그 가운데서도 사기꾼들은 이런 집을 이용할 일이 있을지 모른다. 그런 자들은 스스로를 포장하는 데 이골이 난 자들이니까.

날이 저물고 한시간이 지났다. 그 사이 담배를 두 개피 피웠을 뿐, 그는 꼼짝도 않고 기다렸다. 어둠에 묻힌 남부순환도로는 시간이 지날수록 행인도 별로 없이 헤드램프를 번득이는 차들로 뒤덮이고 자동차 배기가스와 먼지와 엔진소리가 뒤엉켜 사람들이 사는 도시가 아니라 철판으로 된 피부를 가진 갑충 아니면 괴물들의 도시 같은 형국으로 변해갔으며, 그는 차창 밖으로 멀거니 그것을 바라보며 기다렸다. 다시 한시간이 지나고 다시 한시간이 지났다. 그는 여전히 베니건스의 출입문을 바라보며, 이따금은 세윤의 흰색 쏘나타를 돌아보며 기다렸다. 뱃속이 비어 위장이 꼬이는 것 같은 통증이 왔으나 그는 참고 기다렸다. 얼마든지 기다릴 수 있었다. 이렇게 기다리는 것쯤은 아무것도 아니었다. 필요하다면 하루 온종일, 밤새도록이라도 기다릴 수 있었다. 이틀, 사흘쯤 기다리는 것은 일도 아니었다. 그의 눈은 무표정했고 입은 건조했다. 그의 얼굴은 살아 있는 사람이 아니라 무기물, 바위나 나무토막 같았다.

네시간이 지난 뒤에야 세윤은 베니건스에서 나왔다. 동행이 있었다. 역시 여자였다. 붉은 주름치마는 엉덩이를 겨우 가릴 만큼 짧았고, 그 위에 남성복 같은 투박한 가죽점퍼를 걸친 여자, 스물서넛이나 되었을까, 싶은 젊은 여자였다. 상구는 영주와 세윤 부부가 어째서 매일 싸우는지를 조금씩 짐작할 수 있을 것 같았다. 저런 아이를 데리고 다니다보면 상구라 해도 영주 같은 여자에게는 짜증이 치밀 것이다.

세윤은 여자의 어깨를 안아 차에 태웠다. 그 차가 떠나기를 기다려 상구는 그 뒤를 쫓았다. 오래지 않아 세윤의 차가 닿은 곳은 서초동 산호호텔이었다. 상구는 호텔로 들어가지는 않았다. 세윤의 차가 호텔 지하주차장으로 들어가는 것을 본 상구는 이번에도 호텔 입구를 지켜볼 수 있는 골목에 차를 세웠다. 이번에는 호텔 안으로 들어가볼

것인지 말 것인지를 궁리했다. 그러나 그는 곧 들어가지 않기로 마음
먹었다. 그들이 이 시간에 호텔로 들어가는 이유는 뻔했다. 확인해볼
필요까지는 없었다. 그에게 필요한 것은 증거나부랭이가 아니었다.
세윤이 무슨 짓을 하고 다니는지를 아는 것으로 충분했다.

　상구는 차에서 내려 호텔 옆의 제과점으로 갔다. 우유와 빵을 사들
고 차로 돌아왔다. 그의 입과 혀와 목구멍이 뻑뻑한 빵에 반발했으나
그는 우유를 한 모금씩 삼키며 빵을 입안에 우겨넣었다. 한심한 년,
하고 그는 생각했다. 나를 떠나 저 따위 녀석을 찾아갔단 말이냐. 저
따위 녀석에게 내 그 안타까운 돈을 처박았단 말이냐. 저 따위 자식
때문에 아이까지 버렸단 말이냐. 아직까지도 저 따위 녀석과 살기 위
해 미용실에 다니며 버둥거리고 있다는 말이냐. 자동차 외판원이 얼
마나 버는지는 모르지만, 베니건스 같은 값비싼 음식점에 드나들며,
저런 호텔에 드나들며, 저런 차를 굴리고 살자면 제 봉급만으로는 부
족할 것이요 영주의 봉급까지 축내야 할 것이 뻔했다. 그들 부부가 싸
우는 이유는 거기에도 있을 것이다.

　그는 기다렸다. 그들 부부의 집에서 본 무수한 독촉장들, 청구서들,
연체고지서들을 떠올리며 기다렸다. 감옥에서 시커멓게 헐어들어가
던 잇몸을 생각하며, 잇솔로 이를 문지르자 툭, 떨어져내리던 어금니
를 떠올리며 기다렸다. 목이 뻣뻣해지고 등이 결려왔으나 그는 차를
떠나지 않고 기다렸다. 호텔 주차장으로 차들이 꾸준히 드나들었다.
주정뱅이가 차 옆에 술과 돼지갈비와 콩나물을 토해놓고 비틀거리며
멀어져갔다. 그는 기다렸다. 주차장을 주시하느라 눈이 가물거렸으나
그는 시선을 옮기지 않았다. 소변이 보고 싶었으나 그는 우유를 마신
것을 후회했을 뿐 차를 떠나지는 않았다. 도둑고양이가 그의 차 밑을
지나 골목 뒤쪽으로 사라졌다. 서초구청,이라고 인쇄된 쓰레기봉투가

바람에 날려 쓰러졌고, 야쿠르트통과 휴지가 쏟아져나와 또그르르 굴렀고, 허공으로 흩날렸다. 그는 기다렸다. 두시간이 지나고 세시간이 지났다. 소변을 더이상 참을 수가 없게 되자 그는 차 뒷좌석으로 가서 대변을 보는 자세로 엉거주춤 쭈그린 채 오줌을 쌌다. 오줌을 싸면서도 그는 주차장에서 눈을 떼지 않았다. 차 안에 지린내가 가득 찼다. 그는 앞자리로 돌아와 차창을 있는 대로 다 열었다. 그는 가끔 미친 년, 멍청한 년, 하고 중얼거리며 기다렸다. 과거에 영주와 같이 살 때도 그가 종종 그런 욕설을 퍼부었던 것을 상기하며 기다렸다. 얼마든지 기다릴 수 있었다. 준이가 아이 특유의 온전치 못한 발성으로 꽃밭에는 꽃들이 모여 살고요…… 하고 노래하던 것을 생각하며 기다렸다. 지린내가 코를 찌르고 갑갑증으로 온몸이 결박이라도 당한 듯 숨이 막혔으나 그는 차에서 내리지 않았다. 십년이라도 기다릴 수 있었다. 감옥에서 형기가 얼마 남지 않은 사람이 흔히 자랑삼아 하는 소리가 있다. 까짓 두달, 거꾸로 매달아놔도 살지 뭐. 그렇다. 거꾸로 매달려서라도 기다릴 수 있었다. 감옥에서 오년 세월도 기다리지 않았는가.

문득 그는 이곳이 감옥과 다름없다는 사실을 깨달았다. 감옥, 이곳은 감옥이었다. 그는 갇혀 있었다. 그의 아내가, 그 아내의 새남편이, 그의 정부가, 무엇보다도 그 자신이 그를 가두고 있었다.

그는 차에서 내렸다. 차를 버리고 그는 걷기 시작했다. 처음부터 그의 차가 아니었으므로 미련이 있을 리 없었다. 그는 산호호텔 입구로 들어섰다. 더이상 세윤이나 그의 정부 때문이 아니었다. 그는 그날 밤 거기서 자기로 마음먹은 것뿐이었다. 내일 아침에는 이 근처의 목욕탕을 털 수 있을 것이다.

8. 집 2

갈 곳은 없다. 상구는 이 넓은 세상에 자신이 갈 곳이란 전혀 없다는 사실을 다시 한번 절감했다. 그와 더불어 그는 슬픔이나 절망감보다는 차라리 자유로움을 느꼈다. 줄이 풀려 물가를 떠나 바람 따라 물결 따라 아무렇게나 건듯건듯 흘러가는 쪽배 같은 자유로움을. 그는 이제 다시 어디로든 내키는 대로 흘러갈 수 있는 자가 되었다. 서울이건 부산이건, 산이건 바다건, 그리하여 마침내는 다시 감옥소로, 마침내는 처형장으로, 처형된 자들을 위한, 찾는 이 없는 공동묘지로. 막히는 것도 걸리는 것도 없다. 다시, 그렇게 되고 말았다.

그는 큰길로 나서자 우뚝 멈춰서서 거리를 바라보았다. 어둑어둑 저물어오는 하늘 아래 가로수가 바람에 흔들리고 차가 달리고 사람들이 오가고 가게들이 불을 밝히고 광고전광판들이 번쩍거리고…… 그런 것들이 너무나 생경하게 보였다. 그와는 아무런 상관도 인연도 없는 것들 같았다. 그가 속한 곳이 아니라 전혀 접근할 수 없는 곳, 이를테면 영화나 그림 속의 일인 것 같았다. 그런데 그는 어째서 여기 서 있는 것인가? 그가 속한 세계는 어디인가? 그렇다. 그는 발걸음을 떼어놓았다. 그가 속하는 세계가 어디인지, 그는 이미 오래전부터 알고 있었다. 적어도 이곳은 아니었다.

포장마차 술집이 눈에 띄자 그는 포장을 들치고 안으로 들어가 토막의자에 털썩 엉덩이를 붙였다. 부부처럼 보이는 젊은 남자와 여자가 반색하며 그를 맞았다. 어서 오세요. 남자가 친구에게라도 하듯 환히 웃으며 말했다. 마수걸이 손님이시네요. 그들의 웃음이 그는 부러웠다. 그는 영원히 그렇게 웃을 수 없을 것이다. 소주 하나 주쇼. 오징어나 하나 해주고. 네, 잠깐만 기다리세요. 여자가 쾌활하게 대답하고 부지런히 움직여 금세 소주와 잔, 그리고 어묵과 국물을 푸짐하게 사발에 퍼 내놓았다. 남자는 벌써 배를 가른 오징어를 뜨거운 물에 넣고 있었다. 상구는 손님이었으나 그들에게 빌어먹는 기분이었다. 왜? 왜냐? 나는 돈을 낼 것이다. 나는 손님이다. 이들은 나에게 너무나 깍듯하고 친절하다. 그런데 어째서 얻어먹는 기분이냐? 그는 그런 기분에 반발하여 입안에 들이붓듯 소주잔을 비운 다음, 탁 소리 나게 잔을 내려놓으며 내뱉었다. 빨리빨리 좀 하쇼. 남자는 여전히 흥겨운 음성이었다. 네, 손님. 다 돼갑니다.

어미는 돌아서서 나가는 그에게 돈을 내밀었다. 저녁이라도 사먹어라, 귀야, 이놈아. 구깃구깃 구겨진 만원짜리 지폐 한장이었다. 피로와 비굴함으로 그 지폐 못지않게 구겨진 어미의 눈꼬리에 눈물방울이 맺혔다. 그는 돈 있어요, 퉁명스레 대꾸하고 계단을 뛰쳐올라왔다.

제길, 돈이라니. 그는 주머니에 손을 쑤셔넣어 지폐뭉치를 주물럭거렸다. 돈이다, 빌어먹을. 비록 목욕탕에서 훔친 돈이지만, 돈은 돈이다. 돈에 이름 써 있다더냐. 어떤 사람이 그러더라. 세상 돈은 다 훔친 돈이라고. 그러나 어미의 돈은…… 그 돈은 달랐다. 아비 어미는 비참했다. 차라리 만나지 않는 편이 나았다. 아비 어미의 비참함과 그의 비참함이 만나 그들의 비참함은 더욱 참혹해졌다. 어미의 만원짜리 지폐 한장이 어미 자신을, 또 그를 얼마나 비참하게 만들었는지를 어미는 알까. 서로 돈을 주고받아서는 안된다. 아무것도, 눈물이나 위로마저 주고받아서는 안된다, 그런 사람들끼리는. 서로를 더욱 비참하게 만들 뿐이다. 하물며 같이 살다니? 빨리 헤어지고, 빨리 잊는 것이 나았다. 남자가 내놓는 오징어의 양념이 매워 단번에 목덜미에 진땀이 흘렀다. 그는 소주를 급히 입안에 들이부었다.

아비 어미가 동천 안마시술소에 일자리를 얻어 나갔다는 것을 알게
되었을 때에 그는 하필이면 그런 자리인가, 하고 생각했다. 일을 저지
르기 전에 마지막이다, 하는 심정으로 그는 안마시술소를 찾아갔다.
엉덩이에 올라붙은 스커트를 입은 어린 여자애가 계단을 올라가는 것
이 보였다. 현관 앞에서 똑같은 차림의 여자들이 그에게 깊숙이 허리
를 굽히며 합창하듯 소리쳤다.

"어서 오세요, 사장님. 어서 올라오세요."

한 여자가 벌써 그가 신을 실내화를 마루 끝에 내놓았다. 그는 사람
을 찾으러 왔다고 말했다. 여자가 여전히 비슷한 어조로 물었다.

"누구를 찾으시는데요, 사장님? 몇 호에 계시는데요?"

그 사이에 벌거숭이 몸뚱이에 욕의(浴衣)를 걸친 남자들이 여자들
의 안내를 받아 욕실로 들어갔다. 이런 데서 아비 어미가 할 수 있는
일이 도대체 어떤 것일까? 상구는 장씨를 찾는다고 말했다.

"장씨? 아, 보일러실 장씨?"

실내화를 들고 마루 끝에 서 있던 여자가 얼굴을 찡그리며 돌아섰
다.

"지하실로 내려가보세요."

지하실로 향하는 그의 목덜미가 화끈거렸다.

계단은 어둡고 좁았다. 작은 쓰레기통이 계단 칸칸마다 발을 디딜
자리도 남겨놓지 않고 촘촘히 놓여 있었다. 그는 그 쓰레기통들을 발
끝으로 이쪽저쪽으로 밀어가며 계단을 내려갔다. 층계참을 돌자 계단
은 더욱 어두워졌다. 미끈, 무엇인가가 발에 밟혔다. 그는 얼른 난간
을 붙잡고 본능적으로 발에 묻은 것을 손으로 떼어냈다. 그리고 다음
순간 욕지기와 함께 그것을 내던졌다. 콘돔, 안에 물컹한 체액이 담긴
콘돔이었다.

비상구,라고 쓰인 작은 등불이 보였고, 그 아래에 철문이 보였다. 그는 문을 밀며 소리를 질렀다. 계세요? 안은 어둡고 뜨거웠다. 퀴퀴한 냄새, 기름 냄새, 뭔가가 썩어들어가는 것 같은 악취가 뒤범벅이 되어 그는 잠시 호흡을 멈춰야 했다. 계세요? 그가 다시 소리치자 안에서 여깄슈, 하는 대답과 함께 발자국 소리가 들려왔다. 상구는 금방 알아들었다. 어미의 음성이었다.

"벌써 쓰레기통이 다 찼나? 금세 나갈라는 참이유."

분주한 발자국 소리와 함께 기곗덩이들과 굵직굵직한 파이프들 사이로 한 노파가 얼굴을 드러냈다. 그녀는 우물우물 입안에 든 것을 씹으며, 손등으로 입을 훔치며, 더러운 연두색 운동복 바지에 손을 닦으며 그에게 다가왔다. 그는 돌아서 나가버리고 싶었다. 어미의 그런 꼴을 보는 것이 민망스러웠다. 어미는 그를 알아보자 우뚝 멈춰서서 이놈아, 이놈아, 하고 중얼거렸다. 그 뒤쪽 어둠속에서 또 하나의 발소리가 들려왔다. 두 팔 가득 형형색색의 작은 쓰레기통을 안은 노인이 허둥지둥 기곗덩이들 사이로 나타났다.

"아따, 오늘 뒈지게 바쁘네유. 돈 쏟아지는 소리가 들리겄는디유."

아비가 말했다. 상귀란 놈이유, 영감. 아비가 멈춰섰다. 그는 쓰레기통을 그 자리에 떨어뜨리고 멍하니 아들을 쳐다보았다. 너 이놈, 여길 니가…… 니가 여길…… 그것이 몇년 만에 만난 아들에게 아비가 내놓은 첫마디였다. 아비는 처음에는 화를 낼 듯했으나 말끝을 흐렸다. 어떻게 알고 왔냐…… 아비에게서는 얼핏 술냄새가 풍겼다.

"언제 나왔냐? 밥은 묵었냐? 어서 와라, 이리 와 이것 좀 묵어라."

어미는 그의 손을 잡아끌었다. 기곗덩이들 사이로 통로를 따라 걸음을 옮기자 작은 문이 하나 나타났고, 그 문을 밀고 안으로 들어서자 거기, 파이프들 아래 콘크리트를 무릎 높이로 쳐올려 비닐장판을 깐

자리가 나타났다. 거기 담요가 덮여 있었고, 맨바닥에 웬 탕수육 접시와 소주병이 놓여 있었으며, 벽에는 옷가지들이 걸려 있었고, 그 밑에는 때묻은 베개가, 여인숙에나 가면 볼 수 있을 작은 베개가 뒹굴고 있었으며…… 그 뒤쪽 바닥에는 양은 밥상과 휴대용 가스버너와 냄비와 양동이와 식기들이 놓여 있고, 쌀봉투와 라면이 널려 있었다. 상구는 어렵지 않게 알아보았다. 이곳이 아비 어미가 기거하는 곳이었다. 그러나 믿을 수가 없었다. 여기가, 여기가 정말 아비 어미가 사는 곳이란 말인가? 어미는 그를 끌어다가 방바닥에 앉히고 탕수육 접시를 끌어 그의 앞에 놓아주었다. 어서 먹어라. 이게 맛있드라. 상구는 어미의 손을 뿌리쳤다. 그 탕수육이 어찌된 것인지 그는 알 수 있었다. 저 위쪽, 여자들을 데려다놓고 벌거숭이 몸뚱이로 음식을 시켜다 먹으며 술을 마시고 화투를 치며 놀다 자다 한 무리들이 남기고 간 것이리라.

어미는 비로소 눈물을 훔쳤다. 이놈아, 니 색시란 년이 얼마나 모진 년인지 아냐? 아비는 묵묵히 앉아 있다가 내뱉었다. 자식새끼 찾아와, 이놈아. 그년이 기르는지 어디 갖다 내버렸는지도 모른단 말이여. 이것이 도대체 말이 되는 노릇이여, 어디. 부모가 멀쩡헌디 애를 고아로 만들다니.

아아, 아이를 고아로 만드는 것은 어쩌면 상구 자신이 하게 될 일이었다. 준이의 아비는 어미를 죽이고, 어미의 남편이라는 자도 죽이고, 그 자신은 처형당할 것이다. 그러나 그 전에 아이의 행방을 찾아야 했다. 아이를 찾아내면 할애비 할미에게 맡겨야 하는 것 아닐까, 하고 생각했다. 그러나 그는 주위를 둘러보았다. 여기에 준이를? 그는 고개를 꺾어 천장을 가로지르는 굵은 난방파이프들을 바라보았다. 아이를 찾는다 해도 그에게 갈 곳이 없듯 아이에게도 갈 곳이란 없었다.

문이 열리는 소리와 함께 어린 여자의 음성이 소리쳤다.

"할머니, 부지런히 좀 다녀요. 계단에 쓰레기통이 다 찼어. 수건 마른 거 더 없어?"

어미가 황급히 대답했다. 알았슈. 금방 가유. 어미는 뛰쳐나가 쓰레기통을 안고 돌아왔고, 아비와 어미는 또 다른 문을 밀고 밖으로 나갔다. 잠시 후 빈 쓰레기통을 안고 돌아오는 아비와 어미의 얼굴을 그는 차마 쳐다볼 수가 없었다. 아비 어미는 빈 쓰레기통을 시술소로 통하는 계단 위에 늘어놓기 위하여 이번에는 쓰레기통을 안고 안쪽 문으로 사라졌다. 그는 아비 어미를 도와줄 수도 있었으나, 그저 앉아 있었다. 그가 생각해낼 수 있는 아비 어미를 돕는 유일한 길이 그것이었다. 가만히 앉아 있는 것, 외면하는 것, 모르는 체하는 것.

아비는 쓰레기통을 바닥에 내동댕이치며 말했다. 국회의원들이 후딱 그놈의 법을 통과시켜야 쓸 것인디…… 그래서 큰 도둑놈들 사형당하는 꼴을 보면 속이라도 후련할 것인디…… 쓰레기통에서 구깃구깃 구겨진 콘돔과 담배꽁초가 튀어나와 흩어졌다. 어미가 맞장구쳤다. 곧 볼 것이오, 곧. 오랜만에 법 같은 법이 나왔는디 왜 안되겠소. 상구는 대꾸하지 않았다. 아비 어미는 무슨 생각을 하는 것일까? 그런 자들 한두 명 처형한다 하여 세상이 달라지리라 생각하는 것일까? 그는 아비 어미에게 말해주고 싶었다. 내가 처형할 연놈은 내가 골라내서 내가 직접 해치울 겁니다. 나라가 법이니 뭐니 해가면서 참견하는 꼴은 더이상 보기도 싫고 당하기도 싫다구요. 나라가 해준 게 도대체 뭐가 있길래 아비 어미는 아직도 뭔가를 기대하는 것인가?

단 하루도 단 한시간도 아비 어미와 쉴 수 있는 공간은 없었다. 아비 어미는 방 한칸 있던 것을 잃었고, 안마시술소의 보일러실 한쪽 귀퉁이에서 기거하고 있었으며, 거기 그가 끼여들 틈은 없었다. 아니,

그는 처음부터 아비 어미에게 끼여들 생각이란 없었다. 출감한 이래 이제까지 그는 줄곧 여관잠을 잤다. 앞으로도 그럴 것이다. 다시 경찰서로, 교도소로, 마침내 처형장으로 끌려 들어가는 날까지. 여관방을 그의 부류들은 꿀림방이라고 불렀다. 꿀리는 데, 편하지는 않지만, 하루 저녁 그럭저럭 꿀리는 데라는 뜻이다. 감방 역시 꿀림방이나 별로 다를 바 없었다.

그는 이를 악물었다. 아비 어미를 만나보기로 마음먹은 것은 어리석은 짓이었다. 만나본들 뭐가 어떻더라는 말이냐. 차라리 자식새끼를 찾는 방법이나 궁리하는 편이 나았을 것이다. 그러나…… 어떻게? 영주에 대한 증오심과 원심(怨心)으로 다시 피가 끓어올랐다. 이 연놈을 죽여야 한다. 죽여야 했다. 그 길뿐이었다. 죽이고…… 다시 감옥소로 돌아갈 뿐이다. 그의 집이나 다름없는 그곳으로.

상구는 남은 소주를 입안에 들이붓고 돈을 내밀었다. 여자가 거스름돈을 챙기자 그는 말했다. 그냥 넣어두쇼. 부부 금슬이 좋은 게 부러워서 그냥 드리는 겁니다. 여자와 남자가 입으로는 웃으면서도 눈으로는 영문을 모르겠다는 낯으로 상구의 얼굴과 서로의 얼굴을 번갈아가며 쳐다보았다. 고맙습니다, 손님. 안녕히 가세요. 상구는 잘사쇼, 하는 말을 남기고 포장술집을 나왔다. 여자 너무 믿지 말고, 하는 말은 입속으로 삼켰다.

빗방울이 떨어지고 있었다. 제기랄, 날이 추워질 것 같았다. 내일쯤이면 점퍼라도 하나 사입어야 할지도 모른다. 그는 주머니 속을 뒤적거렸다. 여관비를 내고 나면 내일 하루 식비로도 빠듯한 돈이 남아 있을 뿐이었다. 그러나 그는 상관하지 않았다. 내일 또 아무데나 목욕탕을 한 군데 들르기만 하면 돈은 얼마든지 생길 것이다. 더이상 돈을 아끼고 저축할 필요 같은 것은 없다. 생기는 대로 쓸 뿐이다. 이제 그에게는 더이상 삶이란 없으니까. 남으면 아비 어미에게 갖다줘도 좋을 것이다. 그러나…… 도둑질한 돈을? 그는 빗줄기 속을 느릿느릿 걷기 시작했다. 우선 아비 어미가 있는 곳으로부터 멀어지고 싶었다. 그들은 저주받았다. 이놈의 세상을 믿다니. 이놈의 세상이 지껄이는 소리를 믿다니.

아비 어미는 그가 돈을 가져다주면, 설령 그가 일을 해서 번 돈이라 할지라도 훔친 돈이라 생각할 것이요, 또 잔소리와 걱정을 늘어놓을 것이다. 막노동이라도 해라, 정직한 노동으로 먹고살아라…… 그러나 정직한 노동? 아비 어미가 지금 하고 있는 그 일이, 그게 정직한 노동인가? 더럽고 비굴한 비렁뱅이 노릇일 뿐이었다. 매춘부와 오입쟁이들에게 비럭질을 하여 먹고사는 노릇에 지나지 않았다. 그들은 평생 남의 집 논밭을 갈아주고, 소를 치고, 닭을 치고, 나중에는 하다 못해 시장바닥에서 개백정에 닭백정 노릇까지 하여 먹고살았다. 그게 뭔지는 모르지만, 아무튼 그들이 정직한 노동이라 생각하는 것으로 평생을 살았다. 그 결과 지금은 매음굴의 지하 골방에서, 아니, 골방도 아니고, 콘크리트 덩어리 위에 담요를 깔고 매춘부와 오입쟁이들의 밑이나 닦아주고 겨우 입에 풀칠이나 하고 사는 처지에 떨어졌다. 그들의 평생에 걸친 노동이 무엇이었는가? 아비 어미는 속았다. 이 세상에, 이 세상이 얘기하는 정직한 노동이니 뭐니 하는 헛소리에. 세상은 아비 어미의 정직한 노동을 훔쳤다. 영주가 그의 돈을 훔쳤듯. 그러나 그는 적어도 속지는 않을 것이다. 애초에 이놈의 세상에 정직한 노동이란 없었다. 노동은 저주였다. 감옥에서 성경 얘기를 들어봐서 그는 안다. 노동은 신의 명령에 복종하지 않은 아담에게 내려진 신의 저주였다. 아직도 노동은 저주다. 그 저주가, 이 세상과 함께, 아비 어미의 정직한 노동을 훔쳤다. 영주가 그의 돈을 훔쳤듯.

버스정류장이었다. 빗줄기 속에서 사람들이 버스를 기다리고 있었다. 우산을 받고 선 사람도 있었고, 가로수 밑으로, 상점 입구나 가게의 차양 밑으로 들어가 비를 피하는 사람들도 있었다. 상구는 빗줄기 속에 선 채로 남몰래 그들을 훔쳐보았다. 지친 낯으로 버스를 기다리는 그들은 아직도 이 세상의 헛소리를 믿는 자들이었다. 우라질 정직한 노동을 마치고 이제 집으로 돌아가는 길이겠지. 버스 한대가 다가오자 비를 피하던 사람들이 뛰쳐나왔다. 그러나 버스는 멈출 듯 멈출 듯하더니 멈추지 않은 채 흙탕물만 튀기고 갑자기 속도를 높여 그대로 달아나버렸다. 빗물에 젖은 얼굴을 훔치며 한사람이 투덜거렸다. 개새끼들. 보따린지 손가방인지 구별이 가지 않는 낡은 천조각을 움켜쥔 아낙이 중얼거렸다. 나쁜 놈들, 비가 이리 오는데 삼십분 만에 와서 서지도 않고 그냥 가다니…… 상구는 그들을 흘겨보며 중얼거렸다. 또 속았군, 한심한 자들. 나는 속지 않는다. 너희들이나 실컷 속아라. 그리하여 나중에 매음부들과 그 고객들의 뒤치다꺼리나 하며 그들이 먹다 남긴 탕수육 쪼가리나 얻어먹고 살아라. 일년에 하나씩 부자들을 처형하는 꼴이나 보고 속이나 풀며 살아라. 나는 싫다. 그는 저만큼 다가오는 택시를 향해 호기롭게 손을 들었다. 택시는 정확히 그의 앞에 와 멎었고, 그는 택시에 몸을 실었다.

9. 처형

택시에서 내린 상구는 여관으로 이어지는 골목으로 들어서려다 말고 골목 어귀의 술집으로 들어섰다. 어차피 여관에 들어가도 술이나 마시다가 자는 일뿐이었다. 네모진 넓은 공간 한쪽 구석에 주방을 만든 다음 남은 자리에는 빼곡하게 탁자와 의자만을 늘어세워 실용성과 경제성만을 고려하여 만든 공간이었다. 멋이 없기는 봉천호프라는 술집 이름도 마찬가지였다. 그런데도 술집은 벌써 젊은이들로 붐볐다. 술과 안주를 나르는 종업원들도 머리를 붉고 푸르고 노랗게 염색한 젊은 남녀아이들이었다. 다른 장식이 필요치 않았다. 그들의 떠들썩한 웃음과 애깃소리와 활발한 걸음걸이, 그것만으로도 술집 안은 눈부실 만큼 화려했다. 그에게 그런 젊음이 있었던가? 기억이 나지 않았다. 그에게 젊은 시절은 참혹했다. 첫 감옥살이가 스물두살 때였다. 철공장에 다니고 있었으나 봉급이 몇달이나 밀린 채 공장이 파산했다. 직장을 얻을 수 없었다. 굶주리다 못해 공장 동료와 함께 전철 공사장에서 철근을 훔쳐다 팔아먹었다. 며칠 뒤에 그들은 체포되었다. 집행유예가 선고되어 풀려났으나, 그는 직장을 얻을 수 없었다. 그때부터 구치소에서 사귄 전과자들과 어울리게 되었고, 그는 범죄의 세계로, 지하세계로 들어서기에 이르렀다. 그는 이제껏 단 한번도 저렇게 화려하게 웃어본 적이 없었다.

아비 어미가 사는 꼴이 눈앞에서 사라지지를 않았다. 무슨 저주를 받은 것일까, 아비 어미는? 그리고 그 자신은? 무슨 저주가 그들을 이 지경의 시궁창으로 밀어넣은 것일까? 저 한심한 계집 영주는? 그가 짐작하건대 영주의 결혼은 그리 오래갈 리가 없었다. 굽 높은 구두를 또각거리며 골목을 걸어 내려가는 영주의 모습이, 호텔 복도 밖까지 터져나오던 세윤과 그의 정부의 환락에 겨운 신음과 외침이 생각날 때마다 울화가 치밀었다.

그는 오백씨씨의 맥주잔을 끈질기게 비워냈다. 그 사이 시간이 흘러 술집 안은 빈자리가 없을 지경으로 가득 차 홍청거리다가 차츰 사람들이 빠져나가면서 여기저기 자리가 비기 시작했고, 마침내는 상구

외에는 한 좌석에 둘러앉은 양복차림의 중년남자 넷만이 남았다. 그들 네 남자는 행복한 법안에 대해 논쟁중이었다. 우리 같은 것들은 다행이라고 해야 하는 거냐? 거기 걸려들 일이란 없으니까 말이야. 그게 통과가 될 것 같애, 이과장? 야당이 가만 있겠어? 그 법에 걸릴 사람들이 바로 자기네 지지자들인데. 그런데 요새 분위기가 요상하더라구. 그 법안 얘기가 처음 나왔을 땐 사람들이 다 웃었잖아. 그런데 요즘은 안 그래. 적어도 그 취지만은 타당하다거나, 보완할 필요가 있다거나 하는 식으로 물러나는 거야. 그러니까 보완만 하면 그 법안의 본질적 내용은 무방하다고 생각하는 사람들이 많아지는 것 같아. 논리적으로야 흠 잡을 데 없지 않으냐? 내가 보기엔 그렇던데. 봐, 조과장하는 말도 비슷하잖아. 도대체 행복이라는 걸 계량화할 수 있는 거냐? 가장 행복한 사람을 어떻게 가려낸다는 거지? 방법이야 찾아지겠지. 그걸 계량 못할 까닭이 뭐가 있어? 너 참 순진하구나. 이놈의 세상에서 계량화하지 못하는 게 뭐가 있는데? 사람 생명까지 계량화하는데. 우린 이미 오래전부터 그런 세상에서 살고 있어. 타당하지 못할 게 또 뭐가 있어?

시간은 자정을 넘겨 한시에 가까워가고 있었다. 시간은 상관없었다. 상구는 오백 한잔 더, 하고 소리쳤다. 머리를 파랗게 물들인 소년이 네, 하고 큰 소리로 기운차게 대답하고 달려왔다. 여관까지는 지척이었다. 전철역에서 약간 떨어진 곳, 며칠 전 상구는 이 근처의 여관 동성장에 숙소를 정했다. 필요하면 다른 곳에서 잠을 자기는 했으나, 특별한 일이 없는 한 이곳으로 돌아와 잠을 잤다. 밤을 새워도 무방했다. 이제 그의 생애에 남은 일이란 오직 하나뿐이었으니까. 그 일을 마치면 십중팔구 그 역시 처형당하게 될 테니까. 더이상 어떻게 자유로울 수 있으랴.

상구는 감옥살이를 하면서 사형수를 본 적이 있었다. 정부와 공모하여 정부의 남편과 두 아이를 살해하고, 범죄를 은폐하려고 집에 불을 지른 남자였다. 이웃집에까지 불이 옮겨붙어 두 사람이 더 타 죽었다. 도망을 다닌 지 한달 만에 한주선과 그의 정부는 체포되어 사형선고를 받았다. 사형수는 결코 독방에 감금하지 않았다. 잡범들과 함께 감금했다. 자살이나 자해가 우려되기 때문이었다.

한주선이 상구네 감방에 들어온 것은 그가 삼년째 감옥살이를 하고 있을 때였다. 주선은 그런 짓을 저지른 사람이라는 것이 믿어지지 않을 만큼 순했다. 전과도 없었다. 그는 사랑 때문에 그런 짓을 저질렀다고 말했다. 아무리 그 여자를 사랑했다고 해도 그렇지, 사람을, 애들까지, 그렇게 여럿을 죽였단 말이오? 배식반장이 묻자 그는 대답했다. 사랑에 미쳐 보이는 게 없었거든. 사랑에 미쳤다, 사랑이라. 상구는 술잔을 입에 털어넣고 한잔 더, 하고 고함을 질렀다. 어쩌면 영주란 년도 그의 칼 앞에서 사랑 때문에,라고 말할지 모른다. 그 사랑은 그러나 배신으로 폭력으로 거짓말과 속임수로 허망하게 붕괴되어가고 있었다.

주선은 별로 말이 없었다. 잠을 잘 이루지 못했다. 식은땀을 많이 흘려 그와 같이 자려는 사람이 없었기 때문에 그는 언제나 침구를 따로 펴고 잤고, 감방 동료들에게 그것을 미안해했다. 늘 악몽에 시달려 가끔은 한밤중 자다 말고 온 사동(舍棟)이 쩌렁 울릴 만큼 고함을 지르며 깨어났으며, 그에 대해서도 몹시 미안해했다.

떠들썩하게 싸우는 소리가 들렸다. 행복한 법안에 대해 논쟁을 하던 사람들이 파란 머리의 나이어린 종업원에게 호통을 치고 있었다. 이놈의 자식, 잘못했으면 잘못했다고 사과를 하는 거지, 어디서 니가, 뭐라고? 눈 딱 부릅뜨고 버텨 서서 그럴 수도 있다니? 거참 맹랑한 녀석이네. 아저씨들이 욕을 하니까 그런 거 아냐. 이 자식 반말하는 거 보게. 내가 당신들 자식이야? 야야 그만두자, 그만둬. 나가자. 다른 집으로 가자. 이 자식아, 내가 이 집 단골이야. 너 사장아저씨한테 말해서 당장 쫓아내버린다, 이놈의 자식. 쫓아내, 쫓아내봐. 이 집 아니면 내가 일할 데 없을 줄 알아? 이놈의 새끼 너 죽고 싶어? 그래, 죽고 싶다. 어쩔래? 탁자가 엎어졌다. 그래, 쳐봐. 오늘 나 돈 좀 벌겠네 이거. 진단 한 석달 정도만 나오게 한번 쳐보라구. 어른이면 다야? 나도 나이 먹을 만큼 먹은 놈이야. 종업원은 한마디도 지지 않고 대들었고, 중년 사내들은 그들대로 술기와 혈기를 한껏 분출했다. 다행히 치고받는 싸움질은 벌어지지 않았다. 중년 사내들이 떠나고 난 뒤 파란 머리는 깨어진 술잔과 접시를 치우며 욕설을 퍼부어댔고, 카운터에서 나온 붉은 머리칼의 어린 여자아이는 비질을 하며 맞장구를 쳤다. 개새끼들, 나이 먹었으면 다야? 나이값이나 하고 다니지, 씹새끼들. 이런 데서 술 처먹으면서 나 같은 것한테나 큰소리 치고 다니는 꼴에. 너무 속상해하지 마, 경수야. 미친 새끼들이잖아. 잔값이랑 접시값도 받아냈어야 하는 건데.

상구는 소년에게 말해주고 싶었다. 산다는 것은 어차피 태어난 날로부터 쓰디쓴 노역(奴役)이라는 것을. 산다는 일은 매일매일이 힘에 부치는 싸움이었다. 세상은 그가 온전히 살도록 내버려두지 않았다. 세계는 둘로 나뉘어 있었다. 지상의 세계와 지하의 세계. 그가 나눈 것은 아니었다. 그가 태어났을 때에 세상은 이미 그렇게 나뉘어 있었다. 그는 그 경계에서 태어났으나, 많은 사람들과 마찬가지로, 간단히 지하세계로 밀려났다. 굶주림과 법, 그것이 그를 지하세계로 밀어넣었다. 굶주림은 그의 것이었고, 법은 그의 것이 아니었다. 굶주림은 항상 그의 것이었으나 법은 한번도 그의 것이었던 적이 없었다. 법은 오히려 그가 지상으로 올라서려 할 때마다 완강히 그를 가로막았다. 지하세계로 밀어넣는 것으로도 부족하여 마침내 그 법은 그에게서 가정과 아내와 자식을 빼앗아갔다. 그는 완전히 혼자가 되었다.

기독교 전도사들은, 그들의 표현을 빌리자면, 주선을 주 하나님 아버지의 품으로 인도하기 위해 음식을 싸들고 찾아다녔다. 그는 음식을 받아 감방 식구들과 나눠 먹으면서도 결코 주 하나님 아버지의 품으로 뛰어들려 하지는 않았다. 스님들도 그를 찾아왔으나, 그는 부처님의 품에 안기지도 않았다. 그러면서도 성경이나 불경을 탐독했다. 이유를 물으면 그는 성경이나 불경은 재미있지만, 하나님이나 부처님이 있다는 것은 헛소리라고 했다. 그러니까 그에게는 성경은 이야기책과 다름없었다. 상구는 성경책을 재미있게 읽을 수는 없었으나, 주선이 들려주는 성경 이야기는 흥미로웠다. 예를 들면, 카인이 아벨을 살인하는 경위라거나 아브라함이 이삭을 제물로 바치려 한 이야기 같은 것은 주선의 입을 통해 들으면 어떠한 영화 이야기보다 흥미진진했다. 뿐만 아니라 주선은 사리분별이 정확하여 감방 안에서 분쟁이 생기면 그것을 조정하고 화해시키는 역할을 했다. 그런 이가 살인이라니, 믿어지지 않는 일이었다.

상구가 그에게 어째서 그런 무모한 짓을 저질렀는지를 물었을 때에 그는 이런 말을 한 적이 있었다. 세상 생김생김이 나와 맞지를 않았어. 결혼제도나 이혼제도, 일부일처제라는 것도 그렇지만, 그런 것만이 아니라…… 그의 얘기는 어려웠지만 듣고 보면 그럴 듯하다는 생각이 드는 적이 많았다. 내가 살인을 누구한테서 배웠는지 아냐? 놀라지 마. 나라가 나에게 살인을 가르쳤어. 군대에서 배웠거든. 카인에게서가 아니라. 부모님에게서가 아니라. 사랑도 마찬가지야. 그게 사랑이 아니었다는 건 그 끔찍스러운 짓을 저지른 다음에야 비로소 나 혼자 깨우친 거야. 그건 사랑이 아니라 정욕, 욕망, 탐욕, 절망, 이기심, 질투, 분노, 어리석음…… 그런 거였어. 그런데, 세상도 세상사람도 그런 걸 사랑이라고 했고, 나는 멍청하게 그걸 믿었어. 법이 뭔지 알아? 별거 아냐. 국회의원들이 모여서 방망이 세 번 딱딱 두들기면 법이야. 대부분 법은 돈 때문에 생기는 거야. 돈 가진 자들이 돈을 지키기 위해 만드는 게 법이야. 돈과 힘 가진 자들이 하는 짓 봐. 탐욕, 거짓말, 책략, 사기, 살육…… 나라니 민족이니 애국심이니 국방이니 주권수호니 하지만…… 그것도 우스워. 전쟁이 뭔데? 돈과 힘 가진 자들이 돈 때문에 벌이는 대량학살이야. 그런데 그 전쟁에 동원되어 죽어 나자빠지는 건, 서로 싸우는 이 나라 저 나라를 막론하고, 대부분의 경우 가장 돈없고 힘없는 사람들이거든. 나라고 민족이고 하나님이고 부처님이고 그 돈을 지키는 울타리, 금고에 지나지 않아. 난 정말 여기가 싫어. 여기 있는 모든 것이 싫어. 암세포 드러내듯이, 원치 않는 아이 긁어내듯이, 여기서 배운 모든 것들을 다, 몽땅 내 몸에서 덜어냈으면 좋겠어.

그런 세상이, 그런 법이 그에게 사형을 선고했다. 그는 매일 매시간 당장이라도 끌려나가 처형당할지도 모르는 감옥살이를, 그러니까 두 겹 세겹의 감옥살이를 했다. 철창문 여닫히는 소리가 조금만 커도, 복도를 걸어오는 교도관들의 발소리가 조금만 낯설어도 그의 얼굴에서는, 입술에서도 핏기가 가셔 창백해지고, 입술과 손가락이, 그의 온몸이 가늘게 떨렸다. 매일 일과시간이 끝나는 종이 울리면 그제서야 그는 마음을 놓았다. 그러나 그것은 다음날 일과시간이 시작되기까지에 불과했다. 그의 매일매일은 죽음이 반갑지 않은 숨바꼭질을 강요하는 시간이었다. 아아, 차라리 빨리 끝났으면 좋겠다, 하고 그가 중얼거리는 소리를 상구는 몇번이나 들었다.

한주선이 아닌 다른 사형수 네 사람이 처형되어 고깃국이 나온 날 밤, 자려고 누웠을 때에 그는 상구에게 이런 말을 했다. 그날 밤에 푸른 송아지를 봤어. 상구는 무슨 얘긴지 알 수가 없었다. 송아지를? 푸른색 송아지를? 주선은 그렇다고 말했다. 그 인간을 죽이려고 캄캄한 밤길을 걸어가는데 그놈이 계속해서 날 쫓아오면서…… 이상한 눈빛으로 뭔가 얘기라도 할 것처럼 날 쳐다보는데…… 참 이상도 하지. 그놈을 처음 만난 것 같지가 않더라니까. 어디선가…… 꼭 만난 적이 있는 것 같은 느낌이…… 그런데 푸른 송아지라는 건 없잖아. 그럼 그날 밤에 내가 본 건 도대체 뭐지? 상구가 무슨 소리냐고 물었으나 그는 더이상은 얘기를 하지 않았다.

한참 뒤에야 그는 푸른 송아지라는 게 있을 리 없지, 하더니 갑자기 흐느끼기 시작했다. 감방에서 울음처럼 듣기 싫은 소리는 드물다. 거기 들어앉은 모든 사람의 가슴속에 울음이 가득 고여 있기 때문일 것이다. 상구는 당황했다. 그 울음소리와 함께 많은 사람들이 이미 잠들어 있었을 감방 안에 긴장감이 팽팽히 차 올랐다. 감방 식구들 모두가 어느새 깨어나 민감하게, 그리고 불편하게 그 울음소리에 귀 기울이고 있었다. 그들은 그 울음을 통하여 자신들의 가슴속에 담겨 썩어가는 눈물을 들여다보고 있었다. 오물처럼 지뢰처럼 피하지 않으면 안 되는 그 눈물을.

주선도 그것을 의식한 것이 분명했다. 그는 안간힘을 다해 흐느낌을 억제하고 나서 상구에게 나직하게 말했다. 모든 처형은 살인이야. 모든 살인은 또한 처형이고. 살인을 포함하여 모든 범죄는 단순한 범죄가 아니라 가해자가 피해자에게 강요하는 속죄행위야. 이 세상은 치욕과 고통과 절망과 슬픔과 외로움으로 가득 차 있어. 여기 살인이 벌어지지 않는다면 오히려 그게 이상한 일일 거야. 나는 누군가를 대신하여 살인했어. 세상의 치욕과 고통과 절망과 슬픔과 외로움에 시달리는 모든 사람들을 대신하여. 나에게 죽은 사람들은 속죄양이었어. 나는 무당, 제사장이었어. 범죄자들은 늘 실패하는 제사장이야. 왜냐하면 이놈의 세상이 이 지경인 한 아무리 많은 속죄양을 희생시켜가며 제사를 지내봤자 실패하는 게 당연하니까. 전쟁이나 혁명이 그런 예라고 할 수 있을 거야. 그래서 여기 끌려와 갇혀 있거나 처형을 기다리고 있는 거지. 사형도 그래. 이번에는 내가 속죄양이 되는 거야. 나라가 무당이나 제사장이 되는 거고. 그뿐이야. 나는 늘 이놈의 세상에 짓눌려 살았지만, 살인으로 비로소 나라와, 이 세상 전체와 동등한 무게를 지닌 존재가 됐어. 나 자신 하나의 정부가 되고 국가가 됐어. 그러니 이놈의 나라로서야 나를 처형하는 게 당연하지. 세상에 살인이 벌어지는 한 살인자만이 살인자인 것은 아니야. 살아남은 모두가 살인자야. 모두가 같이 죽인 거니까. 세상에 범죄가 벌어지는 한 범죄자만이 범죄자인 것은 결코 아니야. 모두가 마찬가지야. 모두가 같이 저지르는 거야. 아브라함은 이삭 대신 산양을 속죄양으로 삼았어. 살인자인 주제에 이런 얘기를 하는 게 뻔뻔스러워 보일지도 모르지만, 우리도 그럴 수 있다면, 우리에게 그런 지혜가 있다면, 그런 아량이 있다면.

그로부터 몇달 뒤에 주선은 처형당했다. 교도관이 전해준 얘기에 의하면 처형대에 결박되어 두건을 쓴 그에게 마지막으로 목사와 스님이 번갈아가며 종교에 귀의할 것을 권했으나 그는 끝내 고개를 저었다. 목사가 지옥불이니 유황불이니 하고 위협하자 그는 이렇게 대답했다. 하느님이 있다면 당연히 그게 내가 받을 처벌이죠. 지금 이건 처벌이 아니라 살인입니다. 내가 저지른 살인과 전혀 다르지 않은. 당신들은 살인을 하면서 지옥불 유황불로 위협하여 신을 받아들이라고 나에게 강요하는 겁니다. 난 적어도 사람을 죽이면서 그런 터무니없는 짓은 한 적 없습니다. 당신들을 보니 신이 없다는 걸 다시 한번 확인할 수 있을 것 같네요. 만일 신이 있다면 당신들은 진정한 성직자일리가 없는 거구요. 둘 가운데 어느 쪽이겠죠. 어서 죽여요. 난 지금까지 너무 오래 기다렸어요. 비록 떨리는 음성이었으나 그는 굽힘이 없고 당당했다. 마지막 할말을 묻자 주선은 이렇게 물었다.

"혹시 지금 이 방에…… 송아지, 푸른색 송아지 들어와 있는 거 아닙니까?"

10. 노래

그를 향해 다가오는 수희의 발걸음은 불안감에 차 있었다. 그는 미안했으나 어쩔 수 없었다. 그는 아이의 행방을 어떻게 찾아내야 하는 것인지를 두고 며칠씩이나 궁리를 거듭했다. 생각나는 것은 이 방법뿐이었다. 왜 그래요, 준이 아빠? 왜 직장으로 전화하고 이러는 거예요? 처음 그녀를 만난 바로 그 편의점이었다. 편의점 바깥 탁자에 앉아 있는 사람은 상구뿐이었다. 수희는 그의 얼굴을 살폈다. 그의 눈빛이 얼마전 보았을 때와는 달랐다. 사람을 잡아먹을 듯 시퍼렇게 번득이지 않았다. 침착하고 유순했다. 옛날 영주와 셋이 어울려 술도 마시고 영화도 보러 다닐 때의 모습으로 돌아와 있는 것 같았다. 지친 것일까. 수희는 슬그머니 측은한 마음이 생기는 것을 어쩔 수 없었다.

상구는 이미 취한 것 같았다. 이런 날씨에 대낮부터 이런 데 앉아서 술이라니. 이곳은 바깥에 앉아서 술을 마실 만한 곳이 아니었다. 골목과 골목이 마주치는 곳, 어린이 놀이터가 자리잡아 길이 조금 넓기는 하지만, 차와 자전거와 오토바이가 흙먼지를 날리며 매연을 뿜어내며 쉴새없이 오가고 손수레에 과일이나 야채를 실은 행상들이 드나들었다. 더구나 날씨가 며칠 사이에 싸늘해져 한데 나와 앉아 있는 것은 오직 을씨년스러울 뿐이었다. 상구는 벌써 조금 취한 것처럼 보였다. 그는 고개를 꺾어 수희를 올려다보았다. 잠깐이면 됩니다. 내 얘기 한 마디만 듣고 나서 가버려도 막지 않아요. 그는 수희가 팔짱을 낀 채 앉을 생각을 않고 서 있는 것을 보자 문득 베니건스에 생각이 미쳤다. 수희는 전부터 그럴 듯한 음식점을 좋아했다. 돼지갈비집보다는 경양식집을 선호했다. 자리를 옮길까요, 좀 따뜻하고 멋있는 곳으로? 수희가 뭐라 대답하기도 전에 그는 얼른 일어났다. 내가 저녁 대접하겠습니다. 멋진 곳에서요.

상구는 얼른 지나가는 빈 택시를 세웠다. 수희는 놀라 멀거니 그를 쳐다보았다. 상구는 택시문을 연 채 어서 타라고 재촉했다. 내키지 않았으나 그녀는 택시에 올랐다. 몇시간 전 수희에게 전화를 할 때에 그는 그녀가 만나줄지 확신할 수가 없었다. 수희는 만날 이유가 없다고 완강히 거절했으나 그는 일방적으로 시간과 장소를 얘기하고 전화를 끊었다. 수희가 나와주리라는 보장은 없었다. 그러나 그는 알고 있었다. 수희가 퇴근 후에 어떻게 시간을 보내는지를, 얼마나 외로운지를, 그녀가 그 외로움을 얼마나 고통스러워하는지를. 그는 수희의 뒤를 밟고 다니던 며칠 동안 텅 빈 셋집으로 걸어 올라가는 그녀의 손에서 소주와 튀김이 담긴 비닐주머니가 대롱대롱 흔들리는 것을 보며 그녀를 불러세워 술이라도 한잔 나누자고 권하고 싶었던 적이 있었다. 어째서 외로운 그녀가 혼자서 텅 빈 집으로 돌아가야 하고, 어째서 외로운 그 자신 역시 텅 빈 여관방으로 혼자 돌아가야 하는 것인지, 그래야만 하는 이유가 무엇인지 그는 정녕 알 수가 없었다.

이제 영주는 찾았다. 그러나 아이의 행방을 알기 전에는 그녀를 처형할 수 없었다. 그녀를 처형하게 되면 그 역시 처형되거나 영원히 감옥에 유폐될 것이다. 그 전에 아이의 얼굴을 한번만이라도 보고 싶었다. 적어도 아이가 살았는지 죽었는지는 알아야 했다.

베니건스에 들어서자 수희는 반색했다. 어머, 이런 델 어떻게 다 알아요? 참 좋다. 그런데 음식값은 아주 비쌀 것 같은데. 상구는 얼마든지 좋으니까 맛있는 음식을 주문하라고 권했다. 스테이크 정식, 수희가 주문했다. 맥주도 주문했다. 외국산 맥주로. 빈자리가 거의 없었다. 식탁마다 젊은이들로 가득했다. 손님 가운데 상구와 수희가 가장 나이든 사람들 같았다.

상구는 맥주를 먼저 가져다달라고 부탁했다. 맥주를 몇 모금 마신 다음 그는 입을 열었다. 내가…… 너무 답답해서요. 속이 무너지는 것 같습니다, 수희씨. 수희는 쏘아붙였다. 잊어버려요, 그깟 년. 어디 가서 뭘 하는지도 모르는 년. 상구는 고개를 끄덕거렸다.

"물론입니다. 애어미는 벌써 잊었어요, 까짓 거. 세상에 계집이 하나뿐입니까, 어디. 하지만 내 새끼, 자식새끼를 어떻게 잊습니까?"

수희의 눈빛이 흔들렸다. 그녀는 거짓말만 해야 했다. 상구도 알고 있었다. 자칫 실수로 참말이 나올까봐 말을 할 때마다 몇번이나 스스로 단속을 해야 할 것이다.

"영주가 일본에서 술을 팔건 미국에서 몸을 팔건 내 알 바 아니죠. 나 싫다고 떠난 계집 붙들고 늘어질 놈 아닙니다."

그는 이어 슬쩍 위협도 해봤다.

"어쩌면 서울에 있는지도 모르죠. 일본엔 아무나 갑니까? 만일 갔다 해도 아무도 모르게 돌아왔을 수도 있구요. 아는 선배를 통해 출입국 관리기록을 알아볼까 생각중이에요. 그러면 적어도 영주가 과연 출국을 한 적이 있는지는 알게 되겠지요."

식사를 하는 동안, 맥주를 마시는 동안 그는 수회의 입을 열기 위해 온갖 노력을 다 기울였다. 혹시 말입니다, 혹시, 우연히라도 영주하고 연락이 닿으면 제발 이 말을 전해주십시오. 내가 준이를 찾는다구요. 준이가 어디 있는지만 알려달라구요. 준이가 살았는지 죽었는지 그것만이라도 알려달라구요. 그는 얘기하면서도 수회의 표정을 면밀히 살폈다. 수회는 영주를 만나고 있다. 따라서 준이의 행방 역시 알 것이다. 그러나 수회에게서는 아무 얘기도 들을 수 없었다.

"아무것도 알려 하지 말아요. 난 아무것도 몰라요. 난 상구씨하고 영주 사이의 일에 개입하고 싶지 않아요. 둘이서 알아서 해요. 난 나 혼자 일만 해도 힘들어요."

더이상 얘기를 강요할 수는 없었다. 상구는 그러나 포기하지 않았다. 그는 더이상 그 얘기는 꺼내지 않고 그녀에게 계속해서 술을 권했다. 요즘 재미있게 본 영화가 뭔지를 묻자 그녀의 화제는 무궁무진했다. 로버트 드 니로와 레오나르도 디카프리오와 맷 딜런과 브래드 피트와…… 그 모든 배우들을 그녀는 좋아했다. 한석규와 안성기와 송강호도 좋아했다. 뭐가 그렇게 힘드냐고 그는 물었다. 그녀는 묻지 마요, 머리 아파요, 하고 머리를 쥐어뜯었다. 그러나 스스로 입을 열었다. 고향에 내려가기만 하면 어머닌 시집갈 생각 않는다고 잔소리지만, 난들 이렇게 사는 게 좋은 줄 알아요? 하지만 어떤 남자가 나 같은 년을 돌아보겠어요? 돈이 있나 미모가 있나 배운 게 있나 기술이 있나…… 미용기술은 기술이 아닌가? 그거면 먹고사는 문제는 해결할 수 있는 것 아닌가? 그가 물었다. 그에게는 먹고사는 일, 그것이 항상 문제였으니까. 그밖의 문제란 그에게는 별로 중요치 않았으니까. 요새 그게 무슨 기술이나 되는 줄 알아요? 자기 가게를 갖고 있거나 헤어디자이너로 이름을 얻기 전에는 아무것도 아니에요. 늘 주인 눈치나 보고 뒤치다꺼리나 해야 하고. 사람 대접 받고 사는 건 기대하기 힘들어요. 술에 취하자 그녀는 말이 많아졌다. 몸짓도 커졌다. 그래서 그녀 옆에서 포크가 떨어지고 술잔이 떨어지고 그녀의 손가방이 떨어졌다.

그녀는 일어설 생각을 하지 않았다. 맥주가 끊임없이 날라져왔다. 가끔 그녀는 여기 참 좋다, 기분 참 좋다, 하고 말했고, 상구는 원하시면 매일이라도 모시겠다고 말했다. 그녀는 반색했다. 정말요? 빈소리라 해도 반갑네요. 상구는 빈소리가 아니라고 말했으나 그녀의 얼굴은 금세 어두워졌고 곧 가요, 하고 말했다.

그들은 택시를 타고 사당동으로 향했다. 집 근처에 이르자 이번에는 그녀가 우리 노래방 가요, 하고 권했다. 상구는 두말없이 응했다. 수희는 끊임없이 노래를 불렀다. 모두들 잠들은 고요한 이 밤에 어이해 나 홀로 잠 못 이루나…… 그녀는 손가방에서 미리 사둔 깡통맥주를 꺼냈고, 그들은 맥주를 탁자 밑이나 모니터 뒤에 감춰두고 마셔가며 노래를 부르고 춤을 췄다. 그동안 그들의 손이 마주치고 어깨가 부딪고 다리가 닿았다. 그들의 마음도 닿을 듯했다. 상구는 고래고래 고함을 질러가며 발악적으로 노래했다. 눈물도 한숨도 나 홀로 씹어삼키며 밤거리의 뒷골목을 누비고 다녀도…… 수희의 레퍼토리는 끝이 없었다. 저 산은 내게 오지 마라 오지 마라 하고 발 아래 젖은 계곡 첩첩산중…… 하는 노래를 거쳐 가을엔 편지를 쓰겠어요 누구라도 그대가 되어 받아주세요…… 하는 노래를 부르다 말고 그녀는 눈물을 흘렸다. 너무나 슬퍼요, 이 노랜. 그녀는 휴지로 눈물을 찍어내며 말했다.

술집 주인이 그들이 술을 마시는 것을 목격했다. 마시지 말라는 주인과 마시겠다는 상구 사이에 다툼이 벌어지는 바람에 그들은 노래방에서 나와 술집으로 자리를 옮겼다. 마침내 튀김집이었다. 그들은 이번에는 소주를 마시기 시작했다. 수희가 물었다. 요즘 어디서 살아요? 방이라도 구했어요? 상구는 그런 건 필요없다고 말했다. 아무데도 갈 데도 없고 살 데도 없고 잘 데도 없고, 또한 필요도 없다고, 지금 그가 서 있는 곳, 잠드는 곳이 집이라고, 그것으로 족하다고 대답했다. 수희는 킬킬거렸다. 나하고 팔자가 비슷하네요. 그런데 상구씨에게는 그게 멋있어 보이고 어울리는데, 나에게는 어째서 추하고 불쌍해 보이는 걸까요? 멋있다는 그녀의 말이 그의 심사를 자극했다. 내가 어떻게 사는 놈인지 몰라서 하는 얘깁니까? 어려서부터 감방에나 드나들다가 지금은 세상천지 하나밖에 없는 자식새끼마저 잃어버린 처집니다. 멋이라구요? 수희는 잠시 생각에 잠긴 듯한 얼굴로 소주잔을 만지작거렸다. 우리 오빠도, 우리 오빠는…… 그러나 그녀는 곧 입을 다물었다. 잠시 후 그녀가 다시 입을 열었을 때에 그것은 다른 얘기였다.

"우리 같은 사람은 절대로 행복한 법률에 걸려 처형당할 염려가 없는 것말고는 다른 복이 없나봐요. 하지만요, 난 그렇게 죽어도 좋아요. 세상 복을 다 차지하고 가장 행복하게 한 일년만 살아보고 나서는 사형을 당한들 뭐 어때요? 무슨 여한이 있겠어요? 안 그래요?"

상구는 대답하지 않았다. 그는 동의할 수 없었다. 조금만, 아주 조금만 행복하면 된다고 생각했다. 더이상은 바란 적도 없었다. 그런데 그 아주 조금이 그에게는 태산을 옮기는 일과 같았다. 두 사람은 잠시 서로 다른 생각에 잠겨 있었다. 상구는 왠지 지금 수희가 지금 진실을 말하기 위해 입을 열기 직전이라는 느낌이 들었다. 그는 조마조마한 심정으로 기다렸다. 두 사람 사이의 긴장감이 팽팽해졌다. 마침내 수희가 입을 열었지만, 그것은 그가 기대한 얘기가 아니었다. 상구씨, 영주란 년 잊어버려요. 그년 안돼요. 안된다구요. 상구는 안다고 말했다. 일본에 있는 계집을 내가 어쩌겠습니까? 수희는 일본, 하고는 스스로에게 다짐하려는 듯이 몇번이나 반복했다. 그래요, 일본. 그년은 일본에 있어요. 안 와요. 미친 년. 나쁜 년. 독한 년. 애도 잊어버려요. 죽어버렸다 치세요. 상구는 깜짝 놀랐다.

"아이가 죽었다구요?"

수희는 깔깔거렸다. 누가 죽었대요? 상구는 다시 물었다. 아이가 죽었어요? 수희는 그제야 웃음을 그치고 내가 어떻게 알아요, 하고 쏘아붙였다. 상구는 그녀의 팔을 붙잡았다. 놔요, 이거. 수희가 뿌리쳤으나 그는 다시 거칠게 그녀의 팔을 낚아챘다.

"대답해요. 우리 준이가…… 죽었습니까? 어떻게, 어떻게 죽었습니까?"

수희는 그의 손을 완강히 밀어냈다.

"난 몰라요. 내가 마지막으로 준이를 본 건 벌써…… 삼년 전이에요."

"그뒤로는요? 소식도 들은 적 없습니까? 무슨 고아원에 넣었다거나 어디다 내버렸다거나 하는 얘기 못 들었어요? 아니면…… 죽었다거나."

수희는 취한 눈으로 한동안 그를 쳐다보았다. 상구는 다시 조금 전의 그 느낌에 사로잡혔다. 그녀는 망설이고 있었다. 상구는 술집 바닥에 무릎을 꿇었다. 제발, 수희씨. 말해줘요. 아는 데까지만 말해줘요. 조금 더, 수희는 입을 여는 쪽으로 가까워지고 있었다. 상구는 다시 말했다. 아무도 해치지 않고 아무도 원망하지 않아요. 그 말이 수희의 마음을 오히려 다잡게 만들었다. 두 사람 사이의 긴장감이 깨어졌다.

수희는 일어섰다. 가야겠어요. 내일도 출근해야 한다구요. 상구는 그녀를 붙잡았다. 좋아요. 그 얘기 하지 말고 술이나 더 마십시다. 수희는 잠시 망설이는 듯했으나 안돼요, 하고 술집을 나섰다. 상구는 얼른 여관 동성장의 전화번호를 써서 그녀에게 내밀었다. 여기…… 혹시 뭐라도 할 얘기가 생각나면 꼭 전화해요. 베니건스 가고 싶을 때도요. 수희는 키들거리며 쪽지를 받아들자 캄캄한 골목길을 걸어 올라갔다.

11. 푸른 송아지

세종로였다. 이순신 장군 동상이 서 있고, 그 너머에 광화문이 위용을 자랑하며 버텨 서 있으며, 그 뒤로는 하얀 눈이 뒤덮인 우아한 북악산이 푸른 하늘에 이마를 문지르고 서 있었다. 거리가 텅 비어 있었다. 그는 수희와 함께 텅 빈 세종로 한복판을 걷고 있었다. 손을, 그들은 손을 마주잡고 있었고, 수희는 하얀 면사포를 쓰고 있었으며, 그녀는 아름다웠다. 상구는 실크 셔츠에 턱시도를 입고, 발에는 반짝반짝 윤이 나는 구두를 신고 있었다. 아까시나무 꽃잎이 흩날리고 진한 꽃향기가 온 천지에 가득했다. 엉뚱하게 이순신 장군도 면사포를 쓰고 있었다. 아, 돌아보니 어느새 수희는 자전거를 타고 있었다. 그 역시 자전거를 타고 있었다. 수희의 면사포가 바람에 나부꼈다. 그들은 나란히 자전거를 달려 텅 빈 세종로 거리를 질주했다. 그들은, 상구도 수희도 자유롭고 사랑스럽고 아름답고 행복했다. 아니, 그들만이 아니라 온세상이, 온세상 사람이 모두 아름답고 행복했다. 수희가 흰 장갑을 낀 손을 들어 광화문 쪽을 가리켰다. 저거 봐요! 상구는 그쪽으로 고개를 돌렸다.

송아지, 푸른 송아지였다. 푸른 송아지 한마리가 그들을 향해 다가오고 있었다. 머리끝부터 발끝까지, 꼬리까지도, 발굽과 눈과 뿔까지도 푸른색이었다. 갑자기 그 송아지가 메에, 울부짖었다. 상구는 두려움에 사로잡혀 얼른 자전거를 멈췄고, 다음 순간 자전거가 쓰러졌다.

전화벨이 울리고 있었다. 그는 얼른 전화를 집어들어 귀에 가져갔다. 저예요, 하는 것은 분명히 수희였다. 상구는 손목시계를 들여다보았다. 새벽 세시, 수희와 헤어진 지 겨우 두시간이 지났을 뿐이었다. 수희는 그뒤에도 혼자서 술을 더 마신 것일까. 그녀의 음성에서는 짙은 취기가 느껴졌다. 웬일입니까? 그가 물었으나 수희는 대답하지 않았다. 숨소리, 숨소리…… 이어 목을 고르는 헛기침. 상구는 긴장하여 기다렸다. 마침내 수희가 입을 열었다.

"준이는 죽지 않았어요. 영주란 년이 고아원에 갖다줬대요. 이년쯤 전에요."

고아원이라니! 충격으로 가슴이 무너지는 듯했다. 그러나 상구는 이를 악물고 귀를 기울였다.

"어느, 어느 고아원……?"

목이 잠겨 말이 제대로 나오지를 않았다. 상구의 목에서 재채기가 터져나왔다.

"그건 나도 몰라요. 서울이 아니라는 것만 알아요. 그년 미친 년이에요. 돈은 권세윤이라는 놈한테 한꺼번에 몽땅 사기당했어요. 그놈이 투자해준다고 가져가서 입 싹 씻은 거죠. 그런데 영주가 그 돈을 받으러 쫓아다니다가…… 그놈한테 겁탈을 당했대요. 그것도 억울한 일인데 하필이면 그 미친년은……"

수희는 갑자기 얘기를 중단했다. 권세윤이라니? 상구는 믿을 수가 없었다. 권세윤은 영주의 남편이 아닌가. 그런 자와 결혼을 했단 말인가? 수회는 숨을 몰아쉬다가 덧붙였다.

"……그러곤 일본으로 가버렸어요. 그뒤론 나도 소식 몰라요."

그 뒷부분의 얘기는 영주를 보호하기 위한 거짓말이라는 것을 상구는 알 수 있었다.

"내가 아는 대로 다 말씀드린 거예요. 이제 나한테 전화하지 마세요. 찾아오지도 말아요. 절대로 안돼요. 나 너무 힘들어요. 우리 오빠도 전과자예요. 지금 광주교도소에 있어요. 전과자라는 게 어떤 건지난 잘 알아요. 내 주위에 전과자 하나면 충분해요. 나 다시는 전화하지 않을 거예요. 벌써 전화번호 쪽지는 찢어버렸어요. 난 더이상 아무것도 몰라요."

그것으로 전화는 끊겼다. 상구에게는 그것으로 충분했다.

그는 그후 꼬박 날밤을 새웠다. 세 자루의 칼을 꺼내놓고 가끔 들여다보며, 텔레비전을 켜놓고 눈을 번히 뜨고 쳐다보면서도 아무것도 보지 않은 채 그는 날이 밝기만을, 날이 밝은 다음에는 다시 어두워지기만을 기다렸다. 뉴스 시간마다 여당의 '과잉행복 행위 등 처벌에 관한 법률'에 대항하여 야당 국회의원 이회상 외 육십구명의 의원들이 '과잉불행 행위 등 처벌에 관한 법률'이라는 이름의 법안을 국회에 제출했으며, 그 법안은 한해에 한번 나라에서 가장 불행한 사람을 골라내어 그해 연말에 처형한다는 것이 골자라는 소식이 반복하여 톱으로 보도되었으나, 그는 기억하지도 상관하지도 않았다.

시간이 어떻게 흘렀는지 그는 알지 못했다. 밤이 깊어지자 그는 칼이 담긴 배낭을 짊어지고 여관을 나섰다. 거리는 드문드문 차들이 치달리고 심야영업을 하는 술집들이 불을 밝히고 있을 뿐 조용했다. 봉천호프 역시 아직 불을 밝혀놓고 영업을 하고 있었다. 술을 한잔만 마시고 갈까, 하는 유혹을 잠시 느꼈으나 그는 곧 물리쳤다. 술은 처형을 끝낸 다음에 마셔도 늦지 않을 것이다. 그는 횡단보도도 지하도도 이용하지 않았다. 차들이 무서운 속도로 치달리는 도로 위로 그는 거리낌없이 내려섰다. 차들이 그를 위해 속도를 줄이거나 멈춰서주리라고 믿어 의심치 않는 사람처럼, 그는 태연히, 좌우를 살피지도 않고, 무인지경을 가듯 그 넓은 도로를 건너갔다.

그는 아무것도 보지 않았다. 그의 눈에 보이는 것은 아직은 시야에 들어오지도 않은 영주의 집, 동산빌라 302호뿐이었다. 그는 골목으로 접어들자 발걸음을 더욱 빨리했다. 어서 빨리 손에 피를 묻히고 싶은 욕망에 시달려 이마에 땀이 흐를 지경으로 바삐 걸었다. 그의 눈은 꿈꾸는 듯 몽롱했고, 그의 발은 춤추는 듯 발랄했다. 모퉁이를 돌고, 계단을 오르고, 또 모퉁이를 돌아 비탈길을 오르고…… 마침내 마지막 모퉁이를 돌자 저만큼 경사진 언덕 위에 동산빌라 건물이 엎드린 것이 보였다. 그는 숨을 고르기 위해 잠시 발을 멈췄다. 여기에서 미리 칼을 꺼내야 하는 것 아닐까, 그는 잠시 궁리했다. 골목은 텅 비어 있었고 어두웠다. 그가 며칠 전 낮에 와서 깨뜨린 이래 그곳의 가로등은 시커멓게 꺼져 있었다. 그는 눈으로 302호의 유리창을 찾았다. 멀리서도 동산빌라의 모든 유리창에 불이 꺼져 있다는 것을 알 수 있었다.

그가 막 언덕을 오르기 위해 발을 떼어놓을 때였다. 뒤에서 기척이 느껴졌다. 그는 반사적으로 돌아서며 뒷걸음질했다. 그리고 그 자리에 고스란히 얼어붙었다. 송아지였다. 푸른 송아지 한마리가 그를 향해 천천히 다가와 멈춰섰다. 꿈에서 본 것처럼 송아지는 온몸이, 뿔과 눈마저 푸른색이었다. 어, 그의 입에서 비명인지 신음인지 알 수 없는 소리가 새어나왔다. 송아지의 푸른 눈이 그를 쳐다보았다. 그 눈이 그에게 뭔가를 애원하고 있었다. 상구는 손을 들어 송아지의 목을 쓰다듬었다. 아직 어린 나이에 시골에서 살 때 그는 소를 먹인 적이 있었다. 소는 얼마나 순한 짐승이던가. 그러나 푸른 소라니? 그는 멀거니 푸른 송아지를, 그 송아지의 푸른 눈자위와 눈동자를 들여다보았다. 그 송아지가…… 한주선을 닮은 것 같다는 생각이 들었다. 그는 송아지의 목덜미에 손을 댄 채 오래오래 그 푸른 눈을 들여다보았고, 송아지는 애원하는 듯 슬프고 푸른 눈으로 그를 쳐다보았다.

송아지의 푸른 눈을 들여다보던 어느 순간 그는 송아지가 원하는 것이 무엇인지를 한꺼번에 깨달았다. 그의 눈에 눈물이 맺히더니 주르르 뺨을 타고 흘러내렸다.

〔현대문학 2000년 12월호〕

발문

절망과 희망의 변증법

임철우

    사실 나는 지금껏 발문이라는 형식의 글을 한번도 써본 적이 없다. 무슨 별스런 신조 따위를 지키느라 안 쓴 게 아니라, 단지 못 썼다. 그런 청탁도 기회도 아예 없었으니까. 미지의 대상 앞에서 무경험자가 드러내는 특징은 대뜸 겁을 집어먹고 물러서거나 아니면 턱없이 무모해진다는 것이다. 이번 경우에 나는 후자 쪽이었던 셈이다.

    "딱 잘라서 말해. 해줄 거야, 말 거야?"

    작가 최인석이 느닷없이 전화로 자신의 창작집에 실릴 글을, 그것도 당장 일주일 안에 써달라는 부탁을 해왔을 때 나는 응당 딱부러지게 거절했어야 했다. 형식상으로는 발문이지만, 내용은 해설과 발문의 중간 정도 성격이어야 한다는 것이다. 의미있는 지면을 특별히 내게 부탁하는 것에 고맙기도 하면서 당혹스럽기도 했다. 하지만 선천적으로 거절하는 방식에 서툰 나로서는 "아니, 싫어서가 아니라 네 책에 괜히 누를 끼칠까 싶어서 말야"라고 우물거릴 수밖에 없었는데, 대뜸 그의 대답이 이랬다.

"누? 까짓 거, 누가 돼도 괜찮으니까 한번 써봐라."

그 말이 내겐 '어차피 네 솜씬데 누가 될 수밖에 없긴 하다만'으로 들렸다. (거참, 같은 값이면 '무슨 그런 소릴 하느냐' 혹은 '설마 그럴 리가 있겠느냐'라고 빈말이라도 이쪽 대접을 해주면 좀 좋을까만, 그는 워낙 그렇게 솔직한 사람이다.) 거절할 핑계도 궁해진데다가, 누가 되더라도 괜찮다는 당사자의 말에 그만 얼결에 승낙을 하고 말았는데, 전화를 끊고 가만 생각해보니 결국 나만 손해를 본 셈이다. 어쭙잖은 발문을 실었다가는 나 혼자 고스란히 욕을 얻어먹어야 할 터이니 말이다.

여하튼, 어차피 누 끼칠 각오를 하고 나니 그나마 속이 좀 편해졌으므로, 당장 최인석의 작품들을 책꽂이에서 부지런히 추려냈다. 전체적인 작품의 흐름을 짚어봐야만 이번 작품집에 대해서 뭐든 대충이나마 감이 잡힐 거라는 생각 때문이었다. 몽땅 한자리에 쌓아놓고 보니, 입이 절로 떡 벌어졌다. 세상에, 이 친구는 잠도 안 자고 허구한 날 소설만 썼단 말인가. 가히 무릎 높이를 훌쩍 넘기는 분량인데다가 무엇보다 그 대부분이 최근 오륙년 사이에 발표된 작품들이라는 데 더 놀랐다. 거의 해마다 한권씩 써낸 셈이다.

최인석이 당대 그 누구보다 열정적이고 뛰어난 작가임은 익히 아는 바였으나, 막상 한자리에 모아놓고 보니 그야말로 굉장했다. 어찌하랴. 친구의 그 지칠 줄 모르는 왕성한 창작력의 찬란한 결실들을 바라보는 그 순간 내 두 눈은 경이, 찬탄, 부러움 그리고 어쩔 수 없는 (내 생각엔 내가 가진 유일한 결점인) 시샘과 질투심으로 고통스레 불타

올랐다.

그날부터 사박오일 동안 열심히 그리고 진지하게 (찬탄, 부러움, 시샘에 시달리며) 그것들을 탐독했다. 대부분 이전에 한번씩은 읽은 작품들이었지만, 초기작부터 이번 작품집까지를 발표 순서대로 다시 읽어나가는 동안 그것들은 마치 처음 읽는 소설들처럼 전혀 새롭고 명료한 세계로 다가왔고, 어느 사이 나는 최인석 소설 그 특유의 마력과 흡인력에 완전히 빠져들었다.

새삼 경탄할 만한 사실은 그가 초기작부터 오늘에 이르기까지 그 나름만의 독특한 소설문법과 문제의식을 확보하고 그것들을 일관되게, 한치의 허술함 없이 끈질기게 추구해왔다는 점이다. 물론 작가라면 누구나 인간과 세계를 읽어내는 저마다의 지도를 한장씩은 갖고 있는 법이기는 해도, 아마 작가 최인석만큼 오랜 기간 별다른 기복 없이 시종일관 자기세계를 탄탄하게 구축해나가는 놀라운 힘과 열정 그리고 치열한 작가정신을 소유한 이도 드물 것이다.

사실 최인석과 나는 시간상으로만 따지자면 그리 오래 사귄 친구는 아니다. 피차 활달한 성격은 못되는지라 이런저런 자리에 별로 걸음을 안하는 탓이기도 하겠고, 나 또한 몇년 전까지 고향에 남아 있었으므로 서로 자주 만날 기회가 없었다. 내가 서울 근처로 이사를 오면서 근래 이따금 (그래봐야 일년에 서너번이 고작이지만) 술자리를 같이 하기도 하는데, 묘하게도 나는 그가 아주 오랜 고향 친구처럼 무척 정답고 편안하게 느껴진다. 그래서 내게 최인석은 이창동과 함께 문단에서 내가 함부로 말을 터놓고 지내는 단 두 사람 중 하나다.

내가 알고 있는 최인석은 더없이 순해빠진 사람이다. 웃을 때는 이내 두 눈이 지워지면서 얼굴 가득히 홍조가 퍼지는 그 특유의 웃음도 그렇고, 낮고 느린 목소리로 조용조용 이어나가는 말투, 경계심이라곤 하나 없이 이쪽을 수더분하게 쳐다보는 눈빛은 언제 봐도 농부처럼 선량하고 순박하기 그지없는 얼굴이다. 숫기도 별로 없는 편이고 화가 나도 언성을 높일 줄 모르는 그는 늘 진지하고 차분하다. 천성적으로 남을 웃기는 데엔 무능력한 편인 듯한데, 그래도 남의 우스갯소리는 열심히 듣고 또 남보다 아주 열심히 웃는다. 남들은 대개 한두 가지씩은 장만해두고 있게 마련인 특별한 잡기라거나 취미도 없는 걸 보면, 외형상 그는 어지간히도 덤덤하고 싱거운 사람에 속하는 게 틀림없다.

그러나 그의 진면목은 소설 속에서 마침내 정체를 드러낸다. 무릇 한편의 소설 속에는 그 작품을 완성하기까지의 그 작가의 성깔과 체취가 묻어나오게 마련인데, 그 점에서 보자면 최인석은 그야말로 한편 한편을 마치 생사를 건 전투를 치르듯이 온몸으로 치열하게 써내는 작가임에 틀림없다. 때로는 섬뜩한 독기마저 느껴질 만큼 그는 일단 싸움을 시작했다 하면 철저하고도 집요하게 물고 늘어져서 기어코 결판을 내고야 마는 것이다.

그래서, 최인석을 만나면 나는 늘 혼자 속으로 궁금하다. 대관절 저 착하고 순해빠진 얼굴 어디에 그렇듯 지독스런 고집과 열정이 감춰져 있는 것일까. 요컨대 결론은 이렇다. 최인석은 진짜배기 소설가다.

최인석 소설이 그려내는 세계는 무겁고 어둡고 섬뜩하다. 가뿐함, 현란함, 재미만을 요구하는 요즘 세상에, 그러므로 최인석 소설은 이미 그 자체만으로도 반역이다.

그의 소설은 섣불리 쉽게, 고민 없이 읽히는 것을 스스로 거부한다. 상당한 수준의 독자들이라 할지라도 충분히 부담을 느낄 만하다. 현실과 환상, 사실과 신화가 뒤범벅으로 엉킨 알레고리적 장치, 연극무

대 공간을 연상시키는 극히 폐쇄된 플롯, 인물의 정서적 감응이나 내면풍경에 대한 묘사를 거의 배제한 채 독자를 작가의 의도대로 시종 긴박하게 압박하며 끌고나가는 그 집요하고 숨가쁜 화법 등의 특성 때문만은 아니다. 무엇보다 최인석 소설에서는 현실세계 및 인간 삶 자체가 완전히 뒤집히고 붕괴된 채로 마치 악몽이나 지옥도처럼 제시되어지기에, 그 앞에서 독자는 충격과 함께 전혀 새로운 독법을 찾아내기 위해 전전긍긍해야 하는 부담을 감수할 수밖에 없는 까닭이다.

아마도 최인석 소설에 지금까지 부여된 다양한 수사법들을 요약하자면 '현실과 유토피아' 혹은 '현실과 환상'의 대립 정도가 되지 않을까 싶다. 그의 소설 속 현실은 가혹한 절망과 죽음의 세계이자 지옥의 세계에 다름아니다. 굶주림과 질병, 살인과 폭력, 매음과 인신매매, 온갖 악덕과 부패와 부도덕으로 뒤덮인 그 죄악의 땅에 거주하는 인물들은 차라리 시궁창의 구더기나 해충들, 혹은 기괴한 괴물들의 형상을 닮아 있다. 그리고 그 절망의 지상에서 구더기로 혹은 괴물로 살아가는 인물들이 꿈꾸는 저 거대한 천상의 환상 혹은 신화 —— 그것은 마치 지옥의 허공 저편에 떠 있는 씨뮬레이션의 잔상처럼, 아름답고 찬란할수록 더더욱 끔찍스럽고 괴이하며 전율적이다.

내 생각으로는, 최인석 소설을 얘기할 때 '유토피아'와 '환상'은 실상 엄밀히 구별되어야 한다. 그의 인물들이 꿈꾸는 세계는 초기의 '유토피아'적인 세계로부터 점차 '환상'으로 변화해왔다고 보여진다. 두 낱말이 모두 '현실'의 대척점에 놓인다는 점에선 일치하지만 그 의미는 판이하다. '유토피아'가 상대적으로 좀더 적극적이고 구체적인 성격을 가진 세계로서 밝고 선함, 질서와 평화, 행복과 약속 등을 암시하는, 말 그대로 지복의 세계 혹은 이상향을 의미한다면, '환상'은 전자의 의미를 포함하면서 그 반대쪽 성격까지를 아울러 포괄하는,

상대적으로 좀더 부정적인 면을 의미하는 세계에 가깝기 때문이다.

가령 초기 대표작 가운데 하나인 「내 영혼의 우물」의 영배가 꿈꾸는 세상은 개와 사람이 어울려 살아가는 유토피아로 그려져 있지만, 실상 그것은 영배의 삶 내지는 현실과 유리된 허황한 몽상이 아니라 그의 삶의 가치와 기준이 형상화된 상징적인 세계이다. 때문에 자신의 삶의 가치와 기준을 지키려는 극단적이면서도 적극적인 행동으로서, 영배는 '행복한 개 학교'를 파괴한 자를 살해하는 것이다.

현실과 유토피아의 관계는 「세상의 다리 밑」에서 훨씬 더 구체적이고 직접적으로 제시된다. 여호와의 증인 신도인 이복기를 통해서 작가는 "무엇보다도 유토피아에 대한 주장이나 믿음 자체가 맹목적이고 반유토피아적인 것일 수 있다는 점," 그리고 "유토피아에 대한 꿈이 너무도 강렬할 때 사람들은 비현실을 현실로 받아들이고 현실을 비현실화하는 경향이 있거니와, 이러한 경향 자체는 맹목적이고 반유토피아적인 것일 수 있는 것"임을 경고한다. 그러므로 "자신의 눈멂을 깨달아가는 과정에서 이 세상뿐만 아니라 이 세상을 부정하고 유토피아를 꿈꾸는 믿음까지도 모두 '지옥'이라는 사실에 대한 깨달음에 도달한다는 점에서 이복기는 눈이 먼 사람인 동시에 또하나의 새로운 눈을 뜨게 된 사람인 것이다."(장경렬)

최인석의 초기작들은 그렇듯 유토피아를 꿈꾸는 인물들의 처참한 파멸과 좌절을 통해 역설적으로 현실의 추악성과 파괴성을 드러낸다. 거기에서 유토피아는 주인공들에게는 "없으면 살아갈 수 없는 어떤 것", 곧 삶의 가치기준 혹은 종교적 신념의 표상이다. 이때 유토피아는 마치 연 날리는 사람과 연의 관계처럼, 주인공들의 삶과 현실에, 비록 가늘고 희미하게 보일지언정, 실을 통해 분명히 직접 이어져 있다. 최소한 이 타락한 현실로부터의 어떤 회생 혹은 탈출의 아주 희미한 가능성이 그래도 아직은 남아 있는 것이다.

그러나 『나를 사랑한 폐인』『아름다운 나의 귀신』에 실린 일련의 작품들에 이르면 이미 '유토피아'의 연은 실이 끊긴 채 실종되고, 대신 지옥으로 변한 현실의 지평선 너머 허공에는 백일몽 같은 '환상'들이 자리를 차지하고 있다. 그것들은 벌써 이 추악한 세계는 물론이고 그 안에서 구더기나 괴물처럼 살아갈 수밖에 없는 각 인물들의 삶과 현실로부터도 완전히 유리된 채 다만 몽환의 세계, 신화의 세계로서만 허공을 떠도는 것이다. 막다른 골목에 출구는 없다. 파멸은 완성되었고, 환난의 현실 어디에도 구원이나 회생의 가능성은 전무해 보인다. 이제 인간에게 현실은 "사람이 살기 위해 만들어진 동네가 아니라 망가지기 위해, 서서히 죽어가기 위해, 산다는 것이 얼마나 비참하고 세상이라는 것이 얼마나 잔인한 곳인지를 입증하기 위해 만들어진 동네"(「내 사랑 나의 귀신」)일 뿐이다.

세상은 망가지기 위해 존재하고, 인간은 죽기 위해 존재할 따름이라니!

이 무시무시한 절망과 비관의 탄식이야말로 실로 충격적이다. 최인석이 보여주는, 세계에 대한 그같은 철저한 비관은 아마 "이 지상의 삶을 환난의 지속으로 보면서도 그 환난의 시간에 종지부를 찍을 심판의 순간을 꿈꾸는 의식, 근본적으로 종말론에 가까운 역사초월의 의식"(방민호)에서 비롯되는 것인지도 모른다.

그것은 가히 『묵시록』에서 울려나오는 불길하고 음산한 계시의 천둥소리, 혹은 구약의 숱한 예언자들이 토해내는 다급하고도 섬뜩한 절규를 연상케 한다. 작품 도처에서 우리는 세계의 종말을 경고하는 작가의 다급하고도 거친 숨소리, 때로는 절규와 비명 혹은 저주와도 같은 절절하고도 격앙된 육성과 마주친다. 때로는 그 절망의 탄식과 분노가 너무 강렬한 나머지 작가는 문득 예언자의 면모를 취한 채 독자를 격렬하게 설득하거나 압박하기도 한다.

그렇다면 현실을 환난의 땅, 지옥의 시간으로 만들어버린 악의 항목들은 구체적으로 어떤 것들인가. 그것들은 무한의 탐욕으로 아귀처럼 팽창해가는 자본주의, 물신주의, 개인의 가치와 인간성을 짓밟는 '가족 집단 민족 국가'라는 전체적 신화, 그리고 그 안에서 동시에 진행되는 영혼과 정신의 부패 등등이며, 그 모두는 본질적으로 세계와 인간을 함께 파괴시켜 죽음으로 몰아가는 폭력이다.

최인석 소설의 인물들은 대부분 그 절망적인 세계, 막다른 골목의 현실 속에서도 희망을 (혹은 최소한 '희망의 그림자'를) 버리지 못하는 인물들이다. 그들의 파멸과 몰락의 과정을 통해 최인석은 집요하게 절망의 환부와 근원을 해부하려 한다. 그가 확인하는 "진짜 절망은 그 추악한 환경이 그곳에 있는 사람들을 길들이고 그래서 다른 곳을 꿈꿀 수 있는 가능성을 원천적으로 차단해버린 데서 온다는 것", 그리하여 약한 자들의 몫인 "이 밑바닥의 삶은 영원히 변화되지 않고 영속화되리라는 것"이고, 그리하여 결국 궁극적인 분노의 대상은 "그들을 이렇게 살아갈 수밖에 없도록 만드는 세계의 구조"로 규정되어진다. 그러나 이 추악하고 가혹한 세계에서 탈출은 원천적으로 불가능하다.

햇빛 한점 들어오지 않는 어두운 심해의 차가운 수압 속에서 살아가는 심해어들은 이제 다른 세계를 볼 수 있는 시력도, 다시 떠오를 수 있는 부레도 퇴화되어 납작해진 몸으로 캄캄한 바닷속 밑바닥에 엎드려 그저 생존해나갈 따름인 것이다. 이렇게 사는 것은 더 이상 사람의 삶이 아니고, 사람으로 하여금 사람이 아니게 살도록 만드는 이 세계는 원한어린 저주의 대상이지만, 누구도 거기에 맞설 수 없거나 혹은 맞서지 않는다는 사실. 그래서 세계는 변화되지 않고 영원히 이 모습대로 지속될 것이라는 사실. 최인석이 보여주는 세계에 대한 철저한 비관은 여기에서 비롯된다.

—서영인 「피안과 현실, 절망과 환상이 관계맺는 방식」

막다른 골목에 다다른 현실 그 어디에도 더이상 구원의 가능성은 부재하다는 인식, 그 극한의 절망은 마침내 작가로 하여금, 자신이 띄워올린 연과 이어진, 그 한가닥 남은 실을 끊게 만들었던 것일까. '유토피아'의 연(구원 혹은 회생의 가능성)은 까마득히 추락하기 시작하고, 그것이 토해낸 절망의 잔해들은 돌연 수천수만 마리의 두꺼비, 지렁이, 박쥐, 구렁이, 여우, 승냥이 그리고 온갖 괴물과 야수와 구더기 떼로 변하여 저 허공으로부터 이 추악한 지상을 향해 일제히 곤두박질쳐 내려온다. 우박처럼 쏟아져내리는 그 괴물들과 함께, 마침내 비현실의 세계(마술적 세계, 신화적 세계)는 현실세계의 한가운데로 직접 틈입해들어오는 것이다. 현실과 비현실 사이의 피막을 찢는 통렬한 파열음과 함께 바야흐로, 바로 이 지점에서 최인석 소설의 '마술적 리얼리즘'이 탄생한다. 그 기괴하고 끔찍한 괴물들과 야수와 구더기들이야말로 절망의 자식들이며, 분노와 증오와 탄식과 절규의 분신들에 다름아니다.

장편소설 『아름다운 나의 귀신』에 이르면 세계는 차라리 악귀의 세상, 지옥의 세계로 화한다. 그것은 완연한 묵시록적 세계, 종말론적 세계이다. 이번 소설집에 실린 「구렁이들의 집」 「잉어 이야기」 역시 그 연장선상에 놓인 작품들이다. 여기서 등장하는 인물들은 구렁이와 교접하여 낳은 자식, 밤마다 지붕을 타고 넘는 구렁이 인간, 사람으로 변신한 우렁이 각시 등 반인반수의 존재들이다. 놀랄 일만도 아니다. 어차피 사람으로 하여금 사람일 수 없도록 만드는 현실은 이미 인간의 세상이 아니다. 그러므로 더이상 사람의 삶이 존재하지 않는 세계에서 인간은 필연적으로 괴물과 야수의 형상으로 살아갈 수밖에 없는 것이다.

그곳은 모든 것들이 통째로 뒤집히고 헝클어지고 허물어진 세계다. 현실과 비현실, 인간과 괴물이 한데 뒤섞이고, 시간의 질서와 개념조차 무너져 있다. 조로증에 걸린 아이는 백스물일곱살이고, 백일흔여섯살의 연이 이모, 그리고 '나'는 어미 뱃속에서 십년 만에 나온, 구렁이를 아비로 둔 인물이다. 이와 같은 시간의 헝클어짐은 물론 작가의 의도적인 설정이다. 최인석 소설에서는 시간을 셈하는 단위가 양이 아니라 질이다. 그는 인간의 현실을 단지 끊임없는 환난의 반복일 뿐이라고 인식한다. 즉 인간이 인간답게 살지 못한 채 다만 "그 손자의 손자가 죽고, 그 손자의 손자가 죽고, 그 손자의 손자의······"(「소설가 최보의 어제, 또 어제」) 식으로 이어져가는 한, 이 추악한 현실에서의 시간은 아무런 변화도, 차이도, 의미도 없는 것이다. 죽음의 세계에선 오직 죽음의 시계만 존재할 뿐이다.

최인석 특유의 도저한 종말론적 세계관은 이번 소설집의 표제작 「구렁이들의 집」에서도 여전히 빛을 발한다.

세상과 사람이 이처럼 타락하고 사악한데 그에 대한 아무런 대안도 없이, 멍청히 그 세상과 사람에 시달린다는 것, 그건 언젠가는 죽는다는 것, 죽음을 향해 하루하루 늙어가는 것에 지나지 않거든. 모든 삶의 종착지가 죽음일 뿐인, 그밖에는 어떠한 다른 결론도 없는, 이미 결정되어버린 길 위를 무력하게 터덜터덜 걸어가는 것. 그런데도 사람들은 죽음을 향해 삶을 유지하기 위해 악착같이 버둥거리지. 이놈의 삶이라는 게 과연 그럴 만한 가치가 있는지 알지도 못하는 채. 이놈의 세상이라는 게 과연 거기 남아 있기 위해 그렇게 악착을 떨 만한 가치가 있는지 알지도 못하는 채, 아니, 심지어는 그에 대해 의심을 품으면서도, 나아가서는 그럴 만한 가치가 없다고 확신하면서도 이놈의 세상에, 삶에 남아 있기 위해 안간힘을 쓴단 말이야. 죽음을 연기하기 위해, 누추한 연명을 위해, 이 추악한 세상에 조금이라도 더 남아 있기 위해……

작품 전편을 압도하는 그 비관적 인식은, 그러나 '나'를 통해 이 지옥의 현실에서의 생존 가능성이라는 문제를 그나마 조금은 열어두고 있다. 절망적으로 본드와 마약에 의한 환각 속으로 도피했던 '나'는 결국 그 환각 때문에 사랑하는 순이를 죽음으로 내몰았음을 뒤늦게 깨닫는다. 그리고 수천수만 마리의 나비가 되어 날아가버린 그녀를 끝까지 기다리기로 결심한다. 죽음의 세계에 기다림이란 존재하지 않는 법. 때문에, 그 기약없는 기다림의 방식이야말로 곧 이 추악한 지옥에서 '죽지 않고' 살아갈 수 있는 소중한 생존법이라는 사실을 주인공은 어렴풋이나마 깨닫게 되는 것이다.

으아. 순이가 어디로 날아갔는지 알 것 같았다. 그녀는 그곳에서 나를 기다리고 있을 것이다. 어쩌면 내가 그녀가 돌아오기를 기다려야 하는 것인지도 모른다. 언제까지? 그것이 무슨 상관이란 말인가? 연인들의 시간은 따로 있는 법인데.

현실세계가 더이상 어찌해 볼 수 없을 만큼 파국에 이르렀다는 종말론적 인식은 극심한 절망을 낳는다. 그러나 실상 종말론은 결코 절망의 산물만이 아니다. 오히려 그것은 강렬한 희망의 산물이기도 하다. 사전적 의미에서 보자면, 종말론은 묵시록적 세계관과 잇닿아 있다. 그것은 신의 심판이 내려짐과 동시에 새로운 세계의 시작, 구원의 세상이 시작됨을 의미한다. 즉 종말이자 곧 새로운 시작이다. 그러므로 종말론은 파멸과 재생, 심판과 구원, 죽음과 부활의 동시성이라는 변증법적 인식을 통해서 비로소 그 의의를 확보할 수 있게 된다.

당연하게도, 기독교적 종말론은 예정된 신의 심판에 의해 완성된다. 그러나 소설에 있어서는, 타락한 세계의 구원과 심판은 전능한 신의 몫이 아니다. 막다른 골목에 처한 현실 안에서 그 회생의 가능성을 불지필 주체는 신이 아니라 인간, 즉 지금 여기에서 살아가는 우리들, 그리고 이 땅에서 살아가야 할 우리의 자식들인 것이다. 그러기에 소설은 개인의 삶을 통해 현실의 총체적 불구성을 드러내고, 총체적 현실의 문제는 필연적으로 개인의 문제를 통해 형상화되는 것이다.

이처럼 종말론적 인식을 절망과 희망, 비관과 낙관의 동시적 인식이라고 볼 때, 지금까지 살펴본 최인석의 소설들은 아무래도 절망적이고 비관적인 색채가 더 강하다. 이는 그가 그만큼 우리가 처한 현실의 파국적 위기를 심각하게 통찰하고 있기 때문일 것이다. 그러나 세계가 아무리 절망적이고 지옥 같은 것일지라도, 진정한 삶의 가능성, 회생의 출구를 포기할 수는 없다. 비록 추악한 현실이 인간을 시궁창 속 구더기와 괴물로 살아가게 만든다 할지라도, 아니 오히려 그러할수록 더, 인간성 및 인간 선에 대한 신뢰와 애정을 포기해서는 안될 것이다.

물론 최인석은 누구보다도 그 사실을 잘 알고 있다. "세상과 사람이 끝내 이 지경으로 살다 사라지고 말리라고 믿기에는 그는 사람에 대해 너무 큰 신뢰를 품고 있는"(「소설가 최보의 어제, 또 어제」) 사람이고, 고통으로 가득 찬 이 세상에서 진정한 '내일'을 기다리며 그 기다림의 '노래'를 부르리라는, 튼튼한 작가적 소명감을 지닌 사람이기 때문이다. 정작 그의 세계에 대한 절망은 실상 희망을 위하여 존재한다. 진정한 삶의 가능성, 회생의 출구를 찾기 위해 그는 절망의 가장 밑바닥까지를 끝끝내 확인하고 싶어한다. 그러므로 그의 절망은 곧 통절한 희망의 외침, 그리움의 절규이다. 왜냐하면 삶을 가장 깊이 사랑하는 사람만이 가장 고통스런 절망을 인식할 수 있기 때문이다.

그런 의미에서, 최근의 노작들을 모은 이번 소설집은 최인석의 또 다른 변모의 가능성을 가늠할 수 있게 한다. 「구렁이들의 집」「잉어 이야기」 그리고 「포로와 꽃게」까지를 최인석 특유의 '마술적 리얼리즘'의 계보에 속한 작품들이라 한다면, 다른 두 작품은 좀더 전통적인 형식으로 인물과 상황을 차분하게 그려내고 있다. 나 개인적으로는 후자의 두 작품에서 보이는 최인석의 새로운 면모가 퍽 인상적이다. 앞의 세 작품을 지배하는 비관적 색채와는 다른, 뭔가 긍정적이고 밝은 힘을 느낄 수 있기 때문이다.

「모든 나무는 얘기를 한다」에서 주인공은 아침햇살을 반사하며 흔들리는 키 큰 자작나무와 이야기를 나눈다. 뿌옇게 먼동이 터오는 거실, 나무들이 목을 꺾어 내려다보는 가운데 흙과 나뭇잎과 떨어진 열매들 위에서 펼쳐지는 벌거벗은 두 사람의 정사 장면은 특히 인상적이다. 그것들에는 최인석의 여타 작품들에서 숱하게 나타나는, 몽환적인 신화나 악몽 같은 환상과는 전혀 다른, 약동하는 생명과 창조와 희열의 에너지로 싱싱하게 충만해 있다.

특히 「봉천동, 그 찬란하던 날」의 결말은 대단히 감동적이다. 세 자루의 칼을 가슴에 품고, 배신한 아내를 미행하던 주인공은 끝내 복수를 포기하고 만다. 아내 역시 자신과 똑같이 이 추한 세계에서 짓밟히고 유린된 비참한 피해자라는 사실을 깨달았기 때문이다. 그때 송아지 한마리가 그의 눈앞으로 다가온다.

꿈에서 본 것처럼 송아지는 온몸이, 뿔과 눈마저 푸른색이었다. 어어, 그의 입에서 비명인지 신음인지 알 수 없는 소리가 새어나왔다. 송아지의 푸른 눈이 그를 쳐다보았다. 그 눈이 그에게 뭔가를 애원하고 있었다. (⋯) 그 송아지가⋯⋯ 한주선을 닮은 것 같다는 생각이 들었다. 그는 송아지의 목덜미에 손을 댄 채 오래오래 그 푸른 눈을 들여다보았고, 송아지는 애원하는 듯 슬프고 푸른 눈으로 그를 쳐다보았다.
송아지의 푸른 눈을 들여다보던 어느 순간 그는 송아지가 원하는 것이 무엇인지를 한꺼번에 깨달았다. 그의 눈에 눈물이 맺히더니 주르르 뺨을 타고 흘러내렸다.

최인석의 근래 소설 가운데 이렇게 따뜻한 장면을 나는 아직 본 기억이 없다. 우리는 결국 너나없이 이 추악한 현실의 포로라는 사실, 그럼에도 어떻게든 이 추악한 땅에서 서로 부둥켜안고 살아남아야만 한다는 사실. 주인공의 눈물은 바로 그 깨달음에서 비롯되고, 그것은 곧 삶과 인간성에 대한 작가의 따뜻한 애정과 깊은 믿음에서 우러나온다.

최인석은 참으로 고뇌와 탄식에 겨운 몸짓으로, 절망을 통해 희망을 전파하고자 애를 쓴다. 그의 작품에 들어 있는 극단적 비관은 우리로 하여금 현실의 만연한 질병과 불구성을 깨닫게 만들고, 이 불구의 현실과 안락의 일상에서 우리의 영혼이 함께 병들어가고 있음을 알리는 강렬한 경고이다. 그의 치열한 문학적 탐색은 여전히 진행중이다. 그가 장차 그의 소설 속에서 현실과 환상 사이의 간극을 무엇으로 어떻게 채워나갈 것인지 아직 알 수 없지만, 그 의욕적인 대작업이 마침내 완성되는 날 우리 소설사는 보기 드문 웅장한 거목 한 그루를 껴안는 감격을 누리게 되리라.

林哲佑/소설가, 한신대 교수